Fran C. Stuart wurde 1986 in London geboren. Ihre ersten Schreibversuche galten den geliebten Aufsätzen in der Schule sowie diversen Fanfictions. Der Entschluss, sich selbst an ein Buch zu wagen, wurde durch das wohl berühmteste Tagebuch in England gefestigt: *Bridget Jones*, die Mutter aller Fettnäpfchen, herrlich amüsant und trotzdem liebenswürdig. Für Fran war klar: Humor gehört dazu – wie im Leben so auch in ihrem Erstlingswerk *Verlobung mit Hindernissen*.

FRAN C. STUART

Plötzlich verliebt

LIEBE AUF UMWEGEN

Erstausgabe Oktober 2021

Plötzlich verliebt

ISBN 978-3-96817-761-8
E-Book-ISBN 978-3-96817-741-0

Covergestaltung: Anne Gebhardt
Umschlaggestaltung: ARTC.org Design
Unter Verwendung von Abbildungen von
freepik.com: © macrovector, © freepik.com
shutterstock.com: © kiuikson, © Dean Drobot, © ASDF_MEDIA
Lektorat: Katharina Strzoda
Satz: dp DIGITAL PUBLISHERS GmbH
Druck und Bindung: Books on Demand GmbH, Norderstedt

1

O Gott, das ist furchtbar.

Einfach nur furchtbar.

Ich weiß gar nicht, warum ich nicht einfach Nein gesagt habe. Das dürfte doch nicht so schwer sein. Ich hätte Ben tief in die Augen blicken und mit aller Kraft „Nein!“ sagen sollen. Aber jetzt sitze ich mit geschlossenen Augen hier, in einem Raum oberhalb unseres Verlagsbüros, zusammen mit acht anderen Menschen, und versuche nicht zu denken. Dabei denke ich an so einiges.

Ben schlägt sanft gegen eine Klangschale. „Fühlt die Vibrationen ... wie sie durch euren Körper schwingen ...“

Zum Beispiel denke ich daran, dass ich dringend noch den Klappentext von Bens Buch fertigstellen muss. Wobei das Manuskript noch gar nicht zu Ende geschrieben ist. Ehrlich gesagt bin ich nicht mal sicher, ob er schon angefangen hat, seine Tagebucheinträge in ein ordentliches Format zu übertragen, auf richtigem Papier, mit ausreichend Adjektiven und Kommasetzung und so.

Ich atme tief durch, blase meine Wagen auf.

Im Grunde genommen ist das alles Marcs Schuld. Seit dem einen Männerabend bei ihm zu Hause ist Bens *Jungle Feeling* unser Topprojekt. Keine Ahnung, was für ein Buschgewächs genau sie durchgezogen haben, aber plötzlich hieß es nur noch „Zeichen der Urmutter“ und „Hollywood wird es lieben!“ (Ich weiß wirklich nicht, ob Hollywood überhaupt etwas davon mitkriegen wird. Obwohl Marc meinte, er hätte in seinen Schauspielkreisen Verbindungen und könnte Ben problemlos mit Guy Ritchie bekannt machen.) Rup war davon weniger begeistert, musste sich allerdings auch eingestehen, dass das angestrebte interaktive Konzept für Bens Buch bei unseren anderen Projekten von *A Wisdom's Journey* schon unglaublich gut funktioniert. Diese Mehrteiler sind regelrechte Bestseller in allen Altersklassen. Viel spannender und interessanter als all die anderen staubigen Schinken über Allgemeinmedizin und Quantenphysik. Auch *verstehe* ich das meiste, was ich lese, was ganz erfrischend ist (bis auf den Band „Der Mythos des Pythagoras", in dem es um den Ursprung der Zahlen und der Mathematik geht. Himmel, war das ein zäher Wälzer).

Generell hat sich unser Image unter der Führung von Rup in den letzten zwei Monaten ziemlich gewandelt. Seit er und nicht mehr sein Vater das Sagen hat, sind wir unheimlich hip unterwegs, mit neuem Briefpapier, dem modernen abgeschliffenen Holzboden und unseren Bluetoothmäusen. Obwohl er etwas viel arbeitet und oft und gerne an Fernsehabenden auf der Couch einschläft, leitet er den Verlag mit fester Hand, sodass wir auf einem guten Weg sind, uns zwischen der Konkurrenz zu etablieren. Wir kriegen viele Anfragen und Zuschriften, haben unserem Team offiziell den Begriff *Team* verliehen (kein Witz, steht auf der Homepage und an der Kühlschranktür) und können uns insgesamt nicht beklagen.

Und nun bin ich hier, stellvertretend für den Verlag, und weil Ben meinte, es würde ihm sehr viel bedeuten. Im ersten Moment musste ich mit Schrecken an die letzte Meditation mit ihm in der Nacht vor der Hochzeit denken, aber da er mir versichert hat, dass heute nichts geräuchert wird, habe ich zugesagt. Außerdem meinte Ben in seiner sonoren Art und Weise, dass es lediglich darum gehe, Frieden und Ruhe in die Welt zu tragen. Ich kann mich an einige Ausdrücke erinnern, aber das Wort *Liveübertragung* hat er beim besten Willen nicht erwähnt.

„... spürt, wie die Klänge eure Muskeln lösen ..."

Meine Güte. Ich hätte nichts gegen etwas, das meine Muskeln löst. Ernsthaft, ich glaube, ich bringe meine Beine nie mehr aus diesem Knoten. Selbst mein Kopf ist durch das ständige gerade Hochhalten völlig versteift und ich glaube, mein Rücken ist eingeschlafen.

„Wir atmen tief ein ... wir ziehen die Luft durch unsere Lungen, lassen sie jede unserer Zellen durchströmen ..."

Um ehrlich zu sein, ist es doch wie damals in Hertfordshire. Miranda sitzt erneut neben mir, atmet wie eine Dampflok und bringt mich komplett aus meiner Routine. Ich versuche es ihr gleichzutun und sie zu ignorieren.

Ein und aus. Ein ... und aus.

Aber ich kann sie nicht ignorieren. Nicht, wenn sie so atmet. Und nicht, wenn sie so nah neben mir sitzt, das macht mich ganz nervös. Tatsache ist: Jetzt, da wir seit einer guten Dreiviertelstunde zusammen in einem Raum sind, will ich sie zur Seite ziehen und über Lance ausfragen. Immerhin verbringen sie andauernd Zeit miteinander. Natürlich hat mir Sophie vor ein paar Tagen das Video von den beiden auf dem Eisfeld geschickt, aber es brennt mir unter den Nägeln. Morgen sind es schon drei Monate, in denen Lance und ich nicht mehr gesprochen haben. Drei Monate seit unserer geplatzten Hochzeit. Ben selbst hält sich mit Informationen zurück und versichert mir stets, dass die Zeit alle Wunden heile und Lance noch mehr davon braucht. Von der Zeit offensichtlich, nicht den Wunden. Also gedulde ich mich und warte auf den richtigen Moment. Ich hoffe, Ben hat damit recht, zumindest sind sie beste Freunde. Er muss es also wissen, richtig?

Davon abgesehen bin ich mir ziemlich sicher, dass Miranda mir nicht antworten würde. Als sie den Raum betreten hat, versuchte ich es mit einem freundlichen „Hallo, Miranda“, woraufhin sie mir mit einer flotten Drehung ihre rote Mähne ins Gesicht geworfen und mich keines Blickes gewürdigt hat. Da ist also keine Spur von *Frieden* oder *Ruhe*. Wobei ich mich nur bei Lance entschuldigen will. Für die Art und Weise, wie wir auseinandergegangen sind, für den Kuss mit Rup am Abend vor der Hochzeit und dafür, dass ich nicht ehrlich zu ihm war. Ich will mit ihm reden können, von einem Erwachsenen zum anderen. Ich will wieder an den Punkt gelangen, an dem wir uns in die Augen blicken können und es okay sein wird, dass er mit Miranda zusammen ist und ich mit Rup zusammen bin. Es wäre ... Es wäre einfach schön.

Aber stattdessen sitzt sie da, ignoriert mich eiskalt und straft mich mit ihrer Atmerei.

Vorsichtig schiele ich durch meine Wimpern. Das rote Licht der Kamera vor uns ist geradewegs auf mich gerichtet, und weil es mich blendet, schließe ich die Augen schnell wieder.

Gott sei Dank habe ich mich für das kurze Top entschieden. Während draußen gefühlte Minusgrade sind, herrschen hier drin bestimmt gute dreißig Grad. Ich frage mich weshalb, und gleichzeitig verwerfe ich den Gedanken, so wie immer, wenn es etwas mit Ben zu tun hat. Als ich ihn nach dem Grund fragte, warum er denn alles immer halbnackt tun müsse, antwortete er mit einem halbstündigen Plädoyer und sagte Dinge wie „es fördere die Rückkehr und den Respekt zur Natur“ und „der Naturismus werte die Elemente Sonne, Luft und Wasser auf“, woraufhin ich dann nur meinte: „Okay“.

„Und wir lassen unsere Gedanken los ... Wir lösen unseren Geist ...“

Geist lösen. Geist lösen.

Ich kann mir gar nicht vorstellen, wie der Sex mit Ben sein muss. Wahrscheinlich unglaublich langsam. So richtig, richtig langsam.

„... fühlt die Schwerelosigkeit, die euch umgibt wie eine warme Brise ..."

Und tiefgehend. In einer spirituellen Art. Nicht anatomischen. Vielleicht sollte ich mal Ellie fragen, nur so aus Neugierde.

Keinen Schimmer, wieso ich jetzt solche Sachen denke.

Auf jeden Fall bin ich froh um die Ablenkung, die *Jungle Feeling* mit sich bringt. Zumindest scheint schon reges Interesse an Ben und seinen Erfahrungen in den Dschungeln rund um den Globus zu bestehen. Aufgrund seiner Tagebucheinträge haben wir einen Blog ins Leben gerufen, drei neue IT-Mitarbeiter eingestellt und ein paar Meditationsveranstaltungen organisiert (wovon diese hier die erste ist). Zu unserem Erstaunen sind die nächsten Sitzungen alle beinahe ausgebucht, weswegen wir uns dazu entschieden haben, den leer stehenden Raum zwei Stockwerke über dem Verlag dazu zu mieten. Und nun verweilen wir hier bei schummrigem Licht zwischen unzähligen Büschen und komischen Tiergeräuschen, die irgendwo aus einem versteckten Lautsprecher kommen müssen.

„Euer Geist beginnt zu schweben ..."

Aber nun gut.

Der heutige Kurs dauert genau eine Stunde und dreizehn Minuten. So lange geht das. Und in etwa 24 Minuten ... wird mir der Sauerstoff ausgegangen sein. Echt jetzt, was *macht* Miranda da?

Ben schlägt erneut sanft gegen ein paar Schüsseln.

Egal. Ich muss mich auf mich konzentrieren. Schließlich habe ich das schon einmal geschafft.

Langsam neige ich meinen Kopf von einer Seite zur anderen und versuche, die Schwerelosigkeit vordringen zu lassen. Ich löse mich von meinen Gedanken, lasse sie ziehen …

Dabei fällt mir ein, dass ich mich endlich mal um ein Kleid kümmern sollte. Bis zur Premiere von Marcs neuem Film sind es nur noch zehn Tage. Schon allein beim Gedanken daran durchflutet mich die pure Vorfreude und ich werde ganz hibbelig. Ich liebe Filme. Ich liebe Filmstudios, Dreharbeiten, Blicke hinter die Kulissen. Einmal durfte ich die Harry-Potter-Studios draußen in Leavesden besuchen und war kurz davor, mich dort für einen Job zu bewerben, als ich just die Zusage vom Verlag gekriegt habe. Und nun darf ich selbst ein Teil davon sein, hochoffiziell im Curzon in Mayfair, mit rotem Teppich, geladenen A-Promis, Schauspielern, Cherrytomaten an Spießen und alles. Es ist Marcs erster großer Schritt von der Theaterbühne auf die Filmleinwand und ich kann es gar nicht mehr erwarten, die funkelnde Atmosphäre aufzusaugen wie ein Schwamm. Als ich Sophie gefragt habe, ob sie sich denn auf ihren ersten offiziellen Auftritt an der Seite von Marc freut, hat sie gekichert und ist rot angelaufen. Meine beste Freundin – rot angelaufen! Ich glaube, der Idiot tut ihr richtig gut (ihre Worte, nicht meine).

Vielleicht kann ich nach der Meditation einen Abstecher in die Oxford Street machen …

Wieder erklingt das sanfte Vibrieren der Schalen.

Um Himmels willen.

Mirandas Knie berührt vor lauter Rumzucken meines. Entweder hat sie eine höhere Stufe der Heilfrequenz erreicht oder sie hat einen epileptischen Anfall. Eigentlich ist der Titel der Meditation *Balsam für Körper und Geist*, aber so wie ich das sehe, findet hier neben mir ein Exorzismus statt. Echt jetzt, ich würde nur zu gerne hingucken. So ganz unbemerkt.

„Spürt das warme Gefühl der Zufriedenheit, das sich langsam … und stetig … in eurer Brust ausbreitet … Spürt das sanfte Kribbeln unter eurer Haut ... die Wärme, die sich aus eurem inneren Sonnengeflecht löst ...“

Das Einzige, das ich spüre, ist das schwindende Gefühl in meinen verknoteten Beinen. Und ein Kratzen, das von meinem Rücken ausgeht. Von meinem einstigen Meditationserfolg mal abgesehen, bin ich dafür einfach nicht geschaffen. Mir ist bewusst, dass ich mich eigentlich leichter fühlen sollte, aber irgendetwas scheine ich falsch zu machen. Irgendwie habe ich das Gefühl, als würde eine Last auf mir liegen.

„Öffnet euren Geist, damit das Licht durch eure Mitte strömen kann ... Die Schwere, die sich auf euren Häuptern und Schultern befindet, schwindet und verblasst ... Stellt euch nun vor, wie sich das Licht weiter ausbreitet ...“

Ich blinzle. Ich muss einfach. Ohne meinen Kopf zu bewegen, erkenne ich Miranda, die mit offenem Mund den Kopf in den Nacken gelegt hat. Schnell lasse ich meinen Blick über die sieben anderen Köpfe schweifen. Einige Teilnehmer sind eingenickt, andere sitzen stocksteif da und wieder andere haben ... Moment mal.

„Lasst die aufkommenden Gedanken gewähren ... gebt ihnen Raum und Beachtung ...“

Neben meinem Ohr beginnt es zu Knacken und zu Knabbern. Was zum ...

„... nehmt eure Umgebung wahr ...“

Plötzlich löst sich etwas Nasses von meiner Schulter und läuft in einem kribbelnden warmen Rinnsal meinen Arm hinunter. Ich zähle eins und eins zusammen und halte automatisch die Luft an. Die Last auf meiner Schulter. Die Geräusche aus den Büschen. Kantige feuchte Stückchen von irgendwas, die in mein Dekolleté und auf meine Beine fallen. Die flauschigen dünnen langen Seile, die hinter den anderen Teilnehmern hervorgucken.

O mein Gott.
Ich bin 3 Sekunden von einer Panikattacke entfernt.

2

Völlig in meine mathematischen Grundkenntnisse vertieft, brauche ich ein paar Sekunden, um zu realisieren, dass der Lift bereits in unserem Stockwerk angekommen ist.

Wenn ich mich nicht verzählt und das anstehende Interesse an Bens Kursen richtig miteingerechnet habe, dann müssten um die hundert Leute den Livestream verfolgt haben. Oder, wenn ich Pech habe, tausend. Tausend Leute, die mir dabei zugesehen haben, wie ich ...

Gut.

Eigentlich möchte ich gar nicht daran denken. Ich hoffe nur inständig, dass Rup, Mum, Dad, Sophie, die Kollegen und Orlando Bloom die Liveübertragung nicht gesehen haben. Und Marc. Marc würde sich bestimmt noch in zehn Jahren daran erinnern und jedes Mal erneut einen Lachanfall bekommen.

Mit der letzten mir aufzubringenden Würde schließe ich die Tür zu unserem Büro auf.

„Sue!" Marcy springt bei meinem Anblick auf, besinnt sich dann eines Besseren und setzt sich eilig wieder hin, tunlichst darauf bedacht, mich nicht anzuschauen. Ich versuche, ihren Blick zu ignorieren, und recke mein Kinn in die Luft. „Es ist alles gut. Alles bestens."

So ruhig wie möglich, gehe ich an ihrem Tisch vorbei. Die Gespräche im Großraumbüro verstummen langsam, bis auf Joshs, der Gott sei Dank am Telefon hängt.

„Liem?" Bemüht gelassen komme ich vor dem Tisch des jungen Inders zum Stehen und streiche mein Top zurecht. „Würdest du bitte ... bitte die Übertragung der Meditation eben von Bens Homepage löschen? Und dem Blog? Und ..." Flüchtig schaue ich zu den anderen. „... wenn du gerade dabei bist ... aus dem Internet?"

„Äh, ja ... die Sache ist nur die ...“ Liem klickt nervös mit dem Kugelschreiber in seiner Hand. „... das Video ist ein ziemlicher Knüller.“

„Aha“, mache ich und meine Stimme zittert leicht. „Ein Knüller.“

„Hör zu.“ Liem lehnt sich ein Stück vor. „Es ist absolut verständlich, wie du dich deswegen fühlen musst.“

„Angepisst!“ Ich schrecke regelrecht zusammen, als Josh einen Tisch weiter seinen Telefonhörer auf die Gabel knallt und triumphierend die Arme in die Luft reckt. „Du – wurdest – angepisst!“

„Josh!“ Emilia wirft ihm über den Rand ihres Bildschirmes hinweg einen strengen Blick zu.

„Was?“ Unschuldig legt er die Hände an seine Brust und dreht sich wieder in meine Richtung. „Habe ich was Falsches gesagt? Wurdest du etwa nicht angepisst?“ Er grinst mich feixend an. „Ich und 12.750 Zuschauer haben es doch gesehen.“

Zwölftau... Gut, ich glaube, etwas in mir ist gerade gestorben. Wahrscheinlich meine Würde.

Marcy schreckt hoch, um mir einen Stuhl hinzuschieben. „Hier, Sue! Setz dich!“ Dann packt sie mich an der Schulter, drückt mich runter und kann sich wenige Sekunden später ein langgezogenes „Iiih“ nicht verkneifen. Als sich ihre Hand von meiner Haut löst, bleibt diese leicht kleben.

Jetzt ist mir schlecht.

„Tja!“, sage ich nach ein paar Sekunden und meine Stimme schwankt zwischen steigender Verzweiflung und gekünstelter Leichtigkeit. „Es könnte ... schlimmer sein. Oder?“

„19.000 Klicks ...“, bemerkt Liem neben mir. „Wir haben ... Krass.“ Er schiebt seinen Kopf nach vorne Richtung Bildschirm. „Die Seite ist gerade gecrasht.“

Josh brüllt auf vor Lachen. „Wir sollten dich öfter in den Außendienst schicken, Watson.“

Im Versuch, mich an das letzte bisschen Stolz zu klammern, das ich auftreiben kann, schlucke ich schwer.

„Josh, jetzt halt endlich deine Klappe!"

„Warum? Die Idee ist doch gar nicht mal so übel", rechtfertigt sich Josh grinsend. „Wir könnten uns einen Haufen Kohle sparen, wenn wir Watson als Werbefläche nutzen würden." Er dreht sich wieder zu mir um. „Hattest du nicht mal diese schräge Idee, einen Soundtrack zu veröffentlichen? Jede Wette, der geht durch die Decke mit dir als –"

„Als was?"

Ich hebe meinen Blick. Eine schwache Welle der Erleichterung durchflutet mich.

Rup steht, in der Hand ein paar lose Dokumente, im schwarzblauen offenen Karohemd vor den Türen seines Büros und blickt Josh auffordernd an. „Bitte, sprich nur weiter. Auf deine Ausführung bin ich wirklich gespannt."

Dieser verzieht sein Gesicht und lacht unangenehm berührt auf. „Ach, das war nur Blödsinn, Chef, wir haben nur rumgealbert."

„Mit *wir* meinst du bestimmt dich", schlussfolgert Rup, „denn soweit ich das sehe, fühlt sich keiner dazu berufen, noch mehr auf Sue rumzureiten. Wie wäre es also, wenn du dich an das Wort *Teamgeist* erinnerst und dich darauf konzentrieren würdest, einfach deinen Job zu erledigen, so wie jeder hier auch!"

Josh presst die Lippen zusammen, räuspert sich und setzt sich aufrecht hin. „Klar."

Rup verzieht genervt sein Gesicht, ehe er zu uns herüberläuft und sein Blick sich etwas entspannt. „Alles in Ordnung?"

„Ja!" Meine Stimme schnellt eine Oktave hoch. „Ja, klar. Es ist alles ... alles wunderbar!"

Ich könnte heulen. Echt jetzt.

Bis vor zwei Minuten habe ich mir noch eingeredet, dass es gar nicht so schlimm ist. Dass das jedem hätte passieren können. Aber wenn ich ehrlich bin, dann *ist* es schlimm. 19.000 Menschen machen sich über mich lustig, meine Schulter ist von Urin ganz klebrig und steif und am liebsten würde ich mich einfach nur noch in seine Arme werfen. Das Einzige, das mich davon abhält, ist die Tatsache, dass wir uns entschieden haben, in der Arbeitswelt professionell miteinander umzugehen. Ernsthaft, ich könnte schwören, dass man gar nicht merkt, dass wir zusammen sind. Deswegen wäre es völlig unangebracht, wenn ich mich jetzt einfach so im Innern seines Hemds verkriechen würde. Zumindest habe ich noch nie jemanden gesehen, der sich heulend in die Arme seines Vorgesetzten wirft. Gut, mit Ausnahme von Sandra Bullock in *Ein Chef zum Verlieben*. Oder *Bridget Jones*. Oder Ryan Reynolds *in Selbst ist die Braut*.

Hm.

Wenn eines Tages gar nichts mehr geht, könnte ich mein Leben ja verfilmen. Das wäre sicher total spannend. Und ich wette, Rup sieht wahnsinnig gut aus mit Puder im Gesicht.

„Hast du denn nichts gespürt?"

Marcy reißt mich aus den Gedanken und augenblicklich fühle ich mich nicht mehr wie der nächste aufgehende Stern am Hollywood-Himmel. Im Gegenteil.

„Nein", sage ich wahrheitsgemäß und streiche mir möglichst gefasst eine Strähne meiner braunen Haare aus dem Gesicht, die sich aus dem Zopf gelöst hat. „Die Meditation war sehr ... intensiv. Ich habe weder meinen Körper noch ... noch das Ding gespürt."

Ich nenne es mit Absicht *Ding*, weil ich es mir möglichst nicht bildhaft vorstellen möchte. Weder das Ding noch das, was kurz vor Abriss des Livestreams passiert ist.

„Dinger."

„Wie?" Mein Blick fällt auf Stu, der sich gerade ein paar Brezeln in den Mund geschoben hat und dadurch Krümel auf seinem Poloshirt verteilt.

„Dinger", wiederholt er mampfend und deutet wedelnd mit dem Finger auf mich. „Mehrzahl. Da waren mehrere."

Was? Mehrere?

„Du meinst ..." Um Fassung bemüht räuspere ich mich. „... mehrere auf ... auf mir?"

O Gott, bitte nicht.

„Auf dir war nur einer, aber neben dir, über –" Er verstummt, als er Rups Blick bemerkt. „Ich meine, könnte auch ein Bildfehler gewesen sein." Mit einer schnellen Drehung seines Stuhls wendet er sich von mir ab.

Richtig. *Könnte* es gewesen sein. Wenn ich nicht selbst die Kamera installiert und die Linse geschlagene fünf Minuten lang angehaucht und geputzt hätte. Keine Chance der Welt, dass es ein Bildfehler war.

„Liem, kannst du das Video von der Homepage löschen, bitte?", fragt Rup.

„Schon erledigt."

„Gut. Alle anderen zurück an die Arbeit. Sue? Auf ein Wort bitte in die Küche."

Nickend stehe ich auf und bemühe mich, Rup möglichst gelassen zu folgen. Selbst die kleinste Bewegung lässt die Haut an meiner Schulter furchtbar eklig spannen. Außerdem habe ich das Gefühl, als würde mir noch was im Sport-BH stecken.

Himmel, ist das eklig. Vielleicht sollte ich unsere Abmachung mal eben vergessen. Nur für eine Sekunde.

„Kannst du bitte in meinem ... meinem ..." Ohne hinunterzugucken, deute ich mit zusammengepressten Lippen zu meinem Top.

Rup zieht die Augenbrauen hoch und sieht mich leicht konfus an. „Was soll ich?"

Ich blicke kurz am Kühlschrank vorbei, um mich zu vergewissern, dass uns keiner sieht. „Kannst du bitte in meinem Ausschnitt nachsehen?“, flüsterte ich und schaue ihn flehend an.

Rups Blick wandert konzentriert runter zu meinen Brüsten und wieder hoch. „Du willst, dass ich dir in den Ausschnitt fasse?“

„Es fühlt sich so an, als wäre da noch was ... drin“, schließe ich keuchend und erschaudere beim bloßen Gedanken. Mit geschlossenen Augen höre ich lediglich Rups Aufseufzen. Dann vernehme ich ein Rascheln und nach ein paar Sekunden wird es plötzlich furchtbar kalt und ich zucke vor lauter Schreck zusammen.

Ich reiße die Augen auf. „Eine *Grillzange*?“

Rup verzieht das Gesicht zu einem trockenen Schmunzeln. „Im Gegensatz zu dir habe ich den Livestream mit offenen Augen verfolgt.“

„Ach komm schon“, jammere ich und klammere mich mit den Händen an der Küchenabdeckung hinter mir fest. „Du hast doch genug zu tun.“

„Trish hat mich angerufen.“

Kopfschüttelnd blicke ich zur Decke. „Wieso musstest du meiner Mum auch das Internet erklären?“

„Na komm. So schlimm ist es nicht“, antwortet er mit einem leichten Schmunzeln.

„Mir steckt eine Grillzange im Ausschnitt, Rup!“, entgegne ich vehement.

„Sei lieber froh, wenn das das Einzige ist, dass dir im –“

„Rupert?“

Ach du scheiße.

„Ja?“ Rup hat schnell von mir abgelassen und guckt Clarice mit so geschäftiger Miene an, als wäre das eine vollkommen normale Situation. Als würde mir kein Küchenutensil wie eine Eins zwischen den Brüsten stecken.

„Anne Burrows. Schon wieder“, sagt Clarice mit einem kleinen Notizblock in der Hand. Mir gegenüber sagt sie nichts. Sie sieht mich nicht mal an. Womöglich *weil* sie mich nicht sieht, denn sie hat ihre Brille nicht auf und ist mit ihren beinahe sechzig Jahren ohne sie praktisch blind. Das wäre in diesem einen Fall toll.

„Sagen Sie ihr, ich rufe zurück“, erwidert Rup und nickt ihr zu.

„Und wann?“ Ihr vernebelter Blick schwebt in meine Richtung und verharrt einen Moment auf der Grillzange. „Wenn die Brüste durch sind?“

Rup öffnet den Mund, um etwas zu erwidern, doch Clarice winkt ab und zottelt davon. „Diese Jugend.“

Perplex begegne ich Rups Blick, der sich nach einem kurzen Seufzen wieder meinem Ausschnitt widmet.

Ich atme tief durch und versuche, meine Konzentration auf ihn zu lenken. Auf den säuberlich hochrasierten Ansatz seiner blondbraunen Haare. Den Schatten eines Bartes. Auf die von ihm abgehende Wärme, seinen männlichen Davidoff-Duft. Seine wohltuende ... entspannende, ablenkende Gesell...

„Sue?“

Herrgott noch eins! Erschrocken reiße ich die Arme nach oben und werde gleichzeitig schützend hinter Rup gedrückt. Vor uns in der Tür steht Ernie, den Mund speerangelweit offen, in der Hand einen dicken Umschlag haltend. Seine dunkelblaue Postuniform sitzt wie immer etwas schief und die Fellmütze mit den angenähten Ohrenschützern wirkt zwei Nummern zu groß. „Du hast ... da was zwischen ...“

„Hey! Mann.“ Rup unterbricht Ernie in ernstem Tonfall, während ich versuche, die Zange aus meinem Ausschnitt zu ziehen. Nur hat sich das Ding irgendwie im Gummizug verheddert.

„Hier gibt es nichts zu sehen, in Ordnung?“

„Ja klar, sorry, tut mir leid“, sagt Ernie schnell und kratzt sich verlegen am Nacken, blickt dann auf den Umschlag und schaut wieder flüchtig auf. „Ich wollte nur ... Ich habe per Zufall die Übertragung gesehen, von der ... und da wollte ich nur sehen, ob du ... du weißt schon, ob bei dir alles in Ordnung ist, Sue. Mir wurde gesagt, dass du hier bist, also ... wollte ich nur kurz nachfragen.“

„Ja! Ja, danke, Ernie es ist alles ... Es ist alles bestens!“, antworte ich nervös lächelnd und rüttle an dem verdammten Ding rum, das mir bei der ganzen Fuchtelei ins Gesicht zu schlagen droht.

„Oh, gut, gut ... Das freut mich“, sagt Ernie mit einem schrägen Grinsen und hält dann den Umschlag hoch. „Würden Sie dann hier vielleicht kurz unterzeichnen, Mr Clarks?“

Rup seufzt auf und geht auf Ernie zu, während ich mich abwende, den Stiel der Zange mit beiden Händen packe, hinunterblicke und ... o Gott.

Ich glaub, ich muss kotzen.

3

„... und wenn man diese Zahl dann durch die Anzahl der Länder rechnet, beschränkt sich der Anteil an Zuschauern in Großbritannien ... das heißt, wenn ich Taiwan miteinrechne ...“ Marcy nuschelt vor sich hin und drückt anhand der Geräusche hie und da auf die Tasten eines Taschenrechners.

Derweil hocke ich hinter der geschlossenen Toilettentür und versuche, die Überreste einer halbzerkauten Heuschrecke gründlich aus meinem Dekolleté zu entfernen. Ich weiß, dass da mittlerweile nichts mehr sein sollte. Dass ich da nun mindestens fünf Minuten dran rum geschrubbt habe und die Stelle glänzen sollte wie ein polierter Babyhintern. Nur kriege ich dieses Bild nicht mehr aus dem Kopf. Und genau das wird von nun an passieren: Wann immer ich meine Brüste sehe, werde ich an diese Heuschrecke denken müssen.

Vorsichtig schiele ich hinunter.

Na toll. Die ganze Fläche ist glühend rot und übersät mit winzigen Punkten. Als hätte ich eine allergische Reaktion.

„... und das dann abzüglich Schottland, Wales und Nordirland ...“

Dabei *mag* ich meine Brüste. Sie sind jetzt keine Mordsdinger, aber ich find sie schön.

„... und dann noch all die Babys und Kleinkinder subtrahiere ...“

O Gott. Wenn das eine Auswirkung auf mein Sex-leben hat, dann bringe ich Ben um.

„Sechzehn!“, ruft Marcy plötzlich triumphierend und lässt sich, dem Geräusch nach zu schließen, vom Waschtisch gleiten. „Sechzehn Leute haben das Video potenziell in London gesehen. Das ist doch toll, nicht wahr?“

„Ja“, antworte ich minder begeistert. „Toll.“

„Lass dich nicht unterkriegen, Sue.“ Marcy tritt näher an die Tür. „Du bist doch so taff und mutig. An deiner Stelle hätte ich wohl *ganz* genau gleich reagiert.“

Das glaube ich ihr sogar. Trotzdem muss ich schmunzeln. „Danke, Marcy. Und danke für den Waschlappen.“ Schwerfällig halte ich das Stück Stoff vor mich hoch, obwohl ich weiß, dass sie mich nicht sieht.

„Weißt du was, ich hol dir meinen Ersatzpulli!“, ruft sie plötzlich begeistert. „Dann fühlst du dich gleich besser!“

„Oh, nein, Marcy, danke, aber das ist schon ...“, hebe ich an, doch ich höre nur noch, wie die Tür ins Schloss fällt. Frustriert blase ich einige Strähnen aus meinem Gesicht und sacke auf dem Klodeckel zusammen. Obwohl ich die Haare heute Morgen noch sorgsam geglättet und zu einem Zopf geflochten habe, fallen sie mir jetzt in wilden Locken ins Gesicht. Erneut wage ich einen Blick auf meine Brüste und verziehe angewidert das Gesicht.

Als die Tür ein weiteres Mal aufgestoßen wird, lasse ich den Kopf in den Nacken fallen. „Wirklich, das ist echt lieb von dir, aber ich –“

„Was? Dass ich dir eine zerkaute Heuschrecke aus dem Ausschnitt gezogen habe?“

„Ich habe doch gesagt, dass ich das Wort nie mehr hören möchte.“ Noch vom Klodeckel aus öffne ich die Tür und blicke Rup aus schmalen Augen entgegen, der mich mit einem breiten Grinsen anschaut.

„Ach komm, so schlimm war es nicht.“

„Nicht so schlimm?“, frage ich und lasse dann den Lappen in meinen Schoss fallen. Sein Gesicht zuckt beim Anblick meiner leuchtenden Haut am Dekolleté merklich zusammen. „Schau mich an, Rup! Ein Affe hat mich vollgepinkelt, den Rest seines Nachmittagssnacks in meinem Ausschnitt entsorgt und mich so damit erschreckt, dass ich ... ich ...“ Stockend breche ich ab und erlaube mir ein paar Sekunden. Dann stehe ich auf und schließe einen Moment die Augen, um ruhig fortzufahren. „Ich habe nicht darüber nachgedacht, was ich da mache, ich habe nur ... reagiert. Und als ich dann plötzlich realisiert habe, *was* gerade passiert, ist dieses Ding aus ... Versehen auf Miranda gelandet.“

„Ja, der Teil war gut.“

Entgeistert starre ich Rup an, dessen fröhliches Grinsen sofort von seinem Gesicht verschwindet. Er räuspert sich und greift hinter seinem Rücken an den Waschtisch. „Ich meine furchtbar. Absolut furchtbar.“

„Ja! Es *war* furchtbar! Nur weil sie mich ignoriert, muss ich sie ja nicht gleich mit einem Affen bewerfen.“

„Insbesondere bei Mirandas Mundgröße.“ Er bemüht sich, ernst zu bleiben, kann aber ein amüsiertes Zucken an seinen Mundwinkeln nicht unterdrücken. „Ich dachte, der Affe würde darin verschwinden. Wie in einem schwarzen Loch.“

Seufzend fahre ich mir mit einer Hand übers Gesicht. „Ehrlich, Rup, es ist mir ein Rätsel, wie ich ihr noch ins Gesicht sehen soll.“

„Na komm, als ob das so ein großer Verlust wäre.“

„Sie weiß, wie es Lance geht. Ich wollte nur ... Ich dachte, wir könnten kurz miteinander reden.“

„Hey. Schau mich an.“ Rup wartet, bis ich meinen Blick hebe. „Du hast das Video von ihm gesehen. Es geht ihm *gut*. Natürlich muss er Mirandas Lachen ertragen und das wird ihn wohl auf Dauer einen guten Teil seines Gehörs kosten, aber ansonsten scheint er es zu verkraften.“

Wenig überzeugt verziehe ich mein Gesicht.

„Sue. Hör zu.“ Rup stößt sich von dem Waschbecken ab, tritt auf mich zu und schaut mich mit zusammengezogenen Augenbrauen an. „Wir hatten doch das

Thema. Lance und ich haben darüber gesprochen und die Sache aus der Welt geschafft."
„Er hat dir eine reingehauen."
„Ganz richtig."
„Mitten auf der Straße."
Den Blaustich um sein Auge erkennt man noch immer.
„Na siehst du. Und damit ist das Thema gegessen. Wir haben die Sache wie Männer geregelt. Okay?" Mit einem Lächeln umfasst er meine Wangen und lässt seine Daumen darüberstreichen.
Zweifelnd erwidere ich seinen Blick. „Und was, wenn er dir übernächste Woche wieder eine reinhaut?"
„Sue." Er lässt seine Hände sinken und blickt seufzend weg, doch ich kann meine Sorgen nicht einfach wegschieben. Im Gegenteil. „Ernsthaft, Rup, was, wenn ihr euch wiederseht und dann haut er dir noch eine rein, mitten auf dem roten Teppich von Marcs Filmpremiere. Und dann mischen sich auch noch andere ein und schlussendlich springt ihr ... aufeinander rum wie beim Wrestling!" Mit aufgerissenen Augen starre ich auf einen Punkt vor mir. „Und dann seid ihr begraben unter einem Haufen Promis und irgendwelchen breiten Bodyguards, die sich von morgens bis abends mit Eiweiß aufpumpen und die ganze Welt schaut zu, weil alle Fotografen es festhalten."
Da ist es, ganz deutlich vor meinem inneren Auge. Ein riesiges Promi-Sandwich mit Rup und Lance irgendwo dazwischen. Ganz flach.
„Sue ..."
„In knapp zwei Wochen ist Weihnachten", fahre ich fort und schaue ihn flehend an. „Und ich möchte das Fest und die Bescherung unter uns genießen können, so wie die letzten Jahre, mit allen unter einem Dach. In Pyjamahosen, so wie wir immer miteinander feiern."

Als Sophie, Jess, Ellie und ich noch keine Beziehungen hatten, haben wir uns mindestens einmal pro Monat zu einer Pyjamaparty getroffen und vor etwa zehn Jahren die Tradition ins Leben gerufen, den 24. Dezember zusammen in Pyjamas zu verbringen.

„Und das kann ich nicht, wenn diese Sache immer noch zwischen uns steht und eine riesige Kluft in unsere Gruppe reißt."

Er seufzt. „Und was soll ich deiner Meinung nach, tun? Hm?"

„Du ... Nichts. Du kannst nichts tun." Betrübt senke ich den Blick. „Ich hatte nur gehofft, dass wir nach all der Zeit endlich wieder miteinander reden können."

„Das werdet ihr. In Ordnung? Komm." Er zieht mich zu sich und streicht mir beruhigend über die Haare. „Mach dir keinen Kopf."

Mir ist klar, dass ich mir nicht so viele Sorgen machen sollte. Allerdings hat mir Mirandas Nichtachtung einen ordentlichen Dämpfer verpasst. Und statt einem annähernden Wortwechsel habe ich sie aus dem Nichts mit einem Affen beworfen. Keine Ahnung, ob ich noch selbst mit mir sprechen würde.

„Sue, ich hab den Pull... Oh."

Wir zucken auseinander und blicken Marcy entgegen, deren breites Strahlen unter ihrer Pilzfrisur erlischt, kaum dass sie uns gesehen hat. „Das ... Das ist aber die Damentoilette", sagt sie vorsichtig mit Blick auf Rup, ganz, als ob sie sich doch nicht so sicher wäre.

„Richtig", antwortet Rup und nickt, als wäre es die logischste Sache der Welt. „Und das da ist ein ziemlich ..." Er hält mit offenem Mund inne. Offensichtlich will er „hässlich" sagen, aber im letzten Moment ringt er sich ein künstliches Lächeln ab. „... gewagter Pullover, Marcy."

Mein Blick schweift hinunter und ... oh. *Oh.*

Der Pullover in Marcys Hand muss aus mindestens zehn Knäueln grüner Wolle bestehen. Aus der Ferne erkenne ich Rudolph, dessen Nase in Form eines wuchtigen roten Klumpens hervorsteht. Darüber, geradewegs unter dem Ausschnitt, baumeln diverse Bommel in allerlei Farben.

Marcy senkt den Blick. „Den wollte ich für das Weihnachtsfest anziehen ..."

Rup und ich schauen einander an, ehe ich mich wieder an Marcy wende. „Es ist ... Das ist ein schöner Pullover, Marcy", sage ich bestimmt und lächle ihr aufmunternd zu. „Danke dir."

Mit roten Flecken auf den Wangen beginnt sie wieder zu lächeln und nestelt am Garn rum. „Die Nase und die Girlanden kann man auch zum Leuchten bringen, schau!"

Okay. Es ist doch ein ziemlich hässliches Teil.

Marcy jedoch feiert dieses Kleidungsstück so sehr, dass ich gar nicht anders kann, als ihn ihr abzunehmen. Dann stehe ich unschlüssig da und gucke auf den Discopullover in meinen Händen. Die Bommel der Girlande blinken mir entgegen und irgendwo zwischen der ganzen Wolle fühle ich ein schmales Gehäuse, in dem die Batterie sein muss. Mit einem Blick auf Marcy weiß ich, dass sie sehnsüchtig darauf wartet, dass ich ihn anziehe. Also ringe ich mich zu einem Lächeln durch und ziehe den kratzigen Stoff über meinen Kopf.

„Oh, wie schön!" Marcy klatscht in die Hände, als ich meinen zerzausten Zopf aus dem eng gestrickten Kragen ziehe. „Wenn du magst, kannst du den Pullover für die Weihnachtstage haben. Ich habe noch einen zweiten, mit Lametta dran!"

„Das glaub ich sofort", nuschelt Rup mehr zu sich selbst, doch Marcy deutet das als Zustimmung. „Ja, und Musikuntermalung!" Sie schenkt uns ein freudiges Lachen und lässt uns wieder allein zurück.

Als die Tür hinter ihr zuschwingt, bemerke ich Rups Blick. Offensichtlich weiß er nicht so genau, ob er bei meinem Anblick lachen oder weinen soll.

Ich wende mich dem Spiegel zu. Wenn ich mit dem Ding auf die Straße gehe, gibt das vor lauter Geblinke einen Verkehrskollaps.

„Hier."

Rup streckt mir sein schwarzblaues Karohemd entgegen. Meine Augen wandern automatisch weiter über seine definierten Unterarme. Nie im Leben hätte ich gedacht, dass mich Arme mal so ... na ja, so ... *rawr*. Dann wiederum könnte ich ihn einfach nur anstarren, minutenlang. Seine blondbraunen Haare, die dunklen getrimmten Bartstoppeln an seinen Wangen, die kleinen Grübchen, die sich bilden, wenn er lächelt. Das stolze, leidenschaftliche Funkeln in seinen blauen Augen, wenn wir einen erfolgreichen Release geschafft haben. Die entspannten Gesichtszüge, wenn er vor dem Fernseher schläft und das Fernbleiben der Runzeln auf seiner Stirn, wenn auch nur für eine kurze Dauer.

„Es wäre ratsam, das Hemd zu nehmen", bemerkt er.

„Oh. Ja. Moment." Nach einem Blick zur Tür fasse ich schnell nach dem Saum des Pullovers und fange an zu ziehen. Um die Wolle über meinen Kopf zu kriegen, beuge ich mich vornüber, nur ... scheint sich die blöde Batterie irgendwo verheddert zu haben. Resigniert seufze ich auf und stelle mich wieder gerade hin, die Arme zur Decke gestreckt, die Wolle irgendwo auf Halbmast. „Kannst du mir mal helfen, bitte?"

Rup wirft, dem Geräusch nach zu urteilen, sein Hemd auf das Waschbecken und das nächste, das ich ... das ... Oh.

Seine Hände legen sich auf die nackte Haut meiner Taille und schieben sich dann Stück ... für Stück ... für ... Ich sollte den Pullover behalten.

Definitiv.

Er wird Teil unserer wöchentlichen Sexabende. (Nicht, dass wir geplante Sexabende hätten. Nur arbeitet Rup so viel und lange, dass es manchmal gar nicht so verkehrt wäre, hie und da etwas zu koordinieren. Natürlich nicht offiziell oder so. Es würde wohl ziemlich merkwürdig aussehen, wenn in seinem Kalender ständig *Sexabend* stehen würde.)

Meine Arme beginnen langsam zu kribbeln. Seine Hände schieben den Stoff über meine Rippen und streifen den Rand meines Sport-BHs. Dann tasten seine Finger sich bis zu meinem Rücken vor und lösen das kleine Kästchen mit der Batterie aus dem Gummizug.

Als seine Finger sich unter den Elastikbund schieben, zieht er die Luft ein.

O mein Gott.

Ich kann nicht anders. Ich will diesen Pullover nie mehr ausziehen. Oder noch besser: Ich will diesen Pullover *nur* noch ausziehen. Ständig. An jedem einzelnen Tag. Und wenn nötig, sende ich ihm eine Outlookeinladung.

Mein Kopf fällt automatisch in den Nacken, als seine Daumen über die Wölbung meiner Brüste streichen und ich beiße mir vor lauter Verlangen auf die Lippen. Die blinkenden Disco-Bommel werfen bunte Schatten auf meine geschlossenen Lider. Meine Beine beginnen sich zu verdrehen, mein Puls beschleunigt sich, meinen Lippen entweicht ein flehendes Keuchen und alles, woran ich denken kann, ist ...

Plötzlich knallt die Tür auf und Clarice' Stimme hallt von den Wänden wider. „Anne Burrows will Sie. Jetzt."

Was?

Nein!

Wer ... Ich will ihn! Ich!

Mit einem Satz lässt Rup von mir ab. Was ... Ich kann gar nicht folgen. Gerade noch war ich im siebten Discohimmel und jetzt weiß ich nicht mal, wo ich hingucken soll. Rup legt schützend eine Hand an meine Hüfte. Offensichtlich hat er sich vor mir positioniert.

„Clarice." Obwohl ein Lächeln in seiner Stimme mitschwingt, bemüht er sich um Fassung. „Wie viele Male habe ich schon gesagt, dass Sie anklopfen sollen?"

„Wusste nicht, dass das auch für die Damentoilette gilt", antwortet Clarice und hält dann einen kurzen Moment inne. „Ist das Marcy da hinten?"

„Nein. Nein, das ist ... Nein. Sicher nicht", antwortet Rup und ich muss mir ein Kichern verkneifen. „Sagen Sie Anne, ich bin in einer Minute da."

Clarice grummelt zustimmend und ich höre, wie die Tür wieder zuschwingt.

Ich pruste los und fange an, ungeduldig zu zappeln. „Langsam hab ich kein Gefühl mehr in den Armen."

Im Gegensatz zu vorhin greift Rup nun beherzt nach dem Saum und zieht ihn mir mit einem Ruck über den Kopf. Als nur noch meine Arme drinstecken, schenke ich ihm durch die zerzausten Haare, die mir abstehen, ein wohliges Grinsen. Rup verdreht die Augen und hält mir erneut das Hemd hin. „Jetzt zieh das besser an." Dann dreht er sich um und spritzt sich kaltes Wasser ins Gesicht.

„Wir sehen uns aber später, oder?", frage ich und schlüpfe in das Hemd, das mir fast drei Nummern zu groß ist. Dabei beginne ich mir schon auszumalen, wie er nach Hause kommt und wir genau da weitermachen. Ich werde den Pullover anziehen und einfach darauf warten, dass er ihn mir wieder auszieht. Oder noch besser – ich lasse ihn einfach die ganze Zeit über an, so halbwegs, damit ich nicht sehe, was er tut. Das ist noch aufregender. Die Beleuchtung können wir ja weglassen.

„Klar." Er drückt mir einen Kuss auf die Lippen und will schon zur Tür raus, als sein Handy piept und er die

Augen zusammenkneift. „Verdammt, nein, das geht nicht."

„Du kommst nicht vorbei?", frage ich verwundert.

„Heute ist das Abendessen mit Andrew West, diesem Typen von dem Magazin, der einen Artikel über den Verlag bringen will. Könnte spät werden. Am besten, ich übernachte dann in meiner Wohnung", sagt er mit konzentrierter Miene und starrt in sein Handy. „Aber ... mach dir einen netten Abend. Okay?" Er wirft mir ein kurzes Lächeln zu.

„Klar! Ja, sicher. Kein Problem." Und dann, bevor er ganz zur Tür raus ist, rutscht es mir einfach so raus. „Ich liebe dich!"

In meiner Bewegung, den Pullover zusammenzulegen, halte ich inne und blicke auf.

Ach du dickes Ei.

Mein Blick flattert zur Tür.

Ich kann ... einen Anflug eines Zögerns erkennen. Einen klitzekleinen Anflug und ... jetzt ist er weg. Tür zu.

Hab ich das jetzt wirklich gesagt? So ... laut? Richtig hörbar? Kurz lasse ich meinen Blick durch den Raum flitzen und ziehe das Hemd vorn enger zu.

Nun. Und wenn schon. Oder? Ist ja nichts Schlimmes. Die Amerikaner sagen das doch nahezu ständig, richtig? Zu ihrer Familie, den Freunden, den Haustieren ... dem Typen, der den Tank vollmacht. Da ist nichts dabei.

Ich klemme mir das dicke Bündel Wolle unter den Arm und recke mein Kinn hoch. Eine ausgiebige Dusche und eine Familienpizza – das ist der Plan. Und dann werde ich den heutigen Tag vergessen.

Bis auf die Sache mit dem Pullover. Die Sache mit dem Pullover darf gern jeden Tag passieren.

Mit positiver Energie begebe ich mich zum Ausgang des Büros.

„Hey, Watson."

Auf dem Weg nach draußen halte ich inne und schenke selbst Josh, der mit einer Kaffeetasse in der Hand Richtung Sitzungszimmer unterwegs ist, ein selbstbewusstes Lächeln. „Hm?"

„Dir klebt noch ein Käfer im Haar."

Jetzt wäre ich fast in den Garderobenständer gelaufen.

4

Ich weiß, dass ich mir keine Gedanken darüber machen wollte. Über das Ich-liebe-dich-Thema und so. Allerdings macht man sich doch schon in dem Moment welche, in dem man sich vornimmt, nicht an das zu denken, woran man nicht denken möchte. Oder? Dementsprechend war ich am nächsten Samstag ganze fünfzehn Minuten lang damit beschäftigt, mir während des Schamponierens nicht das Gehirn zu zermartern, dass ich gar nicht realisiert habe, dass Sophie plötzlich im Badezimmer stand. Seit sie kurzerhand bei Marc eingezogen ist, bin ich zwar sehr dankbar, in ihrer Wohnung leben zu können, aber irgendwie kommt sie selten auf den Gedanken, mal anzuklopfen, auch wenn sie immer noch einen Schlüssel hat. Ich meine, ich könnte ja Gott weiß was da drin machen.

Und jetzt, ganze vier Stunden erfolglosen Kleidershoppings später, hocke ich neben Sophie im Doppeldecker Richtung Covent Garden und googele.

Gegen ein bisschen Weltoffenheit spricht ja auch wieder nichts, oder?

Ich tippe: *Wann ist es okay „Ich liebe dich" zu seiner Jugendliebe zu sagen* und drücke auf *Suchen.*

Über 300.000 Ergebnisse springen mir entgegen. Mit dem Ellbogen auf dem Fensterbrett klemme ich die Spitze meines Daumens zwischen meine Zähne und scrolle ein bisschen runter, um die verschiedenen Titel zu lesen.

Unglaublich. Da gibt es tatsächlich ganze Manuals zu diesem Thema. Sogar Tipps und Tricks, Regeln und so ein Zeugs. Ich kneife meine Augen zusammen und klicke auf: *Ich liebe dich – finden Sie den richtigen Zeitp...*

Während die Seite lädt, schiele ich zu Sophie hinüber. Sie ist damit beschäftigt, mit Marc zu texten (wobei ich kein Wort davon verstehe, selbst wenn ich es wollte. Die zwei schaffen es doch tatsächlich, sich hauptsächlich via Emojis zu unterhalten. Vielleicht ist das so ein Promi-Ding, aber selbst das MI6 hätte Mühe bei den beiden, ziemlich sicher).

Der Bus kommt mit quietschenden Bremsen zum Stillstand und als sich die Türen unten öffnen, weht ein kühler Luftzug die Treppe hoch. Durch die beschlagenen Scheiben sind die Leute draußen kaum zu erkennen. Allesamt sind sie unter einer dicken Mantelschicht und Wollmützen versteckt und jeder zweite ist mit prall gefüllten Einkaufstüten unterwegs.

Der Bus kommt wieder brummend in Bewegung und ich widme mich dem nun geladenen Artikel. Nur ganz schnell.

Dem Durchschnittsmann von Heute gelingt es im Leben vier Mal, seine Liebe einer Frau zu gestehen. Frauen sagen durchschnittlich drei Menschen, dass sie sie lieben. Nicht selten häufen sich somit die Fragezeichen vor dem ersten „Ich liebe dich".

Moment. Nur drei Mal? Bestimmt habe ich schon mehr als drei Menschen gesagt, dass ich sie liebe. Da wären meine Eltern, Sophie, der nette Kassierer vom Starbucks in Mayfair, der mir immer extra Schlagsahne auf den Frappuccino macht und ... Lance. Habe ich Lance mal gesagt, dass ich ihn liebe? Ich meine, ich habe *gedacht*, dass es so wäre, aber ... habe ich es jemals ausgesprochen?

Wem Rup wohl so seine Liebe gestanden hat? Ich kann mir kaum vorstellen, wie er es zu seinem Vater sagt. Vielleicht wohl eher zu einem Haustier. Einem Goldfisch. Vielleicht sollte ich ihn mal fragen, so ganz ungeniert durch die Blu...

„Sag mal, wusstest du, dass es schon ein GIF von dir gibt?"

Ich zucke zusammen. „Was?"

„Ein GIF." Sophie streckt mir amüsiert ihr Handy entgegen.

Ach du heiliger Bimbam.

„O mein Gott. Soph, das ist ...", hebe ich lahm an, doch ich weiß gar nicht, wie ich das beschreiben soll. Wenn's nicht ich wäre, würde ich es ja fast noch lustig finden, aber so? Ich wirke wie eine Wahnsinnige. Mit wehenden Haaren und wild herumfuchtelnden Armen. Immer und immer wieder reiße ich mir das Top vom Kopf und immer wieder fliegt der Affe durchs Bild Richtung Mirandas Kopf. Das kann ich nicht mitansehen.

„Wo hast du gelernt, dich so zu bewegen?", fragt Sophie interessiert und als ich nicht antworte, stupst sie mich wohlwollend an. „Oh, Sue, komm schon, du musst das Ganze locker sehen! Du kannst es nicht ungeschehen machen."

„Soph." Der Bus rumpelt über eine Bodenwelle und ich blicke sie nüchtern an. „Dieser Affe hat seine ganze Blase auf und in mir entleert."

„In dir?" Sie verzieht das Gesicht. „Was heißt das denn?"

„Ich bin mir ziemlich sicher, dass mein Arm den Urin aufgesogen hat wie Dünger."

Meine Haut ist von Natur aus so trocken, dass ich mich auf dem gesamten Weg runter zum Büro gefragt habe, wo das Zeug eigentlich hin ist. Kein Witz.

Sophie fängt bei meinem Gesichtsausdruck an zu lachen und schenkt mir einen mitfühlenden Blick. „Sue, ich gehe jede Wette ein, dass morgen kein Mensch mehr davon spricht. Außerdem erkennt man dich gar nicht!" Sie hält das Handy hoch und tippt drauf. „Hier, ich sehe nur herumwirbelnde Haare, einen fliegenden Affen und Unterwäsche."

„Unterwäsche?" Wo bitte sieht man denn meine ... Tatsächlich. Man sieht meine Unterwäsche. Nur ganz kurz und direkt am Schluss aber ... der pinke Sport-BH ist eindeutig sichtbar und wenn man ganz genau hinguckt, erkennt man sogar den Saum meiner Spitzenunterhose.

Ein Wunder, dass sich Mum noch nicht aus ihrem dreiwöchigen Karibikurlaub gemeldet hat.

„Mach dir keine Sorgen. Das Beste, das du tun kannst, ist mitzulachen. In Ordnung? Lächle es einfach weg!"

„Hat Marc dir das geschickt? Das GIF?", frage ich.

„Ja. Zusammen mit dem Printscreen von *YouTube*."

„Von *YouTube*?" Obwohl ich es besser wissen müsste, greife ich nach ihrem Handy und glotze auf das Display. Ich muss ein paar Mal blinzeln, um die Titel richtig einzuordnen, aber ... tatsächlich. Das Video mit der Überschrift *OMG Live-Übertragung Meditation Ben Foster eskaliert* ist auf Platz drei der ... Nein. Das kann nicht wahr sein.

„Liem hat doch das Video gelöscht ...", murmle ich manisch. „Er hat doch ... Wie kann es denn ..." Mein Kopf schnellt einer Eingebung folgend hoch. „Hat Marc den Printscreen vielleicht gefälscht? Hat er sich einen Spaß erlaubt?"

Sophie verzieht das Gesicht. „Ich *glaube* nicht."

Wieder starre ich auf das Display. Lese einen Buchstaben nach dem anderen. Platz drei. Der Trends. In ganz Großbritannien.

So viel zu Marcys Berechnungen.

Ich bin so perplex, ich kriege nur annähernd mit, wie das Dröhnen des Motors zurückgeht und der Bus sich verlangsamt. Meine Augen verschmälern sich und ich schiebe meinen Kopf vor. Wenn ich mich nicht verlese, dann steht da ... dann steht da ... ach du Scheiße.

Das steht doch im Leben nie da.

„553.341 Klicks." Ellie blickt mit offenem Mund von ihrem Handy hoch und ich habe gerade den ersten Whiskeyshot meines Lebens getrunken.

Ich knalle das Glas auf den Tisch und wische mir die übrigen Tropfen vom Kinn. „Das ist furchtbar."

„Na ja!", hebt Ellie bemüht fröhlich neben mir an. „Es gibt auch welche, die haben nach vierundzwanzig Stunden schon Millionen von Klicks!"

„Ich meine den Whiskey", bemerke ich und schenke Ellie ein schwaches Lächeln. „Aber danke."

Normalerweise würde ich hoffen, dass ich mich schlichtweg verhört habe – zumindest ist das *Whitbys* brechend voll und wir haben glücklicherweise eine Sofanische im hinteren, etwas ruhigeren Teil des Pubs bekommen. Allerdings bin ich mir ziemlich sicher, dass es vor einer guten Stunde noch 552.000 Klicks waren. Tausend Klicks. In einer Stunde. Hätte Soph mich nicht an die Hand genommen, ich glaube, ich wäre im Bus die Treppe runtergefallen.

Fünfhundertdreiundfünfzigtau... Ernsthaft, die Zahl ist sogar für mein Gehirn zu lang.

„Ich brauche noch einen von ... dem hier." Schwerfällig schiebe ich mich von der Bank, wedle mit dem leeren Glas in der Luft und blicke fragend in die Runde. „Will noch jemand einen? Ist echt hässlich, aber er brennt jegliche Art von merkwürdigen Gedanken weg, also ... Nein?"

„Ich hätte gern eine Cola, wenn es dir nichts ausmacht!", bittet Ellie und ich nicke ihr zu.

„Hab alles. Danke!", sagt Jess und tippt etwas in ihr Handy.

„Eine Cola. Kommt sofort." Mit hochgeschobenen Ärmeln beginne ich mich schlängelnd und drückend zur Bar durchzukämpfen. Nach ein paar Minuten habe ich Glück und kann mir einen freien Platz ergattern. Mit den Handflächen trommle ich auf dem glänzenden Holz rum und versuche, die Aufmerksamkeit von Philip, dem Barkeeper, zu erlangen.

„Na, wenn das nicht Miss Watson ist!"

Mitten in der Bewegung halte ich inne. Die Stimme kenn ich doch.

Oh, bitte nicht. Bitte nicht Creepy James.

Wo *ist* Philip?

Auf den Zehenspitzen beuge ich mich vornüber, um durch Winken die nötige Aufmerksamkeit zu bekommen, als plötzlich ein halb ausgetrunkenes Pint Bier neben mir auf der Bar landet. Der Schaum schwappt über und benetzt meinen Unterarm. Igitt.

Dann blicke ich auf und schaue in das schmierige Gesicht von Creepy James.

Irgendwie hat er es geschafft, neben mich an die Bar zu kommen, und schiebt nun seinen Körper und sein Bier mit knapp zwei Zentimetern Abstand in meine Komfortzone.

„James", sage ich minder begeistert. „Hallo."

„Die kleine Miss Watson." Ein anzügliches Grinsen schleicht sich auf sein Gesicht und es dauert keine drei Sekunden, bis er eine Unterhaltung mit meinen Brüsten beginnt. „Dass du dich hier noch blicken lässt." Er leckt sich mit frivoler Geste über die Lippen. „Man ging ja schon davon aus, du hättest die Stadt verlassen."

Ich bin echt froh, einen hochgeschlossenen Pullover zu tragen, denn Creepy James schaut mir deshalb tatsächlich wieder in die Augen. Nicht, dass das weniger unheimlich wäre. Allerdings frage ich mich wirklich, wie er sich als Zahnarzt überhaupt beweisen kann, wenn er Frauen nur in den Ausschnitt starrt. Bestimmt erkennt er seine Patientinnen nicht am Namen, sondern an der Körbchengröße. Von der Zusammenarbeit mit Lance in der Praxis mal abgesehen, ist es mir ein Rätsel, wieso er mit ihm befreundet ist.

Ohne meinen Blick von ihm zu lassen, strecke ich meinen Arm so weit wie möglich nach vorn über die Bar und winke. „Wieso sollte ich denn bitte die Stadt verlassen?"

„Na ja …“ Creepy James holt tief Luft und berührt mit seinem Bauch beinahe meinen. „Die Sache, die du da mit Lance abgezogen hast … Mann, Mann, Mann.“

Eine Welle Bier und Schweiß schwappt in meine Richtung und ich versuche, einen Schritt nach hinten zu machen. Die Bar ist jedoch so voll, dass ich regelrecht gefangen bin.

Himmel, ist der Typ widerlich. Und er scheint es nicht mal zu merken.

„Das muss bestimmt schwer für euch zwei sein“, redet er weiter und stützt sich auf der Bar ab, während er mich mit seinen dunklen Augen wieder von oben bis unten scannt. „Euch dauernd über den Weg zu laufen …“

Mein Arm fällt plump auf den Tresen. „Die Stadt hat ungefähr acht Millionen Einwohner, James. Da liegt ein zufälliges Treffen bei unter null Komma einem Prozent.“

„Mhmm.“ Creepy James zieht seinen Mundwinkel nach oben. „Und wir zwei treffen uns hier. Zufall? Schicksal, vielleicht?“ Seine Augen blitzen auf und er nimmt einen großen Schluck von seinem Guinness, ohne seinen Blick auch nur eine einzige Sekunde von mir …

Gott, ist er grässlich.

Ich blicke wieder nach vorn und springe auf, als Philip mich entdeckt. Eilig gebe ich meine Bestellung auf und krame das nötige Kleingeld heraus. Endlich!

„Aaach, lass stecken.“ James’ Hand landet auf meiner Schulter und mit einem Ruck zieht er mich unter seine Achselhöhle. „Ich übernehm die Bestellung der jungen Lady hier!“ Ein dickes ledriges Portemonnaie landet auf der Bar.

„Das ist echt nicht nötig, James“, sage ich und will mich aus der Umarmung befreien, doch er verstärkt seinen Griff nur.

„Nein, nein, nein, ich will das so!“ Er lallt ein wenig und ich fühle, wie meine Schulter, die unter seiner Achselhöhle gefangen ist, kühl und feucht wird. Seine Kleidung, sein Atem, sein ganzes Auftreten, alles riecht furchtbar streng nach Alkohol, Schweiß und einem viel zu intensiven Aftershave.

Philip stellt meine Bestellung auf den Tresen und ich versuche erneut, mich irgendwie aus der Lage zu befreien. Ich winde mich und will bereits nach meinen Gläsern greifen, als James mich mit einem Ruck an sich drückt. Gerade noch so kann ich meine Arme zwischen uns schieben und mein Gesicht wegdrehen.

„Acht Millionen Einwohner. Aber weißt du was?“ Seine Stimme hört sich unglaublich schmierig an und sein Gesicht ist viel zu nah. „Nur eine einzige richtig gute Zahnarztpraxis.“

„James, lass mich los!“ Mit beiden Händen an seiner Brust versuche ich mich abzustoßen, doch ihn scheint das nur noch mehr anzufeuern.

„Soll heißen, wenn du mal ... du weißt schon...“ Ich ziehe meinen Kopf zurück, doch er schiebt seinen Mund nur weiter vor, sodass seine Lippen mein Ohr streifen. Eine starke Alkoholfahne weht mir entgegen. „... wenn du mal eine *richtige* Füllung willst ...“

„Du sollst mich loslassen, sagte ich!“ Mit aller Kraft drücke ich gegen seinen Oberkörper, doch er lässt sich nicht ...

„Ich glaube, die Worte der Lady waren klar genug.“

Eine Hand legt sich mit festem Griff auf James’ Schulter und im selben Moment lässt dieser von mir ab. So weit wie möglich weiche ich zurück und ziehe meinen Pullover zurecht.

Ein hochgewachsener Typ mit kurzen, leicht verstrubbelten, braunen Haaren hat sich mit starrem Blick hinter James aufgebaut und deutet nun mit der anderen Hand zum Ausgang. „Dort ist die Tür. Ich empfehle

Ihnen jetzt zu verschwinden, andernfalls bin ich gezwungen, die Polizei zu rufen."

„Die Polizei?" Creepy James lacht brüllend auf und Tränen lösen sich aus seinen Augen. „Mach dich doch nicht lächerlich, Junge."

„Noch eine Chance", erwidert der Mann ruhig und sein Mundwinkel zuckt kaum merklich nach oben. „Dann haben Sie Hausverbot."

Das Wort *Hausverbot* scheint Wirkung zu zeigen, denn das Lachen erlischt langsam auf James' Gesicht. Mit Blick auf mich streicht er sich den Sabber vom Mund, greift nach seiner Jacke und zwinkert mir zu. „Du weißt, wo du mich findest, kleine Lady." Ein letzter scannender Blick, und er verschwindet mit frivolem Grinsen in der Menge.

Kaum ist er weg, breche ich auf der Bar zusammen und atme tief durch. Dann fällt mein Blick auf meine Bestellung und ohne zu überlegen, greife ich nach dem Whiskeyshot und kippe ihn runter. Mein Rachen brennt wie Feuer und meine Organe ziehen sich automatisch zusammen. Immerhin scheint sich das Hämmern meines Herzens etwas zu stabilisieren.

„Alles in Ordnung mit dir?"

Eine Hand streift meine Schulter, und ich zucke automatisch zusammen.

„Oh, hey, keine Sorge. Ich bin's." Der Fremde hält beide Hände vor sich hoch und lächelt mich freundlich an. „Geht's dir gut?"

„Ja. Ja!", bringe ich hervor und presse kurz die Hand an die Stirn, um das Brennen des Whiskeys zu ertragen. „Danke für die Rettung, das war ... Ich glaube, wenn nicht bald was passiert wäre, dann hätte ich geschrien. Oder ihm in die Eier getreten."

„In diesem Fall wäre Letzteres wohl angemessen gewesen."

„Mir war gar nicht klar, dass das *Whitbys* neuerdings Türsteher hat“, sage ich und greife nach dem prallgefüllten Glas Cola für Ellie.

„Ich glaube, das hat es auch nicht.“ Der Fremde verzieht nachdenklich das Gesicht und blickt sich kurz um. „Zumindest habe ich noch nie einen gesehen.“

Mir klappt der Mund auf. „Dann sind Sie kein Türsteher?“

„Nein.“

„Wer sind Sie dann?“, frage ich blöd und werde von hinten angerempelt, weswegen ich mich mit der freien Hand an der Bar halten muss. Es dauert eine Sekunde, bis nichts mehr schwankt.

„Jake“, sagt der Fremde und hält mir seine Hand hin. „Eigentlich Jackson, aber alle Welt nennt mich Jake.“

Prüfend blicke ich ihn einen Moment lang an. Er ist schlank und besitzt ein markantes Kinn und buschige Augenbrauen. Als er mir ein offenes Lächeln zuwirft, sehe ich, wie sich kleine Grübchen auf seinen Wangen bilden. Im Gegensatz zu Creepy James sieht er an-ständig und freundlich aus. Und auf dem bordeauxfarbenen Pullover unter seinem offen stehenden Mantel ist kein einziger Schweiß- oder Bierfleck zu sehen.

Entschlossen greife ich nach seiner Hand. „Sue. Eigentlich Susan, aber alle Welt nennt mich Sue.“

Jake verzieht das Gesicht. „Jaa, um ehrlich zu sein, wusste ich das schon.“

„Was meinst du?“

„Sagen wir, dass ich dich erkannt habe.“

Es dauert einen Moment, bis mir ein Licht aufgeht. Sofort schrumpfe ich beim Gedanken daran innerlich zusammen. „Das Video.“

„Das Video“, wiederholt er.

„Na dann.“ Obwohl ich versuche, Sophs Rat mit dem Lächeln zu befolgen, bringe ich nur ein paar Gesichtszuckungen zustande, die ich selbst nicht recht einordnen kann. „Ich bin grad nicht in der Stimmung für Fotos oder Autogramme, also ... danke für die Hilfe, Jake, aber ich sollte dann auch wieder zurück zu meinen Freundinnen."

„Ja, sicher. Kein Problem. Allerdings ..." Er nestelt an der Innentasche seines Mantels und hält eine mintgrüne Karte vor sich hoch. „Jetzt, wo ich dich gerade zufällig treffe, kann ich dir auch das hier überreichen."

„Eine Visitenkarte?"

Jake schmunzelt. „Einen Job."

„Einen Job?" Ein ungläubiges Lachen rutscht mir über die Lippen und ich greife nach der Karte. Im gedämpften Licht des Pubs ist die goldene Schrift seines Namens und der E-Mail-Adresse darauf kaum zu entziffern. „Vielen Dank, aber ich habe bereits eine Anstellung."

„Das ist mir klar, ja. Solltest du aber mal einen Tapetenwechsel brauchen, meld dich einfach." In seinen Augen blitzt es auf. „Du würdest dich wundern, wie gut wir zahlen."

„Das ist sehr nett von dir, nur bin ich ziemlich glücklich mit meiner Arbeit." Höflichkeitshalber stecke ich die Karte in meine Gesäßtasche. „Aber danke noch mal für dein Eingreifen vorhin."

„Sehr gerne."

Als ich schließlich zurück zu unserem Tisch gehe, werfe ich einen letzten Blick über die Schulter, aber Jake ist bereits im Getümmel verschwunden. Das wird ja immer verrückter. Zuerst das Video, dann Creepy James und jetzt noch ein ominöses Jobangebot. Egal wie viel Geld man mir anbieten würde – nie im Leben würde ich die Möglichkeit aufgeben, täglich das zu tun, was ich liebe, und um Rup herum zu sein. Wieso sollte ich das freiwillig aufgeben wollen?

5

Als ich mich wieder auf die Bank an unserem Tisch plumpsen lasse, starre ich erschöpft auf die Tischplatte.

Tage wie diese sind bestimmt der Grund, warum Leute Tagebuch führen. Vielleicht sollte ich das jetzt auch anfangen. Alles aufschreiben. So mit therapeutischem Nutzen. Und eines Tages, mit neunzig Jahren, darin rumblättern und mich königlich darüber amüsieren. Ich würde es Rup vorlesen, mir auf die Schenkel klopfen und sagen: „Weißt du noch, dieser Tag, an dem ich berühmt war", und er würde mir schmunzelnd über die Wange streichen, während ihm das Feuer im Kamin tänzelnde Schatten auf sein Gesicht wirft. Ich wette, er wird der heißeste Neunzigjährige aller Zeiten sein.

Ich runzle die Stirn. Solche Sachen denkt man sich bestimmt nur, wenn man Whiskey getrunken hat. Irgendwie gruselig. Das Zeug trink ich nie wieder.

„Sue?" Sophs Stimme reißt mich aus meinen Gedanken. „Alles in Ordnung?"

Benommen blicke ich auf. Wo soll ich bloß anfangen? Ich überlege, wie Rup wohl reagiert, wenn er von diesem Zwischenfall an der Bar erfährt ... Wahrscheinlich wird er an die Decke hüpfen. Also der dreißigjährige Rup, nicht der neunzigjährige. Können Neunzigjährige überhaupt noch hüpfen?

„Sue, mach dir keinen Kopf." Bevor ich den Mund öffnen kann, um ihnen von dem Zwischenfall mit Creepy James und Jake zu erzählen, legt Jess ihr Handy beiseite und verschränkt die Hände auf dem Tisch. „Das Ganze ist ein Sturm im Wasserglas, mitnichten wird man in ein paar Tagen noch davon sprechen. Die Sorge, dass dich jemand erkennt, ist beinahe gegenstandslos. Du musst es einfach nur aussitzen."

„Jaaa …“, sagt Sophie langsam, ehe sie grinsend Jess’ Weinglas näher zu ihr hinschiebt. „Trink noch ein bisschen was, Frau Anwältin.“

„Ich hab mir gedacht, das Ganze hat auch was Gutes!“ Ellie rutscht mit eifrigem Gesichtsausdruck ein Stück auf der Bank vor. Offensichtlich haben sie über das Video gesprochen. „Stell dir nur mal die ganze Promo vor, die Ben jetzt kriegt! Davon kann der Verlag ja nur profitieren, richtig?“ Ihre Augen glänzen und ich versuche, ihren Optimismus zu teilen, allerdings ist der Stapel an Tragödien so hoch, dass ich gar nicht weiß, was ich jetzt als erstes angehen soll. Als wär mein Leben ein einziges … wackeliges Jenga-Spiel.

„Okay, ich glaube, du kannst den gerade besser gebrauchen als ich.“ Sophie schiebt mir ihren Weißwein rüber. Ich starre den Wein einen Moment an und nehme dann einen entschiedenen Schluck, ehe ich das Glas fest umklammert wieder auf den Tisch stelle. Dann platzt es einfach so raus. „Ich habe gestern ‚Ich liebe dich’ zu Rup gesagt und ich glaube, er hat es gehört und ist einfach aus dem Raum gelaufen.“

„Du hast was?“ Sophies Augen nehmen die Größe von Untertellern an und Ellie macht einen Satz auf der Bank.

„Oh. Wow“, macht Jess und reißt die Augenbrauen hoch. „Das kam jetzt unerwartet.“

„Ja, oder er hat es nicht gehört, so akustisch“, fahre ich gedankenversunken fort und mache eine fahrige Bewegung mit meiner Hand. „Die Tür zur Damentoilette quietscht manchmal ganz schön, vielleicht hat sich das ja grad überschnitten und er dachte, ich sage ‚Ich kriege dich’ und ist geflüchtet.“ Mit großen Augen blicke ich auf. „Aber wieso würde er dann flüchten? Würde er nicht, oder?“ Ich erinnere mich an den Käfer, den Josh beim Hinauslaufen erwähnt hat. Vielleicht hat er den gesehen und ist darum weggelaufen …

„Moment mal." Sophie hebt eine Hand und braucht eine Sekunde. „Du hast Rup auf der Damentoilette gesagt, dass du ihn liebst?"

„Vor oder nach der Sache mit dem Video?"

„Nach", antworte ich Ellie.

„Euch hat doch niemand gesehen, oder?"

Ich blicke zu Jess. „Na ja ... Marcy hat mir ihren Pulli geliehen und Clarice ist reingeplatzt als wir ... Da war so ein ganz kurzer Moment, in dem wir ..." Trotz aller Geschehnisse fangen bei der Erinnerung daran meine Wangen an zu kribbeln und mein Mundwinkel zuckt.

„Susan Watson." Ein Grinsen zaubert sich auf Sophies Gesicht. „Dass ich das mal von dir höre."

„Ich hab doch gar nichts gesagt", nuschle ich und verstecke mein Gesicht in ihrem Weinglas.

„Du bist röter als Jess, wenn sie lügt. Nichts für ungut."

„Stattgegeben."

„Auf alle Fälle ...", fahre ich fort, „... habe ich daraufhin gegoogelt und da war so eine Statistik, ab wann es der Mann und ab wann es die Frau sagt, und da waren über zwanzig Prozent, die länger als drei Monate warten, bis sie es sagen."

„Sue." Sophie legt ihre Hand über den Tisch auf meinen Unterarm. „Du brauchst keinerlei Statistiken oder Ratgeber. Du hast seit der Schule, also über *zehn Jahre* damit gewartet, es ihm zu sagen. Du hast damit jegliche Statistik regelrecht gesprengt."

„Er ist ... weggelaufen, Soph", antworte ich und schlucke trocken. „Ich hab's gesagt und dann hat er gezögert, so einen ganz kurzen Augenblick, und dann ist er gegangen."

„Vielleicht kommt es ja auch auf den Ton drauf an!", sagt Ellie und wendet sich mir zu. „Wie genau hast du es denn gesagt? Hast du es mit ... mit Ausrufezeichen gesagt? So wie ein Marschbefehl? Oder ... Oh!" Sie packt meinen Arm. „Hast du es gesagt, als wäre es etwas völlig Nebensächliches, mit einem Schulterzucken, so als würdest du sagen: ‚Ist mir egal, ob es Schaf- oder Ziegenkäse gibt.'?"

Unwillkürlich mache ich den Mund auf, aber es will kein Ton rauskommen.

„Vielleicht hast du es auch so ganz unterwürfig gesagt, als würdest du es gegen eine beschlagene Scheibe hauchen. Ich ... liebe ... dich." Ellie wispert jedes Wort und schaut mich dann erwartungsvoll an.

Von ihrer analytischen Begeisterung mindestens genauso fasziniert wie irritiert, kneife ich die Augen leicht zusammen. „Was genau ... treiben Ben und du die ganze Zeit über?"

„Es ist so wunderbar, wenn die Antwort schon in der Frage vorkommt", bemerkt Jess trocken und wir müssen alle lachen. Zum ersten Mal seit dem Zwischenfall an der Bar lockern sich meine Gelenke ein bisschen.

„Ach Blödsinn, ihr seid doof!" Ellie streicht sich fröhlich die Haare nach hinten. Seit zwei Monaten lässt sie ihren Pixie-Schnitt rauswachsen und sieht jetzt ein bisschen aus wie Meg Ryan mit schwarzen Haaren. „Wir lesen nur sehr viel und er bringt mir bei, wie man meditiert. Ich hab da ja mal so einen Kurs besucht und es schnell wieder aufgegeben, aber Ben hat echt ein paar bemerkenswerte Techniken drauf! Wisst ihr", hebt sie an und rutscht auf der Bank noch weiter nach vorn. „Das muss nicht immer so ungemütlich auf dem Boden sein! Wir waren auch schon mal draußen, sogar auf einem Boot im Hyde Park. Wenn man bei sich ist und abschalten kann, dann geht's auch inmitten vom Piccadilly Circus!"

„Mhm." Sophie nickt langsam. „Sicher, dass wir noch vom Meditieren sprechen?"

Ich verschlucke mich am Weißwein und knalle das Glas prustend auf den Tisch.

„Hört auf zu lachen!“ Ellie muss selbst kichern, scheint aber von der Sache überzeugt zu sein. „Es ist wirklich inspirierend!“

„Das ist schön. Echt! Ich finde es schön, Ellie“, sage ich, als ich mich etwas beruhigt habe. „Ich freue mich für dich, wirklich.“

„Danke, Sue. Obwohl wir ja nicht *zusammen* sind. Es ist mehr so eine ...“ Sie sucht nach dem passenden Wort, ehe ein überzeugtes Schmunzeln auf ihr Gesicht tritt. „... eine tiefe intensive und emotionale Verbindung.“

„Ich bin mir ziemlich sicher, dass das Internet genau das ausspuckt, wenn man *Sex* googelt“, meint Sophie und hält ihr Glas in die Höhe, nachdem wir alle gekichert haben und Ellie lachend mit den Augen gerollt hat. „Na kommt, einen Toast auf uns und unsere Männer. Und die Liebe, die nicht immer Worte braucht, um da zu sein.“ Sie zwinkert mir zu und ich greife seufzend nach dem Weinglas, sodass wir es zusammen halten.

„Und auf das erste Weihnachtsfest mit unseren Männern!“, ruft Ellie beschwingt.

„Cheers!“

„Habt ihr euch schon Gedanken übers Essen gemacht? Können wir was mitbringen?“, fragt Jess, während ich mir ein Schälchen mit Erdnüssen angle.

Ellie will schon antworten, als die Nüsse in meiner Hand einen panischen Hüpfer machen. Augenblicklich muss ich daran denken, was geschieht, wenn Ben fürs Essen zuständig ist. Dabei *will* ich gar nicht daran denken, aber ich glaube, ich kriege die Bilder wohl nie mehr aus dem Kopf. Wie er mich damals mit Eduardo, der Echse, auf seiner Schulter begrüßt und ihn als Abendessen vorgestellt hat ... Wie er uns wenige Wochen später im Wohnzimmer zum nackten Picknick mit lauter Schinken, Salami und Fisch willkommen geheißen hat und versucht hat, uns zu versichern, Pancha Makara sei etwas völlig Natürliches und

Normales (vielleicht ist ein tantrisches Picknick im Busch von Peru etwas Natürliches, aber es ist nicht normal in London. Ist es einfach nicht. Auch nicht, dass Rup und ich jetzt immer daran denken müssen, sobald wir irgendwo Schinken oder Salami entdecken).

Meine Stimme zittert ein wenig, als ich spreche. „Er kocht nicht schon wieder eine Echse, oder?"

„Nein, keine Sorge. Und ihr müsst auch nichts mitbringen. Es gibt etwas Festliches, passend zu Weihnachten!" Ich will mich schon beruhigen, als Ellie uns ganz stolz anschaut. „Ben macht Schinken!"

Jetzt habe ich mich prompt an einer Erdnuss verschluckt.

„Neueste Studien haben ergeben, dass in jedem noch so gefühlskalten Kerl ein Mann mit Ängsten und Sorgen steckt. Sie wollen keine Schwäche zeigen und sprechen vermutlich nie über das, was sie beschäftigt oder was ihnen Sorgen und Kummer bereitet, insbesondere, wenn es um Gefühle geht. Nach außen hin sind sie nur eines: stark, kompetent und selbstbewusst." Ich weiche einem entgegenkommenden Passanten aus und schließe wieder zu Sophie auf. „Sie hüllen sich in Schweigen und hinterlassen gerade damit bei Frauen ein großes Fragezeichen. Aber ist es nicht an uns, ihnen diese Sorgen zu nehmen? Ist es nicht an uns, sie wie Mutter Natur in die Wiege der Geborgenheit und Vertrautheit aufzunehmen? Kann eine Beziehung auf so einer Basis überhaupt gedeihen, sollte der –"

„Okay. Stopp. Hör auf damit." Sophie bleibt stehen und schnipst fordernd mit ihren Fingern, die in dunkelroten Handschuhen stecken. „Gib mir das Handy. Hopp, komm schon."

Zögerlich reiche ich ihr das Gerät und schäle meine Teigtasche aus der Serviette. Es ist kurz vor 22:00 Uhr und wir bummeln durch China Town. Überall hängen beleuchtete rote Lampions und ein süßlicher Duft schwebt in der Luft. Sophie und ich gehen nach dem *Whitbys* meist hier lang, wenn wir noch Lust auf eine mit Vanille gefüllte Teigtasche haben. Also eigentlich ständig.

„Wie ich gedacht habe.“ Sophie dreht das Display in meine Richtung. „Felicia Cooke.“

„Wer ist das?“

„Dir sagt der Name nichts?“ Sophie wirft mir einen beinahe empörten Blick zu. „Ich hab dir doch von ihr erzählt, Sue! Felicia Cooke ist freie Reporterin für diverse Londoner Magazine und vertritt die Ansicht, dass Frauen pünktlich um 18 Uhr zu Hause am Herd stehen sollten, um den Männern das Essen zu servieren. In welchem Zeitalter leben wir, in dem wir die Männer bei der Hand nehmen müssen und ihnen am liebsten auch noch den Hintern abwischen sollten?“

Sophie klingt so aufgebracht wie selten, sodass ich ehrlich fasziniert davon in meine Teigtasche beiße.

„Du brauchst solche Artikel nicht.“ Sie reicht mir das Handy. „Oder hast du während deiner intensiven Recherche in den vergangenen Stunden die Gebrauchsanweisung für Rupert Clarks gefunden?“

Ich weiß, dass die Frage rein rhetorisch gemeint ist, aber wieso gibt es das nicht? Wieso gibt es keine Gebrauchsanweisungen? Wären diese ganzen Beziehungsgeschichten nicht viel einfacher, mit einem System so im Stil von *1 Stern: Hat Stinkefüße* und *5 Sterne: Der Doppelgänger von Colin Firth*? Nachdenklich nehme ich einen Bissen.

Ob Colin Firth Stinkefüße hat? Das würde das ganze System crashen. Vielleicht doch keine so gute Idee.

„Sue, hör auf damit.“ Sophie bleibt just nach dem traditionell-chinesischen Tor stehen und blickt mich mit einem gutmütigen Lächeln an. „Du machst dir viel zu viele Gedanken. Wenn man beobachtet, wie Rup dich zwischendurch ansieht, dann weiß man sehr wohl, was er empfindet."

Unsicher verziehe ich den Mund. „Meinst du?"

„Sehr wohl!" Beschwingt hakt sie sich bei mir unter und wir folgen der Straße weiter Richtung Leicester Square. „Gib ihm ein bisschen Zeit und wenn der richtige Moment gekommen ist, bin ich mir sicher, dass er die magischen Worte schon sagen wird."

„Hat Marc die magischen Worte denn schon gesagt?"

Sophie schiebt sich das letzte Stück ihrer Teigtasche in den Mund und zuckt mit den Schultern. „Ja, aber es ist Marc. Er sagt es beinahe täglich und es ist mehr seine Art, seine Freude zum Ausdruck zu bringen. Du weißt schon – er kann das Fußballmatch gucken: Ich liebe dich! Ich habe das Bier kaltgestellt: Ich liebe dich! Ich habe Weichspüler gekauft: Ich liebe dich!"

Kichernd erreichen wir den *M&M's*-Shop, der mit seinen grellen Lichtern den halben Platz erhellt. Ganze Trauben von Menschen in Wollmänteln und Mützen kommen uns entgegen, so als wären wir von einer Nebenstraße auf die Autobahn abgebogen.

„Ehrlich gesagt habe ich mir immer vorgestellt, dass wir es uns sagen, wenn wir zum ersten Mal ... du weißt schon. In diesem innigen Moment, in dem nur wir zwei existieren und es draußen blitzt und stürmt, aber wir liegen im warmen Bett und schauen uns in die Augen und dann ... dann sagen wir es. Ganz leise. Nur damit es der andere hört." Wir sind stehen geblieben und ich gucke mit großen Augen auf einen Punkt vor mir. „Und die Worte gehen ganz tief und berühren die Seele und lassen etwas gedeihen, etwas Wunderschönes, das schon seit Jahren darauf gewartet hat, zu wachsen." Mit schwimmenden Augen blicke ich zu Sophie. „Weißt du, was ich meine?"

Sie guckt mich einen Moment lang schmunzelnd an. „Du hast dir das schon seit einer Weile ausgemalt, oder?"

„Ich ... Möglich."

Möglich, dass ich mir das seit der Schule ausmale. Das plötzlich aufkommende Sommergewitter kurz nach 10 Uhr abends, das ihn dazu zwingt, an der nächsten Haustür zu klingeln, die zufällig meine ist. Die Wassertropfen, die von seinen Haarspitzen über sein Gesicht perlen ... sein hellblaues Hemd, das sich klitschnass an seinen trainierten Oberkörper schmiegt und die Farbe seiner Augen auffängt wie ein umgedrehter Regenschirm. Sein Blick, der sagt: „Ich friere und brauche einen Unterschlupf für die Nacht, weil ich bis auf die Haut durchnässt bin." Und das Zittern seiner Lippen, das mich bebend aufatmen lässt. Im flimmernden Licht des Abspanns von *Outlander* will ich mich an ihm vorbeischieben um ein Handtuch zu holen, als sich die Atmosphäre zwischen uns in ein knisterndes Feuer entfesselter, brodelnder Leidenschaft verwandelt, die nur darauf wartet, dass wir uns in einem Anflug wilder Entschlossenheit gegenseitig die Kleider vom Leib reißen, uns voller Inbrunst ...

„Sue?"

„Was?" Benommen komme ich zu mir. Sophie steht hinter der Absperrung der U-Bahn und guckt amüsiert auf die geschlossene Barriere vor mir. Irritiert blicke ich um mich, schaue zu, wie rechts und links Nachtschwärmer und Passanten mit zügigen Schritten durch die Ticketkontrolle gehen. Seit wann stehen wir denn an der Absperrung der U-Bahn? Seit wann sind wir überhaupt wieder gelaufen? Und woher hat Sophie plötzlich die Tüte *M&M's*?

Verdutzt hole ich meine Oyster Card hervor und lasse die Absperrung mit einem lauten Knall aufspringen.

„Das war das aussagekräftigste Ja aller Zeiten." Sophie kichert und streckt mir die Tüte entgegen, als wir uns auf die Rolltreppe stellen. Mit jedem Meter, den wir runterfahren, wird die Luft dicker und schwüler, was einer der Hauptgründe ist, weswegen ich versuche, im Winter die U-Bahn zu meiden.

„Ist es denn eingetroffen?"

„Was?", frage ich, schiebe mir zwei Kugeln in den Mund und ziehe zeitgleich mit Sophie die Bommelmütze vom Kopf.

„Das magische Gewitter."

„So direkt ... nein." Ich verziehe das Gesicht und zerkaue die Nüsse. „Bis auf den Abend unter der Dusche. Das kam dem Ganzen ziemlich nah."

Obwohl *Abend* übertrieben ist. Eher ... eine Aneinanderreihung von Sekunden. Plötzlich waren er und sein vollgesogenes Hemd da, dann die Wand und die Scheibe und der Boden und die ... Es war so wild, ich merke, wie meine Wangen bei der Erinnerung daran anfangen zu brennen. Was aber nicht auffallen sollte, da hier unten jeder rot anläuft, weil es so stickig und warm ist.

Auf alle Fälle ist es ... nun. Es ist nicht so, als würde ich diese wilden, stürmischen Episoden nicht genießen, aber es ist nicht so ganz ... also, nicht so ganz so ... sinnlich. Natürlich haben wir diese Momente, in denen wir uns anschauen und die Welt stillsteht, nur explodiert sie in der nächsten Sekunde direkt, so als würde jemand unsere inneren Tiere entfachen. Was mich nach einer geraumen Zeit schon etwas überrascht hat, weil ich immer dachte, ich sei auf der Leidenschaftsskala ein Hamster oder ein Koalabär, und nicht ein Grizzly oder Tiger.

„Nachdem Marc und ich das erste Mal Sex hatten, gab er mir ein High five."

Beinahe bleiben mir die *M&M's* im Hals stecken. „Was?"

Sophie lacht und wuschelt sich durch die blonden Haare. „Und dann haben wir Pizza bestellt. Du kannst dir gar nicht vorstellen, wie zufrieden er aussah, mit der Pizza in der einen und dem Bier in der anderen Hand."

„Erstaunlicherweise kann ich mir das sehr gut vorstellen", entgegne ich heiter.

„Es mag unkonventionell sein, aber für uns hat es gepasst." Sie zuckt mit den Schultern. „Und solange es für dich und Rup stimmt, könnt ihr nichts falsch machen."

Ich lächle ihr zu und schiebe mir noch eine Schokokugel in den Mund.

Womöglich sollte ich mir tatsächlich nicht so viele Gedanken machen. Es wird schon alles gut gehen. Es ist, wie die Resultate dieses einen Tests von gestern Abend gesagt haben: „Alle Zeichen stehen auf Liebe!" und „Sie sind eine Femme fatale deluxe!" (wobei ich bei diesem Ergebnis nicht so ganz sicher bin).

Auf dem gegenüberliegenden Gleis fährt ein Zug ein und peitscht einen Schwall warme Luft herüber. Ein riesiges Werbeplakat fällt mir ins Auge und ich muss automatisch an übernächste Woche denken. An Weihnachten. Und den Schinken. Und Lance.

Meine Hand gräbt in der gelben Packung in Sophies Hand herum und ich frage so nebensächlich wie möglich: „Bist du Lance wieder mal begegnet? So per Zufall?"

„Letzte Woche sind wir uns im Treppenhaus über den Weg gelaufen. Er hatte einen Eisbeutel bei sich, offenbar hatte er sich an der Hand verletzt." Sie zieht ihr vibrierendes Handy aus der Manteltasche. „Aber ansonsten sah er zufrieden aus."

Mit dem *M&M* in der Hand halte ich inne. Ich weiß genau, welchen Tag sie meint. Den werde ich in meinem Leben nie vergessen. Rup und ich hatten uns gerade eine Suppe bei *Pret A Manger* geholt, als wir Höhe *Hamleys* Lance über den Weg gelaufen sind. Es war der dritte Dezember und eine der surrealsten Begegnungen meines Lebens. Überall herrschte diese fröhliche Weihnachtsstimmung, links von uns tanzten im Schaufenster zwei riesige elektronische Elfen zu *Holly Jolly Christmas*, weiter vorne, hinter Lance, begrüßten zwei überdimensionale Teddybären die Besucher und pusteten riesige Schneeflocken in die Luft. Und dann standen wir da, nur wenige Schritte voneinander entfernt und alles wurde so seltsam steif, von der Stimmung hin bis zu den Gesichtsmuskeln. Ich sagte: „Lance!“, Rup nickte ihm zu und meinte: „Hey“, und gerade, als ich einen Schritt auf ihn zu machen und ihm alles zwischen „Wie geht es dir?“ und „Vielleicht könnten wir mal reden“ sagen wollte, antwortete Lance mit einem Veilchen.

Es ging alles so schnell.

Seine Faust schoss plötzlich aus dem Nichts hervor, brachte Rup mit einem dumpfen Geräusch zu Fall und ließ die Suppe in einem dampfenden Schwall aus dem Styroporbecher schießen.

Leute keuchten erschrocken auf und sprangen zur Seite, einer der Teddybären warf die Hände über seinen Pelzkopf und der andere winkte einen riesigen Nussknacker heran. Wie gesagt: Es war so surreal.

„Mach dir keine Sorgen wegen der Weihnachtsfeier.“ Sophie schiebt ihr Handy wieder zurück in die Tasche und hakt sich bei mir unter, während sich unser Zug unter dröhnendem Rattern ankündigt. „Er schien ziemlich gelöst zu sein. Das wird schon.“

Ich versuche mich an einem zuversichtlichen Lächeln. „Ja. Außerdem sehen wir uns ja schon am Abend zuvor auf der Premiere, also wird es nicht ganz so seltsam sein.“

„Oh, nein, sie kommen nicht. Hatte ich das nicht erwähnt? Er hat sich vor ein paar Tagen bei Marc abgemeldet, Miranda und er planen noch ein paar Tage wegzufahren und sie kommen erst zum Fest bei Ellie und Ben zurück."

Ach. Na gut. In Ordnung. Damit verabschieden sich meine wilden Vorstellungen einer Prügelei auf dem roten Teppich. Und unter dem Weihnachtsbaum werden sie sich kaum prügeln, oder?

Oder?

Meine Gedanken beginnen in wirrer Panik zu schwirren, jedoch mahne ich mich zur Gelassenheit. Keiner wird sich prügeln. Keiner wird sich streiten. Es ist Weihnachten, das Fest der Liebe, verdammt noch mal. Und wie Rup gesagt hat: Sie haben die Sache geklärt. Es ist alles geregelt.

Der Fahrtwind des stoppenden Zuges schlägt uns entgegen und ich streiche meine Haare aus dem Gesicht. Genau. Es wird alles gut werden.

6

Sonntag, 15. Dezember

T minus 9 Tage

Das mit dem Whiskeytrinken sollte ich mir echt noch mal überlegen. Als ich am Samstag von der U-Bahn-Station nach Hause gelaufen bin, kamen mir vor lauter Schlottern ständig kleine Whiskey-Wölkchen hoch. Der Geschmack ist echt grausig. Außerdem war mir etwas schlecht. Das nächste Mal lasse ich es langsamer angehen und trinke einen Baldriantee.

7

Montag, 16. Dezember

T minus 8 Tage

Baldriantee ist noch grausiger als Whiskey.

8

Dienstag, 17. Dezember

T minus 7 Tage

Im Büro herrschte heute eine ziemliche Unruhe, weil Liem ein Video mit Ben auf den Blog hochgeladen, das Ganze mit der Website verbunden und aufgrund der hohen Anzahl an Aufrufen eine Überlastung der Server provoziert hat. Nichts ging mehr, selbst der Adventskalender von *A Wisdom's Journey* auf der anderen Homepage hängte sich auf. Rup beteuerte mir mehrere Male, dass es „nichts mit deinem Video zu tun hat" und dass die Leute einfach „auf Bens nervende, gelassene Art anspringen" und ich versuche es ihm zu glauben.

9

Mittwoch, 18. Dezember

T minus 6 Tage

Heute hat zweimal diese Anne Burrows angerufen und langsam drängen sich mir komische Vorstellungen auf. Ich meine – wer ist diese Anne Burrows? Wieso ruft sie ständig an und wieso schließt Rup jedes Mal die Tür, wenn er mit ihr spricht? Und wieso wirkt das Veilchen um sein Auge so, als würde es sich neu formieren? Bilde ich es mir nur ein, oder können Veilchen das? Da stimmt doch etwas nicht.

Und was heißt eigentlich T minus?

10

Donnerstag, 19. Dezember

T minus 5 Tage

Es gibt ungefähr 9,8 Millionen Ergebnisse für „Anne Burrows London“ bei Google. Das habe ich heute gegen 22.40 Uhr rausgefunden, als Rup mit dem Laptop auf den Knien eingeschlafen ist. Es gibt eine Schriftstel-lerin mit dem Namen, was Sinn machen würde. Vielleicht ist es eine besonders hartnäckige Autorin, die sich mit Rup punktuell durch einen Vertrag kämpfen will. Vielleicht ist es aber auch Anne Burrows, die Musiksensation, oder Anne Burrows, die hiesige Bibliothekarin.

Eigentlich ist es aber auch egal. Es geht mich ja nichts an und das Veilchen scheint mittlerweile auch wieder verblasst zu sein.

11

Freitag, 20. Dezember

T minus 4 Tage

Habe heute nach der Arbeit zwei extra große Portionen gebratenen Reis vom Take-away geholt, da Rup sich erst gegen 20 Uhr angemeldet hat. Als er dann gekommen ist, zog er mich in eine Umarmung, drückte mir einen Kuss auf die Schläfe und meinte, er gehe duschen und frühzeitig ins Bett. Ich bin gar nicht sicher, was ich davon halten soll. Mir ist klar, dass der Verlag und die ganze Neuorganisation viel Arbeit machen, aber auf Dauer kann das nicht gesund sein. Auf die Frage hin, ob wir ein paar Termine umorganisieren sollen, damit er mal zur Ruhe kommt, antwortete er mit einem müden Lächeln und sagte: „Bin nur erledigt. Legt sich schon wieder.“ Nun. Immerhin ist bald Weihnachten und der Verlag bleibt über die Feiertage geschlossen.

12

Samstag, 21. Dezember

T minus 3 Tage

Normalerweise genieße ich die Weihnachtszeit und die bunten Lichter, die festliche Stimmung, die Weihnachtslieder, die aus allen Läden dudeln, und den leckeren Duft von Zimt und warmem Gebäck in der Luft, aber jetzt gerade drehen alle durch. Gut möglich, dass nur ich es so aufnehme, nur leider sauge ich es auf wie ein Schwamm: Leute hetzen auf der Suche nach dem letzten Geschenk von einem Geschäft ins nächste, Autos hupen, Busse quietschen und aus den Wolken trieft so etwas wie Schneeregen. Nachdem ich Rups Weihnachtsgeschenk in Knightsbridge abgeholt habe, stehe ich an der Bushaltestelle und versuche, mich nicht auf die Blicke einer Gruppe Jugendlicher zu konzentrieren, indem ich mich mit dem Handy ablenke – offenbar ist sich das Internet nicht wirklich einig, wofür das T in T minus steht. Einige sagen *Time*, andere wie die NASA sagen *Test*. Ich entschließe mich, der NASA zu glauben, die werden's schon wissen.

13

Sonntag, 22. Dezember

Test minus 2 Tage

Test minus? Das macht so keinen Sinn.

14

Montag, 23. Dezember
Premierenabend!

T minus … Test minus …

Noch ein Tag bis Heiligabend

Letzte Nacht habe ich geträumt, dass mir auf der Premiere das Kleid gerissen ist. Nicht gerade förderlich, allerdings auch kein Schocker, weil ich gar kein Kleid tragen werde, was bedeutet, dass ich mich quasi selbst ausgetrickst habe (ich habe diese wirklich fancy hochgeschlossene Faltenhose im Schrank gefunden. Die ist momentan echt in).

Außerdem habe ich mich dazu entschlossen, mich hinsichtlich der Weihnachtsfeier nicht mehr wahnsinnig zu machen und den letzten Tag vor der Winterpause zu genießen. Der Klappentext zu Bens Buch ist fertig, die ersten Kapitel sind abgetippt und unsere neuen Informatiker Alex, Baxter und Jackson (die wir auch gerne die Triple-X nennen) haben Tiergeräusche unter Bens *Jungle-Feeling*-Homepage gelegt. Das Ganze macht richtig Laune und die Feedbacks der Meditationsbesucher sind ebenfalls durchwegs positiv.

Nach der Jahresabschlusssitzung werden wir dann nach Hause gehen, uns für die Premiere bereitmachen und alle zusammen mit einer – *paramparam* – schwarzen Limousine nach Mayfair fahren! Ich bin jetzt schon ganz aufgeregt.

15

1,3 Millionen Klicks.

Mit einem stummen „*Was?*“ rutsche ich ein Stück von meinem Stuhl hinunter. Fassungslos blicke ich vom Handy auf, das ich unter dem Tisch versteckt halte. Josh präsentiert dem Team an der Stirnseite des Tisches ein farbiges Diagrammzahlendingsda auf dem Flipchart. Seit fünf Minuten steht er schon da und vor einer Minute kam seine Textnachricht mit dem Printscreen vom Video und sieben Affen-Emojis rein. Keine Ahnung, wie er das gemacht hat.

Eigentlich sollte ich ihn ignorieren. Josh liebt es, andere aufzuziehen (hauptsächlich mich, aus was für Gründen auch immer) und obwohl er sich in letzter Zeit wirklich zurückgenommen hat, scheint er durch dieses bescheuerte Video zu alter Stärke zurückgefunden zu haben.

Ich tippe ein emotionsloses „Ha Ha“ und drücke auf *Senden*. Seit dem Besuch im *Whitbys* vor neun Tagen habe ich es geschafft, das Video zu umgehen. Teilweise gelingt es mir sogar, es zu vergessen. Und bislang läuft das ziemlich gut. Bis auf gewisse Momente, in denen ich glaube, dass man über mich spricht, wegen dieses aufgeregten Tonfalls, den man hat, wenn man jemanden sieht, den man kennt. Dann hatte ich auch schon die leise Vermutung, dass jemand ein Foto von mir an der Bushaltestelle gemacht hat, was aber bestimmt nur Einbildung war. Ich meine, wir sind in London. Hier fotografieren Menschen Dinge. Bestimmt auch an der Bushaltestelle, weil ... nun, wegen der Busse. Ist ja klar.

„... Analyse ... starkes Plus im letzten Quartal verbuchen ...“

Um ehrlich zu sein, ist es ein Auf und Ab. Es gibt Tage, an denen ich glaube, jeder, der mir über den Weg läuft, kennt meinen Bauchnabel (hätte ich in dem Moment auch nur *ansatzweise* realisiert, dass alles live aufgezeichnet wird, hätte ich weder mein Top ausgezogen noch mich so lange im Bild aufgehalten). Dann wiederum zucke ich mit den Schultern und denke nur: „Pphhh."

„Was?"

Plötzlich gluckst Joshs Stimme so komisch und ich merke, dass er mich erwartungsvoll anschaut. Emilia schräg gegenüber blickt von ihren Notizen auf und aus den Augenwinkeln sehe ich, wie Rups Stuhl sich minimal in meine Richtung dreht. Gut möglich, dass mir das *„Pphhh"* gerade tatsächlich über die Lippen gerutscht ist. Ups.

„Ja, Watson?" Joshs zwinkert mir zu. „Willst du etwas mit uns teilen?"

Ein mageres Lächeln zaubert sich auf mein Gesicht und aus der Not heraus beziehe ich mich auf das eine Etwas, das mir schon seit fünf Minuten ins Auge sticht. „Nein. Ich wollte lediglich darauf aufmerksam machen, dass man Großbuchhandlung mit zwei H schreibt."

Josh wendet sich dem Flipchart zu und zieht beeindruckt die Stirn zusammen. „Ja tatsächlich. Du hast recht. Und was ist mit den Prozenten hier." Er tippt mit dem Filzstift in seiner Hand gegen das Diagramm und tut so, als wäre er sich plötzlich nicht mehr sicher. „Hab ich die richtig notiert?"

Idiot. Als ob ich das wüsste. Erstens fallen die Finanzen nicht in meinen Bereich und zweitens deaktiviert sich mein Gehirn, wenn ich Zahlen sehe. Da hilft mir auch der Titel *Umsatzsteig. Anschluss Großbuchan.* nicht viel (ich glaube, von Trennzeichen hat Josh auch noch nie was gehört). Aber gut. Irgendwas ... muss es dazu zu sagen geben. Rups Aufseufzen zwei Sitze weiter ignorierend, rase ich mit zusammengekniffenen

Augen so kenntnisreich wie möglich über das Diagramm. Es ist voll mit Farben, Zahlen, Pfeilen und Prozenten und sieht aus wie ein bunter Gartenzaun.

„Na ja...“, höre ich mich schließlich sagen. „Die 55 % scheinen mir etwas ... hoch zu sein.“

Ich bin nicht *ganz* so sicher, ob das Sinn ergibt, aber ich glaube, ich habe das ziemlich lässig rüberbringen können.

„Ja. Dacht ich auch“, bemerkt Liem neben Marcy. „Immerhin hast du portofreie Lieferung und ein Zahlungsziel von sechzig Tagen. Bestimmt gibt es da noch Luft nach oben, nicht?“

„Richtig!“, stimme ich Liem zu, ganz so, als ob ich genau das sagen wollte. „Luft nach oben, Josh. Oder ... nach unten. Wohl eher.“

„Ach komm, du hast doch keinen Schimmer, für was die Zahlen da stehen.“

Nun. Ich mag ihn nicht, aber dumm ist er auch nicht gerade.

„Josh.“ Rup massiert sich die Stirn. „Wenn man bedenkt, dass du deinen letzten Satz mit ‚Ich will mich ja nicht selbst loben, aber ...‘ begonnen und dich dann ganze zwei Minuten lang selbst gelobt hast, ist dein ausgemachtes Zahlungsziel von sechzig Tagen bei diesen Rabatten tatsächlich einfach nur miserabel ausgehandelt.“ Er lässt die Hand auf den Tisch fallen und guckt Josh an, als wäre es das Nebensächlichste auf der Welt. „Kontaktier *Hatchards* noch mal und sieh zu, was du bei den Rabatten optimieren kannst. Alles klar? Gut. Sue?“ Rup dreht den Kopf in meine Richtung und nickt mir zu. „Kannst du uns dann alle bitte Ben betreffend auf den neuesten Stand bringen?“

„Äh. Ja! Sicher.“ Nach meinen Notizen greifend, stoße ich den Stuhl zurück und gehe nach vorn. Beiläufig gucke ich Rup an, der gerade versucht, ein Gähnen zu unterdrücken. Wenn wir zeitig loskommen, sollte er sich vor der Premiere noch hinlegen. Ob er heute überhaupt schon was gegessen hat? Zumindest begann der erste Telefontermin um 9 Uhr und der letzte endete erst vor gut einer Stunde. Kein Wunder wirkt er müde.

„Also, das Update von unserem Projekt mit Ben Forster", beginne ich und versuche, Joshs grimmigen Blick einfach zu ignorieren. Ich muss mich konzentrieren. Ich bin ein Profi. Ich ... habe einen viel zu engen Kringel um Bens Notizen gezogen. Scheiße. „Gut, also ... ich habe heute früh mit Ben telefoniert, um mit ihm ein paar Marketingoptionen durchzugehen", erzähle ich. „Prinzipiell geht es darum, was er sich für *Jungle Feeling* vorstellt. Er möchte die Meditationen gerne beibehalten, was ihm laut seiner eigenen Aussage wichtiger sei als ein gedrucktes Buch, welches, Zitat ..." Ich blicke auf die Notizen und versuche, meine Schrift unter dem Gekringel zu erkennen. „‚... nur den globalen Hunger nach Papier unterstütze'. Vielmehr will er durch das Projekt ... einen Beitrag zur Erhaltung der Eukalyptusbäume leisten."

„Und was schlägt er vor?" Rups Augenbrauen wandern unbeeindruckt nach oben. „Dass wir das Buch auf Blätter oder Rinde drucken sollen?"

„Äh, ja", antworte ich, nachdem ich mich erneut meinen Notizen zugewandt habe. „Das waren so ziemlich seine Worte."

Rup rollt mit den Augen und lehnt sich vor. „Ich kann seinen Punkt ja nachvollziehen, und wenn wir dem Ganzen zumindest für den Anfang auf digitaler Ebene begegnen ..."

„Was uns bezüglich der geplanten Interaktionen entgegenkommt", wirft Liem ein.

„Genau", sagt Rup, nickt und fährt fort. „Können wir ... unseren Beitrag dazu leisten. Und so wie ich das sehe, scheinen die Kurse zu laufen, oder?"

„Definitiv“, antwortet Emilia bestrebt, sodass ihre blonden Haare hin und her wippen. „Wir sollten sie auf alle Fälle beibehalten.“

„Genau!“, pflichte ich ihr bei. „Anscheinend gibt es einen Markt dafür und sofern ich nicht mehr mitmachen muss, finde ich die Idee nicht schlecht.“

Josh gibt ein schnaubendes Geräusch von sich. „Wie schade.“

Ich sehe, wie Rup sein Gesicht zu einem Lächeln verzieht, das seine Augen nicht erreicht.

Oh, oh.

„Josh, betrachte das als letzte Warnung.“ Rup verschränkt die Hände auf dem Tisch und lächelt ihn süffisant an. „Noch so ein Kommentar und du bist raus. Alles klar?“

Au Backe.

Keiner sagt ein Wort. Nicht mal ein Stuhl quietscht.

Josh räuspert sich und schaut mich flüchtig an. „Sorry, Sue.“

„Ähm ... ja.“ Erneut widme ich mich dem Zettel zu. „Ich kann wohl behaupten, dass die ...“ Mein Blick flackert zu Josh und mein Gesicht beginnt automatisch zu brennen. „... die 1,3 Millionen Klicks wohl genügend ...“

„Komma fünf.“ Liem verzieht den Mund. „Sorry.“

„Oh.“ Ich nicke flüchtig. Komma fünf. Das ... Wie können sich diese Zahlen so schnell vervielfachen? Ich befeuchte mir die Lippen und versuche, die Sache wie Ellie zu sehen. „Nun, das sind ... 1,5 Millionen Leute, die nun wissen, dass so etwas angeboten wird. Das ist an sich Gratiswerbung für uns.“

So viele Leute. Ich glaube, mir wird schlecht.

„Hat Ben unterschiedliche Kurse vorgeschlagen?“, fragt Emilia.

„Ja!“, sage ich und merke, wie ich langsam wieder Feuer fange. „Marcy und ich haben alles hier aufgeschrieben, irgendwo.“ Eilig lege ich den Zettel beiseite und ziehe den Flipchart zu mir hin. Auf der Suche nach dem richtigen Papier, halte ich eine Seite nach der anderen hoch, bis irgendwann mein ...

Was ist denn ...

Mit schief gelegtem Kopf blicke ich von der Tafel zu Josh, der aufgrund meiner Reaktion stöhnend sein Gesicht in den Händen vergräbt.

„Was?“ Rup blickt zwischen uns hin und her und für einen Moment bin ich unschlüssig, ob ich die Seite einfach überblättern soll. Zumindest hat sie noch niemand gesehen. Doch ehe ich mich entscheiden kann, steht Rup kurzerhand auf, tritt neben mich und wirft das Bündel Papier kurzerhand zurück.

Mit starrer Miene blickt er auf die Tabelle mit der Überschrift „Wie lange geht es, bis Watson merkt, dass sie einen Affen auf dem Kopf hat?“ Darunter stehen in schluderiger Schrift die Namen von Josh, Stu, Alex, Baxter und Jackson. Joshs Zeit in der hinteren Tabellenspalte ist zudem mit einem dicken, roten Kreis umkringelt.

Ungläubig und verwundert glotze ich Josh an.

„Marcy.“ Rups Stimme klingt unnachgiebig und sein Blick wird eisern. „Hol bitte Triple-X her.”

„Ja“, stößt Marcy leise hervor, huscht mit gesenktem Kopf an uns vorbei, bleibt dann aber in der Tür stehen. Zögerlich dreht sie sich um. „Da ist aber gar kein X in Jackson.“ Als niemand etwas sagt, fährt sie vorsichtig fort. „Nur in Jax. Und Jackson, das ist J-A-C-“

„Das ist kein Buchstabierwettbewerb, Marcy“, schneidet ihr Rup harsch das Wort ab, worauf sie mit roten Wangen eilig aus dem Raum läuft.

Ich kann nicht anders, als die Luft anzuhalten. Gerade noch wollte ich in dem Thema von Bens Buch aufgehen und jetzt ist die Stimmung um 180 Grad gekippt.

Rup fährt sich mit einer Hand über die Stirn. „Josh, pack dein Zeug.“

Ach du dickes Ei.

Aus den Augenwinkeln bemerke ich, wie Liem ein stummes „Oh“ formt und sich Emilia betreten am Kopf kratzt.

„Was?“ Josh blickt perplex von seiner Hand auf, dann umspielt ein lockeres Lächeln seine Lippen. „Ach komm, Boss, das war doch nur ...“

„Spaß? So wie das letzte Mal, als du Sue bloßgestellt hast?“ Rup blitzt Josh aus schmalen, funkelnden Augen an und macht ein paar bedrohliche Schritte auf ihn zu. „Und das vorletzte Mal? Ganz davon abgesehen, dass du anscheinend weder unternehmerisches Denken noch Werte wie Teamgeist besitzt, ist deine Sozialkompetenz offensichtlich für den Arsch!“

Ich weiß, ich sollte atmen. Allerdings bin ich so schockiert, dass ich im Moment zu gar nichts fähig bin. Rup hat *Arsch* gesagt und ich bin gar nicht sicher, ob man das als Chef überhaupt sagen darf. Gibt es da nicht gewisse Regeln?

Schritte werden laut und Marcy kommt mit gesenktem Blick zurück ins Sitzungszimmer. Ein paar Sekunden später folgen Alex, Baxter und Jackson.

Jedes Mal, wenn ich die drei zu Gesicht kriege, schlagen mir blasse Haut und eingefallene Augen entgegen, so wie bei Vampiren, die nie Tageslicht zu sehen kriegen. Seit sie im Verlag arbeiten, hocken die drei praktisch tagein tagaus im selben kleinen Raum.

Rup streicht sich erschöpft übers Gesicht und dreht sich wieder um. „Ihr drei, packt eure Sachen.“

„Was?“ Es rutscht mir einfach so raus, während um uns herum Fragen und Kommentare laut werden.

„Wegen dieser ... Wegen dieser dämlichen Wette?“ Ich kann die Worte nicht zurückhalten. „Wir brauchen die drei, Rup! Ja, das hier war ein Fehler, aber ... aber Baxter hier zum Beispiel, ist ein großartiger Programmierer und für den elektronischen Adventskalender unabdingbar!"

„Ich bin Alex", sagt Beinahe-Baxter und deutet nach links. „Das ist Baxter."

„Oh." Ich blicke zwischen den dreien hin und her. Irgendwie sehen sie sich aber auch zu ähnlich mit ihren Brillen und den Hoodies und ... Egal. „Tut mir leid. Was ich damit sagen will, ist, dass wir auf die Leistungen der drei angewiesen sind. Du weißt, was wir bei den Büchern von Oliver noch umsetzen möchten, außerdem brauchen wir den Support für die Homepage! Erinnere dich bloß an letzte Woche!"

Es verstreichen qualvolle Sekunden, in der sich keiner rührt oder etwas sagt. Ich blicke Rup eingehend an, bitte ihn still und leise, es sich noch mal zu überlegen und endlich zeigt er wieder eine Regung, indem er mit versteinerter Miene zum Flipchart deutet. „So etwas will ich nie wieder sehen, in Ordnung? Von keinem von euch. Damit meine ich auch dich, Stu."

Stu nickt eilig.

„Wir sind ein Team. Wir arbeiten als Team und wir funktionieren nur als Team." Rup macht eine kleine Pause, in der er jeden anstarrt. „Und wem das egal ist, soll verschwinden."

„Rup, mir ist es nicht egal, echt nicht, Mann. Ich –", hebt Josh an, doch Rup hält eine Hand hoch und unterbricht in forsch. „Nein! Ich gebe dir genau zehn Minuten, in denen du deinen Tisch geräumt hast." Mit einer wütenden Bewegung zieht er sein Hemd zurecht. „Die anderen können nach Hause gehen. Schöne Weihnachten."

Dann schiebt er sich an Tripple-X vorbei und marschiert aus dem Meetingraum.

Stühle werden zurückgeschoben, Baxter, Alex und Jackson trotten wieder in ihre Kammer und ich komme eilig in die Gänge, um Rup zu folgen. Gerade noch so kann ich die Tür, die er hinter sich zuschlägt, abfedern und mich in sein Büro schieben.

„Was war denn das eben?“, frage ich und schließe hinter mir ab. Rup, der beinahe seinen Tisch erreicht hat, hält inne und dreht sich um. Zu meinem Entsetzen sieht er immer noch genauso wütend aus wie zuvor. Sogar die riesige Ader auf seiner Stirn taucht wieder auf. „Tu das nie wieder, in Ordnung?“

„Wa... Was meinst du?“, frage ich und blicke ihn verwundert an. „Wir brauchen die drei, wir können sie nicht einfach so vor die Tür ...“

„Ich, Sue, nicht wir!“, unterbricht er mich forsch und seine Stimme schwillt wieder an. Jetzt läuft er auf mich zu und mit jedem Schritt erkenne ich, wie rot und angespannt sein Gesicht ist. „Ich bin der, der Entscheidungen treffen muss, nicht du! Ich habe eine Firma zu führen und wenn ich sehe, dass einer gegen den Strom schwimmt, dann gibt es für mich kein Pardon!“ Er bleibt stehen und holt kurz Luft, ehe er sich wieder abwendet und an den Schreibtisch setzt. „Josh hatte weiß Gott genügend Verwarnungen und das vorhin hat dem Ganzen noch die Krone aufgesetzt.“

Für einen Moment verharre ich stumm an Ort und Stelle, höre nur das Blut, das beginnt, unnachgiebig in meinen Schläfen zu pochen. Nach ein paar Sekunden trete ich zögerlich vor. „Aber wenn es nur wegen mir war, dann ...“

„Es ist egal, ob es um dich, Marcy oder Liem geht!“, fährt er mir vehement dazwischen. „Es gibt einen Punkt, an dem Schluss ist. Und was ich dann zuletzt gebrauchen kann, ist, dass du meine Entscheidungen vor dem gesamten Team infrage stellst!“

Ich schlucke.

„Ich mache meinen Job, Sue. Mach du den deinen! Alles klar?“ Sein Tonfall duldet keine Widerworte.

„Klar“, sage ich leise und wende mich beklommen ab. Dann drehe ich mich noch mal um und Rup blickt seufzend von seinem Laptop hoch. Offensichtlich bemüht er sich um Geduld.

„Was?“

„Ich wollt nur fragen, ob das noch in Ordnung ist, später. Dass wir zusammen zur Premiere fahren. Um halb acht?“

Rup schließt die Augen und massiert sich die Stirn. Es verstreichen ein paar Sekunden, in denen ich die Hoffnung hege, dass er gleich aufspringt und mir mit einem Lächeln versichert, dass es dabei bleibt. Also stehe ich da, knete meine Finger und blicke ihn erwartungsvoll an.

„Fahr du mit Sophie und den anderen.“ Er lässt seine Hand fallen und blickt starr in seinen Laptop. „Ich komme nach.“

„Ja. Klar! In Ordnung.“ Den kleinen Kloß in meinem Hals ignorierend, werfe ich ihm noch einen Blick zu, doch Rup hämmert bereits auf seine Tastatur ein. „Dann ... bis später.“

16

Diese Premierengeschichte hatte ich mir eigentlich ganz anders vorgestellt. Ich dachte, Rup und ich würden mit den anderen in der Limousine zum Kino fahren ... zusammen über den roten Teppich schreiten ... Wir würden Tomatenmousse von viel zu großen Löffeln essen, die überhaupt nicht in unsere Münder passen. Und irgendwann würden wir uns aus dem Film schleichen und irgendwo heimlich rumknutschen, so, wie ich es mir früher immer ausgemalt habe.

Nur ist er nicht hier.

Sophie und die anderen wollten uns in einer Viertelstunde abholen und obwohl Rup gemeint hat, dass er nachkommen würde, hege ich die leise Hoffnung, dass er doch noch pünktlich auftaucht. Nicht nur, weil wir den kleinen Streit vor der Premiere aus der Welt schaffen könnten, sondern auch, weil ich um seine Meinung gerade sehr froh wäre. Denn ... nun.

Die Bluse, die ich mir rausgesucht habe, ist durchsichtig. Und mit *durchsichtig* meine ich nicht „Ich bin nicht sicher, aber trägst du diese fancy BH-Pads ohne Träger?“, sondern ein „Kann es sein, dass deine rechte Brust minimal größer als die linke ist?“

Wieso ich das damals im Laden nicht bemerkt habe, ist mir schleierhaft. Einen BH zu tragen, fällt somit weg. Erstens sticht er einem ins Auge (egal ob weiß oder hautfarben) und zweitens ist der Ausschnitt so weit geschnitten, dass man gleich die Träger sieht.

Ich habe es mit einem Top drunter probiert. Ich habe das Top zerschnitten und eine Art Bandeau draus gebastelt, das wirkte noch dämlicher. Ich habe fancy BH-Pads versucht, die ich originalverpackt in Sophies Sachen gefunden habe und die so gar nicht fancy, sondern furchtbar klebrig sind (wenn ich die anklebe, kriege ich die im Leben nie wieder weg, oder?). Daraufhin habe ich mich weiter durch meine Garderobe gewühlt und es mit einem übergroßen Hemd probiert, bei dem ich lässig einen Knoten über dem Bauchnabel gemacht habe. Ich sah aus wie Mum in ihren Dreißigern.

Schlussendlich habe ich bei Sophies Sachen eine bunte Hippiebluse gefunden, die aber so gar nicht zu der Hose passt. Genauso wie die Schuhe (schwarze Ballerinas gehen praktisch völlig unter. Auch habe ich keine passenden Stiefel. Irgendwie habe ich es völlig verpasst, schöne Schuhe zu kaufen. Aaaaaahhhh).

Noch zehn Minuten.

Nun gut. Ich brauche eine Lösung. Ich werde einfach ... werde einfach ... Äääh. Keine Ahnung!

Plötzlich beginnt mein Handy zu surren und in der jähen Hoffnung, Rup stünde draußen vor der geschlossenen Tür, hebe ich sofort ab. „Hallo?"

„Liebes?"

„Mum?"

„Liebes, du musst dein Handy vom Ohr nehmen!"

Vom ... Ich hebe das Display vors Gesicht und blicke geradewegs auf Mum. Oder besser gesagt: auf Mums nackten Busen. „Wow, Mum!" Mein Blick schießt instinktiv zur Decke. „Zieh dir doch bitte was an, bevor du mich facetimest!"

„Schätzchen, wir sind an einem Nackedeistrand, hier trägt doch niemand was!", trällert sie vergnügt und ich blinzle vorsichtig wieder auf das Display. „Sogar dein Vater nicht, siehst du?"

Oh, ich wünschte, ich hätte es nicht.

Die Kamera schwingt wieder in ihre Richtung und sie strahlt mich durch ein paar wilde Locken an, die ihr ins Gesicht wehen. „Wie geht es dir, Liebling? Bist du bereit für den großen Kinoabend?"

„Äh, ja, sozusagen."

„Oder hab ich es etwa verpasst?"

Ich zucke zurück, als das Gesicht meiner Mum immer größer wird, weil sie sich ihrem Handy mit zusammengekniffenen Augen nähert. Sogar ihre Poren zählen kann ich. „Trägst du etwa schon deinen Pyjama?"

„Nein", maule ich empört und ziehe beleidigt am Kragen. „Das ist kein Pyjama. Das ist eine Bluse."

„Ach schön, wunderbar. Dein Vater und ich haben seit vier Tagen keine Kleider mehr getragen. Bis auf die Abende natürlich, da werfen wir uns ein Tuch über", erzählt sie seufzend. „St. Martin ist traumhaft, Schätzchen, du solltest es dir mal anschauen für Rupert und dich."

„Ja, vielleicht."

„Und so nette Leute gibt es hier. Jane und Harold aus Feltham, die kommen jedes Jahr hierher. Jaahane, Harold!" Die Kamera wackelt, schweift über einen Strand mit weißem Sand, Liegestühlen und Palmen bis hin zu einem älteren Ehepaar, ein paar Meter entfernt. „Sagt Hallo zu meiner Tochter! Warte, Liebes, ich zoome schnell ran."

„O nein, Mum, ist schon ..." Zu spät. Nackedei-Jane (circa fünfzig, schöne glatte Haut, leichter Sonnenbrand) winkt freudig, während Nackedei-Harold (haarig, vornübergebeugt, leichter Ausschlag am ...) gerade sein Tuch ausschüttelt. Ich guck lieber sonst wo hin. Um Freundlichkeit bemüht, hebe ich meine Hand zum Gruß und bin dankbar, als Mum die Kamera endlich wieder umdreht.

Mein Gott. Kein Handy der Welt sollte da reinzoomen.

„Gut, Mum, ich sollte mich wirklich fertig machen, Sophie ist bald hier. Genießt eure Ferien noch, ja?"

„Aber sicher doch, Liebes. Bestell Rupert schöne Grüße und oh, Sue! Schick uns Fotos, ja?"

„Mach ich." Lächelnd winke ich in die Kamera. „Bye, Mum. Grüß Dad!"

Als die Verbindung abbricht, habe ich noch knappe fünf Minuten.

Also gut. Optionen checken.

Ich könnte ... könnte ... einen schwarzen BH unter der Bluse tragen und das Ganze dann einfach als edgy-elegant bezeichnen. Prüfend halte ich die schwarze Spitze unter den Chiffon-Stoff. Sehr aufreizend. Edgy steht mir irgendwie nicht.

Gut. Ich könnte ... äh ... einen Blazer drüberziehen! Schnell schlüpfe ich in den Longblazer, den ich mir vor ein paar Monaten gekauft habe und ... sehe mit der Hochsteckfrisur aus wie eine Nonne.

Das ist es auch nicht.

Mein Handy vibriert erneut und eine Nachricht von Sophie erscheint auf dem Bildschirm: „Sind daahaaaa!" Dazu drei Champagner-Emojis und ein Clownsmiley (das für Marc steht).

Panisch wende ich mich meinem Spiegelbild zu, in der einen Hand den sexy-edgy BH, in der anderen den Blazer.

Und dann – von irgendwo her – gebe ich mir einen Ruck.

Die Stücke in meinen Händen fallen zu Boden, ich packe die Pads, reiße mutig die Folien weg und klebe sie mir kurzerhand auf die Brüste.

Okay. Gut. Das ... Zugegeben, sie sind ein bisschen klein. Genau genommen verdecken sie geradeso die Nippel. Ob das überhaupt Pads *sind*? Verwundert untersuche ich die Verpackung, scanne sie nach dem Wort „Nippelhütchen", lasse es dann aber schnell bleiben. Hauptsache, das Wichtigste ist bedeckt. Passt schon.

Mit einer fließenden Bewegung ziehe ich das gigantische Essstäbchen aus dem monströsen duttähnlichen Ungestüm auf meinem Kopf. Ich schüttle meine Haare aus, richte mich wieder auf und ... Oh, *hallooo*. Meine

Haare fließen in sanften braunen glänzenden Wellen über meine Schultern, schmeicheln meinem Gesicht und lassen meine Wangen zart rot leuchten (was definitiv nur an der Aufregung liegt, aber *hallooo*). Und was ganz wichtig ist: Kein Mensch achtet mehr auf meine beinahe nicht vorhandene Unterwäsche. Insbesondere nicht, wenn wir ganz zügig über den Teppich schreiten, im Sinn von „Heute lieber kein Interview" oder „Bitte wenden sie sich an meinen Manager, danke". Alles, was man sehen wird, sind wippende Haare. Keine wippenden Brüste.

Als ich meinen Mantel übergeworfen habe und in die Ballerinas geschlüpft bin (mir fehlt es effektiv an Alternativen), bin ich fast zu hundert Prozent davon überzeugt, dass es schon gut werden wird. Zumal ich mir vorstellen könnte, dass selbst Brad Pitt mal einen Pinkelfleck auf seiner Smokinghose hatte und kein Mensch hat es gemerkt, weil sich alle auf seine umwerfenden Grübchen konzentriert haben.

Eben.

Okay. Kursänderung. Es wird *nicht* gut. Ganz und gar nicht.

Bis zur Great Portland Road ging alles glatt. Jess, ihr Anwaltsfreund Lex, Sophie, Ellie, Marc und ich waren alle glücklich, tranken Champagner in der Limousine und sangen „*sigasig-aah*" von den Spice Girls. Dann kam plötzlich unvermittelt diese Bodenwelle und katapultierte den Inhalt der Flasche in meiner Hand in einer schäumenden Eruption über das Nichts meiner Bluse, woraufhin Lex räuspernd ein „Ich möchte dir nicht zu nahetreten, Susan, aber deine Brustwarzen sind eklatant" verlauten ließ.

Was gar nicht möglich sein sollte. Wenn man etwas *nicht* sehen sollte, dann doch meine Brustwarzen.

(Ernsthaft, wer sagt heute überhaupt noch Brustwarzen? *Wer?*)

Also sitze ich nun hier, voll mit Champagner, weiß nicht, was „eklatant“ überhaupt bedeutet und schaue zu, wie sich Marc verwundert in meine Richtung dreht, sich verschluckt und seinen ganzen Smoking vollprustet. Und das Schlimmste: Der durchnässte Chiffon klebt dermaßen an meiner Hand, dass ich regelrecht spüren kann, wie die Pads nicht mehr da sind und wie sich meine ... nun ... wie sie sich *formieren*. Und anhand Lex' Gesichtsfarbe zu urteilen, muss das Ganze *wahnsinnig* eklatant aussehen.

Ich möchte im Boden versinken. Gleichzeitig möchte ich lachen. Und dann möchte ich nur noch meine Haare dazu beschwören, schnell zwanzig Zentimeter zu wachsen, damit man meine Nippel nicht sieht.

Von „*Wannabe*“ abgesehen, ist es erdrückend still und keiner weiß so recht, wo er hingucken soll. Dann lässt der Fahrer ein teilnahmsloses „Achtung, Bodenwelle“ verlauten und wir alle machen einen plumpen Satz in die Luft.

Mit brennendem Gesicht wechsle ich einen Blick mit Sophie, gucke dann zu Ellie ... die mit zusammengekniffenen Augen auf der Sitzreihe an der Seite sitzt. Krampfhaft um Haltung bemüht, das Gesicht knutschrot. Ihre Lippen leuchten beinahe schon weiß, so fest presst sie sie zusammen.

Oh, oh.

„Ellie?“ Sophie beugt sich, halbwegs belustigt, halbwegs besorgt nach vorn, als Ellies Schultern zu beben beginnen.

„Bodenwelle.“

Und dann explodiert sie. Als hätte jemand den Korken gezogen. Ellie brüllt auf, Tränen rinnen ihr über die Wangen, sie hält sich den Bauch, bringt japsend ein „Bo-den-welle“ zustande und wedelt mit dem Finger in meine Richtung. Sie kippt zur Seite, die Träger ihres Kleides rutschen ihr über die Schultern und der Sicherheitsgurt hält sie gerade noch so auf dem Polster.

Ich kann nicht anders. Sophie kann nicht anders. Selbst Lex beginnt zu schmunzeln, obwohl er sich offensichtlich furchtbar unschicklich dabei vorkommt. Meine Arme schlingen sich um die Flasche, deren übrig gebliebener Inhalt fröhlich weitergluckert und ich lache ob der Absurdität so lange, bis auch mir die Tränen kommen.

Meine Bluse ist ruiniert. Mein Make-up ist ruiniert. Meine Haare sind klebrig. Und ...

„O nein, Marc!", bringe ich hervor und wische mir die Tränen von der Wange. „Dein Smoking!"

Marc entledigt sich seiner Jacke, schüttelt sie kurz vor sich aus und lässt dann die Scheibe runter. „Aach, die ist schnell wieder trocken."

Sophie greift nach seinen Hosenträgern und hält ihn davon ab, aus dem Wagen zu fallen.

„Also gut, so geht das nicht." Jess ist die Erste, die sich wieder einigermaßen beruhigt hat und fachmännisch von mir zu Lex guckt, ganz als ob sie prüfen wollte, ob ich sein Hemd tragen könnte. „Wir brauchen eine Lösung."

„Wieso geht ihr nicht zu Topshop?", ruft Marc von draußen in die Limousine. „Ihr Frauen kennt den Laden doch sicher auswendig. Hey, Mädels!"

Ein Kreischalarm zieht an der Limo vorbei.

„Nein. Nicht Topshop." Sophie hat immer noch Marcs Hosenträger in der Hand und ihre Mundwinkel zucken verschwörerisch. „Marc, du fährst vor. Ich hab da eine andere Idee für Sue."

„Mon *dieu.*"

Ich kann nicht anders, als das größte, unwirklichste Flashback des Jahres über mich ergehen zu lassen. Vier

Monate sind vergangen und abgesehen von seinem gezwirbelten Bart hat sich Jacque keinen Deut verändert. Es ist kurz vor Ladenschluss und mit Ausnahme von Sophie, Ellie und mir, ist die Boutique leer.

Es ist, als wäre ich erst gestern hier gewesen – hätte Champagner geschlürft und mich durch unzählige Hochzeitskleider probiert. Um ehrlich zu sein, fühlt es sich an wie aus einem anderen Leben.

„Que s'est-il *passé*?" Jacque lässt brüskiert seinen Blick an mir hinunter wandern.

„Bodenwelle", presst Ellie zwischen ihren Fingern hervor und kann sich gerade noch den nächsten Lachanfall verkneifen. Wie viel Champagner *hatte* Ellie? Ich bin ganz fasziniert.

„Wir wären nicht hier, wenn es kein Notfall wäre", erklärt Sophie und ich bemerke erstaunt, wie die Spitzen ihrer High Heels in dem Flauscheteppich eingesunken sind. Sie sieht ein bisschen aus wie ein schräger Turm. „Kannst du ihr helfen? Hast du vielleicht etwas ..." Sie wendet sich wieder mir zu und zieht eine Grimasse. „... nicht ganz so Durchsichtiges?"

Ich wage einen Versuch, die Arme vor meiner Brust zu verschränken, lasse es aber aufgrund der klebrigen Nässe schnell bleiben.

„Non." Jacque schüttelt den Kopf, die Augen zusammengekniffen. „Wir müssen etwas ändern an die ganze Look. Ich se'e nur 'Ose, 'Üfte, Nippäl und ... Mon dieu, Madame Susan." Jacque stöhnt und vergräbt das Gesicht in seiner Hand.

„Was?", frage ich alarmiert und gucke an mir hinunter. Was denn noch?

„Die Schuh. C'est ne marche pas comme ca. Madame Susan, ab in die Toilet." Mit einem Fingerschnipsen dirigiert er mich in eine Ecke der Boutique. „Sophie und die petite dame mit die Wimperntusch' überall – venez avec moi!"

Von wegen „*Die bringe ich nie mehr weg*". Die Pads haben keine zehn Minuten durchgehalten. Das rechte hat sich unter die Brust geschoben, das linke klebte irgendwo unter meiner Achsel.

Nach einer sporadischen Katzenwäsche (und Jacques Parfüm-Arsenal) sehe ich in einem flauschigen Bademantel zumindest wieder halbwegs normal aus. Von meinen Haaren mal abgesehen – die fühlen sich immer noch verklebt und stumpf an, weswegen ich sie kurzerhand zu einem riesigen Knoten hochgebunden habe.

Aber egal.

Viel wichtiger ist das schwarze Oberteil, das unschuldig auf einem Bügel mit kleinen Samtpölsterchen vor mir hängt.

Wobei *Oberteil* zu übertrieben ist. Viel zu übertrieben. Es ist mehr ein Stoff bestehend aus Nichts. Es hat Spitze und ... das war's. Ein Nichts aus Spitze.

„Und? Passt es?" Sophies Stimme dringt durch den dicken Vorhang.

Der dünne Stoff rutscht durch meine Finger. Es fühlt sich sogar *an* wie Nichts. Es flutscht weg, einfach so. Ich schaudere.

Aber ich habe keine andere Wahl, das weiß ich. Entweder ich ziehe das an oder gar nichts. Was, wie mir schmerzlich bewusst wird, praktisch auf dasselbe hinausläuft. Also reiße ich mich zusammen, schlüpfe aus dem Bademantel, nehme das Negligé vom Haken und lasse es mir über den Kopf gleiten.

Kritisch beäuge ich mich im Spiegel, zupfe hie und da am Stoff herum, hebe die Arme, drehe mich von links nach rechts. O Mann.

Das kann ich unmöglich anziehen. Ich kann nicht in Unterwäsche ins Kino. Das geht einfach nicht. Außerdem ist es doch viel zu kalt, bestimmt nur um die fünf

Grad. Ich werde frieren, mir den Tod holen und das Letzte, das ich hören werde, ist „*So* was von eklatant!".

Wieso um Himmels willen mussten wir auch Champagner trinken? Frustriert lasse ich meinen Kopf in den Nacken fallen und werfe die Hände vors Gesicht.

„Oh, wow. Du solltest öfters in Unterwäsche rumlaufen, du siehst sexy aus."

„Kann sich mal bitte schnell die Erde auftun?", stöhne ich auf.

„Quatsch." Sophie läuft zu mir herüber und schiebt den Saum des Negligés kurzerhand in meine Hochbundhose. „So. Und nun der Blazer und die Haare ..." Mit fachmännischen Griffen löst sie den Haargummi und reicht mir den Blazer. Schlussendlich macht sie einen Schritt zurück und schaut mich mit zufriedener Miene an. „Perfekt. Guck's dir an."

Zögerlich drehe ich mich um.

Okay ... joa. Das geht. Sieht gar nicht mal so schlecht aus. Schon deutlich züchtiger.

Eigentlich sieht es sogar richtig gut aus. Frech. Und irgendwie stylisch. Und wenn jemand mich darauf aufmerksam machen will, dass ich unter dem Blazer ein Spitzennegligé trage, sage ich einfach so etwas wie „Body Positivity!" oder „Der Körper einer Frau ist ein Tempel!" oder so. Das kommt immer gut.

„Stimmt. Das passt." Voller Überzeugung drehe ich mich wieder um, als der Vorhang aufgeht und Jacque im Durchgang steht. Zufrieden gucken wir uns an, ehe mein Blick auf die offene Schachtel in seinen Händen fällt und mir das Gesicht wegrutscht. „Nein. Nein! Jacque: Nein!"

„Oh, s'il-vous plaît, Madame Susan!" Jacque ist ganz aufgeregt, als ob meine Reaktion nicht zu erwarten gewesen wäre. „Isch kann Sie nischt so ge'en lassen! Nischt in diese Schu!"

Gekränkt blicke ich auf meine schwarzen Ballerinas, die lieblos in der Ecke liegen. „Was ist falsch an den Schuhen?“

Mir ist klar, dass die Frage unnötig ist. So ziemlich alles ist falsch mit den Schuhen. Sie passen nicht zum Outfit. Sie drücken mich in den Boden. Sie sind eine halbe Nummer zu groß. Und jedes Mal, wenn ich ein paar Schritte gehe, schmatzen sie ganz furchtbar, weil Champagner reingelaufen ist (weswegen sie auch so weit weg liegen). Die Option, die Sandalen in Jacques Händen anzuziehen, fällt allerdings auch weg.

„Ich *kann* in solchen Schuhen nicht laufen.“

„Ne pas laufen, *schlondorn.*“ Jacque fällt vor mir auf die Knie und macht sich entschlossen daran, meine Füße in die Sandalen zu stecken. Ratlos forme ich *„Schlondorn?“* mit meinen Lippen, aber Sophie zuckt angeheitert mit den Schultern. Nachdem ich um gute acht Zentimeter gewachsen bin (unglaublich – die Schuhe passen sogar), kommt Jacque wieder auf die Beine. „Madame Susan muss bewegen die ‘Üfte comme une princesse, comme une *mannequin*!“

Sophie und ich starren Jacque an wie ein Auto.

„Die ‘Üfte, oui? Comme letztes Jahr?“ Jacque beginnt, mit seiner Hüfte zu kreisen, eine Hand flach auf seinen Bauch gelegt. Er nimmt das so ernst, jetzt dreht er sich auch noch im Kreis. „À droite, à gauche, avec élan! Voilà! À droite, à gauche ... oui! Comme die dame mit die Wimperntusch’ dans le visage!“

Sophie und ich blicken über Jacques Kopf hinweg. Ellie steht mit dem Rücken zu uns, guckt sich ein paar Kleider an und wiegt ihre Hüfte nebenbei von links nach rechts. Als ob irgendwo ein Beat läuft, von dem wir nichts wissen.

Ich presse meine Lippen aufeinander. Ich darf nicht lachen. Ich *darf* nicht lachen. Jacque fordert uns auf mitzumachen und wir beginnen, unkoordiniert mit den Hüften zu stoßen. Das Ganze ist so lächerlich und der Champagner, der fröhlich in unseren Venen blubbert, trägt nicht gerade zur Ernüchterung bei.

„Trés bien! Trés bien, Madame Sophie, vous êtes un talent naturel!“

Als ob Ellie uns gehört hat, schnauft sie „‘Üff, ‘Üff, ‘Üffte“, geht in die Knie und twerkt in einer unglaublichen Seriosität mit einer Schaufensterpuppe im Prinzessinnenkleid. Ich glaube, sie hat sich komplett verges-
sen.

Was genau passiert hier gerade?

„Et maintenant! *Schlondorn*, Madame Susan. Eine Schritt nach die andere!“ Jacque dreht sich um, flaniert ein paar Meter und wendet sich uns in einer schwungvollen Drehung wieder zu. „Allez!“

„Wenn ich bitten darf?“ Sophie bietet mir ihren Arm an und überrascht stelle ich fest, dass wir gleich groß sind. Um Fassung bemüht, erwidere ich die Geste und mache einen kleinen Knicks. „Es wäre mir eine Ehre, mit Ihnen zu schlondorn, Madame.“

„Aber nicht doch. Die Ehre ist ganz meinerseits.“

„Nein, nein, sie ist auf *meiner* Seite.“

„Lassen Sie uns doch auf *diese* Seite dort schlondorn.“

Und ehe wir uns versehen, sind wir einmal durch den ganzen Laden geschlondert, haben uns Wörter wie „exquisit!“ und „süperb!“ an den Kopf geflötet und schlussendlich sogar vergessen, dass auf einem Flauscheteppich gar nicht leicht zu schlondorn ist.

„Voilà. Vous êtes bereit für die Teppiche.“ Jacque zieht ein besticktes Taschentuch aus seiner Gilettasche und tupft sich die Schweißperlen von der Stirn. „Die nächste ‘Ochzeit wird ein Kinderspiel, non?“

Ich kann nicht leugnen, dass mich der Gedanke kurz hibbelig macht. Für eine Sekunde habe ich das perfekte Bild von Rup in einem marineblauen Anzug vor Augen, wie er meine Hand vor dem Altar in die seine nimmt, mich ansieht und sagt: „Endlich geht der Traum meines Lebens in Erfüllung.“

Obwohl ... Irgendwie kann ich mir nicht vorstellen, dass er das sagt. Viel eher würde er ... äh ... Nüchtern stelle ich fest, dass ich nicht mal weiß, ob Rup eines Tages überhaupt mal heiraten möchte. Angestrengt versuche ich mir vorzustellen, wie er auf die Knie fällt, aber irgendwie ... nun.

Egal. Das spielt jetzt keine Rolle.

Nachdem wir bezahlt haben, drücken wir den kleinen Franzosen und rufen uns ein Taxi nach Mayfair, um zu Marc aufzuschließen.

„Seid ihr bereit?“ Sophie klatscht freudig in die Hände und mit einem Mal ist die kribbelige Vorfreude wieder da.

17

Heiliger Bimbam, wenn das kein Schaulaufen ist. Die Fassade des Curzon Mayfair erstrahlt in hellem Licht, hüfthohe Absperrgitter säumen den roten Teppich Richtung Eingang. Dutzende Fotografen buhlen, rufen und blitzen mit ihren Kameras entlang der Absperrung um das beste Foto. Ein Auto nach dem anderen entlässt schillernde Persönlichkeiten auf den Teppich und irgendwo kreischt gerade ein Haufen Fans auf.

„Sorry. Weiter geht's nicht. Das macht dann 10.75, Ladys." Unser Taxi bremst in einer Seitenstraße ab und während Sophie bezahlt, hüpfen Ellie und ich bereits raus. Wir sind nur noch wenige Meter von dem Spektakel entfernt und ich bin so beeindruckt, dass ich beinahe vergesse, was ich eigentlich anhabe.

„Laut Marcs letzter WhatsApp ist er seit zehn Minuten auf dem Teppich. Wir sollen uns drinnen treffen." Sophie verstaut ihr Handy in der Clutch und steuert auf den Seiteneingang des Kinos zu. Gehorsam folge ich ihr, kann meinen Blick aber nicht von dem Trubel losreißen.

Es ist alles so aufregend. Mit jedem Schritt, den wir näher kommen, schlägt mein Herz höher. Mein Leben lang habe ich davon geträumt, einer Premiere beizuwohnen und jetzt ist es endlich so weit. Musik wummert aus hohen Lautsprechern, Frauen in langen Kleidern und teuer aussehenden Wollmänteln schreiten über den Teppich, vereinzelt stehen Heizpilze am Rand. Es ist ein ziemliches Tohuwabohu. Gerade entlässt ein weiteres Auto zwei Personen und die Fotografen drehen durch. Ich recke meinen Kopf, gehe zwei, drei Schritte, schleiche mich dann zwischen ein paar vornehm gekleideten Gästen hindurch und versuche herauszufinden, warum plötzlich alle wild durcheinanderschreien.

„Mein Gott, Soph, das ist einfach der Hammer!" Begeistert drehe ich mich um und ... ich glaub meine Organe geben gerade ihren Geist auf.

Rose Leslie steht hinter mir.

Nicht Sophie. Nicht Ellie.

Rose-sie-sieht-im-echten-Leben-noch-viel-hübscher-aus-Leslie.

Rose-ich-bin-mit-dem-heißesten-Lockenkopf-des-Jahrhunderts... Ach du liebe Güte.

Jetzt nur nicht hyperventilieren. Jetzt bloß cool bleiben.

Genauso, wie ich es damals vor dem Spiegel geübt habe, für den Fall, dass ich eines Tages Orlando Bloom bei *Whole Foods* über den Weg laufe (ich *wusste*, dass ich eines Tages davon profitieren würde!).

Die Fotografen schreien „Kit! Rose! Hierher!" und irgendwo winkt eine Frau mit Headset und schwarzem Hosenanzug energisch den Pulk an Menschen auf den Teppich. Ich stolpere nach vorn, verheddere mich irgendwie in der Masse, halte mich nach links und ... finde mich plötzlich vor Marcs nacktem, zwei Meter hohen Pappoberkörper wieder.

Au Backe.

Wo zum Henker sind Sophie und Ellie? *Wo?*

Suchend blicke ich mich um, aber ich bin praktisch blind. Ein Blitzlichtgewitter bricht los, als Kit einen Arm um Rose legt und da ich nicht weggucken kann, sehe ich nur noch flirrende Punkte vor meinen Augen.

Gerade überlege ich zurückzugehen, aber keine Chance: Soeben steigt jemand aus *Downtown Abbey* aus dem Auto und ich entscheide mich für die andere Richtung. Wenn ich mich einfach ganz unscheinbar am hinteren Rand des Teppichs vorbeischleiche, falle ich bestimmt niemandem zu Last. Eilig wuschele ich mir ein paar Haare ins Gesicht und schiebe mich an den Prominenten vorbei. Hin und wieder erhasche ich einen Blick auf den einen oder anderen (Heather Graham! Da ist Heather Graham! Wenn ich sie gleich im Kino sehe, muss ich sie unbedingt um ein Autogramm bitten) und schnappe einige Fetzen der Interviewer auf.

„... ist das Calvin Klein, den Sie heute Abend tragen?"

„Werden Sie die Frisur länger ..."

„... für meine Tochter, sie ist zehn ..."

„...tson!"

„... im Gegensatz zu Neuseeland, richtig?"

Das Summen in meinen Ohren verstärkt sich, je näher ich den kreischenden Fans komme. Mittlerweile habe ich Rose und Kit hinter mir gelassen, kämpfe mich weiter voran, blinzle gegen die Blitze und – ups. Versehentlich bin ich gegen einen Rücken geprallt. „Oh, verdammt, Entschuldigung, ich ... Ach du meine Güte."

Innerhalb einer Sekunde ist mein ganzes Training wie weggeblasen.

Ich bin wie festgefroren.

Alle Alarmglocken schrillen.

Ich weiß, dass ich nicht starren sollte. Dass jetzt nicht der richtige Zeitpunkt für die Wie-spannend-dass-du-hier-*auch*-dein-Biogemüse-kaufst-Reaktion ist.

Henry dreht sich halbwegs vom Interview um, schenkt mir ein freundliches Lächeln. „Hi."

Heiliger Bimbam. Er sagt Hi. Der Schauspieler Henry Seales sagt Hi. Ich weiß gar nicht, was ich sagen soll.

Was?

Mir will nichts einfallen.

Am besten ich ... lächle das ganze einfach weg. Und entferne mich dann langsam wieder.

„...san! Hier drüben!"

Genau, ich sollte einfach ... Oh, jetzt winke ich. Ich ... Ja, winken ist auch nett.

Ich merke, wie der Interviewer mich irritiert anguckt, dann dreht sich der Typ neben Henry im grauen Anzug um und ... Gut, ich glaube, meine Oberlippe beginnt zu zucken. Völlig unkontrolliert.

Jetzt ist es aus.

Wenn das jemand auf Kamera hat, dann ... Bestimmt kommt gleich einer der Securitys, klemmt mich unter den Arm und führt mich ab. Und morgen steht dann groß und fett „Filmstars Henry Seales und Lucas Thomas auf Filmpremiere belästigt – Frau in Negligé wird abgeführt" in der Zeitung. Mit Videolink.

„Können wir dir helfen?" Henry streckt hilfsbereit eine Hand aus und berührt flüchtig meinen Ellbogen.

„Ha, ha, ha!"

O je.

Mir ist jede Disziplin flöten gegangen.

Mein Ellbogen summt, ich lache unkontrolliert und der Interviewer flüstert mit Blick auf mich mit seinem Kameramann. Scheiße.

„Susan! Kommen Sie!"

Irgendjemand ruft meinen Namen und irgendwie schaffe ich es, meinen Arm in die Richtung zu schwingen und meine Beine in Bewegung zu setzen. „Da ... Also, mein Name ist dort drüben." Mein Kopf ist so heiß, ich glaube, ich leuchte. „Ich sollte also mal dort ... Euer Film war echt ... Wow. Ich bin ein großer Fan eurer 25er Filme. *Großer* Fan!" Meine Hände wedeln in der Luft rum, völlig unbeherrscht. „Der größte, wahrscheinlich. Nicht ... auf eine abstruse, kranke oder stalkerische Art, sondern ... Ja. Ich geh dann mal. Danke."

Mit pochenden Wangen wende ich mich ab.

Atmen.

Einfach atmen. Und weitergehen, Schritt für Schritt.

Allerdings stellt sich Schritt für Schritt als äußerst schwierig dar, da sich die halbe *Downtown-Abbey-Crew* gerade um eine Kamera gescharrt hat.

Mein Gott, ist so eine Premiere anstrengend. Ich bin völlig fertig.

Immerhin hat der Interviewer hinter mir wieder den Faden aufgenommen („Lucas, ich habe gelesen, dass Sie selbst ein großer Fan der Band *Symphony of Knights* sind. Wie sehr hat es Sie gefreut, dass die Band den Titelsong für Ihren neuen Film gesungen hat?"). Am liebsten würde ich weiter zuhören, zwinge mich aber, mich an Laura Carmichael vorbeizuschieben. Kaum bin ich durch die Traube durch, lichtet es sich und ich kann den Eingang des Kinos sehen. Endlich!

„Sue! Sue! Hey, haben Sie eine Minute?"

Verdutzt drehe ich meinen Kopf. Ich hätte schwören können, dass die Stimme aus dem Gebäudeinneren kommt, aber nein: Sie kommt vom Absperrgitter.

„Hier sind wir! Hey!"

Ich blinzle gegen die Blitze der Kameras an und mache dann einen wedelnden Arm ausfindig. Ein hochgewachsener schlanker Typ Ende Dreißig in einem bordeauxfarbenen Blazer und mit einem gigantischen Mikrofon in der Hand winkt mich zu sich. Mich.

Wieso zum Teufel mich?

„Kommen Sie schon, seien Sie nicht schüchtern!" Der Typ schenkt mir ein breites Lächeln und nach ein paar zögerlichen Sekunden setze ich mich in Bewegung.

Bestimmt ist das nur ein Missverständnis. Bestimmt hat Marc mich bei Henry gesehen und den Reporter gebeten, mir den Schreck meines Lebens zu verpassen oder ... Keine Ahnung. Neben mir steht Bonnie Wright und mein Kopf ist wieder völlig leer.

„Susan! Ich bin Stan Cardener vom *Closer* Magazin. Wie geht es Ihnen?" Stan streckt mir den monströsen Ball entgegen und ich bin völlig perplex.

„Mh ... hi", bringe ich hervor und blicke zwischen ihm und dem Mikrofon hin und her.

„Das muss Ihre erste Premiere sein, richtig?"

Ich habe nicht die leiseste Ahnung, was er von mir will. Der muss mich verwechseln. Schnell überlege ich, ob es eine berühmte Person mit meinem Namen gibt, kann aber nur an Susan Boyle denken und irgendwie ... gehen wir optisch schon ein bisschen auseinander.

Stan jedoch blickt mich erwartungsvoll mit diesem angeknipsten Grinselachen an und wartet auf eine Antwort.

„Äh ... ja", sage ich schließlich. „Hören Sie ... ich glaube nicht, dass Sie mit mir sprechen wollen, ich bin hier quasi nur auf der Durchreise, also ..."

„Sie sind doch Susan, oder?"

„Nun ... ja, das ist mein Name, aber ..."

„Und Sie haben doch an dem Meditationsvideo von Ben Forster teilgenommen, richtig?"

Ich erstarre. Mir wird ganz flau.

„Keine Panik, ich habe Sie nicht an Ihrer Unterwäsche erkannt." Stan lacht ob seiner Aussage auf. Es ist ein sehr unsympathisches Lachen.

„Jetzt, da ich Sie erwischt habe, Susan, würde es mich und die Leser furchtbar interessieren: War das Video rund um die Meditation lediglich ein Werbegag, um die Vorbestellungen von *Jungle Feeling* anzukurbeln?"

Wie betäubt glotze ich Stan an, öffne meinen Mund, schließe ihn wieder. „Ich ..."

„Oder lassen Sie mich die Frage anders stellen." Stan schwenkt sein Mikrofon wieder in seine Richtung. „Wie sehr hat der Verlag von dieser Aktion profitiert?"

Fassungslos starre ich auf das schaumstoffbezogene Mikro, als in meinem Kopf plötzlich eine kleine Blase zerspringt. „Woher wissen Sie, wie ich heiße?"

„Aus den Kommentaren. Haben Sie die Kommentare nicht gelesen? Das Feedback? Es ist enorm." Stan zückt sein Handy. Dann erwähnt er meinen vollen Namen und wo ich aufgewachsen bin, und ich mache benommen einen taumelnden Schritt zurück. Bonnie neben mir spaßt mit ihrem Reporter, die Fans ein paar Meter weiter kreischen ohrenbetäubend auf. Stan spricht weiter, liest irgendwelche Kommentare vor, aber ich kriege nur die Hälfte davon mit. Erst als ich das Wort *Unterhose* höre, zieht sich mein Magen vor lauter Schreck zusammen und ich zerre automatisch meinen Blazer zurecht.

„... eine der meistgestellten Fragen ist, so nebenbei bemerkt: Woher stammte ihr Trainingsoutfit? Können Sie uns da einen Hersteller nennen?" Mittlerweile klebt ihm ein schmieriges Grinsen im Gesicht und von dem offenen, freundlichen Lächeln ist nichts mehr zu sehen.

„Nein ... hören Sie, ich ..."

„Andere Frage." Stans Lächeln festigt sich und sein Blick springt auf meine Brust. „Was für Unterwäsche tragen Sie heute?"

Wie bitte?

Die Worte hallen in meinem Kopf wider, aber ich bin zu entsetzt, um zu reagieren. Am liebsten würde ich ihm eine klatschen, allerdings kann ich mich kaum bewegen.

Dabei *sollte* ich ihm eine klatschen.

Direkt auf dem roten Teppich. Direkt auf die erste Seite der *Daily Mail*. Völlig egal.

Plötzlich legt sich ein schwerer Arm um meine Schultern und ich sacke ein Stück in die Knie. Was zum ...

„Calvin Klein. Aber das auch nur dem Anlass wegen, normalerweise trage ich gar keine."

Marc!

„Das können Sie gern so schreiben." Marc zuckt achtlos mit den Schultern, wedelt mit der Hand nach ihm. „Meinetwegen klatschen Sie es auf die Titelseite."

Ich bin vollkommen sprachlos. Völlig überfordert. Kameras blitzen, Weiber kreischen, Stans Selbstzufriedenheit beginnt zu bröckeln. Marcs Arm gleitet von meinen Schultern und ich sehe, wie er mit Henry abklatscht.

Es ist *der* Moment, um Stan mit hochgezogenen Augenbrauen anzusehen, ihm „Genau, was er sagte!" ins Gesicht zu speien, auf dem Absatz kehrtzumachen und mit Marc, Henry Seales und Lucas Thomas wegzuschlondorn. Von Marcs Unantastbarkeit belebt, hebe ich bereits an, dies zu sagen, als sich mir eine weitere Hand auf den Rücken legt.

„Und, Stan, wenn Sie die Dame hier noch einmal belästigen, winkt Ihnen eine weitere einstweilige Verfügung."

Völlig überrumpelt blicke ich nach links und erkenne Henry neben mir, der Stan zuzwinkert und mir dann mit einem Nicken bedeutet, mit reinzugehen.

Das wird ja immer schlimmer. Nein, immer besser. Immer *besser*!

„Aber, aber." Stan gibt sich selbstgefällig und lacht. „Ich mache doch hier nur meinen Job, Mr Seales. Außerdem ist Miss Watson hier auf dem roten Teppich und es steht mir zu, ihr einige Fragen zu stellen. Also, Susan." Er zwinkert mir schamlos zu. „Welche Kollektion tragen Sie heute zur Schau?"

„Keine, die Sie etwas anzugehen hat", antworte ich so selbstbewusst, wie ich kann, und recke mein Kinn empor, ehe ich mich mit klopfendem Herzen in Bewegung setze. „Und jetzt entschuldigen Sie mich, ich habe ... anderes zu tun. Wichtigeres!"

„Susan! Jetzt gehen Sie doch nicht gleich weg!" Stans Rufen hallt am Fan-Tumult wider. „Sind die Gerüchte über eine Beziehung mit ihrem Chef wahr? Kommen Sie, nur ein kleines Statement für ..."

Die Glastür des Foyers schwingt hinter uns zu und dämpft den Lärm von draußen um ein gutes Dezibel.

Wie war das? Ob die Gerüchte um eine Beziehung ...

Woher zum Teufel ...

Ich bin völlig verdattert.

Eine Dame in rot-blauer Kinouniform streckt mir mit einem freundlichen Lächeln ein Tablett entgegen. „Champagner?"

Wie betäubt greife ich nach dem Glas und nehme einen großzügigen Schluck.

Das ist schlimm. Das ist wirklich schlimm, oder? Gerade tanzte ich noch im Glitzer- und Glamourregen, und jetzt kann ich vor lauter Adrenalin und leicht aufkeimender Panik nicht mal mehr stillstehen.

Die kennen meinen Namen. Die wissen, wo ich arbeite. Die denken, die wissen, dass ich mit Rup zusammen bin (wo *ist* er eigentlich?). Vorsichtig werfe ich einen Blick über die Schulter. Stan Cardener fängt meinen Blick auf und winkt mich zu sich, doch ich wende mich schnell wieder ab und nehme einen weiteren Schluck Champagner.

In meinem Kopf trudeln die wildesten Vorstellungen ein. Die werden das gefilmt haben. Dann werden sie es online stellen und meinen Namen bei jedem Filmchen und Artikel erwähnen. In Großbuchstaben, ganz fett. Leute werden mich verknüpfen ... Man wird herausfinden, wo ich wohne ... Irgendwer wird das Video ganz nah heranzoomen und herausfinden, dass ich keinen BH getragen habe ... Das Internet ist voller Irrer, alles ist möglich. Die Kommentarspalte in der *Daily Mail* wird explodieren ...

„... mir damals die Hölle heiß gemacht."

Plötzlich merke ich, dass Marc verschwunden ist, Henry bei mir steht und sich sein Mund bewegt. Offenbar redet er schon eine ganze Weile.

„Ja, mach dir keinen Kopf. Er ist bemüht und beißt sich fest wie ein Köter an einem Hundeknochen, aber dein Management kriegt ihn sicher schnell in den Griff. Bei welchem bist du?" Lucas steckt sich einen Miniburger in den Mund und ich starre ihn sprachlos an. Was?

„Ich ... bin bei keinem Management", stottere ich lahm und Lucas' Augenbrauen schießen überrascht in die Höhe. „Oh. Okay. Du solltest dir eines suchen." Er kaut auf dem Burger rum und wedelt mit dem Finger durch die Luft. „Cardener hat Harry und mich monatelang verfolgt, wir sind beinahe durchgedreht. Ohne Hilfe gehst du in dem ganzen Zirkus hier noch – Au Scheiße, Henry." Lucas packt Henrys Schulter so fest, dass dieser ins Wanken gerät. Sein Blick ist nach draußen auf den Teppich gerichtet und ich folge ihm überfordert, doch die Situation ist immer noch dieselbe: Fans kreischen, Blitze blitzen, Leute in Abendgarderobe winken, ein junger Typ mit blonden Haaren und wuchtigen schwarzen Stiefeln wird von einer Dame mit flauschigen Ohrenwärmern interviewt.

„Da ist Phil Welsh. Wie seh ich aus?" Ich beobachte, wie Lucas sich nervös durch die blond-braunen Haare fährt, seinen Anzug glattstreicht und dann so überzeugt nickt, dass sich seine Frisur wieder in einzelne Strähnen auflöst. „Egal, er hat mir vor ein paar Wochen eine Message geschickt, nachdem ich seinen Beitrag auf Instagram geteilt habe. Er weiß, wer ich bin, richtig? Ich geh da jetzt hin. Wünsch mir Glück."

Völlig überfordert blicke ich zwischen Lucas' Rücken und Henry hin und her. „Wer?"

„Phil Welsh." Henry wendet sich wieder mir zu, eine Hand lässig in der schwarz-weiß gepunkteten Anzugshose vergraben. Seit wann ist sein Anzug denn schwarz-weiß gepunktet? Ist mir gar nicht aufgefallen. „Er hat den Titelsong zu Lucas' Film *Silmarillion* geschrieben und ist der Kopf von *Symphony of Knights*, einer Metalband. Lucas ist das größte Fangirl aller Zeiten."

„Oh ... okay." Keine Ahnung, wer Phil Welsh ist. Keine Ahnung, wie ich das Ganze einordnen soll. Bis vor drei Sekunden dachte ich noch, dass *ich* das größte Fangirl aller Zeiten inmitten von Promis bin und jetzt steht die Welt plötzlich Kopf, da einer der derzeit angesagtesten Jungschauspieler selbst das größte Fangirl aller Zeiten sein soll. Als hätte sich irgendeine Quantenebene verschoben.

„Henry! Schieb mal deinen Hintern hier rüber!", ruft jemand vom anderen Ende des Foyers und Henry schmunzelt und berührt mich kurz am Arm. „Alles in Ordnung bei dir? Ich sollte mich dort mal blicken lassen."

„Ja! Ja, sicher, du ... Ja! Los! Ich ... Danke, für vorhin und deine aufmunternden Worte." Denke ich zumindest.

„Kein Thema." Henry zwinkert mir zu und ich brauche geschlagene zehn Sekunden, um zu realisieren, was gerade geschehen ist. Ach, Quatsch. Ich glaube, ich werde geschlagene zehn Tage brauchen, um mir dessen klar zu werden.

„Sue!" Ein roter Fetzen schiebt sich durch die Menge im Foyer und Sophie taucht mit einem erleichterten Ausdruck auf dem Gesicht vor mir auf. Ihre Wangen leuchten zartrosa. „Marc hat mir erzählt, was passiert ist. Wie bist du denn auf den Teppich gekommen? Plötzlich warst du weg!"

„Ich ... Keine Ahnung", gebe ich zu und blicke noch mal fahrig zurück. „Es ging alles so schnell und ich konnte nicht mehr zurück und dann war da dieser Typ mit dem Mikrofon und ... Lucas steht auf einen Phil, keinen Schimmer, wer der ist und ... anscheinend steht mein Name in den Kommentaren des Videos." Plötzlich werde ich wieder etwas panisch und will Champagner trinken, aber das Glas ist leer. Ich habe völlig den

Überblick verloren – wann ist denn das jetzt wieder passiert?

„Dann kennen die halt deinen Namen. Na und?" Sophie nimmt mir das leere Glas ab und drückt mir ein volles in die Hand, das soeben auf einem Tablar an uns vorbeigetragen wurde. „Was kann passieren?"

Ich öffne den Mund, will ihr von den Irren im Internet erzählen, aber wenn ich ehrlich darüber nachdenke, hört sich das schon etwas seltsam an. An sich ist es ja nicht so, als wäre ich plötzlich die interessanteste Person in ganz Großbritannien. Oder als wäre heute Abend niemand anderes weniger nackt gewesen. London ist riesig. Da gibt es einen Haufen Leute, die in Unterwäsche rumlaufen. Richtig?

„Du hast mit Henry Seales und Lucas Thomas gesprochen." Sophie grinst aufgeregt und stupst mich an. „Du stehst hier inmitten von Leuten, die du jahrelang über die Mattscheibe flimmern gesehen hast! Vergiss den Typen da draußen. Laut Marc beruhen seine Aussagen sowieso nur auf losen Behauptungen, die keiner glaubt."

„Das hat Henry auch gesagt ..."

„Na also." Sophie legt mir den Arm über die Schulter und guckt mit mir zusammen auf die riesige Ansammlung von Menschen. „Genießen wir den Abend und denken nicht länger darüber nach."

Sophie hat recht. Wir konzentrieren uns auf das Hier und Jetzt. Überall leuchtet und funkelt es. Im Hintergrund dudelt festliche Musik und ein herrlicher Popcornduft wabert durch die Luft. Leute klatschen sich auf die Schultern, Gelächter erfüllt das Foyer und wir trinken unser drittes Glas Champagner. Oder unser fünftes. Um ehrlich zu sein, haben wir den Überblick verloren.

Eine Viertelstunde später habe ich den Zwischenfall auf dem roten Teppich schon beinahe vergessen. Meine Stimmung hat sich erheblich gebessert (diese Miniburger sind wirklich der Hammer) und ich bin um ein Selfie mit Bonnie Wright reicher. Ich habe Rup eine WhatsApp geschickt und fünf Minuten später noch eine, weil ich die erste selbst nicht mehr ganz lesen konnte.

Es ist so unwirklich. Am liebsten würde ich das alles filmen. Am liebsten würde ich die Zeit einfrieren und wann immer möglich zurück zu diesem Moment springen, in dem wir hier stehen und Häppchen futtern (wobei ich echt froh bin, dass es keine Tomatenmousse gibt – das hätte bestimmt eine riesige Sauerei gegeben). Ellie hat es fertiggebracht, ihre ganzen Unterarme mit Autogrammen vollkritzeln zu lassen und Jess und Lex stehen ein paar Schritte neben uns und führen ein inniges Gespräch mit einem Schauspieler aus *Law & Order UK* (zumindest haben sie das gesagt, ich hab die Serie oder den Typen noch nie zuvor gesehen).

Das Handy in meiner Clutch vibriert und ich ziehe es heraus. Auf dem Display erscheint eine neue Nachricht von Rup:

Stecke noch in Vertragsüberarbeitungen fest. Werde es nicht mehr schaffen. Genieß den Abend x R

Mein Herz gerät ins Stolpern. Trotz oder gerade *wegen* unseres hitzigen Gesprächs, hätte ich mir gewünscht, dass er noch auftauchen würde. Wir hätten die Sache bei einem Glas Champagner klären können, ganz nonverbal mit viel Augenkontakt, so im Stil von „Ich wollte nicht so laut werden, aber es zerreißt mir die Seele, zusehen zu müssen, wie Josh dich ständig vor allen beleidigt".

Wobei da jetzt bestimmt der Champagner gesprochen hat. Ich bin nicht sicher, ob Rup so etwas sagen würde wie „es zerreißt mir die Seele“. Ist dann vielleicht doch etwas theatralisch.

Aber nun gut.

Ich klicke auf *Antworten*, sende ihm das Selfie mit Bonnie Wright und tippe: „Du fehlst mhier“. Dann fällt mir auf, dass da ein enormer Schreibfehler ist, aber ich lasse es stehen. Immerhin entspricht es der Wahrheit: Er fehlt hier. Und er fehlt mir. Egal, wie wütend er vorhin noch geklungen hat.

„Uuuh, Katie Leung aus *Harry Potter* auf 14 Uhr!“ Sophie stupst mich mit ihrem Ellbogen an und ich richte meinen Fokus wieder auf die Umgebung. Auf die schillernd glänzende Atmosphäre rund um mich herum. Hier stehe ich, trinke exquisiten Champagner und gucke rüber zu Henry und Lucas, die ein paar Meter weiter in einer Gruppe stehen und plaudern. Und das ganz normal und legal. Gar nicht wie ein Stalker!

Eine junge Frau in Kinouniform trägt ein Tablett mit bunten Spießen vor sich her und Sophie und ich gönnen uns einen Tomaten-Mozzarella-Spieß mit Pestoklecks.

Ein Grüppchen gut gekleideter Damen vor uns kommt in Bewegung und Sophie winkt, als Marc sich einen Weg zu uns herüber bahnt. Gerade schiebe ich die letzte Cherrytomate in den Mund, als ich mich innerlich ermahne, mich später unbedingt bei Marc zu bedanken. Von dem kleinen Debakel auf dem Teppich mal abgesehen, ist es der beste ...

„O du scheische.“ Die Cherrytomate rutscht mir beinahe am Stück den Hals hinunter. Hektisch taste ich nach Sophies Arm. „Beib jetsch eifa cul.“

„Wasch?“

Mein Kopf schnellt zu Sophie. Sie sieht aus wie ein Hamster. „Hasch du di ewa ausch dasch gantsche ...?“

Verdammt, ich fang gleich an zu sabbern. Eilig winke ich ab, versuche, ihr den Ernst der Lage klarzumachen. „Cul bleiben. Cul! Ni dudehen!“

Das Champagnerglas in meiner anderen Hand schwappt und beinahe will ich einen Schluck nehmen. Wenn ich die Cherrytomate aber einfach runterschlucke, ersticke ich. Wenn ich draufbeiße und lächle, spritze ich bei meinem Glück hundertprozentig Kit Harington mit Tomate voll. Egal wie ich es drehe und wende, das kann nicht gut enden.

„Babe, ich glaub du kennst den Kerl hier besser als ich.“ Marc kommt vor uns zum Stehen und Sophies Augen erreichen die Größe ihrer rammelvollen Backen.

Sie dreht durch. Es ist nur eine Frage von Sekunden. Es ist wie damals, als wir gedacht haben, Orlando Bloom auf der anderen Straßenseite gesehen zu haben. Sophie ist immer sehr cool und gelassen, aber ich werd in meinem Leben nie mehr vergessen wie sie „O MEIN GOTT, WILL TURNER“ über die Straße gebrüllt hat. Es war so unerwartet laut.

„Kit, das ist Soph, meine Freundin. Sie schläft in einem T-Shirt mit deinem Dackelblick drauf, was gar nicht schräg ist. Und das ist Sue.“ Marc wendet sich mir zu, holt Luft und zögert kurz. „Sie guckt schon den ganzen Abend so.“

„Hi. Freut mich.“ Kit lächelt uns höflich an und ich will zurücklächeln. Von meiner jahrelangen Improvisationserfahrung profitieren. Charmant reagieren, meine Haare zurückwerfen, Marc mit einem herrlich lockeren „Ha, ha, ach *du* wieder!“ auf die Brust klopfen, so etwas halt.

Es verstreichen qualvolle Sekunden, in denen weder Sophie noch ich reagieren und ich bin beinahe versucht, mich zu verbeugen, als sich plötzlich Ellie ins Bild schiebt. „Wow, was für eine Ehre.“ Sie strahlt über das ganze Gesicht und die kleinen Klebsterne in ihren

Augenwinkeln funkeln. „Dürfte ich Sie vielleicht um ein Autogramm bitten? Ich bin Ellie, eine Freundin von Sue und Sophie."

Kit lächelt und zuckt mit den Schultern. „Klar. Und wo kann ich ...?"

„Oh, hier! Neben Emma Bunton ist noch Platz." Ellie streckt Kit ihren Ellbogen ins Gesicht.

Staunend gucke ich zu. Heiliger Bimbam. Sogar auf dem Schulterblatt hat Ellie Autogramme. Auf Ebay ist sie gewiss ein Vermögen wert.

Plötzlich ertönt ein melodischer Gong und ich schicke ein Dankesgebet zum Himmel.

„Meine Damen und Herren, gerne bitten wir Sie, in den Saal einzutreten. Die Vorstellung beginnt in zehn Minuten." Die Türen zum Kinosaal öffnen sich und der schnatternde Pulk setzt sich langsam in Bewegung.

„Wir sehen uns dann drinnen." Kit reicht Ellie den Edding und schenkt uns ein höfliches Nicken. „Ladys."

„Hmmhm!" Irgendwie bringe ich es fertig, ein Lächeln auf mein Gesicht zu zaubern. Dann, kaum hat er uns seinen Rücken zugewendet, sacken Sophie und ich zeitgleich in uns zusammen. Am liebsten würde ich tief durchatmen, aber die verdammte Tomate ist so dick, dass sie mir womöglich aus dem Mund kullern würde.

Ich bin völlig erschöpft.

Wenn ich gleich in der schützenden Dunkelheit des Kinos sitze, ziehe ich den Blazer aus und binde mir die Haare hoch.

Ich gucke rüber zu Sophie, halte für geschlagene drei Sekunden ihrem Blick stand ... und wir kichern los. Beinahe purzelt uns vor lauter Lachen der gesamte Mundinhalt in die Hände, irgendwie schaffen wir es aber unter höchsten Anstrengungen, die Tomaten runterzuschlucken. Wir kichern so lange, bis wir weinen und wir weinen so lange, bis unsere Bauchmuskeln schmerzen.

„Das war der verstörendste Moment meines Lebens“, bringt Sophie hervor, nachdem sie sich endlich wieder gefangen hat. Der Mascara in ihren Augenwinkeln ist ganz verschmiert.

Jede Wette, Kit Harington hat dasselbe gedacht.

18

Drei Stunden, zwei Tüten Popcorn und eine ungewisse Anzahl an Champagnergläsern später, stolpere ich aus dem Auto auf den Gehsteig, strecke triumphierend meine Sandalen in die Luft und brülle lachend: „Boodeenwellee!", was unser neuer Begrüßungs- und Abschiedsgruß ist (zumindest für heute Nacht).

Ellie fällt beinahe aus dem Fenster der Limousine (sie ist etwas angeheitert) und irgendwo ruft jemand „Schnauze!" (was sich nicht sehr angeheitert anhört). Für einen Moment bin ich versucht, „Entschuldigung!" zurückzuschreien, aber ich glaube, das wäre wohl eher kontraproduktiv, so um 2 Uhr morgens.

Ich nehme einen tiefen Luftzug und realisiere im selben Moment, dass es um die fünf Grad sein muss. Trotzdem bin ich noch immer ganz aufgeregt und hochgepitcht. Ich fühle mich leicht, schwerelos, selbstbewusst und ich glaube, meine Fingerspitzen sind abgestorben.

Aber egal. Das macht mir nichts. Ich hab ein Selfie mit Kit Harington, mir kann nichts und niemand was. (Okay, es ist die herangezoomte Locke von Kit Harington. Im Hintergrund. Am anderen Ende der Sitzreihe. Neben meinem Ohrläppchen. ... verpixelt.)

Leichtfüßig springe ich zu meiner Haustür und husche in das Gebäudeinnere. Mit eingeklemmter Zunge tipple ich die Treppe hinauf, halte mit den ausgestreckten Schuhen meine Balance und presse die freie Hand vorsichtig gegen meinen Oberkörper um die ...

„O du heilige Scheiße!" Ich erschrecke so sehr, mir zerbröselt glatt ein Grissini. „Rup!"

Ich muss ein paar Mal blinzeln, um mir sicher zu sein, ob er auch wirklich da auf der Treppe sitzt. Gut möglich, dass ich es mir nur einbilde. Dass Champagner sieben bis zwölf durchdrückt. Als ich jedoch einen tiefen

Luftzug nehme, riecht es eindeutig nach Rups Parfüm. Und nach dem Knoblauch-Kräuter-Dip, den ich *vielleicht* rausgeschmuggelt habe, bevor die kostümierten Damen alles weggeräumt haben.

„Ich wäre auch überrascht, dich zu sehen, aber ich glaube, du hast die ganze Nachbarschaft geweckt." Rup schmunzelt müde, bevor seine Stirn aufgrund meines Oberteils Runzeln schlägt. „Ist das neu?"

Die Haare fallen mir ins Gesicht, als ich an mir runterschaue. „Oh. Ja. Jaa, das ist neu und eine ... etwas längere Geschichte ..." Unter großen Anstrengungen, mich nicht allzu krumm zu machen, lasse ich mich neben ihm auf der Stufe nieder. „... die ich sehr kurz und knapp mit dem Wort *Jacque* zusammenfassen kann." Glucksend wedle ich mit dem Finger. „Kurz und knapp, das ist Jacque!"

Rup sieht mich zweifelnd an. „Wie viel Alkohol hast du getrunken?"

„Die Wetten stehen vier zu zwei für elf." Ich kneife die Augen zusammen. „Wobei ich nicht ganz sicher bin, wie ernst man Bobs Voting nehmen kann."

„Bob?" Seine Augenbrauen schießen fragend in die Höhe.

„Ja, der Fahrer. Fahrer-Bob. Driver-Bob. Er ist über eine Bodenwelle gefahren, weswegen der ganze Champagner auf mir gelandet ist und wir zu Jacque mussten. Karotte?"

Rup wirkt leicht überfordert. „Woher ...?"

„Vom Kino." Ich knabbere an dem kleinen Gemüsestängel und nicke ihm dann zu. „Was machst du noch hier um diese Zeit?"

Er entscheidet sich offensichtlich, die Karotte zu ignorieren und lehnt sich vor. „Ich war bis vor einer halben Stunde noch im Büro. In den letzten Tagen sind zu viele Sachen liegengeblieben. Außerdem ... habe ich noch mal über die Sache mit Josh nachgedacht."

Mein Kauen erstirbt. Ich weiß, es ist der Champagner. Ich weiß, dass sich meine Vorstellung gerade regelrecht penetrant aufdrückt, aber wenn er jetzt irgendwas in Richtung einer zerrissenen Seele sagt, flipp ich aus.

„Gut möglich ... dass ich zu diesem Zeitpunkt etwas überreagiert habe." Er reibt bedächtig die Hände aneinander und neigt den Kopf zur Seite, um mir einen Blick zuzuwerfen. „Ich möchte allerdings klarstellen, dass es nicht gerade förderlich ist, wenn du meine Entscheidung vor dem gesamten Team infrage stellst."

„Verstehe. Tu ich. Mir tut es auch leid, dass ich das gemacht habe." Nach einer kleinen Pause fahre ich fort. „Dann bleibt er? Josh?"

„Bis auf weiteres. Er kriegt noch eine Chance."

Ich wälze die Karotte in meinem Mund hin und her und kneife erfinderisch die Augen zusammen. „Vielleicht müssen wir eine Policy einführen, die es uns untersagt, uns gegenseitig bloßzustellen."

„Ich habe Josh nicht bloßgestellt, ich habe ihn zurechtgewiesen. Das ist ein Unterschied."

„Zurechtgewiesen hab ich dich genaugenommen auch." Langsam kaue ich weiter, gucke zu ihm hinüber und zucke mit den Schultern. „Ich mein ja nur. Josh leistet gute Arbeit, obwohl er ein Arsch ist, und das gibt dir nicht das Recht, dich auch wie ein Arsch aufzuführen, nur weil du ebenfalls gute Arbeit leistest."

Rup legt irritiert die Stirn in Falten. „Was?"

„Was?"

„Du ... O Mann, es ist zu spät für solche Unterhaltungen." Rup streicht sich mit einer Hand erschöpft über die Augen.

„Sellerie?"

Er blickt zu mir, öffnet den Mund und lehnt sich wieder zurück, dann schnappt er den Selleriestängel aus meiner Hand und guckt ihn irritiert an. „Soll ich überhaupt fragen?“

„Weiß nicht.“ Wie betäubt gucke ich auf die kleine Selleriestange. „Kommt auf die Frage an. Wenn du mich fragen willst, ob ich auch Grissini dabeihabe, dann nein. Das liegt dort drüben auf dem Boden.“

Rup folgt meinem Blick auf den traurigen kleinen Böselhaufen vor uns.

„Wenn du allerdings fragen willst, ob es zu dem Sellerie auch noch einen Dip gibt, dann ...“ Triumphierend ziehe ich ein kleines Plastikschälchen mit Dip hervor. „... ja! Den gibt es.“

Rup begutachtet den mickrigen Überrest des Knoblauchdips schweigend, ehe er mich zweifelnd anschaut. „Du erwartest nicht, dass ich jetzt meinen Sellerie darein tunke, oder?“

„Wenn man sich vorstellt, dass du keinen in der Hand hältst, hört sich das ziemlich versaut an.“

Rup lässt die Hand mit dem Gemüse sinken. „Wie viel genau hast du noch mal getrunken?“

„Vierzehn. Vielleicht auch sechzehn. Ich kann mich nicht erinnern.“ Nachdenklich kneife ich die Augen zusammen. „Eigentlich würde man ja annehmen, dass Popcorn den ganzen Alkohol aufsaugen würde, so wie kleine Kissen, und die neutralisieren dann alles.“

„Ja. Schöne Theorie.“ Rup steht seufzend auf und reicht mir die Hand. „Komm. Du solltest schlafen.“

„Das ist eine gute Idee!“ Strahlend klopfe ich auf mein Bein und lasse mir von ihm hoch helfen. Wie gut, dass die Welt mit mir kommt und nicht da unten bleibt. „Vielleicht involvieren wir deinen Sellerie doch noch.“ Ich zwinkere ihm zu. Dann noch mal. Und noch mal. Aber irgendwie scheint es bei ihm nicht anzukommen. Dabei dachte ich bis jetzt immer, ich sei ganz gut im Zwinkern.

„Ich glaube, in deinem Fall hat das Popcorn zu einer Nervenstörung geführt." Er nimmt mir zweifelnd die Clutch ab und holt den Schlüssel heraus.

Versteh ich nicht. Was ist einfacher als zwinkern? Man macht das Auge auf und zu, ganz schnell. Auf und zu und auf und – okay, jetzt tut mir das Gesicht weh.

„Komm." Rup stößt die Tür auf, legt den Arm um meine Taille und bugsiert mich sachte in die Wohnung, ehe er das Licht in der Küche anknipst. Stöhnend kneife ich meine Augen aufgrund der Spots zusammen und sehe automatisch Sterne.

Heiliger Bimbam, dieser Champagner pfeift ganz schön rein. Jetzt tut mir nicht nur das Gesicht weh, sondern auch noch das Gehirn, weil ich die halbe Galaxy vor Augen habe.

Tastend bewege ich mich an der Wand entlang in den dunkleren Bereich, wo das Bett steht, und lasse mit einem tiefen Seufzer den Blazer über meine Schultern gleiten. „Weißt du, was witzig ist?"

„Was?" Rup wirft den Schlüssel auf den Tisch hinter mir.

„Ich hab so einen Riesenhunger, ich könnt glatt einen Elefanten essen." Ich öffne den Knopf der Hose und wackle hin und her, bis sie runterfällt und ich sie losstrampeln kann. Meine Arme wedeln in der Luft. „Oder eine Kuh oder eine ... eine *Pizza* in der Größe eines Frisbees!"

„Eines Frisbees", wiederholt Rup mit fragendem Unterton und tritt näher an mich heran. „Du bist dir bewusst, dass ein Frisbee eine geringere Größe als ein Elefant und eine Kuh hat, richtig?"

„Na klar!" Mit einer saloppen Drehung will ich mich ihm zuwenden, komme aber leicht ins Wanken, weswegen seine Hände auf meiner Hüfte landen. „Das Dipschälchen ist auch zu klein für deinen Sellerie und trotzdem kann man sich Dinge wünschen, auch wenn sie null Sinn ergeben." Mein Finger stupst gegen seine Brust. „Das nennt man Wortfreiheit."

„Das Wort gibt es nicht."

„Natürlich gibt es das Wort, sonst könnt ich es ja nicht sagen."

Er seufzt, wendet den Blick ab. „Na schön. Dann gibt es das Wort."

Glückselig schmunzle ich ihn an und schwanke leicht vor und zurück. Keine Ahnung, wie viel Zeit verstreicht, wie lange wir dastehen und keiner etwas sagt, aber ... irgendwann ändert sich was. Irgendwann zuckt einer seiner Finger auf dem Saum meiner Unterwäsche und von dort aus zuckt das Zucken weiter, hoch über meinen Rücken bis hin zu meinem Kopf. Mit einem Mal gucke ich ihn an und sehe alles ganz genau, obwohl sein Gesicht durch das Licht der Küche hinter ihm im Schatten liegt. Seine Bartstoppeln. Seine geschwungene Oberlippe. Das Grübchen unterhalb seiner Nase. Die feinen Linien seiner Augen, seine Kieferknochen, seine Lippen, die sich leicht öffnen, sein Blick, der intensiver wird. Und das alles, während die Galaxy vor meinen Augen vorbeizieht.

Sein Griff verstärkt sich und ich stelle mich automatisch auf die Zehenspitzen. Keiner sagt was. Irgendwo hupt wer, aber wir ignorieren es.

„Du solltest das behalten." Eine Hand wandert unter den seidenen Stoff des Negligés und ich schaudere automatisch. „Ja. Finde ... ich auch. Nur will ich es gerade nicht anbehalten." Meine Hände krallen sich in sein Hemd und ich ziehe daran. Sein Atem streift mein Gesicht und mit einem plötzlichen Ruck zieht er mir das Negligé über den Kopf. Etwas fällt auf den Boden und kullert Richtung Bett. Rup guckt kurz hinunter, dann blickt er mich mit gerunzelter Stirn irritiert an.

„Hackbällchen", kommt es mir schwer atmend über die Lippen.

Er schüttelt kaum merklich den Kopf, blickt verstört zwischen meinen Augen hin und her und dann geht es entsetzlich schnell – er wirft das Negligé zur Seite, packt meinen Hintern und hebt mich hoch. Seine Lippen pressen sich fordernd auf meine, eine Hand vergräbt sich in meinen Haaren und ich drücke mich so sehr an ihn, als ob er eine Frisbeepizza wäre. Als ob er *meine* Frisbeepizza wäre.

Wir landen auf dem Bett, er streift sich das Hemd über die Schultern und unterbricht unseren Kuss, um sich das graue Shirt über den Kopf zu ziehen. Die Spots in der Küche werfen ein weiches Licht auf seinen Oberkörper und als ich für eine Sekunde seine definierte Brust anstarre, prallen Flüche und Loblieder in meinem Kopf aufeinander.

Er beugt sich vor und verwickelt mich in einen leidenschaftlichen Kuss, während meine Hände sich in seinen Rücken krallen. Meine Nägel kratzen über seine hervorstehenden Schulterblätter, runter über seine Wirbelsäule, bis ich am Bund seiner Jeans ankomme und diese fiebrig nach unten zu schieben versuche.

Gott, ich will ihn. Ich will ihn jetzt sofort, mit allen drum und dran, von oben bis unten, quer und längs. Vergessen ist die Pizza, vergessen ist das Hackbällchen, Hauptsache, ich kann ihn überall spüren, überall und – o du heilige Scheiße. Vor meinen Augen hat sich die Galaxy in einen wilden Sturm aus blinkenden, grellen Punkten verwandelt und je mehr ich mich an ihm festklammere, desto weiter reißt mich der Sturm mit ... bis die Galaxy explodiert.

Siebzehn sind eindeutig zu viel. Mindestens ... mindestens fünfzehn zu viel.

Genau so muss es sich anfühlen, wenn man von einer Abrissbirne getroffen wird. Während man auf sie zu rennt. Mit offenen Armen.

Vorsichtig versuche ich, meine Augen zu öffnen, lasse es aber schnell wieder bleiben. Obwohl die Sonne den Raum durch die Nachtvorhänge in ein sanftes Licht taucht, löst die Helligkeit in meinem Kopf ein dumpfes Pochen aus, das mit jedem Herzschlag intensiviert wird.

Ich presse die Augen zusammen, aber selbst das tut weh. Am besten, ich bewege mich gar nicht. Am besten, ich atme nicht mal. So wird's gehen.

Wieso zum Teufel habe ich so viel getrunken? Wieso hat mich niemand aufgehalten? Wieso hat Sophie mir nie das Glas aus der Hand genommen und „Genug jetzt!" gesagt?

Ich brummele unverständlich in die Matratze, hebe mit aller Mühe meinen Arm und drücke ihn mir gegen den Kopf, um das Pochen zu unterbinden. Stattdessen klatsche ich mir ein kleines rundes Etwas gegen die Wange.

Hackbällchen?

O Gott ... Ich trinke im Leben nie mehr so viel. Das ist grausam.

„Rup?" Meine Stimme klingt kratzig und ich taste mit der freien Hand nach ihm, aber das Laken neben mir ist leer. Ich atme tief durch, schließe die Augen wieder. Womöglich ist er Frühstück holen gegangen. Oder Pizza. Pizza ist noch viel besser. Es ist doch bestimmt schon Mittag, oder? Kaum denke ich daran, jault mein Magen.

Mmh ... Ob das Hackbällchen noch essbar ist?

Mit einem Auge schiele ich auf meine Hand. Wohl eher nicht. Obwohl es irgendwer in der Nacht angebissen hat.

Vorsichtig lege ich das Bällchen neben die kleine Stehlampe auf den Nachttisch und vernehme gleichzeitig Rups gedämpfte Stimme aus der Küche. Ich hebe meinen Kopf und blinzle durch die Haarsträhnen, die an meinem Gesicht wie angeklebt sind. „Rup ...?"

Mit dem Handy am Ohr dreht er sich zu mir um und deutet mir, dass er noch eine Minute braucht.

Na gut. Dann gucke ich ihn eben eine Minute lang an ... so wie er dasteht, in Jeans und oben ohne, einen Arm an den Fensterrahmen gelehnt, den Kopf leicht nach unten geneigt ... Unglaublich, wie sexy autochthone Rückenmuskulatur plötzlich so sein kann. Monatelang habe ich darüber im Verlag gelesen und nirgendwo steht „Kann unter Umständen unnatürlich sexy aussehen". Was aber auch ein bisschen komisch wäre in einem Lehrbuch für funktionelle Anatomie.

Die Bettdecke knistert, als ich mich auf den Rücken rolle und auf den Ellbogen abstütze. Ich verziehe das Gesicht, reibe mir über die Augen.

O Mann. Ich freue mich schon auf die Zeit, in der ich dankend ein Glas Champagner ablehnen und mich ob des Nicht-vorhandenen-Katers erfreuen werde. Alle rund herum werden leiden und ich werde in der Küche stehen und Peanut-Butter-Brownies backen.

Das Handy auf dem Boden neben dem Bett summt und ich taste blind danach, ehe ich es vor mich halte und den Bildschirm entsperre. Vor zwei Stunden ist eine WhatsApp von Ellie eingegangen, mit der Info, dass die Weihnachtsfeier heute Abend anstatt bei ihr und Ben bei Marc und Sophie stattfinden wird. Verwundert klicke ich zurück in die Übersicht und finde eine neue Nachricht von Marc vor:

High five, Chicca – wir haben es auf die Titelseite geschafft!

Chicca? Titelseite? Was für eine ...

Und plötzlich fällt es mir wie Schuppen von den Augen. Mit einem Ruck sitze ich aufrecht im Bett, wobei sich die Matratze ein Stück zur Seite neigt und sich meine Hand im Laken festkrallt.

Der rote Teppich. Das Interview. Das monströse Mikrofon. Die Frage nach der Unterwäsche. Wie die klickenden Kameras blitzt mir eine Tatsache nach der anderen ins Bewusstsein.

Das kann doch nur ein Scherz sein, richtig? Ich meine, egal wie viele Leute sich für dieses doofe Video interessieren – wieso interessiert sich jemand für *mich*? Und wieso sollte ich auf einer Titelseite landen? Das ist doch lächerlich. Ich stand neben Bonnie Wright. Neben Kit Harington. Neben Henry Seales, zum Henker, wieso sollte sich auch nur *irgendjemand* ...

Stopp. Ruhig bleiben. Nicht aufregen.

Ich atme tief durch, schließe für einen Moment die Augen und versuche, das kleine, säuerliche Wölkchen Champagner, das mir die Kehle hochkommt, zu ignorieren.

Es ist nicht mehr zu ändern. Es ist da draußen. Was auch immer es ist, es ist da draußen.

Rup telefoniert noch immer in der Küche und ich lege mich vorsichtig wieder hin. Mit zittrigem Finger tippe ich auf den Link in Marcs Nachricht. Es dauert ein paar Sekunden, bis die Seite geladen ist und ich auf der Titelseite des *Closer* lande.

Heilige Scheiße.

Ich bin auf der Titelseite des *Closer* gelandet.

Okay.

Die gute Nachricht ist: Ich bin zwar in dem Videoausschnitt, aber im Wesentlichen geht es um Henry, Marc und Marcs Unterwäsche. Die schlechte Nachricht: Ich bin in dem Videoausschnitt. Und die Stelle unter meinem Auge pocht unangenehm, weil mir das Handy vor lauter Schreck ins Gesicht gefallen ist, als Rup plötzlich neben mir aufgetaucht ist. Eigentlich wollte ich es ihm nicht unbedingt zeigen, aber irgendwie hat meine Nase den Lautstärkeknopf getroffen und jetzt hallt Marcs Aussage bezüglich seiner nicht vorhandenen Unterwäsche durch die ganze Wohnung.

„Was wollte der Typ von dir?" Rup guckt mit wachsamer Miene von dem Handy in seiner Hand hoch. Mittlerweile hat er sich sein grünkariertes Hemd übergezogen.

„Er hat das Meditationsvideo gesehen." Ich reibe über die pochende Stelle. „Und mich auf dem Teppich erkannt."

„Auf dem Teppich."

„Ja ich hab ... Da waren so viele Menschen und ich hab Soph aus den Augen verloren ... Sag mal." Mühsam rapple ich mich auf und blinzle durch ein paar wilde Strähnen zu ihm hoch. „Weißt du, wer Phil Welsh ist?"

„Der Leadsänger von *Symphony of Knights*", antwortet er nebenbei, wobei er konzentriert auf dem Handy scrollt. „Und irgendeine Idee, wieso dieser Reporter eine halbe Abhandlung zu deiner Unterwäsche geschrieben hat?"

„Was?"

„Insbesondere in modischer Hinsicht war die Premiere von „Kiss underneath the Christmas Tree" ein Schaulaufen der Extravaganz, wobei sich die anwesende Prominenz in zweierlei Lager unterteilte: die Sittsamen wie Samantha Bond und Bonnie Wright, die der Kälte mit dicken Mänteln trotzten, und die Offenherzigen wie das bekannte Theatergesicht Marc Wright und die neueste Internetsensation Susan Watson aus Hoxton, East End." Rups Blick streift mich, ehe er fortfährt. „Mit lediglich einem aufreizenden Negligé bekleidet, das gehörigen Raum für Interpretationen schaffte (offensichtlich ließ sie die Kälte nicht ganz so kalt), mischte sich die junge Miss Watson an der Seite von Marc Wright unter die junge Schauspielprominenz wie Henry Seales und Lucas Thomas. Während es laut Mr Wrights eigener Aussage eine Ausnahme darstelle, dass er für die Premiere Unterwäsche angezogen habe, blieb Miss Watson ungewohnt stumm hinsichtlich unserer Fragen, wich diesen sogar aus. Vielleicht lag dies aber auch am Fernbleiben ihres Freundes Rupert Clarks, der gleichzeitig ihr Vorgesetzter und CEO des Verlages *Cliffson Publishing* ist. Nur zu Recht fragt man sich an dieser Stelle, ob das bereits beinahe zweimillionenfach geklickte Video (siehe Link hier) eine PR-Masche war oder es sich dabei um ein natürliches exhibitionistisches Verhalten handelt. Sollte dem so sein, sei Susan Watson versichert: Hollywood ist ein schnelllebiges Pflaster und zweischneidiges Schwert. Beitrag von Stan Cardener."

Als Rup die Hand mit dem Handy senkt, fühle ich mich taub. Mir ist ganz anders. Heiß und kalt zugleich und ich glaube, der Champagner brodelt mir mittlerweile auf der Höhe meiner Gurgel.

Wie war das? Aufreizendes Negligé? Gehörig Raum für Interpretation? Susan Watson aus Hoxton, East ... Mein Herz schlägt mir bis in die Ohren. Jetzt kennt jeder meinen Wohnort. Jeder.

Wie betäubt greife ich nach der Decke, drücke sie an mich, stolpere aus dem Bett Richtung Fenster und riskiere einen kleinen Blick. Der rote Wagen auf der gegenüberliegenden Straßenseite war gestern noch nicht da, ganz bestimmt. Und ich könnte schwören, dass der braunhaarige Mann von der Müllabfuhr letzte Woche noch blond war. Außerdem habe ich die Leute mit den Päckchen in den Armen, die auf unsere Haustür zu spazieren, noch nie im Leben gesehen. Und die ...

Ein Klingeln reißt mich aus meinen Gedanken, ich schrecke zusammen und fahre herum. Als ich zu Rup blicke, sehe ich, dass seine Knöchel ganz weiß hervorstehen, so fest umschlingen seine Finger mein Telefon.

Mit versteinerter Miene hält er sein Handy ans Ohr und schließt die Augen. Dann atmet er tief und schwer durch die Nase. Sein ganzes Gesicht ist angespannt, ganz, als ob er mit der Presseabteilung telefonieren und augenblickliche Schadensbegrenzung besprechen würde. Aber das geht gar nicht, weil ich Presseanfragen bearbeite und wir gerade nicht miteinander telefonieren.

„Verstehe." Er wirft mein Handy auf das Bett und fährt sich mit der freien Hand durch die Haare, ehe er sich mit wütendem Gesichtsausdruck wegdreht. „Auf keinen Fall! Du hast mir nicht –!"

Schweigend stehe ich da, unfähig mich zu bewegen. Keinen Schimmer, mit wem er telefoniert, allerdings kenne ich diese Haltung: die bedrohlichen, bemüht kontrollierten Bewegungen, das Neigen seines Kopfes, das Ballen seiner Faust, die zusammengezogenen Augenbrauen. Selbst das Hemd spannt an seinen Schulterblättern. Normalerweise ist das der Moment, in dem ich die Tür schließe, aber da ist keine. Mir bleibt nur, es abzuwarten, obwohl ich mich gern heimlich aus dem Staub machen möchte, um ihm etwas Privatsphäre zu geben. Nur bietet die Wohnung mit einem einzigen Zimmer nicht gerade große Ausweichmöglichkeiten.

„Das gibt dir aber noch lange nicht das Recht, dich –" Offensichtlich bemüht er sich, nicht auszurasten, denn er presst die Faust gegen seine Stirn und klopft dann gegen den Türrahmen neben sich. Mich würde echt interessieren, mit wem er da spricht.

„In Ordnung. Bis später." Er legt auf, schiebt das Handy in seine hintere Hosentasche und dreht sich nach ein paar schweigsamen Sekunden mit undurchsichtiger Miene um.

„Alles okay?" Meine Stimme klingt etwas mitgenommen, was an der mittlerweile frostigen Situation liegen könnte. Oder dem blubbernden Champagner in meinem Hals. Oder weil ich friere, da ich nur eine Decke trage.

Als er antwortet, klingt er relativ ruhig und gefasst. „Cardener arbeitet als freier Reporter bei diversen Magazinen. Ich sehe zu, dass der Artikel verschwindet."

Erstaunt beobachte ich, wie er nach seiner braunen Jacke greift. „Jetzt? Du ... Heute ist doch das Fest. Bei Marc und Sophie. Nicht mehr bei Ellie und Ben, die haben das verlegt." Beinahe hätte ich noch „Ich dachte, wir bestellen uns noch eine Pizza" hinzugefügt, aber eigentlich habe ich gar keinen so wahnsinnigen Hunger mehr.

„Ich muss mich noch mit jemandem treffen." Sein Unterkiefer mahlt und er wirft mir einen prüfenden Blick zu. „Alles okay bei dir?"

Wir sehen uns an und ich bringe automatisch ein halbwegs normales Lächeln zustande. Aber wenn ich ehrlich bin, dann ist nicht alles okay. Wenn alles okay wäre, dann stünde mein Name nicht auf der Titelseite eines Klatschmagazins und ganz sicher nicht in Verbindung mit Worten wie „aufreizend" und „steife Nippel" (ich weiß, dass da nicht „steife Nippel" steht, aber ich kann ziemlich gut zwischen den Zeilen lesen). Dennoch würde es nichts helfen, wenn ich ihn bitten würde, zu bleiben. Dass er mich in den Arm nimmt und sagt, dass alles gut wird. Oder dass morgen kein Hahn mehr danach kräht. Oder dass es ihm egal ist, was über mich oder ihn oder uns irgendwo online geschrieben steht. Natürlich wäre mir das lieber, aber es ändert nichts an der Situation.

„Du bist doch aber pünktlich zum Essen, oder? Um sechs?"

„Klar." Er wirft mir ein knappes Lächeln zu, schließt die Tür auf und verschwindet.

19

Ich fühle mich wie die meistgesuchte Person Großbritanniens. Wie Harrison Ford in *Auf der Flucht*. Oder wie Tom Cruise in einem seiner Filme, in denen er von jemandem davonrennt. Genauso fühle ich mich. Einfach nicht so sportlich.

Dabei flüchte ich vor niemandem, das weiß ich. Es ist ja nicht so, als würde ich gesucht werden (hoffe ich zumindest. Das wäre wirklich unheimlich. Und würde mich echt beunruhigen). Trotzdem habe ich wieder das Gefühl, als würden mich die Leute eine Sekunde zu lang anstarren.

Um 17.30 Uhr habe ich Rups Geschenk gepackt, meine Mütze aufgesetzt, mir die Kapuze in die Stirn gezogen und rede mir seither ein, dass ich nicht auffalle. Sophie hat mir vor zehn Minuten eine *WhatsApp* bestehend aus Großbuchstaben geschickt, was das ultimative Zeichen eines Notfalles ist (Marc hat alle Schokokugeln für die Kekse weggefuttert und die Rentiere sehen anscheinend ohne Augen und Nasen aus wie Kleiderbügel) und mich daran erinnert hat, dass ich ziemlichen Hunger habe.

Die Circle Line ab Liverpool Street ist vollgepackt mit Leuten, Geschenken, schwüler Luft, einem Tannenbaum und einer Tüte mit minus zwölf *M&M's*, was mich zum schuldbewusstesten Menschen in diesem Zug macht (von der alten Lady mal abgesehen, die dem Tannenbaum unwillentlich mit dem Saum ihres Wollmantels eine Kugel abgezerrt hat). Obwohl es der schnellste Weg nach Chelsea ist, bereue ich es jetzt schon, die U-Bahn genommen zu haben.

Mein Handy hat bis jetzt keine neuen Mitteilungen gemeldet. Keine Nachricht von Rup. Was auch ein positives Zeichen sein kann. Gut möglich, dass er so tatkräftig zugange ist, dass er keine Zeit zum Schreiben hat.

Ich gönne mir ein letztes *M&M* und knabbere betont langsam dran rum. Hinter mir ist ein Fenster leicht gekippt, was allerdings nichts nützt. Hier drin ist es so heiß und schwül wie in einem Ofen und als der Zug mit einem lauten Quietschen und Rattern in St. James Park einfährt, überlege ich für eine Sekunde, die Mütze vom Kopf zu nehmen.

Der Typ mit dem Tannenbaum steigt aus und eine Gruppe Teenager mit Bierflaschen in den Händen torkelt grölend und lachend in das Abteil. Verstohlen beobachte ich die vier Jungs, widme mich dann aber wieder meinem Handy, um meine ungeöffneten Mails zu checken und um Ellie eine Nachricht zu simsen. Soweit ich mich erinnern kann, hat sie nicht erwähnt, weshalb die Feier zu Marc und Sophie verlegt werden musste. Vielleicht hat es etwas mit dem Strom zu tun. Oder der Schinken ist verbrannt. Oder die Küche ist verbrannt. Alles möglich bei Ben.

Die elektronische Frauenstimme aus dem Lautsprecher kündigt Sloane Square an und der Zug verlangsamt rumpelnd seine Geschwindigkeit.

Aus den Augenwinkeln bemerke ich, wie einer der Jungs sein Handy hochhält und ich rutsche unwillkürlich auf meinem Sitz zurück. Plötzlich komme ich mir vor, als wäre ein großes Flutlicht auf mich gerichtet, denn während er lachend auf dem Display rumdrückt, wird mir zunehmend wärmer.

Was albern ist. Mir muss gar nicht heiß werden. Auch nicht, wenn – verdammt.

Der Blick des Handyjungen hat meinen gekreuzt. Nur ganz flüchtig. Nicht sicher, ob er mich erkannt hat. Womöglich nicht, denn er trinkt aus seiner Bierflasche und lacht über einen dämlichen Spruch seines Freundes.

Der Zug setzt sich wieder in Bewegung und ein kühler Luftstrom bläst gegen meinen Nacken.

Ach, Scheiß drauf. Ich ziehe mir die Mütze vom Kopf, wuschle mir durch die Haare und schließe für einen Moment die Augen. Es ist kaum kühler und trotzdem fühlt es sich an wie ein Geschenk des Himmels.

„... ich gesagt hab! Der *Brüller,* Mann!"

„Lad es hoch! Oder nein, nimm noch den Filter hier! Den!"

Eine leere Bierflasche scheppert über den Boden und ich gucke automatisch zu der Gruppe Teenager. Mit Entsetzen stelle ich fest, dass die Kamera des Handys direkt auf mich gerichtet ist. Die drei anderen Jungs stehen eng dahinter, tippen auf das Display, gucken dann über den Rand in meine Richtung und grölen vor Lachen. Einer weint sogar. Der mit der Zahnspange. Ich glaube, er ist betrunken.

Die Frau gegenüber betrachtet mich nachdenklich, ganz, als ob sie überlegt, woher sie mein Gesicht kennt. Bevor ihr ein Licht aufgeht, ziehe ich mir die Mütze wieder über den Kopf, umschlinge meine Tasche und stehe auf.

Als sich der Zug rüttelnd der Station South Kensington nähert, komme ich auf die Füße und bewege mich schwankend Richtung Ausgang am anderen Ende des Abteils. Hinter mir prusten die Jungs auf und ich fühle mich wie im falschen Film.

Kaum hat sich die Tür zur Seite geschoben, stürme ich nach draußen die Treppe hoch. Zielorientiert marschiere ich über den kleinen Fußgängerplatz Richtung Cromwell Place, drehe genauso zügig wieder um, hole mir ein Mandelhörnchen bei *Gail's,* um meine Nerven zu beruhigen, laufe zwei Hauseingänge zu weit, als mir bewusst wird, dass ich nur noch wenige Meter und Sekunden davon entfernt bin, Lance zu treffen, und mich dabei ständig frage, was der Teenagertyp wo hochgeladen hat.

Mir schwirrt der Kopf. Mein Körper läuft aufgrund des Adrenalins auf Hochtouren und mein Verstand gleicht einem Bienennest. Meine Haare kleben vor lauter Schweiß an meiner Stirn. Ein halbes Hörnchen hängt mir aus dem Mund. Irgendwo spielt festliche Weihnachtsmusik, aber mir ist nicht mehr festlich zumute. Ich fühle mich eher so, als wollte ich mich in eine Decke einwickeln und mich in der Dunkelheit meiner Wohnung verkriechen. Mit einem Eimer voller *Ben & Jerry's*. Und dem Hörnchen. Und Rup, der sagt: „Scheiß auf Traditionen. Essen wir Chips", und dann essen wir Chips und Eis, nicht weil es gut schmeckt, aber weil wir es können.

Meine Füße tragen mich vor dem Treppenabsatz des Eingangs von links nach rechts, hin und her, während ich mein Handy prüfe. Immer noch keine Nachricht von ihm. Und es ist schon kurz nach sechs.

Nun gut. Okay. Ich hole tief Luft, fasse einen Plan.

Angriffslustig beiße ich von dem Hörnchen ab und starre die schwarze Eingangstür mit dem silbrigen Klopfknauf an. Ich muss dem Ganzen nüchtern entgegentreten. Es gibt nichts, wovor ich mich zu fürchten hätte. Das da oben sind meine Freunde. Es ist Weihnachten. Wir sind alle erwachsen. Außerdem habe ich Jahre mit Lance verbracht, da kriegen wir doch ein normales, höfliches Gespräch auf die Beine gestellt. Richtig? Und er wird mich bestimmt nicht einfach so ignorieren, wenn wir in einem Raum sind.

Richtig?

Herausfordernd starre ich die Tür zum Treppenhaus an, in der Hoffnung, dass sie sich auf magische Art und Weise zustimmend öffnet. Im Sinn von: „Du hast deine innere Stärke erkannt – du mögest nun eintreten." Aber das tut sie nicht. Weil sie eine stinknormale mechanische Tür ist und keine Wunderhöhle, irgendwo vergraben in der Wüste.

Mit düsterer Miene stopfe ich das letzte Stück des Mandelhörnchens in meinen Mund (guter Gott, wie habe ich diese verdammten Hörnchen von *Gail's* vermisst. Als ich noch hier mit Lance zusammengewohnt habe, habe ich mir jede Woche eins gegönnt), überwinde die drei mosaikbesetzten Stufen und drücke, ehe ich es mir wieder anders überlegen kann, entschlossen auf die Klingel.

Mich würde wirklich interessieren, was Tom Cruise jetzt tun würde. Bestimmt nicht sein Gewicht von einem Bein aufs andere verlagern und sporadisch in die Hände klatschen, bis jemand die Wohnungstür öffnet (ich weiß wirklich nicht, was das soll. Es ist, als hätten meine Hände ein Eigenleben entwickelt).

Sicherlich würde er ganz lässig hier stehen. Oder durchs Fenster einsteigen. Oder die Tür eintreten. Oder einfach reinmarschieren, weil er diese coole Gelassenheit besitzt und den Vorteil hat, Tom Cruise zu sein.

Ich werfe einen erneuten Blick auf mein Handy, aber es bleibt weiterhin stumm.

Also schiebe ich es zurück in die Hosentasche, prüfe noch mal, ob ich auch wirklich alles dabeihabe: das Geschenk für Rup, meine Weihnachtspyjamahosen, die ...

Oh, oh.

Ich blicke auf. Denke nach. Überschlage die potenzielle Anzahl an Keksen durch die Anzahl vorhandener *M&M's* und komme zum Schluss, dass ... ich nicht rechnen kann.

Kein bisschen.

Was aber im Grunde genommen auch egal ist. Die *M&M's* sind in meinem Magen und ich kann nichts dagegen tun. Genau wie beim Handyfilmchen in der U-Bahn. Oder bei Stan Cardener. Oder Bens

Meditationsvideo. Oder dass Rup einfach so, ohne Erklärung, verschwunden ist und erneut alles andere wichtiger war als ich.

Bam.

Es trifft mich wie eine Ohrfeige. Fühle mich einen Augenblick lang völlig taub. Ich wollte das nicht denken. Ich *sollte* das nicht denken. Wieso zum Teufel denke ich so ein Zeug?

Schnell lasse ich die Gedanken verschwinden, wische durch wie beim Frühlingsputz, versuche mich nicht davon umhauen zu lassen. Mit geschlossenen Augen, zähle ich langsam bis fünf und atme tief durch.

Das liegt bestimmt am Vitaminmangel. Solche Gedanken hat man nicht einfach so, insbesondere nicht zu Weihnachten. Da ist man fröhlich und glücklich und funkelnd, feiert die Liebe und tanzt im Schnee, solche Dinge. Und keiner sagt, dass wir heute nicht mehr die Liebe feiern und im Schnee tanzen werden, richtig? Könnte alles passieren!

Bis auf den Schnee.

Aber der Rest könnte alles passieren! (Der Wettertyp vom Fernsehen meinte zwar, dass es noch schneien könnte, aber ich habe da meine Zweifel.)

Außerdem haben wir letzte Nacht eindeutig die Liebe gefeiert. Eine stürmische, leidenschaftliche, wilde ... hauptsächlich neblige ... das heißt, wenn ich mich richtig er...

Ach Quatsch. Aufhören. Nach vorn schauen. Nicht zurück. Was sowieso komisch ist, weil hinter mir die Wohnungstür zu Lance' und meiner ehemaligen Wohnung liegt.

Energisch schüttle ich meine Arme aus, wobei das schmale Paket für Rup in der Tasche hin und her klatscht. Eine Passage aus Bens Buch kommt mir in den Sinn, die sich mit dem körpereigenen Chakra befasst und ich versuche, mich an die Worte zu erinnern.

Augen zu, Gelenke ausschütteln, seinen inneren Kosmos fühlen, Becken kreisen lassen ... irgend so was. Kreisen, wippen, fühlen, kreisen ... Automatisch muss ich an Jacque denken und meine Hüften beginnen, wie von selbst zu stoßen anstatt zu wippen, und ich spüre, wie mir leichter ums Herz wird. Das ist sogar ziemlich lustig. Kreisen, stoßen, fühlen ... kreisen, stoßen ...

„Heilige Scheiße."

Erschrocken fahre ich herum. Sogar gedreht hab ich mich.

Marc steht vor mir, den einen Arm lässig an den Türrahmen gelehnt, die Stirn beeindruckt in Falten gelegt. „Zirkuliert dir der Alkohol noch immer im Blut?"

„Marc!" Mit bestimmt knallroter Birne ziehe ich mir die Mütze vom Kopf und deute unnötigerweise an mir hoch und runter. „Quatsch, das war nur ... Ich hab nur ..." Ach, Scheiß drauf. „*M&M's*. Ich hab ... Ich hab die *M&M's* gegessen." Beschämt ziehe ich den kläglichen Überrest aus meiner Tasche.

„Aaach, drauf geschissen, ich hab die Hälfte der Kekse sowieso schon gefuttert. Komm rein!" Er stößt die Tür mit dem Ellbogen auf. „Wirf deine Jacke einfach zu den anderen."

„Wer ist denn schon alles hier?", frage ich möglichst gelassen und öffne automatisch den Schrank zu meiner Rechten. Garderobe. Die Wohnung gleicht der von Lance – nur ist sie spiegelverkehrt mit ein paar zusätzlichen Wänden.

„Die meisten. Soph ist in der Küche, Ellie, Jess, Lex, Ben und Armstrong sind im Wohnzimmer", antwortet Marc und läuft zur Treppe hinüber, an deren Geländer eine halb montierte Lichterkette baumelt. „Wobei ich mir überlegen sollte, Lance weiterhin *Armstrong* zu nennen." Er hält auf der ersten Stufe inne und kratzt sich nachdenklich am Bart. „Vorhin wollte er seinem Namen keine Ehre mehr machen und hat Ben beim

Armdrücken ernsthaft den Vortritt gelassen. Hab dem Kerl beinahe den Arm ausgekugelt."

„Oh."

„Aber nun gut." Er fährt sich mehrmals durch die braunen Haare, bis sie in alle Richtungen abstehen. „Hey, ich hab übrigens noch zwei meiner Freunde eingeladen, Kate und Luke. Soph meinte, das geht in Ordnung."

„Klar! Natürlich!", erwidere ich beschwingt und höre, wie gedämpftes Gelächter aus dem Wohnzimmer in den Flur dringt. Ein gutes Zeichen. Lance ist da, hat vielleicht schon was getrunken, ist entspannt ... Das wird schon.

Ich folge dem Duft von frischen Keksen und betrete die Küche. Sophie steht an der Kücheninsel, die blonden Haare zu einem riesigen Knoten hochgebunden, in der Hand eine prall gefüllte Spritztülle, auf der Wange weißen Zuckerguss.

„Sue!" Sie blickt strahlend vom Backblech auf. „Ich brauche nur eine Sekunde, dann bin ich bei dir."

„Wow." Tief beeindruckt betrachte ich die braunen Kekse. Mit dem Zuckerguss sehen sie gar nicht mal mehr aus wie Kleiderbügel. „Die sehen ja toll aus, Soph!"

„Es fehlen nur noch die Nasen ...", entgegnet sie konzentriert und schiebt die Zunge zwischen die Lippen, bevor sie sich aufrichtet und mich dann zweifelnd mustert. „Du hast sie doch nicht vergessen, oder?"

„Mh, vergessen hab ich sie nicht, ich hab nur vergessen, dass ich sie nicht aufessen sollte", gestehe ich vage.

„Alle? Du hast sie alle gegessen?"

„Nein!" Empört lasse ich mich auf einen Hocker fallen. „Ich bin doch kein Unmensch!" Vorsichtig lege ich die Tüte auf die Insel. „Sieben ... hab ich dir übrig gelassen."

Sophie begutachtet mich mit einem verständnisvollen Lächeln. „Du bist nervös, oder?“

Ich verziehe schuldbewusst den Mund. „Tut mir leid.“

„Ach, das muss es nicht. Dann nehmen wir stattdessen ...“ Sie stemmt die Hände in die Hüften und blickt sich prüfend um. Nach ein paar Sekunden wird sie bei einer roten Tüte mit goldenem Schriftzug fündig. „... Erdnüsse!“

„Die sind doch salzig“, entgegne ich verwundert.

„Salzig trifft auf süß. Wir nennen es einfach ...“ Sie greift nach dem Spritzsack, wedelt damit in der Luft rum und sucht nach der passenden Beschreibung. Ein Kleks Zuckerguss landet auf dem Fenster über der Spüle hinter ihr. „... High Cuisine. Und die hier isst du am besten. Beruhigt die Nerven.“ Sie zwinkert mir zu und ich greife leise dankend nach der Tüte mit den restlichen sieben *M&M's*. Ich kann mir nicht helfen, aber es lenkt mich zumindest etwas ab.

„Und jetzt erzähl!“ Sophie wendet sich wieder ihren Keksen zu. „Wie geht's dir denn so, als neue Berühmtheit der Londoner Filmszene?“

„O Gott, fang bloß nicht davon an.“ Die Schokoladenkugeln kullern in meine Handfläche. „Ich glaube, Rup ist gerade dabei, diesen Reporter Stan Cardener ausfindig zu machen.“

„Marc hat von ihm erzählt. Er meinte, er sei wie ein kleiner Köter, der sich gerne an Knochen festbeißt und nicht mehr loslässt.“

„Witzig, das hat Lucas Thomas auch gesagt“, sage ich mampfend und werfe noch ein zusätzliches *M&M* ein.

„Na ja ... du wirst sehen, dass das Thema bald durch ist.“ Konzentriert drückt sie den Elchköpfen Erdnussnasen auf. „In der Zwischenzeit könnte ich Ben, Ellie, Kate und Luke aus dem Wohnzimmer scheuchen, dann kannst du Lance in Ruhe Hallo sagen.“

„Wasch?" Beinahe schießen Schokoladenreste aus meinem Mund. Jetzt? Sofort?

Geradewegs stürzt die Nervosität wieder auf mich ein, die soeben erlangte Stoßen-Wippen-Kreisen-Seligkeit ist wie weggeblasen. Ich meine, mir ist klar, dass er da hinten im Wohnzimmer ist. Dass uns nur eine Wand trennt. Dass mir der Rücken brennt, weil ich mir vorstelle, wie er durch die Wand guckt und mich ansieht (was er bestimmt nicht tut. Keiner kann das. Außer Superman). Und dass ich den Kopf kurz hätte ins Wohnzimmer strecken können, um Hallo zu sagen, weil das normale Menschen so tun und dass ich dem im Grunde genommen nur aus dem Weg gehe, um mich abzulenken, indem ich sieben *M&M's* in mich reinstopfe.

„Hier. Du siehst aus, als würde der dir guttun." Wie aus dem Nichts stellt Sophie ein kleines Shotgläschen vor mich hin und eine Welle der Nostalgie überkommt mich. Der Wassermelonenshot von Marcs Party.

„Auf Weihnachten. Und auf das erste richtige Essen, das ich in dieser Küche koche!" Sophie erhebt feierlich ihr Gläschen und ich beeile mich, die Schokoladenerdnussmasse in meinem Mund fertig zu mahlen. „Auf das erste Essen, das du überhaupt kochst!"

„Auch wieder wahr."

Kichernd kippen wir den pinken Inhalt hinunter. Schon fühle ich mich ein bisschen gelöster.

„Kann ich dir denn hier etwas helfen?"

„Nein, ich komm schon zurecht." Sie winkt ab und gießt uns noch einen ein. „Aber vielleicht schaust du zu, dass jeder hiervon etwas trinkt, damit das Essen besser schmeckt."

Ich lächle schief und drehe das kleine Glas in meiner Hand. Meine Gedanken gehen zurück zu der Party vor ein paar Monaten und automatisch wird mir melancholisch zumute. Um genau zu sein ist es sogar das erste Mal seitdem, dass wir alle wieder hier sind – Marc,

Lance, Rup, ich ... Eigentlich fehlt nur noch Miranda. Damals waren Rup und ich noch nicht zusammen und obwohl Miranda selbst damals schon an Lance hing wie ein Babyaffe, lief auch noch nichts. Und jetzt ist alles anders, als hätte jemand die Würfel neu geworfen.

„Hey." Sophie stupst meine Hand an und lächelt mir aufmunternd zu, als ich aufblicke. „Es ist nur Lance da drin, Sue. Niemand, der dich frisst. Niemand, der dich nicht erwarten würde. Wenn er nicht bereit wäre, dich zu sehen, wäre er heute nicht hier."

Ich nicke mehrmals. „Ja. Ja das weiß ich, ich ... ich will es eben nur nicht versauen, weißt du."

„Du wirst es schaffen, da bin ich sicher. Sei einfach du selbst. Und am besten", sie dreht sich um und schnappt sich ein Tablett voller Häppchen vom Küchentresen, „nimmst du das hier mit. Das beschäftigt die Hände und du kannst ganz entspannt die Runde machen."

Ganz entspannt. Das schaffe ich. Meine Hände zittern ein wenig, meine Füße wollen sich nicht bewegen, aber so unterm Strich bin ich entspannt.

Ich stehe vor der Wand, welche das Esszimmer vom Wohnzimmer trennt und warte auf ... Gott weiß was. Was affig ist. Ich kann nicht ewig hier stehen. Hinterher kommt noch jemand durch die offene Schiebetür und fragt sich, warum ich hier in der Ecke stehe, in der Hand Canapés mit zerrüttelter Mayonnaise. Das wäre noch viel seltsamer, als einfach da reinzugehen und unbeschwert in die Runde zu lächeln. Was soll auch passieren? Lance wird wohl kaum den Raum verlassen, wenn ich reinkomme. Immerhin trage ich die Häppchen. Und Lance liebt Essen.

Schon fühle ich mich bestärkter. *Niemand* hat etwas gegen die Person mit den Häppchen. Im Gegenteil. Alle freuen sich, wenn sie auftaucht. Selbst wenn man keinen Hunger hat, ist man glücklich, sie zu sehen, weil die Häppchen-Person immer geschätzt wird. Sie kommt in Frieden. Die Häppchen sind meine Versicherung.

Jemand stellt die Musikanlage an, worauf *Jingle Bell Rock* durch die ganze Wohnung dröhnt und ich nutze den Moment, um meine Füße in Bewegung zu bringen. Beinahe will ich im Takt mitlaufen, aber ich drohe mich zu verheddern und kann mich gerade noch so fangen.

Das Wohnzimmer ist riesig. Viel riesiger, als ich es in Erinnerung hatte. Ein weitläufiger marineblauer Teppich liegt vor der grauen Sofalandschaft mit den knuffigen Kissen auf dem Boden. An der Wand hängen schwarz eingerahmte Plakate von Filmen und Marcs Theateraufführungen. Direkt links von mir geht es ab auf den geräumigen Balkon, schräg rechts dient ein Kamin als Raumteiler.

Ellie hockt vor dem kleinen Salontisch auf dem Boden neben dem monströsen Weihnachtsbaum und nestelt etwas an einem Kranz, Jess und Lex stehen bei zwei mir fremden Personen (das müssen Kate und Luke sein) und ganz hinten, bei der Plakatwand neben dem Büchergestell stehen Ben und Lance.

Beide mit dem Rücken zu mir.

Beide in weißen Hemden.

Was mich noch mehr irritiert als die Tatsache, dass Ben Hosen trägt.

Bislang hat mich noch keiner bemerkt und ich will mich gerade räuspern, als mich Jess freudig zu sich rüber winkt. „Sue!"

„Heyy!" Aus den Augenwinkeln bemerke ich, wie sich Ben und Lance in der Ecke umdrehen, aber ich glaube, das entspannte *„Heyy"* ist mir ziemlich gut gelungen. Obwohl mir ordentlich die Pumpe geht. Und meine Hände schwitzig sind. Und ich beinahe über die Ecke des Teppichs gestolpert bin, aber ich denke, das hat keiner bemerkt.

„Kate, Luke, das ist Sue, eine enge Freundin von uns." Jess stellt mich den beiden anderen vor und ich nicke ihnen übertrieben freundlich zu. „Freut mich sehr. Ich bin die mit den Häppchen und damit die meistgeschätzte Person in diesem Raum!"

Okay, nein. Das war zu viel des Guten.

Ich versuche mich an einem Ja-ich-bin-noch-ganz-dicht-Lächeln und strecke das Tablett in die Runde. Gott sei Dank stöhnt dieser Luke kehlig auf und greift sofort nach einem Currysandwich. „Meine Stoßgebete wurden erhört." Er schiebt sich das ganze Stück in den Mund und rollt selig mit den Augen. „Du bisch tatsächlich meine Lieblingschperson in dieschem Raum."

„Hey!" Kate stößt ihn mit dem Ellbogen und wirft flott ihre langen viel zu perfekten Haare über die Schulter. Fast scheint es mir, als würde sie in einem dieser Shampoo-Werbespots feststecken, denn ich könnte schwören, dass sich alle Haare auf die Millisekunde gleichzeitig bewegt haben, in Zeitlupe. „Heute Morgen war ich das noch!"

„Und du wirscht es auch immer bleiben, Baby. Komm her." Luke legt einen Arm um ihre Schulter, zieht sie an sich und drückt ihr einen so dicken Schmatzer auf, dass auf ihrer Wange ein gelber Fleck übrig bleibt.

„Woher kennt ihr Marc?", frage ich höflich.

„Er hat Kate vor ein paar Jahren in einem Club angebaggert und ich ging dazwischen." Luke schnappt sich ein neues Sandwich und wirft es sich mit einem Happs in den Mund.

„Genau, er ging dazwischen, wobei ich keinen Schimmer hatte, wer er überhaupt war", fügt Kate schmunzelnd hinzu und legt ebenfalls einen Arm um ihn.

Luke erinnert sich kauend. „Hab' mir die Hand verstaucht."

„Was?" Ich lache auf und bringe es sogar fertig, die hintere Ecke des Raumes für einen Moment auszublenden. „Wo hast du ihn denn getroffen?"

„Oh, getroffen hat er nicht. Er hat nur *versucht*, ihn zu treffen." Kate lehnt sich in meine Richtung und rollt mit den Augen. „Männer."

„Trotzdem würd ich für dich noch immer jede Backsteinwand verprügeln." Er zieht Kate erneut an sich und verwickelt sie in einen Curry-Mayonnaise-Kuss.

Was folgt, ist ein kleiner, schweigsamer Moment, in dem Kate und Luke knutschen und wir anderen drum herumstehen. An der Art, wie mein Gesicht zu brennen beginnt, habe ich die vage Vermutung, dass ich angestarrt werde, weswegen sich meine Finger um die Henkel des Tabletts krallen und ich es Lex auffordernd hinstrecke. „Ein Sandwich, Lex?"

Ich muss gestehen, dass er neben Jess, die in ihren Santa-Claus-Hosen steckt, ein bisschen exotisch wirkt, mit seinem Sonntagshemd, dem Pullunder und seiner schicken, zur Seite gekämmten Frisur. So im Stillen erinnert er mich irgendwie an einen jungen Charles. Aber ohne die große Nase. Und mit mehr Haaren. Und mit generell ein bisschen mehr Clark-Kent-Vibes, wegen des markanten Kinns.

Aber egal.

Lex ist höflich und korrekt und angenehm. Auch wenn er doch *sehr* höflich und *sehr* korrekt sein kann.

Wie jetzt. Er steht da und mustert die Häppchen, als wären sie die Beweisstücke in einem Mordfall. Mit einer Hand hält er das Champagnerglas, die andere ruht auf seinem Rücken. Fehlt nur noch so ein krauser Schnurrbart, ein Foulard und eine Pfeife, und er würde aussehen wie ein junger Poirot in *Mord im Orient-Express*.

„Nun denn. Gönne ich mir ebenfalls eine kleine Stärkung." Er verzieht seine Lippen zu einem höflichen

Lächeln und greift mit den Fingerspitzen nach einem Lachsdreieck.

„Hau rein!", sage ich enthusiastisch und seine Wangen zucken irritiert, so als hätte ich etwas Verwerfliches gesagt wie: „Delirium, Delarium, voll wie ein Aquarium!" (Den hab ich vor ein paar Jahren im *Whitbys* gehört und finde ihn ziemlich witzig.)

„Sue!" Ellie ist auf die Füße gesprungen und gesellt sich zu uns. Ihre Beine stecken in rot-weiß gestreiften Weihnachtspyjamahosen, bei denen wir uns jedes Jahr uneinig sind, ob sie uns darin eher an eine Zuckerstange oder an eine Knastschwester erinnert. „Hast du dich von gestern gut erholt?"

Ich lächle amüsiert. „Dir kleben ja immer noch die Sterne an den Augen."

„Ja, niedlich, nicht?" Sie gluckst und schiebt sich ein Sandwich in den Mund.

„Wart ihr auf der Premiere?", fragt Luke und Ellie nickt eilig, während sie die Ärmel ihres dünnen Sweatshirts nach oben rollt. „Schau. Von hier bis hinten zum Schulterblatt, alles voll mit Autogrammen. Allen Leech, Lily Cole, Hannah Murray, oh, und hier am Ellbogen Kit Harington!"

Jess und ich tauschen einen Blick. „Knastschwester."

Dankbar um die Ablenkung lache ich auf und Ellie versucht, sich mit einem vollen Mund zu rechtfertigen, schafft es allerdings nicht. Derweil wird das Tablett in meinen Händen immer leichter, da Luke sich durch die ganze Palette mampft. Vor lauter Nervosität habe ich ganz vergessen, dass ich immer noch ordentlich Hunger habe, also versuche ich vorsichtig, das Gewicht auszugleichen, um mir ebenfalls ein Stück zu gönnen.

„Also Ells, was ist passiert, dass wir nicht bei euch feiern konnten?"

„Peg und Alfie haben das Wunder des Lebens zelebriert." Plötzlich steht Ben neben mir und vor lauter

Schreck drohen die Häppchen herunterzurutschen. Gott sei Dank schießt Lukes Hand rechtzeitig nach vorn und er nimmt mir hastig das gesamte Tablett ab. Ich will intervenieren, weiß jedoch, dass es hoffnungslos ist. Luke hat diesen hungrigen Glanz in den Augen.

Mit sinkendem Optimismus sehe ich meine Versicherung davonziehen und bin gezwungen, mich neu zu orientieren. Lance steht immer noch mit seinem Champagnerglas dort hinten in der Ecke und telefoniert leise mit jemandem. Mittlerweile hat er sich halbwegs umgedreht und ich sehe, dass er um die Wangenpartie und das Kinn einen schwachen blonden Bartansatz hat. Die Haare reichen ihm mittlerweile bis kurz über die Schultern und sehen so aus, als wäre er einmal mit der Hand durchgefahren, und hätte sie mittels Conditioner und Haarspray fixieren können. Zusammen mit Kate wäre er die perfekte Shampoo-Werbung.

Ich wende meinen Blick ab, will meine Hände beschäftigen, weiß aber nicht womit.

„Peg und Alfie?"

„Unsere Bartagamen", erzählt Ellie munter. „Heute früh war das Terrarium voller Babys und wir haben sie in kleine Heimchendosen gesteckt für die ersten Tage. Jetzt stehen überall kleine Plastikbehälter mit Echsen rum."

An meinem Rücken fängt es automatisch an zu kribbeln und ich schiebe meine Schultern vor und zurück, um es loszuwerden.

„Ich muss noch hinzufügen, dass wir uns bezüglich der Aufenthaltsorte einiger Jungtiere nicht ganz sicher sind", fügt Ben nachdenklich hinzu. „Die Chance, dass sie sich in der Wohnung verlaufen haben könnten, besteht."

„Und aufgrund der Tatsache, dass Sue hier kein Fan von Kleintieren ist ..." Ellie drückt mir ein Glas Champagner vom Salontisch in die Hand und ich klammere mich dankbar daran wie an einem Rettungsring, „... haben wir Marc gebeten, das Fest hierhin zu verlegen."

„Ooh, richtig. Jetzt erinnere ich mich!" Luke nickt heiter und deutet mit einer Lachsecke auf mich. „Das Video von der Meditation. Der Brüller! Ich hab mich weggeschmissen!"

Nun. Immerhin hat er keinen Spruch über meine Unterwäsche fallen gelassen, also lächle ich höflich mit. Während ich einen großzügigen Schluck nehme, realisiere ich plötzlich, dass Miranda nicht hier ist. Mit einem Mal hege ich die Hoffnung, dass sie gar nicht kommt. Dass wir uns gar nicht sehen und dass keiner dieser komischen Momente entsteht, in denen wir uns anstarren und ihre Haut die Farbe ihrer Haare annimmt und dampfender Rauch aus ihren Ohren pfeift (oder wie man halt sonst reagiert, wenn man mit einem Affen beworfen wurde, während man mit offenem Mund im Nacken komatös dasitzt).

Ich erhasche einen Blick auf Lex' Armbanduhr, die unter seinen Manschettenknöpfen hervorlugt. Es ist viertel vor sieben und Rup ist immer noch nicht hier. Aber vielleicht tut es ganz gut, diese Zeit hier, in der Lance und ich uns aneinander gewöhnen, aus einer gesunden Distanz. Irgendwann werden sich unsere Blicke dann kreuzen und wir nicken uns zu und spätestens beim Dessert werden wir ...

„Nun, wir werden euch jetzt allein lassen." Ben legt eine Hand auf meinen Rücken und ich zucke zusammen. Was? Allein lassen? Wen? Wo muss ich ...?

„Dort hinten gibt's noch mehr Häppchen, komm mit." Wie auf Kommando greift Kate nach Lukes Hand und zieht ihn mit sich raus Richtung Küche.

Mit aufkommender Panik schaue ich zu, wie mir Ben aufmunternd zuwinkert, Ellie die Finger kreuzt und Jess mir im Vorbeigehen bestimmt auf die Schulter klopft. Was zum ... Sogar die Schiebetür ziehen sie hinter sich zu.

Als wäre das ein abgekartetes Spiel.

Als hätten sie sich alle gegen uns verschworen.

Und jetzt: weg. Alle weg. Alle, bis auf Lance und mich. Und Santa Baby.

Mein Herz macht einen nervösen Hüpfer. Das war es mit meinem Plan, uns beim Dessert über die vergangenen Monate zu unterhalten und uns einzugestehen, dass es besser so ist, wie es ist, dass der Faustschlag auf der Regent Street ein impulsiver Fehler war, dass wir beide jetzt doch viel glücklicher sind als zuvor und dass die Rentierkekse eigentlich immer noch aussehen wie Kleiderbügel. Denn jetzt ist es nur noch merkwürdig, mit der fröhlichen Musik im Hintergrund und der betretenen Stille zwischen uns. Wir stehen etwa drei Schritte voneinander entfernt und es fühlt sich an wie drei Kilometer.

Nach mehreren Sekunden halte ich es nicht mehr aus und versuche mich an einem Lächeln. „Hey." Dann finde ich das Lächeln plötzlich furchtbar deplatziert und wische es mir wieder vom Gesicht.

Lance holt tief Luft und bückt sich, um sein Glas auf dem Beistelltisch bei der Couch abzustellen. „Hey."

„Du siehst gut aus", sage ich, um der drückenden Stille zu entgehen. „Mit dem Hemd. So ... so chic." Tatsächlich trägt er beige Chinos, kombiniert mit modischen sportlichen Schnürschuhen und das weiße Hemd, das er an den Ärmeln hochgekrempelt hat, gewährt einen Einblick auf gerade mal noch zwei Armbänder an seinem Handgelenk. Er wirkt so ... Ich weiß nicht. So erwachsen. Und seriös.

„Ja." Er sieht kurz an sich hinunter. „War ein Geschenk. Von Miranda."

„Schön!" Meine Stimme hört sich viel zu hoch an. Viel zu fröhlich. Schnell wende ich betreten meinen Blick ab. Ich weiß, dass der Moment gekommen ist. Der richtige Moment, die Sache anzusprechen. Mich endlich offiziell zu entschuldigen, für alles, was ich ihm angetan habe. Ich habe alles geübt, jedes Wort. Im Kopf. Und vor dem Spiegel zu Hause während des Haareflechtens. Trotzdem suche ich nach Worten. Nach dem richtigen Anfang. Für einen Moment bin ich sogar versucht, ihm zu sagen, dass mich das mit ihm und Miranda freut, lasse es dann aber bleiben. Es geht mich nichts an. Es ist schön für ihn, natürlich, aber ... nun.

„Wenn du dich fragst, ob Miranda und ich zusammen sind, dann nein."

Ich sehe auf. Er begutachtet mich prüfend und ehe ich eine Antwort geben kann, setzt er nach. „Wo ist Rup?" Seine Wangenmuskeln zucken.

„Er ist ...", hebe ich an, überlege es mir dann anders und mache stattdessen einen Schritt auf ihn zu. „Hör zu Lance, ich würde dir gerne etwas sagen, wenn ich –"

„Ich wüsste nicht, was es zu sagen gibt." Er zuckt mit den Schultern, die Hände in den Hosentaschen vergraben. „Allem Anschein nach geht es dir gut."

„Na ja ... ja, aber das ist nicht, was ich ..."

Hilflos muss ich zusehen, wie Lance sich abwendet und wieder nach dem Glas greift. „Vielleicht sollten wir einfach den Abend hinter uns bringen." Er setzt sich in Bewegung, wirft mir einen flüchtigen Blick zu, läuft am Kamin vorbei und raus auf den Gang. Eine schwache Parfümwolke zieht an mir vorbei. Kein Duft, der mir bekannt vorkommt.

Ich höre, wie die Tür zur Küche geöffnet wird, die fröhliche Stimmung und das rege Geplauder kurz nach draußen dröhnt, dann herrscht wieder dieselbe bedrückende Stille. Geknickt sacke ich zusammen, lasse meine Schultern fallen. Die Musikanlage spielt *Joy to the world* an und ich fühle mich undenkbar deplatziert. In meinem Hals hat sich ein kleiner Kloß gebildet, der immer schwerer und größer wird, und meine Augen beginnen zu brennen.

Das war schrecklich. Furchtbar. Wieso habe ich nicht einfach weitergeredet? Mich ihm nicht in den Weg gestellt? Wieso habe ich ihn gehen lassen? Wieso habe ich nicht einfach gesagt: Es tut mir leid. Aber so? Kein Wunder, dass er weggelaufen ist ...

Jetzt wird der Abend noch ungemütlicher. Jetzt werden wir uns gar nicht mehr in die Augen sehen können und diese Sache wird für alle Zeiten zwischen uns stehen. Weil ich zu unfähig war.

Stumme Tränen lösen sich aus meinen Augenwinkeln und ich wische sie trübe zur Seite. Bis vor wenigen Minuten hatte ich noch die Hoffnung, dass wir unsere Freundschaft retten könnten, aber jetzt werde ich mir des Scherbenhaufens bewusst. Lance will keine Freundschaft mehr. Alles was er will, ist, den Haufen zur Seite zu wischen und ihn tief unter einen schweren Eichenschrank zu kehren, während ich hier zurückbleibe, den Sekundenkleber im Anschlag.

Nach einer Weile stelle ich mein Glas zur Seite und laufe benommen nach draußen auf den Flur, greife nach meiner Tüte mit den Pyjamahosen, die immer noch beim Eingang steht, und gehe Richtung Gästebad. Dort angekommen, schließe ich die Tür hinter mir und lehne mich mit geschlossenen Augen dagegen. Ich erlaube mir einen Moment, in dem ich mich in die tröstende Dunkelheit zurückziehe, dann mache ich das Licht an und stelle mich meinem Spiegelbild.

Meine Augen sind klein und glasig. Der Mascara völlig verschmiert. Meine Haare sehen nicht mal im Ansatz aus wie aus einer Shampoo-Werbung und auf der Höhe meiner Brüste ist ein Klecks Mayonnaise. Betrübt versuche ich, den Fleck aus meinem Pullover zu kriegen, spritze mir dann noch etwas Wasser ins Gesicht und binde einen Teil meiner Haare zu einem Knoten hoch. Fehlt nur noch, dass ich rauskomme und mich alle ansehen, mit Fragen wie „Konntet ihr euch nicht aussprechen?“ oder „Oje, besteht *gar* keine Hoffnung mehr?“.

Ach, Quatsch. Würden sie nicht. Bestimmt nicht.

Ich muss mich nur ... sammeln. Positiv denken. Vielleicht war es noch zu früh am Abend und mit der Zeit werden wir lockerer und ich kriege noch eine Chance. Sofern er sie mir gibt.

Entschlossen wische ich mir übers Gesicht, ziehe meine Pyjamahosen an (schottisches Muster mit Elchen) und trete hinaus. Aus der Küche werden rührende Worte bezüglich Sophies Häppchen laut und ich will die leere Tüte gerade zu meinen Schuhen legen, als jemand hinter mir aufstöhnt. „Aaah, verdammt. Okay.“

Verwundert drehe ich mich um. Marc steht in der Mitte der Treppe, die Arme auf das Geländer gestützt. Er sieht mich leicht verkniffen an. „Ich könnte dir jetzt erzählen, dass es nicht so ist, wie es aussieht, aber wenn wir ehrlich sind, glaubt den Scheiß sowieso niemand.“

Völlig ratlos gucke ich ihn an. „Was?“

„Dein Gesicht.“ Er deutet mit der Hand auf mich. „Du siehst aufgelöst aus. Was ich dir nicht verübeln kann, echt nicht. Soph ist damals eine ganze Stunde davorgestanden und wollte es noch immer nicht glauben.“

Okay, von was redet er? Hab ich irgendetwas übersehen?

„Marc, von ... was sprichst du?“

Er runzelt irritiert die Stirn. „Von was sprichst du?“

„Ich hab ... gar nichts gesagt“, erwidere ich unsicher und frage mich gleichzeitig, was hier los ist.

„Du warst doch gerade in dem Zimmer dort, nicht?“

Ich folge seinem Fingerzeig. „Nein. Ich war im Gästebad und wollte jetzt zurück in die Küche.“

„Ach so. Na dann. Vergiss es.“ Er winkt ab und poltert die Treppe hinunter.

„Wieso, was ist da drin?“

Marc bleibt vor mir stehen. „Ich kann es dir zeigen, aber sag nicht, ich hätte dich nicht gewarnt.“

Mit einem schrägen Lächeln lege ich die Tasche neben den Eingang und gehe Marc hinterher. „Okay ...“

Was an dem Zimmer wohl so speziell ist? Vielleicht hat er eine Sammlung von Requisiten, die er gern zeigen möchte. Oder einen Schrank voller Bobbleheads. Oder einen ...

Ach du Heiliger Bimbam. Das ist ... Ich bin vollkommen fassungslos.

„Jaa, ich könnt's leugnen.“ Marc lässt sich mit einem schweren Plumpsen auf das schwarze Ledersofa inmitten des Raumes fallen.

„Nein“, stoße ich entgeistert hervor. „Keine Chance.“

Da ist Marc. Überall. Nackt. Das heißt, fast. Und das nicht wie Ben, der einfach so in aller Selbstverständlichkeit und ohne Vorwarnung nackt rumsteht, nein. Das hier, das ist eine ganz andere Nummer.

Da ist Marc, der sich auf artistische Art mit Mehl bestäubt. Marc, der mit Cowboyhut auf einem Pony sitzt. Marc, der mit Mütze Golf spielt. Marc, der mit Fliege und Schürze Milch ausliefert. Es ist die kleinste Schürze auf der ganzen Welt.

„Wow.“

„Aaach, du kennst die Geschichte.“ Er winkt ab. „Junger Schauspieler braucht das Geld, bla bla bla, dieser ganze Mist. Ich wollt die eigentlich alle wegwerfen, aber Soph war dagegen.“

Staunend begutachte ich die verschiedenen Porträts, einige davon modern in schwarz-weiß, andere wiederum knallig und bunt. Auf eine bizarre Weise ist die Wand echt faszinierend. Verblüfft lasse ich mich auf der Armlehne des Sofas nieder. Kein Wunder, dass Sophie hier eine Stunde lang gesessen haben soll.

„Sag mal, diese ganze Situation mit Lance und so ...“, hebt er nach einem Moment der Stille an und fährt sich sichtlich unwohl durch die Haare. „Ich kann mir vorstellen, dass der Abend nicht einfach ist, aber ich finde, du solltest folgendes wissen.“ Er legt mir eine Hand auf die Schulter, ich reiße meinen Blick von der Wand los und er schaut mir ungewöhnlich ernst in die Augen. „Die Vergangenheit kann wehtun. Aber so wie ich das sehe, kann man entweder davor davonlaufen oder daraus lernen.“

Zögerlich öffne ich den Mund, während Marc meine Schulter drückt und die Lippen zu einem mitfühlenden Lächeln verzieht. „Das wollt ich dir nur gesagt haben.“

„Das ... ja. Das ist nett, Marc“, antworte ich langsam. „Nur, das ist ... Das ist aus *König der Löwen*. Das Zitat, gerade. Das ist aus *König der Löwen*.“

„Ja.“ Er atmet schwer ein. „Geiler Film.“

„Okay.“

Mit einem tiefen Seufzen legt er die Arme auf die Lehne hinter uns. „Wirst schon sehen, der Abend wird schon. Ist man mal das Unkraut los, sprießt neues Gras.“

Ich muss schmunzeln, lasse seine Worte in meinem Kopf zirkulieren. Ich bin nicht wirklich abergläubisch (okay gut, vielleicht ein bisschen), aber ... hat er nicht recht? War so ein Moment wie vorhin mit Lance nicht absehbar? Ist es nicht so, wie mal irgendeine berühmte Person gesagt hat: Aller Anfang ist schwer?

Seufzend rutsche ich an der Armlehne runter, bis ich auf das Sitzkissen falle. Dann starre ich auf ein Porträt, das ihn mit sechs Hundewelpen zeigt. Bis jetzt mein Favorit. Es ist so plüschig. „Aus welchem Film stammt der Spruch mit dem Gras?“

„Keine Ahnung, der Typ, der mir Gras verkauft, labert ständig davon.“ Marc zuckt mit den Schultern. „Wenn er nicht bald mit den Verschwörungstheorien seines

Nachbarn aufhört, erwarte ich bald einen Nachbarschaftskrieg in Hackney, das kann ich dir – eeey, na wenn das nicht mein guter Kumpel ist!"

Marcs Aufruf folgend, wird mir automatisch leichter ums Herz, wie jedes Mal, wenn Rup auftaucht. Denn, ganz ehrlich gesagt, ist es so: Die Lage kann noch so beschissen und ausweglos sein, wenn ich ihn sehe, scheint die Welt ein kleines bisschen heiler zu werden.

Das heißt, wenn er dann schlussendlich auftaucht.

Unwichtig. Er wird seine Gründe gehabt haben. Gut möglich, dass er Stan Cardener lange gesucht hat, richtig? Oder er hat noch was für die Arbeit erledigen müssen. Immerhin ist es Weihnachten, da muss es wichtig gewesen sein.

Genau. Spiel es ruhig hinunter.

Ich spiele gar nichts hinunter. Die Arbeit ist wichtig. Die Arbeit ist sein Leben, seine Aufgabe, sein Dienst an der Menschheit.

Okay, das war jetzt übertrieben. Aber egal. Ich hab keine Lust, mit mir selbst zu diskutieren.

Rup ist mittlerweile reingekommen und steht jetzt neben einem lebensgroßen Pappaufsteller. „Ernsthaft?" Er deutet auf den Marc, der mit Bauhelm und ölig glänzendem Oberkörper eine Motorsäge vor sich hält. „Geht es nicht noch gruseliger?"

„Oben rechts", sage ich und weise in die Ecke.

Rup schiebt mit zusammengezogenen Augenbrauen den Kopf vor und blickt dann ohne jegliche Regung im Gesicht zu Marc. *„Ernsthaft."*

Bei seinem Anblick keimt Heiterkeit in mir auf und ich kann nicht anders, als anzufangen zu kichern.

„Das ist Kunst, Mann!" Marc deutet bestürzt auf das gerahmte Gemälde. „Es nennt sich nicht umsonst ‚Heißes Würstchen'!"

„Heißes Würstchen?" Irgendwo tief in mir drin bricht die Mauer, die ich vor wenigen Minuten noch

hochgezogen habe. Es beginnt mit einem Kichern und artet aus in einen Lachanfall. Es platzt einfach so raus. Ich kann nicht aufhören. Immerzu gucke ich auf das Hotdog-Brötchen in Marcs Hand, zähle eins und eins zusammen und fange wieder von vorn an. Meine Bauchmuskeln beginnen zu schmerzen, Tränen rinnen mir aus den Augen. Und als ich sie endlich wieder öffnen kann, breche ich ob der anderen absurden Gemälde vor mir wieder in Gelächter aus. Es ist ein nie endender Kreislauf.

„Du hast sie nicht mehr alle, Wyer." Rup rollt mit den Augen und sieht mich dann halbwegs zweifelnd an. „Alles in Ordnung mit dir?"

Kühn versuche ich die letzte aufbrausende Welle an Ausgelassenheit niederzukämpfen und wische mir über die Augen. „Ja", sage ich hicksend und muss mir im selben Moment eingestehen, dass es mir tatsächlich besser geht. Genau genommen habe ich mich den ganzen Abend noch nicht so leicht gefühlt.

„Gut." Rup kommt zu uns hinüber und zieht mich auf die Beine.

„Danke, Marc!", sage ich eilig, als sich dieser mit einem Klopfen auf Rups Rücken aus dem Staub machen will. „Für die weisen Worte und die Führung durch ... na ja. Deinen Karrierebeginn."

„Pass auf, was du sagst, Sue. Dieses hier ..." Er klopft auf das Bild ganz außen neben der Tür (Marc als Rettungsschwimmer mit roter Boje in einem quietschbunten Planschbecken) und zwinkert mir zu, „... ist zwei Wochen alt."

Marc hat recht. Entweder ich laufe davon, oder ich behalte den Kopf oben und stelle mich dem, was kommt. Auf dem Weg ins Wohnzimmer habe ich mich dazu entschieden, aufrecht zu bleiben. Mich der Realität zu stellen und sie hinzunehmen.

Trotzdem fühle ich mich aufgrund des emotionalen Hin und Hers ganz schön geschlaucht und muss erst einmal etwas Kleines essen. Wir haben uns alle vor dem Weihnachtsbaum versammelt und ich gebe mir alle Mühe, gelassen zu wirken. Rup steht neben mir und obwohl ich gerne meine Hand um seine Taille legen würde, lasse ich es bleiben, da Lance nur wenige Schritte neben uns steht.

„Wenn es mir zusteht, möchte ich gerne ein paar Worte an euch richten. Obwohl ich noch nicht lange Teil dieser Gemeinschaft bin, freut es mich zutiefst, euch alle sehen und begrüßen zu dürfen." Ben steht vor dem Baum und lächelt besonnen in die Runde. „Zuallererst möchte ich gern Marc für die Gastfreundschaft danken. Der spontane Ortswechsel kam auch für uns sehr unerwartet." Er neigt den Kopf und legt eine Hand auf seine Brust. „Bitte glaub mir, dass es uns fernlag, für unnötigen Stress zu sorgen."

„Aaach, kein Ding." Marc winkt ab und schnappt sich eine Bierflasche vom Beistelltisch, ehe er sich auf das Sofa fallen lässt.

„Nun denn." Ben nimmt sich eine Sekunde, während im Hintergrund *Carol of the Bells* dudelt. „Das vergangene Jahr hat für uns alle Veränderungen mit sich gebracht. Seelische ... sowie auch körperliche."

„Ein Hoch auf Bens Hosen!" Marc streckt johlend seine Flasche in die Luft und alle lachen auf. Mein Blick fällt auf Lance und zum ersten Mal an diesem Abend erkenne ich einen Funken vom alten Lance wieder. Für einen Moment wirkt er gelöst. Entspannt. Fröhlich. Bis er meinen Blick bemerkt und die kleinen Fältchen um seine Mundwinkel wieder verschwinden.

„Wir alle haben uns weiterentwickelt. Wir haben Fehler gemacht, haben daraus gelernt, sind an ihnen gewachsen." Ben macht eine kleine Pause, ehe er wieder aufblickt. „Das macht uns menschlich. Und das zeichnet uns am Ende des Tages aus. Der Zusammenhalt, den ich seit meiner Rückkehr erleben durfte, gleicht dem in Brasilien, Kolumbien und in jeder Gemeinschaft auf der Welt. Es ist Familie. Und ich bin sehr dankbar, ein Teil dieser Familie sein zu dürfen." Er schmunzelt. „Womöglich ist meine Sentimentalität der Jahreszeit geschuldet, jedoch möchte ich die Chance nicht missen, mich insbesondere bei meinem besten Freund Lance für seine Großzügigkeit zu bedanken. Bei Lance und auch Ellie ..." Er nickt beiden zu. „... die mich beide mit einem Dach über dem Kopf und ihrer warmherzigen Liebe unterstützen."

„Cheers!"

„Auf ein fröhliches Weihnachtsfest!"

Ich hebe mein Glas analog zu den anderen und trinke einen Schluck.

„Gut, ich geh jetzt einen durchziehen." Marc klopft aufs Sofa, steht auf und winkt in die Runde. „Lance, Luke, Kate, lasst uns rausgehen." An der Balkontür bleibt er kurz stehen und packt Lex bestimmt an der Schulter. „Du auch, Herr Anwalt. Lass uns den Stock in deinem Arsch als Zündholz nutzen."

Bevor ich mich bremsen kann, verschlucke ich mich an meinem Wein und lache hustend auf. Ich kann nicht anders, als unendliche Dankbarkeit für Marc zu empfinden. Auch wenn Lex gerade alles andere als dankbar um sich blickt.

„Rup, Sue?"

Wir blicken beide Richtung Küche und sehen Sophie, immer noch in Schürze, mit zur Bitte verschränkten Händen im großen Türrahmen zum Esszimmer stehen. „Wärt ihr so nett und würdet mir die Platten mit den Häppchen in die Küche tragen?"

„Was?" Ellie blickt mit von den Blätterteigstangen vollgepackter Wange schockiert auf. „Das waren nur Häppchen? Ich dachte, das wäre die Vorspeise."

Bestürzt blickt sie auf die halbleere Platte. „Ich hatte elf Stück davon."

„Vierzehn!", brüllt es dumpf durch die Balkontür und ich sehe, wie Luke voller Stolz auf sich deutet. „Ich hatte vierzehn!"

„Komm, gib die mir." Rup nimmt bestimmt das Tablett aus Ellies Händen und deutet aufs Sofa. „Leg du dich hin, du bist schon grün um die Nase."

„Was?" Ellie guckt mich ganz verstört an. „Ich bin ...?"

„Nein, bist du nicht", sage ich und schmunzle, ehe ich Rup einen Klaps auf den Oberarm gebe. „Das war nur ein Witz." Ich nehme ein paar leere Gläser und will mit ihm in die Küche laufen, als er innehält und mit der freien Hand das vibrierende Handy aus seiner Hosentasche zieht. „Da muss ich kurz rangehen." Er schenkt mir ein knappes Lächeln, bevor er nach draußen auf den Gang verschwindet.

So viel zum Thema ...

Bestimmt schüttle ich den Kopf, verscheuche die Zweifel. Er ist hier. Alles ist gut.

„Soph, Ellie und Luke haben praktisch alle Häppchen ... verputzt." Kaum habe ich die Küche betreten, bleibe ich verblüfft stehen.

Sophie rotiert. So *richtig*.

Auf dem Herd blubbert und dampft eine Soße. Der erste Backofen beginnt just zu piepen, als der zweite die Kekse ausspuckt. Im Waschbecken läuft eine Schüssel voll schwimmender Trauben über. Auf der Insel stehen schon die Vorspeisenteller mit Lachstranchen auf Gurkensalat bereit. Und mittendrin Sophie, die sich auf dem Weg von den Trauben zum Truthahn im Ofen eine Handvoll Erdnüsse einwirft.

„Hey!" Sie wirft mir ein strahlendes Lächeln zu, die Schürze über der pinken Pyjamahose voller brauner und weißer Flecken. „Alles gut bei euch?"

„Alles gut bei *dir*?“, frage ich vorsichtig und stelle die Gläser zur Spüle, wo ich das Wasser ausmache.

„Alles bestens“, antwortet sie geflissentlich, als sie die Klappe zum Backofen öffnet und den herausströmenden Dampf mit einem Ofenhandschuh verwirbelt. „Ich muss nur noch die Brühe zum Truthahn kippen …“

Beeindruckt schaue ich zu, wie sie den Topf des Bräters anhebt und hochkonzentriert einen halben Liter Bouillon dazu gießt. „Wo hast du das alles gelernt?“

„Von hier!“ Mit einem Ruck wirft sie den Handschuh auf die Anrichte und segelt zu einem aufgeschlagenen Buch, das in einer Ecke der Kücheninsel liegt. „Blätterteighäppchen, Fruchtlikör auf Eis, Lachs auf Gurke, gefüllter Truthahn mit Kartoffeln, Weihnachtssoßen, Punsch, Christmas Pudding. Steht alles hier drin!“ Mit roten Wangen blickt sie auf.

„Soph, seit wann besitzt du ein Kochbuch?“ Ich komme aus dem Staunen gar nicht mehr raus. Es ist nicht so, dass Sophie nicht kochen könnte, allerdings kann ich auch nicht behaupten, dass sie es kann. Immerhin braucht es nicht gerade viel Erfahrung, eine Tüte aufzureißen und sie in die Mikrowelle zu stellen.

„Seit Bens Echsen sich multipliziert haben.“

„Seit heute *Morgen*?“, frage ich verwundert, während sie zurück zum Herd eilt. Währenddessen ziehe ich unaufgefordert den Handschuh über und hole vorsichtshalber die Kekse aus dem Ofen, bevor sie noch verkohlen.

„Eigentlich ist es mehr eine spielerische Wette zwischen uns. Oh hier, du kannst sie auf das Gitter dort stellen.“ Mit dem Schneebesen deutet sie auf besagte Stelle neben der Kaffeemaschine und rührt dann weiter in der Sauce rum. „Danke dir. Auf alle Fälle waren wir unterwegs und wollten nur ein paar Dinge einkaufen, als Ben Marc wegen der Echsen anrief. Marc meinte daraufhin nur, wir würden einen Truthahn bestellen, damit wir keine große Arbeit haben, zumal wir beide keine erfahrenen Köche sind." In einer nebensächlichen Bewegung schnappt sie sich die Rotweinflasche und kippt sie mit einem selbstgefälligen Lächeln in den Kochtopf. „Woraufhin ich nur lachen konnte. Ich meine, da ist doch nichts dabei, wieso sollte ich das nicht können?"

Mit wachsender Sorge schaue ich zu, wie der Rotwein ungehindert fröhlich in die Soße gluckert. Zögerlich halte ich eine Hand hoch und deute auf den Herd. „Jaa, ich denke, langsam reicht das aber mit dem –"

„Also schnappte er sich dieses Kochbuch für vier Pfund bei der Kasse und hier stehe ich nun, liege in der Zeit und werde garantiert nicht wegen ein paar lausiger Mince Pies verlieren." Jetzt greift sie auch noch nach einem Büschel Lorbeerblätter und wirft sie kurzerhand in die Soße. „Denn, willst du wissen, was der Trick ist?"

„Huh?" Um ehrlich zu sein, bin ich etwas überfordert. Schon stellt sie die Flasche weg (Gott sei Dank), steuert am Kühlschrank vorbei, dreht am Backofenrad rum, läuft einmal um die Kücheninsel und schiebt sich unterwegs einen Kleiderbügelkeks in den Mund. „Hier." Eine rote Packung landet auf der Anrichte. „*Sainsbury's*." Sie wackelt überzeugt mit den Augenbrauen. Ich glaube, der ganze Zucker ist ihr in den Körper geschossen.

„Soph ... kann ich dir vielleicht irgendwie behilflich sein?", frage ich vorsichtig.

„Das ist lieb von dir, Sue, aber ich will das allein schaffen." Bestrebt schnappt sie sich ein Büschel Dill und zerschneidet es munter über den Vorspeisetellern. „Erzähl du mir lieber, wie es Rup geht. Er sieht ziemlich müde aus. Abgekämpft, irgendwie."

„Ja, ist er auch", gebe ich zu und pflücke nebenbei die restlichen Trauben aus dem Wasser bei der Spüle. „Er arbeitet zu viel. Oder besser gesagt ständig. Es vergeht kaum eine Stunde, in der das Handy nicht klingelt."

„Hm. Und Lance? Konntet ihr reden?"

Seufzend lasse ich mich auf einen Hocker vor der Insel fallen. „Es lief beschissen. Das Gespräch dauerte knapp eine Minute, dann meinte er, dass er den Abend einfach nur hinter sich bringen wolle."

„Ihr habt euch nach drei Monaten zum ersten Mal wiedergesehen." Sophie blickt mich für eine Sekunde wohlwollend an, ehe sie weiter rotiert. „Das ist an euch beiden nicht spurlos vorübergegangen."

Mit einem halbherzigen Lächeln beginne ich, die Kekse auf einen Teller zu platzieren. Es ist nämlich so: Sophie weiß nichts von dem Zwischenfall auf der Regent Street. Niemand tut das. Es ist eine Sache zwischen Rup, Lance und mir und würde nur Verwunderung und Schnappatmung hervorbringen. Denke ich zumindest. Abgesehen davon ist es nicht gerade das passende Tischgespräch, das man sich zu Weihnachten wünscht.

„Sag mal, würdest du mir doch einen Gefallen tun?"

„Natürlich. Was kann ich tun?"

„Wenn du noch die restlichen leeren Gläser in die Küche bringen könntest, wäre das toll!" Sie wirft sich ein Handtuch über die Schultern.

„Klar!" Eifrig rutsche ich vom Hocker und zottele wieder ins Wohnzimmer.

Ellie und Jess sitzen beim Weihnachtsbaum und tauschen Ideen über Babyechsenverstecke aus und ich beeile mich, die beiden Gläser vom Beistelltisch abzuräumen, um nicht allzu viele Details mitzukriegen.

Als ich mich wegdrehe, schnappe ich gedämpfte Worte aus dem Flur auf. Auf einem Ohr höre ich, wie Ellie erstaunt „In der Duschbrause?" ruft, und auf dem anderen vernehme ich die grimmige Stimme von Rup.

Auf dem Weg zum Kamin sammle ich sorgfältig zwei weitere Gläser ein und gehe durch die Tür in den Flur. Rup steht mit dem Rücken zu mir, eine Hand in die Seite gestemmt.

„... und ich habe in dieser Angelegenheit gar nichts zu sagen?"

Mir ist klar, dass ich nicht lauschen sollte, aber er wirkt so aufgebracht, dass ich wie gelähmt stehen bleibe.

„Du hast mit – nein, jetzt rede ich. Du hast das Thema angerissen, jetzt komm mir nicht mit Weihnachten." Wütend spannt er seinen Arm an, schraubt dann aber seine Stimme runter. „Ihr wisst genau, dass diese Entscheidung von mir hätte abgesegnet werden müssen. Ihr könnt nicht einfach so in meinem Namen –" Es entsteht eine kleine Pause. „Das ist mir egal." Er lauscht einen Augenblick, ehe er schnaubt. „Und das ist alles, was du dazu zu sagen hast? Dass ich es einfach so hinnehmen muss? Das ist euer großartiger Plan?" Er schüttelt den Kopf, neigt ihn nach vorn. „Wie auch immer. Die Sache ist noch nicht vom Tisch."

Er legt auf, nimmt sich eine Sekunde und streicht sich dann mit einem schweren Seufzer über das Gesicht.

„Hey."

Beinahe ertappt dreht er sich um. „Hey." Ein widerwilliges Lächeln huscht über seine Lippen.

„Was ist los?", frage ich vorsichtig. „Wer war das?"

Rup öffnet den Mund, um zu antworten, scheint es sich dann aber anders zu überlegen und schiebt das Handy in seine Gesäßtasche. „Niemand Wichtiges. Und niemand, über den wir an Weihnachten reden sollten." Er tritt auf mich zu und gibt mir mit einem knappen Lächeln einen Kuss auf die Stirn, so wie er es immer tut, wenn er sich einem Gespräch entziehen will. Automatisch greife ich nach seinem Hemd und zwinge ihn, hier zu bleiben. Ein Schatten legt sich auf sein Gesicht, doch er bleibt stehen.

„Irgendwann musst du mir erzählen, was los ist. Seit es im Verlag aufwärtsgeht, wirkst du ständig so abgekämpft, als würdest du auf Notstrom laufen." Ich suche seinen Blick. „Das ist auf Dauer bestimmt nicht gesund."

Er seufzt. „Sue ..."

„Ich will nur, dass du weißt, dass du mit mir reden kannst. Okay?", sage ich geduldig. „Egal, worum es geht."

Rup verharrt einen Moment. Hinter seiner Stirn beginnt es zu arbeiten und er öffnet den Mund, als würde er sich mir endlich anvertrauen wollen. Doch dann wird plötzlich die Tür zur Küche aufgerissen und Ellie steht in Socken und mit Grissini in der Hand vor uns. „Hey!" Ihre Augen leuchten wie Sterne. „Die tatsächliche Vorspeise ist serviert!"

Zwei Stunden später blicke ich auf das abstruseste Weihnachtsessen meines Lebens zurück. Als Soph den Deckel des Bräters angehoben und den eingefallenen Truthahn bestaunt hatte, waren ein paar qualvolle Sekunden verstrichen, bis irgendjemand anfing zu kichern. Dann kamen die Rotwein getränkte Soße, die zu matschig geratenen Kartoffeln ... Grundsätzlich ging beim Hauptgang alles schief, was schiefgehen konnte, was jedoch kein Grund war, die Stimmung kippen zu lassen. Wir genossen die Kartoffeln und lobten Sophs vorzügliche Wahl der Weintrauben, die als Verzierung gedacht waren. Aus jeder Ecke kam ein „*Mmmhh*!" und „Wie *köstlich*!" und „Was für ein *Abgang*!" und irgendwann saßen wir da, trinkend und mit Lachtränen in den Augen.

Zumindest die meisten.

Jedes Mal, wenn ich über den Tisch hinweg Lance ansah, zog sich mein Magen trotz der gelösten Stimmung unangenehm zusammen. Nicht, weil sich seine Faust merklich angespannt hat, wenn Rup irgendwas erzählt hat. Nur ... jedes Mal, wenn ich ihm einen Blick zuwarf, erkannte ich jemand anders. Jemanden, der ein Stück seiner Lebensfreude verloren hatte. Lance war einst wie Peter Pan und jetzt ist er ... Keine Ahnung. Jemand, der Hemden trägt und Steuererklärungen macht.

Und nun sitzen wir alle vor dem Baum im Wohnzimmer und hören Luke bei der Erzählung der Weihnachtsgeschichte zu. Der sehr *alkoholisierten* Erzählung. Was auch der Grund ist, warum Sophie und Marc vor Lachen heulen.

„So, und nachdem Maria und Josef, ihr wisst schon, knick-knack, kommt das Kind auf die Welt und es erscheint der Engel mit den Geschenken!"

„Der Engel?" Ellie kichert am Fuß des Sofas.

„Nun, eigentlich waren es ja die heiligen drei Könige ..."

„Ja richtig, richtig, ich hab es falsch gesagt", unterbricht Luke Ben und schwankt von einem Fuß auf den anderen, wobei der Inhalt seiner Flasche gefährlich hin und her schwappt. „Was ich aber *eigentlich* meine, ist der ... Weihnachtsmann!"

Ich will gerade die Augen verdrehen, als plötzlich ein rotes Etwas ins Wohnzimmer schießt und mir fast das Herz stehen bleibt. Der Punsch in meiner Hand macht vor lauter Schreck einen gefährlichen Satz und ich schaffe es gerade noch so, ihn nicht über Ellie und Ben zu kippen, die vor mir auf dem Boden sitzen. Rup scheint völlig gelähmt zu sein, Marc johlt auf, klatscht mit den anderen in die Hände und der hochgewachsene Santa Claus wackelt mit einem tiefen „Ho Ho Ho!" und einem prallgefüllten Jutesack auf dem Rücken zum Baum.

Ich versuche zu erkennen, wer es sein könnte, aber die Perücke, der Bart und die dicke, schwere Kutte machen es praktisch unmöglich. Eigentlich aber auch egal, denn die Idee ist wirklich cool.

Unter lautem Stöhnen setzt der Weihnachtsmann den Sack auf den Boden und stemmt die Hände in die Hüften. „Na, wart ihr denn alle schön artig in diesem Jahr?"

Moment.

Die Stimme kenne ich.

Die Stimme kenne ich sogar sehr gut. Egal, wie sehr sie verstellt ist, man würde sie durch eine bis an die Decke gefüllte Konzerthalle erkennen.

„Oh, bitte nicht", murmelt Rup kaum hörbar und setzt sein Glas an die Lippen, doch es ist zu spät: Nur eine Sekunde später fliegt die Kutte durch die Luft, gefolgt von der weiß gelockten Perücke und dem Bart.

Rup gibt beim Anblick der Person ein prustendes Geräusch von sich, stützt sein Kinn in eine seiner großen Hände und versucht krampfhaft, den Punsch bei sich zu behalten, Kate kreischt so *richtig* laut und irgendwo macht eine Schüssel Erdnüsse einen gewaltigen Satz durch die Luft.

Fassungslos starre ich auf Miranda, ihr knappes Santa-Claus-Outfit, ihren *viel* zu knappen Rock, der kaum über die ...

Ich kann es nicht glauben.

Das ist ... Bis vor zwei Minuten war noch Weihnachten und jetzt ist es ... Jetzt schwingt Santa Claus eine Peitsche und trägt Strapsen.

Lex, der den ganzen Abend über praktisch ruhig war, gibt einen nicht bestimmbaren Laut von sich. Jemand pfeift, andere klatschen, Marc johlt.

Rup ist vornüber gekauert und wischt sich die Punschreste von seinem Mund. Am liebsten würde ich ihm beschwichtigend auf den Rücken klopfen, aber ich sitze wie betäubt da und starre.

„Ach du scheiße.“ Erst als Lance sich in der Ecke des Sofas lachend mit beiden Händen übers Gesicht fährt, schaffe ich es, zumindest den Kopf in seine Richtung zu bewegen. „Du hast die Wette verloren.“

„Sei froh drum, mein Lieber.“ Miranda schüttelt ihre wallenden roten Locken, die ihr wie ein Vorhang über die Schultern fallen. Ich gucke zu Kate, zu Lance und wieder zurück zu Miranda. Das ist doch nicht normal. Ich kann förmlich spüren, wie meine Haare bei dem Anblick in sich zusammenfallen.

Miranda klopft mit der Peitsche in ihre offene Handfläche und zieht eine Schnute. „Stell dir nur mal vor, hätte ich in diesem Halbjahr nicht weniger Löcher als unser Arbeitskollege James gefüllt, stünde er nun hier.“

Creepy James in Strapsen? Verstört blicke ich zu Rup und ich kann sehen, dass er das gleiche Bild vor Augen hat.

„Hah, klar.“ Er stößt ein freudloses Lachen aus und legt eine Hand auf mein Knie, ehe er sich aufrappelt. „Ich geh mich kurz übergeben.“

„Und dem Verlierer droht die Schmach, alles klar.“ Lance neigt lachend seinen Kopf und Miranda macht einen so tiefen Knicks, dass ich befürchte, jemand wirft gleich eine Erdnuss in der Hoffnung, sie in ihrem Dekolleté zu versenken.

Ich glaube, die Einzigen, die auch nur annähernd so geschockt sind wie ich, sind Soph, Ellie und Ben. Wobei Bens zuckende Schultern entweder ein stummer Lach- oder Heulflash sein könnten. Da bin ich mir nicht so sicher.

Miranda macht sich mittlerweile an dem Jutesack zu schaffen und beginnt, die Geschenke zu verteilen. Marc kriegt einen Adventskalender mit Schokolade und einem 50 % Rabattsticker vorne drauf (für den er sich bei

Sophie mit einem begeisterten Kuss bedankt – die zwei sind wirklich nicht normal), Kate bekommt ein funkelndes Armband von Luke, und Jess eine uralte Ausgabe des britischen Rechts von Lex.

„Und das nächste ..." Miranda greift in den Sack und zieht eine flache Schachtel in der Größe eines A4 Blattes heraus. „Ah. Was für ein Timing." Mit geheucheltem Lächeln hält sie Rup, der gerade wieder das Wohnzimmer betritt, das Geschenk entgegen. „Für dich."

Er schenkt ihr ein gepresstes Lächeln und lässt sich wieder neben mich sinken, ehe er einen Blick auf den Anhänger wirft.

„Es ist nur was Kleines", ruft Marc vom anderen Ende des Sofas herüber und zwinkert ihm mit der Bierflasche in der Hand schelmisch zu. „Etwas, das du einrahmen kannst."

Ich sehe zu, wie jegliche Emotion von Rups Gesicht verschwindet. „Wenn das ein Abzug deines heißen Würstchens ist, Wyer, dann schwör ich bei Gott, das Bild wird diese Schachtel nie verlassen."

Marc lacht auf. „Das hättest du wohl gern. Aber keine Sorge. Mach's auf, Champ."

Mit einem undefinierbaren Gesichtsausdruck löst Rup die Schleife, zieht das Geschenkpapier ab und hebt den Deckel. Gerade will ich einen Schluck trinken, als ich in meiner Bewegung erstarre. Definitiv ... kein Würstchen.

„Oh, wow!" Ellie linst mit glänzenden Augen über den Rand der Schachtel. „Du bist auf einem Cover!"

Tatsächlich. Da ist er. Unverkennbar. Auf dem glänzenden Cover von *Business Today*. Das Titelbild zeigt ihn mit verschränkten Armen und seinem typischen schrägen Grinsen. Wieso ist er denn ... Seit wann ist es ... Ich durchforste mein Gehirn nach einer Info, einem Termin, irgendetwas, aber ... nein. Er hat nie was davon erzählt.

„Ich weiß, es kommt erst nächste Woche raus, aber ich kenn da jemanden, der jemanden kennt", erzählt Marc und beantwortet damit eine meiner stummen Fragen. „Und jetzt bist du der Erste, der die Ausgabe hat. Gratuliere, Kumpel, dein Traum ist in Erfüllung gegangen!"

Traum? Das war sein *Traum*?

Rups Blick schweift in meine Richtung und ich versuche mich an einem Lächeln, bezweifle aber, dass ich es hinkriege. Stattdessen schnürt sich mir der Hals zu. Wieso hat er nichts davon erzählt? Das ist doch etwas ... Wir hätten es feiern können. Wir hätten es zusammen kaufen können. Ist er denn gar nicht stolz darauf?

„Ein frischer Wind weht durch die Verlagsbranche", liest Kate laut das Cover ab. „Ach, du verlegst also Bücher?"

„Oh, er verlegt so einiges", bemerkt Miranda spitz und greift bereits nach dem nächsten Geschenk, als Lex eine Hand hebt. „Ich hätte Interesse, das Interview zu hören."

„Ja! Vorlesen!"

„Oh, nein, das ... will bestimmt niemand." Rup winkt ab und will das Magazin wieder zurück in die Schachtel legen, doch Miranda ist schneller – gerade, als sie Ben eine kleine Box mit überdimensional großer Schleife überreicht hat, schnappt sie sich die Ausgabe. „Wieso nicht? Das würde uns doch alle brennend interessieren, nicht wahr?"

Rup lacht gepresst auf. „Das bezweifle ich, also gib es wieder her."

„Wer will hören, was der *Jungunternehmer Rupert Clarks für revolutionären Wind* bringt?" Miranda wedelt mit dem Magazin und lässt sich dann auf dem Teppich vor dem Baum nieder.

Als ich wieder zu Rup blicke, sehe ich, wie sich seine Miene zusehends verhärtet. „Miranda, gib mir das Heft wieder. Komm schon."

„Na, na, na, hör doch nur mal hin." Miranda tippt gegen ihr Ohr und weist auf das Klatschen und Johlen rund um uns herum hin. „Ich glaube, sie wollen es alle hören." Mit einem breiten Lächeln im Gesicht, schlägt sie die passende Seite auf.

Rup atmet scharf aus, regt sich dann und wendet mir seinen Kopf zu. „Sue ..."

„Clarks folgt den Spuren seines Vaters, Albert Cliffson, der dem Verlag als Aktionär weiter eng verbunden bleiben wird", platzt Miranda ihm ins Wort. Mit gerunzelter Stirn gucke ich ihn an. Aus irgendeinem Grund wird mir etwas unbehaglich.

„Die Werte des Hauses möchte Clarks wahren, dem Zusammenspiel mit den Kunden und Lesern durch ein neues Programm und frischer Moderne aber mehr Tiefe verleihen." Miranda versucht gar nicht erst, ihre Abneigung Rup gegenüber zu verbergen. Im Gegenteil. Ihr Tonfall trieft vor Hohn. „BT: Mr Clarks, erzählen Sie etwas über den Verlag und die aktuelle Situation.

Clarks: Mein Vater hat den Verlag 1976 gegründet und widmete sich seit jeher dem Programm für Lernbücher. Nach seinem Ruhestand hat sich einiges getan: Wir geben den Büchern einen neuen Anstrich, wenden uns aber konkret der Zukunft zu. Wir konzentrieren uns auf junge, aktuelle Bücher, geben Neuautoren eine Chance. Das ist spannend.

BT: Sie konnten direkt Oliver Bloomfield unter Vertrag nehmen ...

Clarks: Ja, das war ein großes Glück. Oliver schreibt tolle Bücher für Kinder, Jugendliche und auch Erwachsene. Er bedient die ganze Bandbreite und ist zudem ein sympathischer Typ, was eine unkomplizierte Zusammenarbeit ermöglicht.

BT: Thema Zusammenarbeit: Sie sind ein junges Team, beschäftigen knapp zehn Personen. Ist das nicht Stress pur?

Clarks: Natürlich ist es stressig, das ist es so oder so. Allerdings besteht unser Team aus sehr fähigen Personen. Sie sind innovativ, hilfsbereit und kreativ. Die *Bloomfield*-Reihe habe ich insbesondere meinen Mitarbeitenden zu verdanken. Sie waren es, die eine tolle Kampagne auf die Beine gestellt haben.

BT: Vor ein paar Tagen hat Oliver Bloomfield über Instagram ein neues Kapitel der *Wisdom*-Reihe angeteasert, ‚Lizzy und die Suche nach der großen Liebe'. Haben Sie Ihre schon gefunden?

Clarks: Der Verlag nimmt meine ganze Zeit ein. Für ..." Miranda stockt und lacht höhnisch auf. „... die Liebe habe ich keine Zeit." Sie blickt über den Rand in meine Richtung und ich habe das Gefühl, als würde mich ihr Blick direkt treffen.

Irgendwo, ganz gezielt.

„BT: Das hört sich ziemlich einsam an ...

Clarks: Ich konzentriere meine Kraft auf das, was von Bedeutung ist. Derzeit ist das der Verlag. Eine Beziehung ist außerdem mit viel Verantwortung und Verpflichtungen verbunden, dazu fehlen mir die Zeit und die richtige Frau."

„Oh, Scheiße", murmelt Marc, den Mund voller Schokolade, und Soph gibt ihm einen jähen Klaps auf die Brust. Dann herrscht erdrückende Stille.

Niemand sagt etwas. Niemand bewegt sich. Alle starren mich an.

Ohne hinzusehen spüre ich mitleidige, peinlich berührte, geschockte Blicke und mein Mund wird zunehmend trocken.

Nach einer gefühlten Ewigkeit bewegt sich endlich jemand und ich sehe aus den Augenwinkeln, wie Miranda das Magazin achtlos auf den Boden wirft. „Da hast du dich ja richtig entschieden, als du Lance stehen gelassen hast. *Gut* gemacht, Sue."

Dann stöhnt Rup auf, lässt die Hand von seinem Gesicht sinken, sagt: „Sue", und eine riesige Flut von allen möglichen Reizen bricht über mich herein, als ob seine Stimme eine Art Auslöser gewesen wäre: Ein Ruck geht durch meinen Körper, mein Blick wird wässrig, mein Herz stolpert, ich beginne zu schwitzen.

Mit zittrigen Händen stoße ich mich vom Sofa ab, nehme am Rande wahr, wie Sophie Miranda zurechtweist, blende die bohrenden Blicke in meinem Rücken aus, ignoriere Rups Rufen. Ich laufe nach draußen auf den Flur, weiter bis zur Tür, greife geistesabwesend nach meiner Jacke. Der Herzschlag hämmert in meinem Kopf, während mein Gehirn sich zu einem einzigen einfachen Befehl forciert: weg. Einfach nur weg. Die Treppe runter, zur Haustür hinaus, raus auf die mittlerweile verlassene Straße, vorbei an dem schwarzen Zaun des Nachbarhauses, weiter Richtung U-Bahn-Station.

„Sue!"

Ich ignoriere das Zuknallen der Haustür. Die schnellen Schritte hinter mir. Die aufkommenden Tränen, die sich wie kleine Rinnsale den Weg über meine Wange bahnen. Die Kälte, die klamm durch den dünnen Stoff meiner Pyjamahose kriecht. Die feinen Schneeflocken, die sich an meinen Wimpern festkleben.

Das Platzen der Blase, von der ich gedacht habe, sie wäre mein Leben gewesen.

„Verdammt noch mal, jetzt bleib stehen!" Rups Stimme reißt ein Loch in die Stille, doch ich gehe stur weiter. Schwarze Flecken beginnen vor meinen Augen zu flirren, so eisern starre ich auf die schneebedeckte Straße.

„Herrgott, es ist nicht so, wie –!"

„Nein!“ Mit einem Mal schießt ein solcher Rausch durch meinen Körper, dass ich herumfahre. „Sag nicht, dass es nicht so ist, wie es aussieht.“ Der Puls schlägt mir unbarmherzig in den Ohren.

Rup steht knapp zwei Meter von mir entfernt, nur in seinem Hemd, ohne Jacke. Er stöhnt, schließt die Augen, lässt die Schultern fallen. „Es mag auf den ersten Blick ...“

„Auf den ersten ... O Gott.“ Mit einem aufgelösten Lachen streiche ich mir die feuchten Haare aus dem Gesicht. „Willst du mir erzählen, dass sich deine Antworten auf magische Art und Weise ändern, je häufiger ich sie lese oder höre?“ Ich starre ihn an. Meine Unterlippe beginnt zu beben. „Dass sich deine Einstellung ändert? Deine ... Sicht auf uns? Auf mich?“

„Das alles ist Marketing, Sue. Okay? Nichts weiter.“ Er wird wieder lauter, bestimmend. „Aus karrieretechnischer Sicht ist es –“

„Karrieretechnischer Sicht? Hörst du dich noch reden?“ Meine Stimme ist nur noch ein ungläubiges Beben. „Du sprichst hier von einer Karriere, die du in erster Linie nie wolltest, Rup! Du –“

„Sehe ich für dich so aus, als hätte ich eine Wahl?“ Seine Augenbrauen ziehen sich wütend zusammen und er macht ein paar Schritte auf mich zu. „Hast du etwa das Gefühl, es wäre *leicht*, eine ganze Firma zu führen und Entscheidungen zu treffen, die nun mal nicht nur mich oder dich etwas angehen?“

„Wenn du vielleicht einmal mit mir darüber gesprochen hättest, wäre es das vielleicht.“

Er schnaubt und schüttelt den Kopf. „Als ob du das verstehen würdest ...“

„Als ob ich ...? Willst du mich verarschen? Natürlich verstehe ich dich!“

„Ach ja?“ Er blickt mich aus schmalen Augen herausfordernd an. „Du verstehst also, wie es ist, die

Verantwortung für zwölf Menschen zu tragen, immer einhundert Prozent zu geben und keinen einzigen *verschissenen* Tag haben zu dürfen, weil die ganze Welt Ansprüche an dich stellt, deren verdammte Erfüllung gar nicht erst angezweifelt wird?!"

Zittrig atme ich ein und wieder aus.

„Ja, das dacht ich mir." Mit einer gereizten Bewegung zieht er sein Hemd zurecht und geht ein paar Schritte, die Hände über dem Kopf zusammengefaltet.

„Ich bin vielleicht nicht sehr mit dem Business vertraut, aber soll ich dir sagen, was *ich* verstehe?" Mit einem trockenen Schlucken kämpfe ich gegen den Kloß in meinem Hals an, warte, bis er mich wieder ansieht. „Ich verstehe, wie es ist, den eigenen Verlobten vor dem Altar stehen zu lassen. Und das für jemanden, der nicht im Stande ist, mit mir zu reden, geschweige denn, zu mir zu stehen."

„Niemand hat dich darum gebeten, erst recht nicht ich."

Ich taumle zurück. Seine Worte treffen mich wie Pistolenkugeln. Lassen etwas in mir zerbrechen. Schneeflocken rieseln lautlos durch die Luft, verfangen sich in meinen Wimpern, ergänzen die Tränen, die über meine Wangen rollen. Jede Silbe schwingt nach, hängt in der eisigen Kälte, die sich zwischen uns ausgebreitet hat.

Nach einem unerträglichen Moment höre ich meine eigene Stimme, heiser und fremd. „Richtig ... Es war meine Entscheidung. Und ... wenn diese Beziehung nur eine Verpflichtung für dich ist ..." Ich schlucke, bringe die Worte kaum über meine Lippen, ohne in die Knie zu gehen. „... dann wird es dich freuen zu hören, dass sie hiermit beendet ist."

Meine Stimme bricht. Bebend schlinge ich meine Arme um mich. Wovor ich mich in diesem Moment schützen will, weiß ich nicht. Vor ihm, meinen eigenen

Gefühlen, oder der ganzen Welt. Es ist egal. Alles ist gerade egal.

Ich warte eine Millisekunde, doch Rup schweigt. Sein Blick liegt unnachgiebig auf mir.

Mit bleiernem Herzen und dem stur geradeaus gerichteten Blick zwinge ich mich, einen Fuß vor den anderen zu setzen, und gehe davon.

Irgendwie schaffe ich es zur nächsten Station und steige wie ferngesteuert in den wartenden Doppeldecker. Schlotternd vor Kälte lasse ich mich auf einem blauen Polstersitz in der unteren Etage nieder, bevor der Bus wenige Sekunden später ruckelnd in Bewegung kommt.

Eine Station. Drei Stationen.

Die Schneeflocken auf der großen Windschutzscheibe lösen sich in kleine Wassertropfen auf, die nächtliche Kulisse Londons zieht Meter für Meter an mir vorbei. Das Handy in meiner Manteltasche vibriert zweimal kurz hintereinander, aber ich ignoriere es.

Je mehr Distanz ich zwischen mich und South Kensington bringe, desto leerer fühle ich mich. Je mehr Menschen ich auf den Straßen sehe, desto einsamer komme ich mir vor. Und je mehr ich versuche, nicht an die letzte Viertelstunde zu denken, desto eindringlicher hallt das Echo in meinem Kopf wider.

Niemand hat dich darum gebeten.

Sein Blick. Die schneidende Kälte in seiner Stimme.

Der Kloß in meinem Hals schwillt an und ich schnappe schluchzend nach Luft. Egal, was ich vor ein paar Stunden noch gedacht habe, jetzt ... ist es mit Abstand das schlimmste Weihnachten aller Zeiten.

Ich schaudere, schlinge meine Arme enger um mich. Selbst im Bus ist es eiskalt und ich blinzle empfindlich, als wir entlang der blinkenden und grellen Werbung von Piccadilly Circus fahren.

Wieder vibriert mein Handy, dieses Mal länger. Irgendwann löse ich mich aus meiner Starre und ziehe das Telefon aus der Tasche. Sophie.

Für einen Moment starre ich das Display an, ehe ich den grünen Hörer drücke, und es an mein Ohr halte.

„Ja?" Meine Stimme krächzt.

„Sue? Gott, endlich!" Sophie atmet hörbar auf. „Wo bist du? Bist du zu Hause?"

„Nein, ich bin im Bus nach ..." Ich hebe meinen Blick und finde einen kleinen Screen neben der Fahrerkabine. „... Hampstead Heath."

„Was? Was willst du denn dort, du musst – nein, sie ist nicht in Hackney." Es raschelt kurz und die Hintergrundgeräusche verstummen komplett, bis ich nur noch sie hören kann. „Wie heißt die nächste Station? Ich komme zu dir."

„Die –? Nein, o Gott, nein, Soph, es ist ... Bitte, bleib zu Hause. Ich ... komm klar."

„Sue, du weißt doch gar nicht, wo Hampstead Heath ist", entgegnet sie sanft.

„Ich ... nehme mir ein Taxi. Ich wollte nur ..." Meine Stimme bricht und ich brauche eine Sekunde, um mich zusammenzureißen. „... weg. Ich wollte nur weg. Tut mir leid wegen ... deiner Kekse und der Stimmung, aber ich konnte nicht ..." Tränen rinnen aus meinen geschlossenen Augen und ich drücke mit der freien Hand gegen meinen Nasenrücken, um die Flut zu unterbrechen.

„Ach, Sue, mach dir doch keine Sorgen um die blöden Kekse."

Tränen rinnen mir stumm übers Gesicht und ich presse vehement die Lippen zusammen, bis sie wehtun. Aus irgendeinem Grund überkommt mich eine neue Welle und plötzlich habe ich das Gefühl, keine Luft mehr zu kriegen: Ich schluchze, krümme mich mit bebenden Schultern zusammen. Es schmerzt. Es schmerzt überall. „Er ... er hat ..."

„Ich weiß, Sue, ich ..." Sophie zögert. „Wir haben es gehört."

Mein Kopf fällt gegen die kalte Scheibe neben mir. Gehört. Sie alle. Auch Lance.

„Er ist nach oben gekommen, hat seine Jacke geholt und ist sofort wieder gegangen", fährt sie zaghaft fort und macht dann eine kurze Pause, ehe sie sich wieder meldet, jetzt mit entschlossenem Tonfall. „Hör mal, ich komm zu dir. Ich schnapp mir die rote Flasche, ein paar misslungene Kekse und bin in einer Viertelstunde bei dir."

„Soph, nein, es ist Weihnachten. Dein erstes Weihnachten mit Marc, ich ... Ich glaube, ich will im Moment einfach nur allein sein."

„Bist du dir sicher?"

„Ja", erwidere ich ehrlich, mit belegter Stimme. „Bin ich."

„Und du kommst klar? Du trägst Hosen mit kleinen Elchen drauf und London ist nicht ungefährlich."

Meine Lippen spannen unangenehm, als ich sie zu einem müden Schmunzeln verziehe. „Klar."

„Na gut." Sophie holt tief Luft. „Ruf mich an, wenn ich etwas tun kann, ja?"

„Ja", erwidere ich leise und lege nach einem kurzen „Bye" auf. Das Display meldet zwölf Nachrichten, unter anderem von Sophie, Ellie, Jess und Mum. Keine von ... Ich schlucke, schiebe das Handy zurück in die Jackentasche und drücke den Knopf für die nächste Haltestelle.

Kurz vor Camden steige ich aus und winke mir ein Taxi heran.

20

Februar

Ich kenne keinen Menschen, der freiwillig ins Kino geht, um sich ein Drama anzusehen. Der sagt: „Mein Gott, wie ich Dramen *liebe,* da schießt mir die Freude durchs Dach!“ Gibt es nicht. Außerdem gibt es genügend Dramen auf der Welt, man muss sich nur umsehen. Oder die Zeitung aufschlagen. Oder mit Ende neunundzwanzig an die Haustür seiner Eltern klopfen, um in sein altes Kinderzimmer zu ziehen, so wie ich.

Dramen sind scheiße.

Ich weiß nicht genau, wann sich meine Trauer in Enttäuschung umgewandelt hat. Oder die Enttäuschung in Selbstzweifel und diese wiederum in Wut. Oder ob es schlichtweg daran liegt, dass ich keine Tränen mehr übrig habe. Tatsache ist: Ich bin neunundzwanzig, habe meinen Job gekündigt und somit kein geregeltes Einkommen mehr, um mir Sophies Wohnung in London leisten zu können. Und nun sitze ich hier, mit einem Knäuel ungewaschener Haare auf dem Kopf, vor der pinken Wand meiner Jugend. Ich kann mir echt niemanden vorstellen, der hier reinplatzt, sich die Hände vor das Gesicht schlägt und ein „Du liebe Güte, wie *schön*!“ schluchzt. Zumindest war es nicht Sophies Reaktion, als sie vor zehn Minuten angekommen ist.

Es ist *nicht* schön. Der Schmerz, die innere Leere, die Zweifel ... das Gefühl, sich ein wichtiges Organ einfach so selbst amputiert zu haben. Das alles ist nicht schön. Es fühlt sich eher so an, als würde dir mit einem Mal die Luft zum Atmen fehlen. Als würde dir jemand den Stecker zur Lebensfreude ziehen. Als würde dir dein Lebensmittelpunkt einfach so genommen werden.

Von einer Sekunde auf die andere kippt einfach alles. Da ist *keine* Freude, die mir durchs Dach schießt.

Also habe ich etwas beschlossen.

„Gut, Folgendes: Ich habe es satt, hier zu hocken und mir die Augen auszuheulen und dabei ständig darauf zu hoffen, dass er anruft oder schreibt oder ... vor der Tür steht. Weil er das nicht tun wird, er wird nicht ... plötzlich hier auftauchen und mir erzählen, dass das alles nicht so gemeint war, und dass ein Folgeartikel in der *Daily Mail* mit einer Liebeserklärung erscheinen wird."

„Womöglich nicht, nein." Sophie verzieht das Gesicht.

„Gut." Meine Stimme zittert leicht. Wenn ich ehrlich bin, hat ein Teil von mir gehofft, dass Sophie mich bei den Schultern packen und ganz frustriert etwas schreien würde wie: „Aber genau *das* wird passieren, siehst du es denn nicht?!", aber ... nun. Wie gesagt: Dramen sind scheiße. „Also bin ich heute früh aufgestanden und habe beschlossen, etwas an der jetzigen Situation zu ändern. In meinem Leben herrscht ... Da ist einfach zu viel Chaos. Und was macht man bei Chaos?"

„Man ... beseitigt es?"

„Ganz genau!" Entschlossen rapple ich mich auf, wobei mir der weiße großgeschnittene Pullover beinahe von den Schultern rutscht. Ich packe eine große teils eingerissene Kartonschachtel, die auf meinem bereits überladenen Kinderschreibtisch steht, und leere sie kurzum zwischen Sophie und mir auf den Boden. Eine Reihe von Schulbüchern, Notizheften und allerlei Kleinkrams poltert auf den blauen Teppichboden.

Eifrig streiche ich mir ein paar Strähnen hinter die Ohren und setze mich wieder im Schneidersitz hin. „Also, ich habe gestern Abend eine Reportage über diese kleine Frau gelesen, die erklärt, wie man sein Leben sinnvoll aufräumt. Okay, und das hier sind alles Dinge die ... Es sind alles Dinge, die ich loswerden sollte.

Dinge, die einen emotionalen Wert haben und die ich in Verbindung mit ... Nun, man soll den Gegenstand einfach nehmen, sich bei ihm bedanken und ihn dann sorglos aus dem Leben ziehen lassen!" Wahllos greife ich nach einem Buch und setze mich aufrecht hin.

Sophie sieht mich leicht skeptisch an, aber ich konzentriere mich nun ganz auf ... Algebra Stufe Drei.

Okay.

Für einen Moment herrscht konzentrierte Stille. Ich starre den blauen Einband mit den eingedrückten Ecken an, suche nach irgendeinem Grund, nach irgendeiner positiven Erinnerung, aber ... da ist nichts. Leere. Mir fällt kein einziger Grund ein, für den ich mich bei Algebra bedanken sollte. Keiner. Um genau zu sein glaube ich, dass es noch nie in meinem Leben einen Moment gab, in dem ich gedacht habe: „Verdammt, bin ich froh, dass ich über das Wissen verfüge, Buchstaben zu addieren!"

„Vielleicht nehme ich einfach das nächste!", sage ich bemüht fröhlich und werfe das Buch in den schwarzen Eimer neben mir.

„Sue ..."

„Nein, das ist gut Soph, das ist ... Ich muss das tun", unterbreche ich sie bestimmt und durchwühle den Haufen vor mir. „Ich muss mein altes Leben ziehen lassen, verstehst du. Ich muss loslassen, das Problem an der Wurzel packen. Es ist wie eine Wurzelbehandlung!", schießt es mir plötzlich durch den Kopf. „Wie eine verfaulte Wurzel, die man entfernen muss, damit alles besser wird! Und ab heute wird alles besser. Ich muss mich einfach davon ... lösen." Meine Stimme versagt, als sich meine Hand um ein quadratisches Buch mit gepolstertem Einband schließt. Der Deckel ist über und über mit glitzernden Herzstickern versehen, an der Seite baumelt ein kleines goldenes Schloss. Der Schlüssel steckt. Mein Magen zieht sich zusammen, die angenehme Leichtigkeit von vorhin ist innerhalb einer Nanosekunde verpufft.

Mir ist klar, was da drinsteht. Dass Algebra nur Geplänkel war, dass dieses Buch all das beinhaltet, was ich loswerden sollte. All die Erinnerungen, Fotos und Erzählungen von Rup ... die Träume und Wünsche.

Ich kann nichts dagegen tun, nichts gegen den Kloß in meinem Hals, nichts gegen die Welle, die über mich hereinbricht, nichts gegen meine verschwommene Sicht, nichts gegen die Erinnerungen, die sich mir plötzlich wieder aufdrängen: An seinen letzten eisigen Blick, den er mir auf der Straße zugeworfen hat, seine Berührungen, die Gänsehaut, die ich jedes Mal gespürt habe, die kleinen Falten in den Winkeln seiner Augen, wenn er lächelt ... Es überrollt mich, wie ich es nie mehr wollte. Das Buch gleitet aus meinen Fingern und fällt plump auf den Teppich, als ich mein Gesicht in den überlangen Ärmeln meines Pullovers vergrabe.

Sophie rutscht über den Boden und nimmt mich tröstend in den Arm. Ich finde mich an genau demselben Ort wieder wie noch gestern: In diesem unnötigen Leerlauf, schwankend zwischen absoluter Verzweiflung, Hoffnungslosigkeit, Wut und abgrundtiefem Kummer.

„Ich habe dem abgeschworen, weißt du“, schluchze ich nach einer Weile und hebe meinen verschwommenen Blick. „Ich will mich nicht ständig so armselig und dumm und verlassen fühlen und hier nur rumhocken und mich von Bratensoße und *Ben & Jerry's* ernähren, weil das nicht gut ist. Kein Mensch sollte so viel Bratensoße essen.“

Sophie nickt und streicht mir über den Rücken.

„Und eigentlich lief es auch ganz gut, weißt du.“ Ich wische mir mit dem Ärmel über das nasse Gesicht. „Gestern habe ich einen lustigen Film gesehen und musste ernsthaft lachen, weil der Typ da einfach so dumm war, aber dann kam die Werbung für

Weichspüler mit diesem großen Teddy und das hat schon gereicht und ich musste wieder heulen. Deswegen wollte ich ... Ich wollte ab heute einen Punkt machen, verstehst du? Ich will einfach ..."

„Du willst dein Leben zurück?"

„Ich ... Keine Ahnung." Ich zucke mit den Achseln. „Ich will mich einfach nicht mehr so fühlen."

„Okay. Gut." Sophie rappelt sich nach ein paar schweigsamen Sekunden auf, kniet sich vor mich und legt bestimmt die Hände auf meine. „Dann ist ab heute der Tag, an dem wir das ändern, angefangen mit einer ausgiebigen Dusche, weil du eine vertragen könntest. Dann ziehen wir los, gehen zum Friseur und essen danach etwas, das ausnahmslos ohne Bratensoße auskommt. Was meinst du?"

Ich schniefe und blicke auf das Chaos aus alten Wimpeln und zerknüllten Taschentüchern um mich herum. Dann nicke ich, anfangs benommen, dann überzeugt. Die Hoffnung, mein ursprünglicher Plan, das alles hinter mir zu lassen, würde funktionieren, nimmt wieder Form an.

„Gut. Ja. Gut", sage ich, packe eine kleine schwarze Schachtel und komme mit Sophies Hilfe schwankend auf die Füße. „Wir zünden den Inhalt des Eimers an, ich gehe duschen und dann ziehen wir los."

„Moment. Wir zünden den Inhalt des Eimers an?"

„Na ja, da war noch so eine Bemerkung des Redakteurs, der meinte, man solle die Erinnerungen auch noch verbrennen", erkläre ich und krame ein Streichholz aus der Schachtel. „Als so eine Art Ritual, um die Kontrolle wiederzuerlangen."

„Denkst du nicht, dass das eher *außer* Kontrolle geraten könnte?", fragt Sophie und deutet auf den Kübel zwischen uns. „Insbesondere, wenn der Eimer aus Plastik ist?"

Ich gucke hinunter. Guter Punkt.

Vielleicht wäre der Garten eine bessere Option. Ein kleines Lagerfeuer beim Gurkenbeet. Und in der Glut meiner Vergangenheit könnten wir dann Marshmallows braten.

Doch ehe ich etwas sagen kann, rumpelt es im Flur und meine Mutter steht im Türrahmen. Dank ihrer erlangten Urlaubsbräune sticht sie mit ihrer khakifarbenen Bluse aus der Umgebung heraus wie ein Kaktus in der Wüste.

Ihr Blick ist auf die Zündholzschachtel in meiner Hand gerichtet und ganz starr vor Entsetzen. Die Wäschewanne, die sie ursprünglich getragen hat, liegt nun verkehrt herum auf dem Boden und begräbt gefaltete Kleidungsstücke unter sich. „Ri... Richard!“ Ihre Stimme überschlägt sich. „Richard, such den Feuerlöscher! Sie hat wieder eine neue Idee!“

Ehe ich intervenieren kann, verschwinden die wehenden Troddeln ihrer Bluse bereits um die Ecke. Seufzend werfe ich das Zündholz beiseite und packe die Kleidung wieder in die Wanne.

„Sie hat wieder eine neue Idee?“, fragt Sophie zweifelnd und schaut zu, wie ich schwankend mit dem Korb ins Zimmer laufe. „Was hast du sonst noch angestellt?“

„Ich wollte nur die Wände meines Zimmers neu streichen.“ Nickend deute ich auf die pinke Wand, bevor ich die Wäsche aufs Bett stelle.

„Und?“

„Na ja, den Flur, das Badezimmer, das Wohnzimmer ... Ich hatte alles detailliert ausgearbeitet, es schien mir eine echt gute Idee zu sein“, erkläre ich wegen ihres fragenden Gesichtsausdruckes. „Außerdem stand da sowas wie ‚Bringen Sie neue Farbe in Ihr Leben‘, also dachte ich ... wieso nicht.“

Sophie kneift ihre Augen zusammen. „Wie viele Ratgeber genau hast du in der letzten Zeit gelesen?“

„Nicht viele“, antworte ich leicht trotzig, während ich meine Shirts aufs Bett lege. „Mit denen ... nur zwei.“

Die *YouTube*-Filme zähle ich nicht. Weil ich da nicht gelesen habe. Und das, was die Postbotin gestern Morgen alles von ihrer Jugend erzählt hat, fällt auch nicht ins Gewicht. Und die eine Nachricht von Marc, von der ich nicht genau weiß, ob Sophie sie kennt, zähle ich auch nicht, weil „Einen durchzuziehen kann auch nicht schaden“ nicht wirklich in die Ratgeber-Kategorie fällt.

Die Pullover landen auf der Kommode, der Cardigan auf dem Bett.

Wenn ich recht darüber nachdenke, erwähne ich am besten auch nicht, dass ich die Farben-Weisheit aus einem Glückskeks habe. Eigentlich stand da: „Bevor Du dich daran machst, die Welt zu verändern, gehe dreimal durch dein eigenes Haus“, und nachdem ich dreimal durchs Haus gegangen war, dachte ich, dass die Wände neue Farbe vertragen könnten. Ist doch ziemlich naheliegend, oder?

„Also gut. Keine Ratgeber mehr.“ Sophie zückt ihr Handy und hält dann einen Moment inne. „Am besten gar kein Internet mehr für dich. Du gehst jetzt duschen und ich schau zu, dass ich dir für heute Nachmittag noch einen Termin beim Friseur reserviere ...“

Aber ich höre nicht mehr zu. Vielmehr bin ich damit beschäftigt, eine kleine, mintgrüne, leicht gewellte Karte am Boden der Wanne anzustarren.

21

Also gut. Betrachten wir die Sache noch mal von vorn.

Hochkonzentriert starre ich auf die Betondecke mit den riesigen Spots über mir, während mir die blonde Bethany über einem Waschbecken gefühlt eine ganze Rolle Alufolie aus den Haaren zieht. Obwohl mir der chemische Geruch der Tönung in der Nase hängt, ständig irgendwo geföhnt wird und der Sessel unter mir beginnt, meinen Hintern zu massieren, versuche ich mich zu fokussieren.

Gründe, die dafürsprechen, Jake Mitchell vom *Whitbys* zu kontaktieren: meine finanzielle Notlage. Obwohl *Notlage* etwas übertrieben ist – ich meine, ich *habe* Geld, es ist nur nicht mehr so viel. Ich könnte mir locker eine Wohnung außerhalb Londons leisten, irgendwo in ... Schottland oder so. Egal.

Zweitens: Unabhängigkeit.

Drittens: Wann immer ich an meinen dreißigsten Geburtstag zurückdenken werde, will ich mich nicht daran erinnern müssen, dass ich ihn teilweise in meinem Kinderzimmer verbracht hatte. (Verrückterweise hat Sophie das Thema Geburtstag im Bus angeschnitten, worauf ich gemeint habe: „Es ist Februar, Soph, lass uns darüber sprechen, wenn es so weit ist“, und sie meinte: „Okay, aber es ist bereits März“, was mich dann schon etwas überrascht hat. Ich meine, wann genau wurde es März? Wie konnte ich nicht merken, dass März ist? Wieso hat mich niemand darauf aufmerksam gemacht?)

Als ich dann aus dem Fenster auf die Straße geschaut habe, machte auch plötzlich alles Sinn: *Deswegen* hat es aufgehört zu schneien. *Deswegen* habe ich einen Ansatz von einem guten Zentimeter. *Deswegen* habe ich einen leicht bräunlich schimmernden Hautton – weil ich mich für ganze *drei Monate von Bratensoße ernährt habe*! (Gut, es war nicht *nur* Bratensoße und vielleicht auch nur pure Einbildung, aber es ging mir halt so durch den Kopf.)

Aber nun gut. Dann ist es eben März und nicht mehr Februar.

März

Was Grund drei nun umso wichtiger macht: nicht als Dreißigjährige im Kinderzimmer aufwachen.

Und viertens ... viertens ... äh. Verdammt. Bis vor zwei Minuten wusste ich genau, was viertens war, aber dann hat sie mit dieser Kopfmassage begonnen und ich hab wieder alles vergessen. Stattdessen habe ich überall nur noch Punkte gesehen und vollkommene Tiefenentspannung gefühlt.

Also versuche ich nun, zurück am Platz, alles sorgfältig abzuwägen, während Bethany meine nassen Haare durchkämmt.

Vor- und Nachteile. Pro und Contra. Ich notiere alle Punkte im Handy, starre dann auf die drei Gründe auf der Pro-Seite und entscheide daraufhin, mich der Kehrseite zuzuwenden: Wieso sollte ich *nicht* einen Job annehmen, von dem ich nichts weiß, außer dass es ein Job ist.

Grund eins: Nun, ich weiß nicht, was es für ein Job ist. Wie frustriert müsste ich denn sein, dass ich einen Job annehme, ohne auch nur *irgendetwas* darüber zu wissen? Das könnte ja sonst was sein! Wie ... wie ... ein Pfeil auf der Straße. Oder vielleicht wird mein Gesicht für Werbung genutzt, für eine Creme gegen Fußpilz oder ein Mittel gegen Blähungen. Oder ... als Kurier. Für zwielichtige Kleinjobs in noch zwielichtigeren Gegenden. Diese Jobs vermittelt man doch in Pubs, oder etwa nicht? So ganz unauffällig an der Bar, zwischen all den anderen Leuten ... Ich müsste dann winzig kleine Tütchen und Pakete in Klarsichtfolie sonst wo verstecken und niemand würde mich verdächtigen, weil ich so unschuldig aussehe.

Andererseits muss ich mir eingestehen, dass dieser Jake nicht ausgesehen hat, als würde er Drogen in der Gegend rumfahren. Oder sie sonst wohin stecken. Er schien mir sehr unbeschwert zu sein. Und ich kann mir echt nicht vorstellen, dass man sich so agil bewegen kann, wenn man ein Tütchen tief im –

„Möchtest du gern noch etwas Schaumfestiger in die Haare?“ Bethany reißt mich aus meinen Gedanken und ich brauche eine Sekunde, um mich zu festigen. Zu *sammeln.* Zu sammeln. „Äh ja. Wieso nicht.“ Ich schenke ihr ein möglichst überzeugendes Lächeln und blicke dann kurz zu Sophie, die zwei Sitze neben mir einen Blow-dry genießt. (Es ist mir schleierhaft, warum sie das macht, denn ihre Frisur war echt hübsch: Die blonden Haare trug sie in einem Dutt und dazwischen hatte sie ein rotes Tuch mit einer kleinen Schleife am Kopf festgebunden. Mit den Latzhosen und dem weißen T-Shirt sah sie aus wie eine unbeschwerte Disneyfigur, die auf einer Farm lebt.)

Aber gut. Wo war ich? Die Contra-Liste.

Grund zwei: Vielleicht ist es noch zu früh. Vielleicht sollte ich mich noch nicht ins Berufsleben stürzen. Könnte gut möglich sein, dass mich alles an den Verlag erinnern würde und ich dann ein nervliches Wrack wäre und ich würde gleich wieder entlassen werden. Ich müsste etwas tackern und denke: Das musste ich im Verlag auch. Ich würde einen Tee trinken und mich daran erinnern, wie ich im Verlag Tee getrunken habe. Oder vielleicht zeigt mir jemand meinen Arbeitsplatz und sagt: „Wir haben dir extra eine neue Maus und eine Tastatur besorgt, ganz ohne Kabel!“, und dann würde ich plötzlich anfangen zu heulen. Das wäre nicht gut.

Grund drei: ...

... mir fällt kein Grund drei ein.

Okay, mal scharf nachdenken. Es muss einen Grund drei geben! Komm schon, *komm schon* ...

Bethany beginnt, meine Haare mit Festiger zu kneten und ich drohe schon wieder abzudriften. Als sie dann den Föhn anstellt und durch meine Haare wuschelt, muss ich die Augen schließen. Das tut so gut. Ich entschließe mich, die ganze Sache hier ebenfalls für ein paar Sekunden zu genießen, dann schlage ich die Augen auf und zwinge mich, mich zu konzentrieren.

Es steht drei zu zwei für die Pro-Seite. Was lächerlich ist. Es sollte eine Million Gründe geben, warum es eine schlechte Idee ist. Bestimmt, oder? Unschlüssig klopfe ich gegen das Handygehäuse und notiere dann „Nachfragen, ob Job illegal".

Ich meine, klar – der finanzielle Punkt und eine eigene Wohnung wiegen ziemlich stark. Auch die Unabhängigkeit, die damit einhergeht. Und bestimmt könnte ich sogar wieder in Sophies Wohnung ziehen (was ich jetzt schon tun könnte. Sophie meinte, sie würde die Miete solange stemmen und den Couchsurfer sofort rauswerfen, aber das Angebot konnte ich einfach nicht annehmen). Außerdem wäre ein kalter Entzug der Bratensoße nur förderlich, mal ganz davon abgesehen, dass ich endlich wieder selbst die Wäsche machen und anstelle von Essig Weichspüler verwenden könnte ... Ich hätte meinen eigenen Fernseher und müsste nicht ständig *East Enders* gucken. (Obwohl ich zugeben muss, dass ich mittlerweile echt wissen will, ob George diese Kelly umgebracht hat oder nicht.)

„So! Fertig!" Bethany knipst den Föhn aus, zieht mit einer geschmeidigen Bewegung das Mäntelchen von mir, zupft und drückt hie und da noch ein paar Haare zurecht. Ich bin so auf meine Liste konzentriert, dass ich beim ersten flüchtigen Aufsehen gar nicht realisiere, was ich da sehe. Als ich dann aber erneut in den Spiegel gucke, kann ich es kaum glauben. Was um Himmels willen ...

„Wessen Haare sind das?“

Bethany lacht glockenhell auf und legt lächelnd den Kopf schief, als sie noch ein paar Strähnen über meiner Schulter zurechtlegt. „Es hat dir nur an einem ordentlichen Schnitt, frischer Farbe und Glanz gefehlt. Gefällt es dir?“

Ob es mir gefällt? Ob es mir ... Ich kann es kaum glauben. Das bin nicht ich. Das ... Ungläubig rutsche ich näher an den Spiegel heran, starre mit offenem Mund meinen Ansatz an (kein Ansatz!), den Glanz (Glanz!), das Volumen, die Farbe ... (das stumpfe Braun ist einem frischen, hellen, voluminösen, warmen, funkelnden Mahagoni-Kastanienbraun gewichen). Ein neuer Mensch blickt mir im Spiegel entgegen. Klar, meine Augen sind eingefallen und winzig klein aber im Gegensatz zu diesen Haaren fällt das kaum auf. Im Gegenteil. Mit dieser Mähne könnte ich sogar Kate und Miranda Konkurrenz machen.

Vorsichtig hebe ich meine Hand und tätschele meinen Kopf. „Es sieht unglaublich aus.“

„Freut mich.“ Bethany lächelt mich über meine Schulter an. „Die Farbe steht dir. Sie passt gut zu deinem bräunlichen Teint.“

HA! Ich wusste es.

22

Lieber Jake.
Hi, Jake!
Sehr geehrter Jake,
Sehr geehrter Jackson Mitchell,
Jake.

Wie zum Teufel beginnt man eine E-Mail an einen Typen, den man nicht kennt? Frustriert zwirbele ich eine Haarsträhne, die mir immer wieder wegrutscht, weil sie plötzlich so weich ist. Ehrlich gesagt kann ich nicht damit aufhören, mir ständig an den Kopf zu fassen. Ich hab mich sogar schon dabei erwischt, wie ich extra am Spiegel vorbeigelaufen bin und mich dann ganz zufällig angesehen habe. Und jedes Mal denke ich mir: Du bist ein neuer Mensch. Du siehst gut aus. So selbstbewusst. Und sicher. Als ob du wüsstest, was du hier tust. Aber dann kämpft sich eine Woge der Unsicherheit und des Kummers hoch und ich muss mich regelrecht dazu zwingen, mich wieder hinzusetzen und nach vorn zu blicken. Nach vorn, zu einem neuen Abschnitt.

Also versuche ich, mich zu konzentrieren.

Jake,
womöglich kannst du dich nicht mehr an mich erinnern, aber du hast mir deine Karte im Whitbys kurz vor Weihnachten zugesteckt. Leider war da keine Telefonnummer, weswegen ich dich nun schriftlich kontaktiere.

Okay, das hört sich irgendwie zweideutig an. Als ob ich davon ausgehe, dass ich ominöse Tütchen transportieren müsste. Vielleicht sollte ich es einfach so unbeschwert wie möglich angehen.

Hi, Jake,
hier ist Sue. Watson. Wir kennen uns aus dem Whitbys (dem Pub nähe Piccadilly). Du hast mich vor diesem Typen im weißen Polohemd bewahrt (ich war die im blauen Hemdpullover, offensichtlich) und du hast mir daraufhin einen Job angeboten. Womöglich kannst du dich nicht mehr daran erinnern, aber ich hab deine Karte und dachte, ich schreib dich mal an, ob der Job noch frei ist. Wie es der Zufall so will, hätte ich aktuell nämlich Zeit.*
Liebe Grüße
Sue

**Es sei denn, es geht darum, Tütchen zu transportieren. Ich steh nicht auf „Mehl" und bin nicht der Typ für „Kurierdienste". Bitte um Bestätigung, dass dem nicht so ist.*

Für eine Weile starre ich auf die Zeile und den Cursor, dessen Geblinke mich regelrecht aufzufordern scheint, noch etwas anzupassen. Ich stehe auf, gehe ein paar Mal hin und her, schnappe mir einen Kübel Eiscreme und schiebe mir nachdenklich einen Löffel voll in den Mund. Es könnte ja auch sein, dass das Ganze zu salopp ist. Immerhin geht es hier um eine Art Jobanfrage.

Mit dem Löffel im Mund setze ich mich wieder hin und beginne von Neuem zu tippen.

Sehr geehrter Herr Mitchell,
mein Name ist Sue Watson und ich kontaktiere Sie hinsichtlich Ihrer Visitenkarte, die Sie mir kurz vor Weihnachten im Whitbys – dem Pub in der Nähe des Piccadilly Circus – gereicht haben. Damals meinten Sie, dass Sie einen Job zu vergeben hätten. Nun, wie es der Zufall so möchte, bin ich derzeit auf der Suche nach

einer neuen beruflichen Herausforderung. Es würde mich freuen, von Ihnen zu hören.
Mit freundlichen Grüßen
Susan Watson

Nein. Irgendwie ... nein. Das will nicht passen. Aaaaargh.

Frustriert schüttle ich meine Hände aus, klaube noch ein Stück Keksteig aus dem Becher und nuckle eine Weile grüblerisch am Löffel.

Wenn ich mich richtig an den Abend erinnere ... dann hatte er mich erkannt. Er hatte das Video gesehen. Also könnte ich ihm auch einen Link zum Video schicken und schreiben: „Hey, ich bin's! Gilt der Job noch?", was aber auch völlig unpassend wäre. Zumal ich mich nicht selber googeln möchte. Das ist irgendwie grausig. Ich will gar nicht wissen, was das Internet über mich ausspuckt.

Ach, Herrgott noch eins.

Ich rutsche in meinem Stuhl nach vorne, lösche die letzten Zeilen und setze neu an.

Hi, Jake,
hier ist Sue Watson. Du hast mir vor einer Weile deine Visitenkarte im Whitbys gegeben und einen Job erwähnt? Ist das noch aktuell?
Lieber Gruß
Sue

So. Mit Schwung aus der Hüfte. Kurz und bündig, dennoch höflich und informativ. Immerhin hat er mir in einer *Bar* seine Visitenkarte gereicht. Er wird bestimmt kein „Sehr geehrter" erwarten. Hoffe ich zumindest, denn die E-Mail hat soeben meinen Postausgang verlassen. Wird schon.

Das Programm führt mich zurück in meinen Posteingang und mein Blick fällt automatisch auf die eine gelesene E-Mail von Mitte Januar.

Meine Finger verkrampfen sich. Tun sie jedes Mal. Dabei ist es nur eine E-Mail. Eine E-Mail, die es geschafft hat, mich gehörig vor den Kopf zu stoßen, mir eine Reihe an Gefühlen aufzuhalsen und mich schlussendlich in einer Art brodelnder Wut zurückzulassen. Und verdammt, sie schafft es schon wieder. Ich greife nach dem Eis, schiebe mir einen gehäuften Löffel in den Mund und koche vor mich hin.

Drei Zeilen. Drei lausige Zeilen.

Kein „... sehr betrübt, über deinen Entscheid zu erfahren ..." oder „Bitte überlege es dir noch mal, du bist ein wertvolles Mitglied des Verlages ...".

Nichts. Nada.

Stattdessen steht da:

Sehr geehrte Miss Watson,
wir nehmen Ihren Entscheid zur Kenntnis, und bestätigen die sofortige Auflösung des Arbeitsverhältnisses unter Berücksichtigung der nicht genutzten Ferientage.
Mit freundlichen Grüßen
EB (i.A.)

Ich bin so ungehalten, der Löffel bricht beinahe durch den Kartonboden des Pappbechers. Oder nein, nicht ungehalten. *Enttäuscht.* Das bin ich. Enttäuscht, einfach so abgestempelt zu werden, als hätte ich die ganze Zeit über im Verlag gar nichts geleistet. Als wäre ich keine vier oder sechs Zeilen wert. Da ist keine Wertschätzung, kein „Verstehe. Trotzdem ein Verlust", kein ... kein *nichts*!

Und wer überhaupt ist EB? Wer? Sowas wie ein automatischer E-Mail-Beantworter? Ein automatischer

Beantworter, der geschlagene zwei Wochen nach Eingang meiner Kündigung braucht, um so eine Nachricht zu verschicken? Im Verlag arbeitet niemand mit so einem ...

Ein Stromschlag zuckt durch meinen Körper. Aber natürlich. Plötzlich sehe ich es. Plötzlich wird es mir klar.

EB. EB ist die Neue. EB ist Ich. Meine Nachfolgerin. Aber wenn EB die Personaldinge erledigt ... Was zum Teufel ist dann mit Clarice? Wieso steht da kein CB? Oder vielleicht *ist* es Clarice und sie hat ihre Brille wieder nicht finden können und ist auf der Tastatur einfach nur abgerutscht ...

Nein. Wenn es Clarice geschrieben hätte, dann würde da bestimmt kein „Sehr geehrte Miss" stehen. Da würde irgendetwas stehen wie „Verdammt, Kindchen. Ich war zuerst dran" oder so.

Mein Körper reagiert schneller, als mein Gehirn mithalten kann. Ich rutsche an den Tisch heran, öffne den Explorer und lasse meine Finger in Windeseile über die Tastatur rasen. Doch eine Sekunde, bevor ich auf *Enter* drücke, zögere ich. Wenn ich jetzt die Homepage des Verlages aufrufe, springt mir bestimmt das Cover von *Business Today* entgegen. Das Cover mit Rup.

Mit klopfendem Herzen, als würde ich mich in die Staatsbank einhacken wollen, knalle ich den Laptop mit beiden Händen wieder zu.

Es ist egal. Es ist vorbei. Geht mich nichts mehr an.

Es ist egal, mahne ich mich.

Die E-Mail ist beinahe zwei Monate alt.

Mein Handy summt und kündigt neue Post an. Mit einem Stups auf das Display leuchtet die Nachricht auf:

Hi, Sue Watson,
schön, von dir zu lesen. Der Job ist tatsächlich noch aktuell. Wir können uns gern auf einen Kaffee treffen –

morgen, 9 Uhr? Lynton House, Tavistock Square in der Nähe von Kings Cross.
Bis dann,
Jake

Vier Zeilen. Das Leben geht weiter.
Mein Leben geht weiter.

23

Als ich mich am nächsten Morgen mit einer Tasse heißer Schokolade am Fenster mit Aussicht zu den Tavistock Square Gardens niederlasse, bin ich mir meiner Sache sicher. Oder, nun ja. *Ziemlich* sicher.

Bis Charing Cross ging alles glatt. Ich fühlte mich bestärkt. Selbstsicher. Beschwingt. Mein Spiegelbild in der U-Bahn lächelte mich an, so im Stil von „Hol ihn dir, Tiger!" (den Job, nicht Jake) und ich fühlte mich wie jemand mit einer Mission. Aber dann leerte sich das Abteil, und mein Blick fiel auf ein Plakat schräg gegenüber und ich verbrachte vier Stationen damit, mich von der Wehmut nicht auffressen zu lassen.

Offensichtlich hat der Verlag die Werbung für das neue Buch der *Wisdom*-Reihe angepasst. Was Marcy und ich ausgearbeitet hatten, wurde zwischenzeitlich farblich abgeändert und frisch aufbereitet.

Wir hatten alles besprochen und aufgegleist, die ganze Kampagne, Lizzys Aussehen, die Farben, die Themen, sogar ihre Stimme – und nun dieses geänderte Plakat zu sehen, fühlte sich so ... unwirklich an. Ich habe meinen ganzen Eifer und das Meiste meiner Zeit in dieses Projekt gesteckt, viel mit Marcy zusammen erarbeitet und dann ... gekündigt.

Aber nun denn.

Ich rutsche auf meinem Stuhl herum, ganz, als ob ich mich wieder in die richtige Richtung lenken möchte. All das liegt hinter mir. Jetzt ist es an der Zeit, nach vorne zu schauen.

Mit beiden Händen umfasse ich die Tasse und blicke zuversichtlich auf. Für eine Weile schaue ich dem Treiben im Café zu und lausche den begeisterten Erzählungen einer Gruppe Touristen, die mit Harry-Potter-Schals ein paar Stühle weiter sitzen. Dann fällt mein

Blick auf die Uhr und ich frage mich, ob ich vielleicht etwas auf den Tisch hätte legen sollen, so als Erkennungsmerkmal. Wie Meg Ryan in *E-Mail für Dich*. Obwohl ... Quatsch. Er weiß ja, wie ich aussehe. Mit oder ohne neuer Haarfarbe.

Die Frage ist eher, ob ich *ihn* noch erkenne. Gut möglich, dass er sich auch verändert hat.

Es ist zehn nach neun und ich lasse meinen Blick über die vielen Geschäftsleute und Touristen gleiten. Niemand, der mir ins Auge springt. Niemand, der sich mit meiner Erinnerung überkreuzt. Die Tür geht auf und ein Mann in Daunenjacke und mit wilden, vom Nebel feuchten Locken betritt das Café. Das ist er auch nicht. Es sei denn ...

Vielleicht trägt Jake jetzt einen Vollbart. Oder Rastas. Oder hat zehn Kilo zugenommen. Oder ... O je. Er hatte einen furchtbaren Unfall und hat jetzt nur noch einen Arm. Und braucht deswegen eine Assistentin. Alles möglich in einer Stadt mit irrem Verkehr, oder? Für einen Moment kann ich gar nicht anders, als mir vorzustellen, wie das ablaufen würde. Er würde sich zu mir setzen, in dieser positiven, höflichen Art, mit der ich ihn noch in Erinnerung habe, und sagen: „Nun, es ist so: Ich wäre froh um eine rechte Hand, Sue", und dann würde er über seinen eigenen Witz lachen, weil er sich mit der Situation arrangiert hätte und ich wäre total überfordert und würde ganz doof grinsen.

Wobei. Im Whitbys hatte er ja noch beide –

„Sue."

Vor lauter Schreck schwappt der restliche Inhalt meiner Tasse über, benetzt die Hälfte meines Gesichts und endet schlussendlich in Form eines kleinen braunen Sees auf dem Tisch.

Scheiße!

„Oh, verdammt, Entschuldigung!“ Der Mann neben mir lacht erschrocken auf. „Ich habe ganz vergessen, dass du eher schreckhaft bist.“

Ich angle nach einer Serviette und drücke sie mir auf den Mund, versuche so unbekümmert zu lächeln wie möglich und blicke auf.

Groß, kurze, verstrubbelte, braune Haare, freundliche braune Augen mit kleinen Fältchen in den Winkeln, sportlich und schlank gebaut, markantes Kinn, fürsorglicher Blick. Zwei Arme.

Jap. Das ist Jake.

„Alles gut? Hast du dich verbrannt?“

„Nein! Nein, ich bin schon eine Weile hier, die Schokolade ist kalt. Kein Problem“, sage ich schnell und tunke die Serviette in die kleine Pfütze, sodass sie sich sofort vollsaugt.

„Tut mir leid für die Verspätung, der Verkehr in dieser Stadt scheint sich an manchen Tagen zu verdreifachen.“

„Oh, ja. Kenn ich. Verkehr ...“ Ich lächle, versuche weiterhin, die Überschwemmung auf dem Tisch zu bändigen. „... hab ich auch ständig. Ich meine, draußen, auf der Straße. Nicht jetzt wie ... Du weißt schon. Den öffentlichen. Das ...“ Ich begegne flüchtig seinem amüsierten Blick. „... wird nicht besser.“

„Nein. Wohl nicht.“ Er lacht auf und blickt sich dann kurz um. „Wollen wir uns in eine ruhigere Ecke verziehen? Im hinteren Teil des Cafés ist es etwas gemütlicher.“

„Klar. Ja. Ich werf das hier nur schnell weg.“ Ich nehme die Serviette und schmeiße sie in den Abfalleimer unter der Selbstbedienungsinsel, schnappe meine Tasche und Jacke und folge ihm Richtung Tresen.

„Jake!“ Eine blonde Barista schenkt ihm ein strahlendes Lächeln. „Dasselbe wie immer?“

„Gern, danke, Amy." Er zwinkert ihr kurz zu und dreht sich dann halb zu mir um. „Was kann ich dir bestellen? Noch eine heiße Schokolade?"

„Oh. Ja, gern. Mit Karamell bitte."

„Wir sind dann oben." Jake deutet mit einer Kopfbewegung auf den hinteren Bereich, der sich durch ein kleines Podest vom restlichen Café abhebt. Ich folge ihm die wenigen Stufen hinauf, passiere Tische mit einladenden Sesseln und komme schlussendlich vor einer gemütlichen Sitzecke zum Stehen.

„Bitte, setz dich." Er zeigt auf das Sofa und entledigt sich seines Mantels. „Ich muss gestehen, dass ich überrascht war, von dir zu lesen. Ehrlich gesagt hatte ich die Hoffnung beinahe schon aufgegeben."

„Oh. Na ja ... Ich hatte zufälligerweise gerade Zeit und da dachte ich, ich melde mich mal." Beschwingt lege ich meinen Mantel über die Lehne und setze mich dann auf das knirschende Leder. „Vielleicht ist das Angebot ja noch aktuell und du suchst immer noch jemanden für ... was auch immer."

„Das Angebot ist noch aktuell, ja." Er schmunzelt und legt dann nachdenklich die Stirn in Falten. „Nun, ich sollte dich vielleicht warnen, es mag dir im ersten Moment womöglich etwas seltsam vorkommen, aber ..."

Ich *wusste* es.

Er räuspert sich, verstummt, als beschwingte Schritte laut werden und Amy mit den bestellten Getränken auftaucht.

Es ist etwas Zwielichtiges. Niemand bietet einem einen Job mit einer Karte ohne Logo oder Firmenanschrift drauf an und trifft sich dann in einer abgesonderten Ecke eines Cafés. Und niemand beginnt ein Jobgespräch mit „Ich sollte dich vielleicht warnen" (es sei denn, man bewirbt sich um einen Job als Exorzist oder so).

Während Amy unsere Getränke auf den kleinen Tisch zwischen uns stellt, mustere ich Jake möglichst unauffällig und ziehe ihn vor meinem geistigen Auge aus (nicht so). Er trägt einen sauberen, modischen, grauen Pullover mit Rundhalsausschnitt, hat einen gepflegten Dreitagebart und keinerlei Einschusslöcher. Er sieht nicht aus wie jemand, der irgendwas mit kriminellen weißen Tütchen zu tun hat. Im Gegenteil. Er sieht aus wie ... Keine Ahnung. Wie ein Masseur, oder jemand, der Werbung für Kaschmirpullover oder Biogemüse macht oder wie ein ... Moment. *Moment.*

Es durchzuckt mich wie ein Blitz. Plötzlich verspüre ich das berauschende Gefühl, das Rätsel gelöst zu haben. Natürlich. Die ominöse Karte, die ruhige, unscheinbare Ecke, sein Beschützerinstinkt im *Whitbys*, sein tadelloser Kleidungsstil: Jake ist Polizist. Oder besser noch: *Geheimagent.*

Als er sich nach seiner Tasse streckt, versuche ich, irgendwo an seinem Gürtel eine goldene Marke ausfindig zu machen, kann aber nichts erkennen. Trotzdem spricht alles dafür, oder? Selbst die optimale Helmfrisur hat er. Und diese tiefe James-Bond-Stimme (gut, sie ist nicht besonders tief, aber sie kann bestimmt ganz schön tief werden, wenn es die Situation verlangt), die sagt: „CSI London, wir haben die Lage unter Kontrolle, Ma'am."

Und jetzt braucht er ... jemanden für die Akten. Der den Papierkram erledigt. So jemanden wie Moneypenny, einfach für Interpol. Der seine Trips organisiert, die Leichen wegschaffen lässt, den Lockvogel ...

„Ich arbeite für ein Onlinemagazin, das dich unter Vertrag nehmen möchte."

Oh.

„Derzeit ist eine Stelle in der Redaktion frei und da quasi keiner um dein Video mit Ben Forsters Meditation rumgekommen ist, haben wir Interesse."

Oh.

„Alles in Ordnung? Du siehst überrascht aus."

Ich brauche einen Moment, um die Informationen in meinem Kopf zu sortieren. Ganz ehrlich: Das Video hatte ich bereits wieder vergessen. Immerhin werden so viele neue Videos pro Tag hochgeladen, dass meines ja kaum noch irgendwelche zusätzliche Beachtung erhält, oder? Wieso sollte es? Zumindest hat mich in letzter Zeit keiner mehr länger als nötig angestarrt. Zu behaupten, dass quasi keiner drum herumgekommen ist, ist daher einfach nur ... lächerlich. Richtig?

Ganz, als ob Jake meine Gedanken lesen konnte, fährt er fort: „Mittlerweile hat es über 2,9 Millionen Klicks."

Gut, ich kriege einen Nervenzusammenbruch.

Okay. Ruhig bleiben. Tief durchatmen. 2,9 Millionen Menschen haben das Video gesehen, das sind ... das sind ... Wie viele Leute passen in einen Bus? Dann wären das bestimmt alle Busse Londons. Vollgepackt bis unter die Dächer.

Mein Gott.

London ist *voll* mit Bussen, wie ... mir wird etwas schwummrig.

Jake erzählt von Bens Buch, weist darauf hin, dass *Jungle Feeling* auf Platz zwei der Büchercharts eingestiegen ist und dass das mediale Interesse rund um seine Geschichte gigantisch ist. Irgendwie schafft es mein Gehirn, die Worte wahrzunehmen, aber am liebsten würde ich gar nicht zuhören. Am liebsten würde ich gar nicht wissen wollen, wie sehr die Werbetrommel für *Jungle Feeling* getrommelt wurde oder wie ich es geschafft habe, diesen Informationen in den vergangenen Wochen aus dem Weg zu gehen.

Trotzdem kann ich gar nicht anders, als mir auszumalen, wie sehr der Verlag dafür gearbeitet haben muss ... Wie viele Überstunden es gab, wie viele Meetings, Besprechungen, Termine ...

„... Run auf die angebotenen Meditationen ist riesig. Jeder Termin in den kommenden zwei Monaten ist ausgebucht." Jake dreht sein Handy kurz in meine Richtung und ich erkenne die Website des Verlages. Als hätte ich mich daran verbrannt, zucke ich zusammen. „Das Buch trifft den Nerv der Zeit. Genauso wie das Video mit dir, Sue. Cinnamon Roll?"

„Was?" Benommen schaue ich hoch und starre auf den süßen Kringel mit Zuckerguss, den mir Jake auf einem Teller entgegenstreckt. „Nein. Danke." Ohne es groß mitzukriegen, streckt sich meine Hand dann doch aus, nimmt das Gebäck und schiebt ihn mir in den Mund.

Jake verharrt einen Moment mit dem leeren Teller in der Luft und lacht dann kurz schnaubend. „Du hast das wohl nicht erwartet, oder?"

„Nein", antworte ich mampfend und rutsche in dem Sofa ein Stück runter, den Blick starr auf einem kleinen Fleck Sahne gerichtet. „Ich hab mir das Video nie ganz angeschaut. Ich steh nicht sonderlich auf die Gehässigkeit des Internets."

„Gehässigkeit?" Jakes Stirn zieht sich verwundert zusammen und er tippt kurz auf sein Handy. „Mir scheint, dass du die Rückmeldungen falsch einschätzt."

„Du musst mir jetzt nicht ..."

„Schau es dir an." Jake hält mir sein Handy hin und ich unterbreche mein Kauen. 6.312 Kommentare.

OMG ich kann es so nachvollziehen!
Können wir uns alle schnell einen Moment nehmen, um ihre erfrischend ehrliche Reaktion zu feiern?
4:03 wie der Affe in ihren Haaren rumpickt LOL
#queen ich hätte genau gleich reagiert

Weiß jemand, wer sie ist? Sie sollte solche Meditationen und Events öfter besuchen
2:19 Ich liebe den Fakt, dass sie glaubt, niemand beobachtet sie, während so ziemlich jeder weiß, was bald passieren wird LOL
Sie bei 0:20: Mega relaxed, eins mit sich und die Ruhe selbst. Affe bei 3:34: Hold my beer

Gut, die Kommentare sind nicht ... schlecht. Eigentlich sind sie ziemlich nett. Ich meine, wär ich nicht dabei gewesen, dann fände ich es sicherlich auch ziemlich lustig.

„Die Mehrheit der Reaktionen ist durchaus positiv, Sue", versichert mir Jake. „Es gibt sogar Memes und Dance-Challenges. Der Verlag kann um diese Promo dankbar sein, die Verkäufe schießen durch die Decke."

Mit einer Backe voller Cinnamon Roll wandert mein Blick benommen zu den angezeigten Video-Vorschlägen. Tatsächlich. Da gibt es den Monkeydance, das Rock-it-like-a-monkey-Video und ein paar Beiträge, die sich mit Bens Person beschäftigen. Jake hat recht. Der Run auf das Thema scheint wirklich riesig zu sein.

Schließlich gucke ich ihn über das Handy hinweg an. „Und was ist das für ein Job?"

„Nun, aufgrund des Erfolges des Videos, sind meine Chefin und ich auf eine Idee gekommen." In seinen Augen blitzt es auf. „Wir möchten dir gerne ein Format anbieten."

„Ein Format?"

„Ja. Nennen wir es ... eine Art Online-Kolumne."

„Aha." Ich schlucke langsam hinunter, rutsche dann nach vorne und greife nach meiner Schokolade, deren Sahnehaube mittlerweile zu einer weißen Decke geschmolzen ist. „Ein Format über was?"

„Wir denken da an eine Reihe mit dir. Eine Reihe von Videos." Jake kramt ein kleines schwarzes Notizbuch aus seiner Umhängetasche, schlägt es auf und schiebt es in meine Richtung. Gegen meinen Willen fasziniert, lehne ich mich vor – und lasse die Schokolade erneut überschwappen.

„Nein. Vergiss es. Auf keinen Fall. Das ist doch ... Nein!“ Völlig von der Rolle knalle ich die Tasse auf den Tisch. „Wie kommt ihr bloß auf so eine Idee, ich ... Nein, Jake, hör zu.“ Jake öffnet seinen Mund, doch ich halte abwehrend eine Hand hoch. „Ich hab mich *einmal* zum Affen gemacht, ich bin doch nicht so verrückt, und tue das ein zweites Mal. Echt jetzt, wie konnte ich nur annehmen, dass es schlau wäre, herzukommen“, murmle ich mehr zu mir selbst und wickle mir den Schal um den Hals.

„Sue, lass es mich erklären.“

„Die Sache würde vielleicht anders aussehen, wenn ich dir eine Reise nach Algerien buchen oder deinen Anzug aus der Reinigung abholen müsste, aber *das* ist wirklich ... Das kann nicht euer Ernst sein.“

Jake guckt ganz irritiert. „Was soll ich denn in Algerien?“

„Das ...“ Ich ziehe meinen Mantel zurecht und recke mein Kinn hoch. „... ist jetzt auch egal. Also, danke für die Schokolade und die Cinnamon Roll, die ich ... mitnehme, weil ich sie angebissen habe.“

„Sue, bitte, warte.“

„Jake, da steht ‚Mein erstes Mal‘“, zische ich und gucke mich dann eilig um, ob mich jemand gehört hat. „Du hast nicht ernsthaft das Gefühl, als würde ich ein Video über mein ... Das geht wirklich niemanden etwas an. Außerdem ...“ Ich ziehe meinen Mantel zurecht. „... kann man es gar nicht mehr filmen, weil es schon lange vorbei ist. *Lange*.“

„Aber das –“

„Und es ist auch nicht etwas, das ich gern noch mal wiederholen möchte.“

„Sue …“

„Das soll nicht heißen, dass ich abgeneigt wäre, generell gesprochen. Ich meine, ich *habe* Sex.“ Okay, das ist gelogen und auch zu viel an Info. „Ich will nur nicht noch mal das erste Mal erleben, wenn du verstehst, was ich meine. Außerdem schockiert es mich, dass du auch nur davon *ausgehst*, dass ich so etwas vor einer Kamera tun würde!“

Zu meinem Entsetzen lacht er auf. „Das verlangen wir doch auch nicht von dir. Gib mir … eine Minute und ich erklär's dir. Wenn du dann kein Interesse hast, kannst du gehen und gern noch eine zweite Cinnamon Roll auf meine Rechnung mitnehmen. Deal?“

Zweifelnd bleibe ich stehen. Jake sieht dermaßen unschuldig aus, irgendwie kann er kein Zuhälter sein. Mit verschränkten Armen lasse ich mich auf die Lehne des Sofas plumpsen. „Eine Minute.“

„Gut, hör zu.“ Jake lehnt sich vor und stützt die Ellbogen auf seinen Knien ab. „Es geht nicht um die sexuellen ersten Male, überhaupt nicht. Wir stellen uns eine Reihe an Videos und kleinen Virals vor, in denen du die verrücktesten, skurrilsten und coolsten Dinge zum allerersten Mal ausprobierst. Und wir begleiten dich dabei.“

Argwöhnisch kneife ich meine Augen zusammen. „Wieso kann ich nicht darüber schreiben? Wieso kein Blog?“

„Nicht mehr zeitgemäß.“

„Wieso ich?“

„Aus dem gleichen Grund, warum du seit zwei Minuten Sahne an der Nase hast und es nicht merkst – du bist herrlich authentisch.“ Er nickt mir schmunzelnd zu und ich beginne automatisch, auf meine Nase zu schielen. Verdammt. „Die Menschen identifizieren sich mit dir. Sie mögen dich. Und genau deswegen ist das Video so beliebt und trifft eben diesen Nerv der heutigen Gesellschaft. Nicht, weil plötzlich zweieinhalb Millionen Menschen Gefallen an Meditationen gefunden haben, das war nur ein netter Nebeneffekt, von dem der Verlag profitiert, sondern weil es erfrischend ist, jemanden zu sehen, der genauso reagieren würde, wie man selbst."

Ich kratze mich an der Nase, verziehe den Mund.

Unschlüssig, wie ich reagieren soll, nehme ich einen weiteren Bissen der Cinnamon Roll. Dann gucke ich wieder Jake an. „Ich will mich nicht lächerlich machen."

„Wirst du nicht. Ehrenwort." Er hebt beide Hände hoch. „Wir verpacken das Ganze in ein charmantes und witziges Setting."

Es ist nicht so, als würde ich die Idee einer eigenen Wohnung (oder, nun gut, Sophies Wohnung) nicht mögen. Aber ich verabscheue den Gedanken, mich zum öffentlichen Gespött zu machen. Auch wenn sich *charmant* und *witzig* ganz gut anhört.

Trotzdem.

Es wäre dumm, oder? Jeder würde die Videos sehen. Jeder. Meine Eltern. Lance. Meine Klassenlehrerin aus der Fünften, die mir mal gesagt hat: „Susan, mit deinem kreativen Talent wirst du es richtig weit bringen im Leben!" Jetzt würde sie nur mit der Zunge schnalzen, den Kopf schütteln und schlussendlich ein Video mit *„Das* habe ich damals nicht gemeint. Freundliche Grüße Ruth Anderwood, 5b" kommentieren. Und dann zwickt mein Magen unangenehm, als ich an Rup denken muss und ich rutsche im Sessel hin und her.

„Lass uns ein Probevideo machen." Mit einem Mal wird mir bewusst, dass Jake noch dasitzt und mich abwartend anguckt. „Die Aktion sprechen wir vorher ab. Wenn du danach nicht mehr willst oder das Video kein Erfolg wird, blasen wir die Sache ab."

Verunsichert wälze ich die Cinnamon Roll in meinem Mund hin und her. „Habe ich Mitspracherecht?"

„Volles Mitspracherecht." Als ich darauf nichts sage, nimmt er sein Notizbuch und blättert eine Seite weiter, ehe er es mir wieder zuschiebt. „Wie gesagt – wir bezahlen gut."

Ich lehne mich vor, schiele auf die Zahl.

Ach, verdammt noch eins.

24

„Wahrsagen, Fusionsküche, Selbstverteidigung, Antigravity-Yoga.“ Ellie gluckst und guckt über den Rand meines Handys in ihrer Hand. „Was ist denn Antigravity-Yoga?“

„So eine Mischung aus Pilates, Yoga und Tanzen“, antworte ich zwischen zwei Löffeln Eiscreme und wedle mit dem Finger durch die Luft. „Mit dem Unterschied, dass man dabei in der Luft hängt.“

Jess schmunzelt, während ihre Finger über das Display ihres iPhones flitzen. „Das ist doch super. Das kannst du dann gleich mit ‚Sues erstem Besuch in der Notaufnahme‘ verbinden.“

„Hey!“ Ungläubig blicke ich auf. „Das wird ja wohl nicht passieren!“

Ellie legt mein Telefon zurück auf den Wohnzimmertisch, der über und über mit Papier- und Kartonresten unseres McDonalds-Besuches übersät ist. „Dann machst du es?“

Für einen Moment stochere ich unentschlossen in dem halbgeschmolzenen Eis. „Ich ... Keine Ahnung. Eigentlich war ich schon dabei zu gehen, aber dann hat er sein Notizbuch ausgepackt und mir diese monströse Zahl vor die Augen geschoben.“

„Wie monströs?“

Nüchtern blicke ich über den Eisbecher in meiner Hand hinweg zu Sophie. „Ich könnte deine Wohnung kaufen. Und neu einrichten. Und für das Dreifache verkaufen, weil es dann unter den Luxusimmobilien gelistet wird.“ Sophies Augenbrauen schießen beeindruckt in die Höhe und ich muss schmunzeln. „War nur ein Scherz. Aber ich könnte wieder einziehen, meine eigene Wäsche machen ... Ich könnte wieder etwas tun, anstatt nur ... rumzuhocken und nachzudenken."

„Aber du bist dir wegen der Auswirkungen nicht sicher", bemerkt Sophie.

„Na ja ... Jeder würde die Videos sehen. Meine Eltern, Lance ..." Ich halte inne, blicke auf mein Eis. Mein Magen schlingert unangenehm.

„Tu das nicht, Sue. Denk nicht an Rup." Ellie fährt mir über den Rücken.

Meine Augen beginnen zu brennen. Schnell zwinge ich mich zu einem Lächeln und blicke auf. „Tue ich nicht. Alles gut! Mir geht's gut!"

So gelassen und unberührt wie möglich schiebe ich mein Eis hin und her, weiß aber, dass ich meinen Freundinnen nichts vormachen kann. Trotzdem versuche ich, stur meiner Strategie zu folgen, in der ich lächle und mir einrede, dass alles bestens ist.

Weswegen wir auch hier auf Sophies Teppich im Wohnzimmer sitzen, obwohl ich heute eher das Bedürfnis verspürt habe, mich in die Decke einzuigeln und Bridget Jones zu gucken.

„Also gut. Wer dafür ist, dass Sue es ausprobieren sollte, Glas hoch." Soph streckt ihr Weinglas vor sich und Ellie macht es ihr in derselben Sekunde nach. „Unbedingt! Jess?"

„Ich bin nicht sicher ...", gibt sie nach einem Moment zu und blickt argwöhnisch über ihr Display. „Hast du dir dieses Antigravity-Yoga mal genauer angeschaut?"

„Ja, klar", sage ich. „Man setzt sich in ein Tuch, das von der Decke hängt und schaukelt hin und her, wie in einem behaglichen Kokon. Dann kommt die Kursleiterin und schiebt einen an, das sieht ziemlich gemütlich ..." Mit dem Löffel in der Hand halte ich inne. Jess hat ihr iPhone umgedreht und wir gucken allesamt auf das Display.

O je. Das sieht gar nicht gemütlich aus. Und auch nicht behaglich.

„Während der ersten zwanzig Sekunden, ja", erklärt sie, was aber gar nicht mehr nötig ist. Das Video ist bei dreißig Sekunden angelangt und mittlerweile dehnen sich die Tücher zu Spagaten, wirren Körperteilknoten und Kopfüberaktionen.

In meinem Video war niemand kopfüber. Da wurde nur geschaukelt. Hin und her, ganz friedlich.

„Na ja, vielleicht gibt es ... verschiedene Arten von Antigravity-Yoga. Wär doch möglich, oder?" Ich blicke fragend in die Runde, doch alle starren auf das Video. Gerade macht eine Blondine einen Doppelflip und für eine Sekunde keimt ernstzunehmende Unsicherheit auf. Jess könnte recht haben, oder? Das könnte wirklich ziemlich in die Hose gehen.

Ich schlucke angesichts der Vorstellungen, die sich mir aufdrängen. Wie ich mich einwickle und aufgrund einer falschen Bewegung ausdrehe, Richtung Boden, ganz unkontrolliert ... die blauen Lichter des Krankenwagens, der schwere Geruch von Desinfektionsmittel ... der junge Sanitäter, der sagt: „Ich zähle bis drei, dann renke ich das Bein wieder ein", und bei drei überhaupt nichts einrenkt, weil er bis vier wartet und im Übrigen sowieso noch in der Ausbildung steckt und das sein erster Außeneinsatz ist, weshalb er die Vene auch erst beim dritten Anlauf findet.

Mir wird ganz flau. Ich stelle den Eisbecher zur Seite. „Vielleicht ist das wirklich keine gute Idee."

„Was?" Sophie reißt sich von dem Filmchen los und schüttelt dann bestimmt den Kopf. „Quatsch. Das packst du! Vergiss nicht, dass du Mitspracherecht hast. Wenn du dieses Antigravity-Yoga nicht tun willst, dann nimmst du einfach etwas anderes."

„Wirkt er denn nett?" Ellie blickt mich mit großen Augen an. „Jake?"

„Ja. Schon", gebe ich zu und ziehe eine Grimasse. „Er wirkt jetzt nicht so, als würde er mich irgendwo auf dem Schwarzmarkt verkaufen wollen oder so. Seine Chefin und er scheinen es mit der Sache ernst zu meinen." Ich zucke mit den Schultern. „Bislang war er immer sehr freundlich."

„Immer?" Sophie beäugt mich interessiert. „Wie viele Male hast du diesen Jake schon getroffen?"

Kurz überlege ich, die Sache mit Creepy James zu erzählen, lasse es dann aber bleiben. Es ist bereits mehrere Monate her und ich bin mir ziemlich sicher, dass er mich nicht mehr ansprechen wird. Es ist kalter Kaffee. „Ich hab ihn im *Whitbys* getroffen, letztes Jahr. Da hat er mir seine Karte zugesteckt."

Sophie gibt einen zustimmenden Laut vor sich und stellt ihr Glas mit einem lauten Knall auf den Tisch. „Gut, dann sehe ich keinen Grund, warum du es nicht testhalber ausprobieren solltest. Und wenn es dir nicht zusagt, dann bläst du die ganze Sache ab."

Ich versuche, ein überzeugtes Lächeln zustande zu bringen. Sie haben ja recht. Es ist lediglich ein Versuch. Ganz sicher würde das Video auch wieder gelöscht werden, wenn es mir nicht gefällt. (Dann wiederum gefällt es mir auch nicht wirklich, dass meine Unterwäsche auf *YouTube* gelandet ist und mich *Wheener_Dude* als den knackigsten Hintern Londons bezeichnet hat. Was ich völlig absurd finde. Als ob er alle Hintern Londons kennen würde. Und überhaupt, wer nennt sich bitte *Wheener_Dude*?)

„Gib dir einen Ruck." Sophie drückt meinen Unterarm und schenkt mir ein aufmunterndes Lächeln. „Vielleicht entpuppt sich das Ganze als viel mehr Spaß, als du dir vorstellen kannst."

Am darauffolgenden Donnerstag stehe ich an einer Kreuzung in Camden und blicke mit einem Croissant in der Hand unruhig auf eine helle Backsteinmauer, die mit einem einzigen Schild versehen ist: Camden Film Studios.

Normalerweise würde ich vor Freude ausflippen. Ehrlich. Ich würde mir Popcorn holen und mir eine GoPro auf den Kopf schnallen. Jetzt allerdings, mit dem Wissen, dass ich allein vor die Kamera muss, geht mir gehörig die Pumpe.

Nach dem Abend bei Sophie habe ich Jake unter folgenden Bedingungen zugesagt: Der Name des Formats wird *nicht* ‚Mein erstes Mal' lauten (um ehrlich zu sein, konnte sich Marc für eine ganze Weile nicht mehr einkriegen, nachdem er von seiner Joggingrunde nach Hause gekommen war und den Namen gehört hatte). Und zweitens: Ich darf mir das Video nach Abschluss ansehen und allenfalls Szenen, die ich nicht mag, rausschneiden lassen. Außerdem sagte Marc: „Wieso zum Teufel nicht!", und nach dem dritten Glas Weißwein sagte ich auch: „Wieso zum Teufel nicht!", schrieb die Zusage an Jake, fuhr nach Hause und wusste plötzlich, wieso zum Teufel nicht: Cardener. Dieser Gedanke erwischte mich so kalt, dass ich prompt zwei Haltestellen zu weit gefahren bin. Und als ich dann draußen an der frischen Luft war und ich mein Handy bereits in der Hand hatte, um Jake abzusagen, stach es mir groß und fett ins Auge: Marc Wyers bestes Stück.

Also die Schlagzeile. Nicht Marcs bestes Stück selbst. Offensichtlich. Das wäre ... nun.

Auf alle Fälle lag da diese zerknitterte Ausgabe der *Sun* auf dem Boden und schmückte die Hälfte der Titelseite mit jenem Artikel, der mich daran erinnerte, wer Cardener war: ein sensationsgeiler Reporter, der sich festbiss wie ein Hund an einem Knochen. Und Stan Cardener hatte sich eindeutig an Marcs bestem Stück festgebissen, so viel wurde mir klar. Ebenfalls wurde mir klar, dass ich keine drei Gläser Wein mehr trinken sollte, weil mich die bildliche Vorstellung davon zwei Haltestationen zu lang amüsierte.

Aber nun denn. Mittlerweile stehe ich unter einer Linde, kaue um innere Ruhe bemüht auf meinem Croissant rum und warte darauf, dass Jake auftaucht. Wie versprochen hatte er mir die Wahl zwischen Wahrsagen, Fusionsküche, Selbstverteidigung und Antigravity-Yoga gelassen (eine kleine Auswahl an Vorschlägen seiner Chefin Maddison) und da ich mich in der Küche einigermaßen zu Hause fühle, habe ich mich für die Fusionsküche entschieden.

Und, um ganz ehrlich zu sein, weil ich bereits schon einmal fusioniert habe. Aber das weiß Jake nicht. Die wenigsten wissen das, aber *wenn* die Welt sich im Klaren wäre, wie unglaublich lecker Bratensauce auf Pizza ist, würden alle durchdrehen, ganz bestimmt.

Um mir die Zeit zu vertreiben, zücke ich mein Handy und gehe noch mal die Details seiner E-Mail durch. Beim heutigen Video geht es um den neuen Stern am Küchenhimmel, Alfie Adams, der sich Publicity für sein neues Kochkonzept *Fusion by Alfie* wünscht. Zusammen mit drei anderen Reportern testen wir den Kurs und sollen somit Anreiz für Interessierte schaffen. Ich habe Alfie kurz darauf gegoogelt und war erleichtert zu sehen, dass er keine Gordon-Ramsey-Vibes ausstrahlt. Er ist vierundzwanzig, hat blonde kurze Locken, strahlend blaue Augen, eines dieser Magazinlächeln und ein Nudelholz. Zumindest auf dem einen Foto da. Also sehr sympathisch.

Auf der anderen Straßenseite fährt ein Taxi vor und als ich nach wenigen Sekunden Jake hinter der Scheibe ausmachen kann, verstaue ich das Handy in meiner Manteltasche. Gefolgt von einem hageren Typen in unserem Alter mit FC-Chelsea-Schal um den Hals, steigt er aus dem Wagen und blickt sich suchend um.

Eilig gucke ich an mir hinunter, wische ein paar Croissantbrösel von mir und setze mich in Bewegung. Zuerst noch zögerlich, dann entschlossener, kaum hat mir Jake ein warmes Lächeln über die Straße hinweg geschickt.

Mein Puls schlägt mir erneut nervös in den Ohren, aber das wird schon. Ganz bestimmt. Ich muss nur die Ruhe bewahren, es wird alles schon gut werden. Es ist so, wie der Glückskeks gestern Abend meinte: „Wenn du dich schon beugst, dann beuge dich tief", was ich als ultimatives Zeichen gedeutet habe. Es ist an der Zeit, Neues zu wagen. Es ist an der Zeit, über den Rand hinauszublicken, Chancen zu ergreifen. Es ist Zeit auszuziehen, endlich wieder Weichspüler zu benutzen und Unterwäsche zu tragen, die *nicht* gebügelt wurde.

Die Ampel springt auf Grün und ich komme in die Gänge. Es ist Zeit für Sue Watson, sich zu beugen.

Dem Leben gegenüber, mein ich. Nicht Jake. Oder sonst wem.

Ich kann es kaum glauben. Fast will ich schon schreien: „Schaut euch mal diese Tortilla an!", aber ich halte mich zurück. Auch, weil sie mich ein bisschen an ein Furzkissen erinnert, je länger sie da in der Bratpfanne liegt und sich aufbläht.

Meine Unsicherheit hat sich mittlerweile in Luft aufgelöst, was hauptsächlich an Alfies Begrüßungsrede gelegen hat.

Kaum hatten wir uns unsere Kochschürzen umgeschnürt, begrüßte er uns händeklatschend, strahlte übers ganze Gesicht und versprühte mit seiner kleinen Ansprache regelrechten Optimismus, so im Stil von „Wer kann kochen? *Ihr* könnt kochen! Wer zaubert hier gleich ein Zehn-Sterne-Menü? *Ihr* könnt das!" und beinahe glaube ich es ihm. Immerhin habe ich eine Entenbrust angebraten und spritze großzügig mit

Limettensaft um mich, ganz professionell, wie in den Kochvideos.

„Meine verehrten Herrschaften, die Guacamole und die Ente sollten mittlerweile den Weg in Ihren Wrap für die Vorspeise finden. Hervorragend, Ruby, tolle Kruste, die du da zustande gebracht hast. Sue, alles klar bei dir?" Alfie taucht neben mir auf und ich schaffe es gerade noch, die Luft aus meinem Furzkissen zu lassen. „Ja! Alles wunderbar!"

„Ausgezeichnet, weiter so." Voller Enthusiasmus drückt er mir die Schultern und schon fühle ich mich wieder so beschwingt, dass ich die Zutaten im Handumdrehen auf meinem Fladen drapiert habe. Noch eine großzügige Prise Paprika, einmal falten, rollen ... und voilà! Mein erster asiatisch-mexikanisch-fusionierter Wrap!

Fred tritt mit seiner Kamera näher an den Tisch und macht eine Großaufnahme, weswegen ich eilig das Lachsfilet auf dem Küchenpapier daneben zur Seite ziehe und einen Hauch Mehl vom Tresen wische.

„Das erste Gericht des Abends, bravo!" Alfie klatscht begeistert in die Hände und läuft zwischen den Tresen hin und her. „Hauen wir rein, Ladys und Gentlemen!"

Mit eingeklemmter Zunge zerteile ich den Wrap vorsichtig in vier Rollen und halte Jake den Teller hin, als er näher tritt. Er guckt ganz beeindruckt und beinahe will ich vor Stolz platzen wie die Furztortilla.

Der ganze Raum verfällt in eine genießerische Stille, nur das Nachlüften der Dampfabzüge ist zu hören. Alfie lässt hinter mir ein inbrünstiges *„Mmmhh"* verlauten und gerade will ich in meine Rolle beißen, als mir etwas auffällt. Es ist nur ein Detail, ein klitzekleiner Unterschied zum Foto auf dem Rezept: Die Sprossen fehlen. Diese Alfalfasprossendinger, die so frech rausgucken wie kleine Tentakel. Ich überlege, sie einfach als Deko danebenzulegen, als Jake sich räuspert. Flüchtig blicke ich auf und halte dann mit einem Büschel Sprossen in der Hand inne.

Wieso glänzt er denn so?

Aus irgendeinem Grund ist Jakes Kopf ganz rot und wird mit jeder Sekunde dunkler. Er hat die Stirn gerunzelt, räuspert sich und schnieft. Gleichzeitig versucht er, sich nichts anmerken zu lassen, was fürchterlich in die Hose geht, weil sein Blick vor lauter Tränen schon ganz glasig ist.

„Ist alles in Ordnung?", frage ich und gucke leicht amüsiert zu, wie er eine Faust gegen seinen Mund drückt und mir mit der anderen Hand zuwedelt, so als ob er sagen wollte: „Nur zu, iss!"

Zögerlich sehe ich ihn an, schiebe dann aber jegliche Scheu zur Seite. Immerhin weiß ich, was da drin ist. Gut, vielleicht habe ich es etwas mit dem Limettensaft und dem Salz übertrieben, aber *so* schlecht kann es doch nicht sein, oder? Unbemerkt lege ich die Sprossen zur Seite, greife mir mein Stück und nehme einen Bissen.

Die Tortilla ist ganz weich und warm und die Ente knuspert zwischen den Zähnen. Dann schiebt sich die Guacamole unter den Geschmack und ich muss zugeben: Das ist gar nicht mal so übel. Ich meine, ich bin kein großer Fan von Avocados und Ente, aber diese Fusionierung hat echt was. Es ist richtiggehend faszinierend. Sogar zu einem Daumen hoch in die Kamera lasse ich mich hinreißen.

Jake steht noch immer vor der Küchenzeile, kauend und heulend, so gerührt ist er.

Ernsthaft, wenn Fred das nicht gerade filmen würde, dann würde Sophie mir niemals ...

Sekunde.

Eine Sekunde.

Irgendetwas brennt. Irgendwo hinten, bei den Stockzähnen. Mein Kauen erstirbt langsam und ich blinzle auf die angebissene Tortilla in meiner Hand.

Vorsichtig schiebe ich das Stück in meinem Mund von der rechten Backe in die linke, verteile das Brennen allerdings nur noch mehr. Ignorieren geht nicht, denn es wird mit jeder Sekunde schlimmer.

Ich gucke zu Jake. Er ist so rot wie ein Radieschen. „Was hast du ...?"

Automatisch beginne ich, durch den Mund zu atmen und versuche, meine Zunge nicht zu bewegen. „Papipa. Ich ... Da musch da Papipa ein."

Meine Augen beginnen zu kribbeln. Ich versuche mich nicht zu bewegen, versuche cool zu bleiben und mir nichts anmerken zu lassen, aber mir wird zunehmend warm und meine Sicht wird verschwommener.

Und als mein Blick auf das kleine Gewürzschälchen fällt, weiß ich plötzlich, was hier abgeht. Plötzlich weiß ich, warum Jake gerade ein Glas Milch ext. Plötzlich weiß ich, warum Alfie neben mir steht und mir fragend das kleine Schälchen Paprika entgegenstreckt, das in Wahrheit gar kein Paprika sei und überhaupt geht in meinem Mund gerade ein Flächenbrand ab.

Es geschieht alles so fürchterlich schnell, ich selbst komm fast nicht mehr mit. Ohne zu überlegen, landet der Inhalt meines Mundes im nächstbesten Küchenpapier, meine Augen produzieren literweise Tränen und aus meinen Ohren tritt bestimmt Dampf aus.

Irgendjemand streckt mir eine Scheibe Brot und Milch entgegen (Jake? Ruby von einem Tresen weiter? Alfie?), was ich mir dankbar unter Tränen alles gleichzeitig in den Mund stopfe und kippe. Dann schließe ich die Augen und warte darauf, dass das Brennen in meinem Mund endlich nachlässt.

„Wieso hast du Chili reingetan?“ Ruby taucht neben mir auf und hält das Rezept hoch. „Da steht doch gar nichts von Chili.“

Mit verschleiertem Blick sehe ich auf und will ihr erklären, dass ich einer inneren Eingebung nach gehandelt habe und genauso professionell würzen wollte wie der eine Typ auf *YouTube*, aber alles was rauskommt ist: „Inene Eigebum Youdub“. Das Brot hat sich mit der Milch vollgesogen und ist jetzt ein einziger großer, klebriger Klumpen, der meinen ganzen Mund ausfüllt.

Es dauert eine gefühlte Ewigkeit, bis das Brennen endlich nachlässt und ich begreife, auf welchem Küchenpapier die ausgespuckte Ente gelandet ist.

Der Lachs für die Hauptspeise.

Scheiße.

Egal. Macht nichts. Kein Problem.

Alfie hat aus einem glänzenden Doppeltürkühlschrank ein neues Stück Lachs gezaubert und ich werde einfach zwei Stück machen: das vollgesabberte für mich, das neue für Jake. Sofern er es überhaupt noch essen will, denn irgendwie habe ich das Gefühl, als würde er mir nicht mehr so richtig über den Weg trauen. Er sitzt auf einem Stuhl hinter Fred, hat seinen Sweater ausgezogen und leert gerade die zweite Flasche Wasser. Zumindest hatte Fred seinen Spaß, denke ich. Die Kamera hat eine Weile lang ziemlich rumgewackelt.

Aber nun gut. Man kann es rausschneiden. Ich wette, man kann es sogar *so* gut rausschneiden, dass niemand je etwas von diesem Missgeschick erfahren wird und sich alle denken werden: „Wow, was für ein asiatisch-mexikanisches Wunderwerk, so eines will ich auch!“, oder so.

Da Ruby und die anderen einen guten Vorsprung von fünfzehn Minuten haben, beeile ich mich. Irgendwie schaffe ich es, die Avocadocreme zu mantschen, den Blattspinat anzubraten und gleichzeitig die Muffins im Ofen im Auge zu behalten.

„Meine lieben Chefköche, es wäre wunderbar, wenn wir in fünf Minuten den Hauptgang genießen könnten!“, ruft Alfie zwischen die Theken und hinter mir zischt ein Lachs in der Pfanne. Gleichzeitig piept mein Ofen. Ich gehe in die Knie und begutachte die Muffins durch einen Spalt. Völlig egal, wenn der Hauptgang schiefgeht – die kleinen Dinger hier werden der Knaller. (Obwohl ich mich ob der Kombination schon etwas wundere. Die Macadamia-Schoko-Mischung ist ja noch ganz lecker, aber ein Spiegel aus Vanille-Safran? Wer denkt sich denn sowas aus? Wer isst denn bitteschön Nuss-Muffins und denkt sich plötzlich: „Da fehlt Safran.“ Niemand, oder?)

Der Zeiger der Uhr schreitet rücksichtslos voran, weshalb ich den Timer des Ofens auf drei Minuten hochdrehe und mich dann dem zusammengefallenen Spinat zuwende. Derweil läuft Fred in aller Ruhe um mich herum, macht eine Großaufnahme von diesem und jenem, während ich die Pilze zum Spinat gebe und das Ganze ordentlich durchschüttle. Wenn das auf den Aufnahmen nicht total professionell wirkt, dann weiß ich auch nicht.

„Das sieht hervorragend aus, Ruby!“, ruft Alfie hinter mir. Klatschend springt er von einer Kochinsel zur nächsten und legt mir schlussendlich fürsorglich beide Hände auf die Schultern. „Wie sieht es hier aus, Sue? Wir haben noch zwei Minuten, kriegst du das hin?“

„Ja! Klar! Kein Problem“, antworte ich beschwingt, schnappe mir den Lachs und lasse ihn noch beschwingter in die Pfanne gleiten. Es zischt ganz laut und ein paar Spritzer Öl landen auf meinem Arm und der Schürze. Autsch.

Egal. Weiter.

Ich nehme mir die Schüssel mit der Avocadocreme, klatsche einen Löffel davon auf einen schwarzen Schieferteller, würze den Spinat mit Pfeffer und Salz und gebe noch Sesam dazu. Der Fisch wird gewendet, der Spinat zu einem professionellen Haufen getürmt und der Lachs auf den grünen Spiegel geschoben.

Ha! Nimm das, Fusionsküche!

Voller Schwung werfe ich das Küchentuch, das ich über meine Schulter gelegt hatte, auf die Küchenzeile. Beinahe bin ich versucht, meine Arme siegreich in die Luft zu strecken, aber ich kann mich gerade noch so zurückhalten. Fred beugt sich vor und macht eine Großaufnahme meines Tellers.

Wenn man das Chaos aus Pilzresten, weicher Butter und den Ölspritzern rundherum mal außer Acht lässt, dann kann sich der Teller schon sehen lassen. Außerdem bin ich *ziemlich* sicher, dass ich hierbei nichts überwürzt habe.

Der Lachs glänzt zartrosa. Der Spinat leuchtet in sattem Grün. Die Pilze ... nun, sie stehen so raus. Und erst der Duft. So schmackhaft nach Meer und Fisch und ...

Wo kommt denn jetzt der Rauch her?

25

Ich *habe* da so eine Theorie.

Aber die kann ich niemandem erzählen. Nicht Jake, nicht Maddison. Oder Maddisons Rücken. Oder dem Rücken von Maddisons Sessel, der uns seit knapp fünf Minuten ununterbrochen zugewandt ist.

Ich weiß nur, dass alles furchtbar schnell ging.

Eben hatte ich noch den Teller in Rekordzeit angerichtet und plötzlich stieg da dieser Rauch auf und von null auf hundert brach hektisches Treiben aus: Fred kam in die Gänge, Jake schoss von seinem Stuhl auf, leere Milchtüten flogen durch die Luft, Alfie riss mit wedelndem Küchentuch die Backofentür auf. Ruby schrie: „Feurio! Feurio!" (was ich in dem Moment gar nicht realisierte – um ehrlich zu sein war ich so perplex, dass ich mich gar nicht rühren konnte) und der Rauch breitete sich innerhalb von Sekunden rund um meine Theke aus.

Und jetzt sitzen wir hier, einen Tag später in Maddison Bishops Büro, starren zu dritt auf das Standbild einer dichten Rauchwolke und keiner sagt was. Und das seit geschlagenen drei Minuten.

Es sind furchtbar lange drei Minuten.

„Hören Sie, es tut mir echt leid, was da passiert ist", setze ich an, als ich es nicht mehr aushalte. „Ich wollte *YoursTruly* nicht in ein schlechtes Licht rücken. Das, was da geschehen ist, war nur ..." Händeringend suche ich nach den passenden Worten. „... nur ... ein kleines Malheur."

„Ein kleines *Malheur*?" Der Sessel vor uns dreht sich und eine schwache Wolke Parfümduft schwappt zu uns herüber. Ich habe keine Ahnung, wie alt Maddison ist (irgendwas zwischen vierzig und fünfzig), aber sie macht einen unglaublich gepflegten Eindruck. Sie hat glatte Haut, kurzes blondes, perfekt geföhntes Haar, trägt einen Jumpsuit und hohe Korksandalen. Dass draußen knappe zehn Grad herrschen, scheint ihre Knöchel nicht zu kümmern. „Das ganze Gebäude wurde evakuiert."

„Ja, das ... ist uns aufgefallen", entgegne ich lahm.

Es war so ein Gedränge. Aus allen möglichen Türen schossen Menschen heraus und irgendeiner schrie doch tatsächlich: „Das Gebäude stürzt ein!", worauf helle Panik ausbrach.

„Wenn du willst, können wir es rausschneiden", schlägt Jake neben mir vor, die Arme auf die Knie gestützt. „Ich bin sicher, *BakingChapter* könnte uns ein paar Aufnahmen zukommen lassen."

„*BakingChapter*?", echot Maddison und lacht ungläubig auf. „Jackson, ich bitte dich. Hast du den Mitschnitt gesehen?" Sie hantiert mit ihrem Tablet und nur wenige Sekunden später erscheint Ruby auf dem Fernseher hinter ihr.

Einen Moment lang lauschen wir Rubys Einführung in die Fusionsküche und kriegen eine detailreiche Erklärung des Menüs. Wir sehen Alfie, Rubys „tolle Kruste", erfahren, dass es besonders wichtig ist, Biolachs zu verwenden und schauen zu, wie sie den perfekten Wrap und den perfekten Lachs zubereitet.

Ich will es nicht denken und möchte auch Ruby gegenüber nicht unhöflich sein (schließlich hat sie ohne zu zögern ihr Eiswasser in meinen Backofen gekippt), aber es ist furchtbar langweilig. Es erinnert mich an die alten Backvideos, die mit einer fröhlichen Kochschürzenmusik untermalt sind und wo alles so übertrieben lang gezeigt wird. Klar ist Technik wichtig aber ... es *passiert* so nichts.

Bis auf das plötzlich dunstige Bild. Allem Anschein nach haben sie das Video zu Ende gedreht, als wir schon weg waren. Und... na ja. Nachdem die Feuerwehr den Raum inspiziert und wieder freigegeben hatte.

„Das Einzige, das mir dieses Video gibt, ist der beste Powernap meines Lebens." Maddison stoppt die Aufnahme und schaut zwischen uns hin und her. „Wir lassen unseres so. Genauso. Wir schneiden es zurecht, bringen etwas Pepp rein und zeigen den Leuten, dass Kochen keine Sache für altmodische Hausmütterchen ist."

„Sie wollen ... es so lassen?" Ich starre sie an.

„Eine Frage, Sue." Maddison verschränkt ihre Hände auf dem Tisch und schiebt die Schultern vor. „Hatten Sie Spaß dabei?"

„Spaß ...?" Als wäre sie verrückt, dieser Frage überhaupt irgendwelche Bedeutung zu verleihen, blicke ich zwischen ihr und Jake hin und her. Immerhin ist das Resultat furchtbar, der Auftrag nicht erfüllt. Alfie hat sich bestimmt etwas anderes unter seinem Promotionsauftrag vorgestellt und ich habe es ruiniert, egal ob ich Spaß dabei hatte oder nicht. James Bond fragt man ja auch nicht, ob er wenigstens Spaß hatte, obwohl der Bösewicht mit dem Knopf für die Atomwaffe noch lebt.

„Hören Sie, ich will nicht unhöflich sein, aber es ist völlig egal, ob ich meinen Spaß dabei hatte oder nicht." Ich erwidere Maddisons Blick nüchtern. „Sie wurden beauftragt, Werbung für Alfies Kochkurse zu machen und ich glaube kaum, dass ich Ihnen dabei auch nur im Entferntesten helfen konnte."

„Hm." Maddison nickt und antwortet eine Weile lang nichts, weswegen ich meine Hand schon nach meiner Tasche ausstrecke. „Sie meinen, das Video mit Ihnen und Ben Forster hat nichts mit der absurden Nachfrage nach Meditationskursen zu tun?"

Mit einem Seufzen lasse ich meinen Kopf in den Nacken fallen und gerate beinahe in Versuchung, mit den Augen zu rollen. „Das war etwas anderes. Wäre das

Video keine Live-Schaltung gewesen, dann wäre es niemals gesendet worden und ..."

„... hätte niemals diese Publicity erhalten, die es schlussendlich bekommen hat. Diese *gewinnbringende* Publicity." Maddison betont das Wort *gewinnbringend* und schaut mich mit diesem wissenden Blick an. Trotzdem.

„Sue, es ist so, wie ich dir schon gesagt habe." Nun schaltet sich Jake wieder ins Gespräch ein. „Es gibt tausende Beiträge, Berichte und Blogs über alles Mögliche, und allesamt sind sie klinisch sauber, perfekt von vorn bis hinten durchgeplant. Jeder kann solche Videos machen." Seine Augen funkeln freundlich. „Aber keiner kann solche katastrophalen Videos machen wie du."

Unbewusst muss ich lächeln. „Na ja ... Fred war ja nicht gerade unbeteiligt", entgegne ich fast heiter und erinnere mich an den Mitschnitt ab den verkohlten Muffins. Wenn man da noch ein schmissiges Lied mit Trompeten drunter legt, könnte es fast einer Folge *Seattle Firefighters* zugehörig sein.

„Die Leute sind es satt, vorfabrizierte, nach Drehbuch ablaufende, verfälschte Erfahrungsberichte vorgesetzt zu bekommen. Sie wollen ..." Er zögert einen Augenblick. „... jemanden, dem sie vertrauen können. Jemanden, der so ist wie sie. Niemand Perfektes oder Verfälschtes, keine Puppe. Sie wollen dich. *Wheener_Dude* will dich."

Jake sagt das mit einer so fürsorglichen Stimme, dass ich auflachen muss. Vor Scham kratze ich mich an der Stirn. „Den Kommentar hast du gelesen?"

„Ich habe so ziemlich alle gelesen." Er lacht amüsiert auf. „Ich gebe zu, dass gewisse Leute kuriose Ansichten haben, aber Gott sei Dank braucht uns das nicht zu kümmern."

„Alfie kriegt durch dieses Video die Aufmerksamkeit, die er wollte. Da bin ich mir sicher." Selbst Maddison hat ein freundliches Lächeln aufgesetzt, das dennoch einen professionellen Anschein macht. „Wir stellen ihm den fertigen Bericht zu und sollte er seinen Segen geben, würden wir gerne mit Ihnen weiterarbeiten. Klingt das nach einem fairen Vorschlag?"

Ein paar Sekunden bleibe ich still, lasse es sickern. Die Chance, dass Alfie den Bericht so nicht akzeptiert, ist zugegebenermaßen da. Wenn ich mich so an ihn erinnere, seine unkomplizierte, lockere Art ... wie er sich selbst präsentiert, mit dem Nudelholz in der Hand, im Stil von „Ich krieg jedes Rezept klein". Die Frage ist eher: Will ich weitermachen? *Will* ich?

„Du kannst es dir auch gern überlegen", wirft Jake nach einem kurzen Blick zu Maddison ein. „Sagen wir bis ...?"

„Nein." Ich antworte schneller, als ich denken kann.

Keine Ahnung, ob es eine gute Idee ist. Keine Ahnung, ob ich damit nicht gegen alle meine Prinzipien verstoße und mich zum Gespött des Landes mache. Gut möglich, dass ich es in einer Woche bereits bereue. Dass ich wünschte, hier und jetzt die Notbremse gezogen zu haben, aber ... passiert ist passiert, richtig? Ich meine, die Feuerwehr war da, drei andere Blogs, wichtige Menschen von der Filmbranche, überall waren Überwachungskameras ... Wenn es morgen nicht in der *Daily Mail* steht, wäre ich sehr überrascht.

Trotzdem habe ich das Gefühl, etwas klarstellen zu müssen. Etwas Wichtiges. An dem es überhaupt nichts zu rütteln gibt. Ich hole tief Luft, blicke zwischen den beiden hin und her und lege jegliche Überzeugung, die ich aufbringen kann, in meine Stimme. „Ich gehe nicht ins Dschungelcamp."

Irgendwo hab ich mal gelesen, dass auf Film alles viel schlimmer rüberkommt, als es in Wahrheit ist. Zum Beispiel denkt man, Tom Cruise hätte sich das Bein gebrochen, aber in Wahrheit ist es nur knackender Sellerie. Die Sache ist nur: Es ist nicht immer der knackende Sellerie. Manchmal knackt was ganz anderes, viel Fundamentaleres, und wäre ich mir dessen vor drei Wochen bewusst gewesen, dann würde ich jetzt nicht hier liegen. Ich würde mir nicht wünschen, dass ich damals einfach gegangen wäre, bestimmt und selbstsicher, mit den Worten „Nicht mit mir!".

Allerdings war ich nach Maddisons Versprechen, dass ich nicht nach Australien fliegen muss, so erleichtert, dass ich mir dachte, schlimmer könnte es kaum werden. Immerhin bin ich in meinem Leben schon von einem Staudamm gesprungen. Mit einer Harley durch London gefahren. Über den Glasboden der Tower Bridge marschiert, mit offenen Augen. Ich dachte: Was soll also schon Schlimmes passieren? Was?

Jetzt ist mir klar: Ich war ja so dumm. So positiv. Niemals wieder werde ich so positiv sein.

Ich liege auf dem Boden, während rund um mich herum das blanke Chaos ausgebrochen ist. Mehrere Leute schreien, Türen knallen zu, irgendjemand brüllt „Raus hier!" aus voller Kehle.

Keine Ahnung, wann das Ganze dermaßen eskaliert ist, geschweige denn, wo Fred oder Jake sind. Oder, ob Freds Versprechen „Ich weiche nicht von deiner Seite" noch gilt. Gut möglich, dass er mittlerweile die Orientierung verloren hat und in dem Tohuwabohu verschwunden ist. Ich nehme es ihm nicht mal übel. Scheiß auf die Aufnahme. Ganz ehrlich, wenn ich mich bewegen könnte, würde ich es auch tun. Ich würde die Tränen auf meinen Wangen wegwischen, das Pfeifen in meinen Ohren ignorieren, mich aufrappeln und rennen, irgendwohin, einfach weg.

Aber ich kann nicht. Weder kann ich den rot schimmernden Rauch, der in meine Richtung zieht, ignorieren noch kann ich meine Gedanken von dem Schmerz, der an mehreren Stellen meines Körpers pocht, auf etwas anderes lenken.

Die Schreie sind mittlerweile nur noch gedämpft zu hören, es wird zunehmend warm, während der Betonboden unter mir unfassbare Kälte durch meinen Rücken schießt. Ich blinzle, sehe, wie sich der Rauch um meinen Körper ausbreitet und muss husten.

Toll. Das war's dann. So endet es. So müssen sich eine Rauchvergiftung *und* eine Blasenentzündung anfühlen. Habe ich mich freiwillig dazu gemeldet? *Habe ich?*

Gerade will ich darüber sinnieren, mich mit einem Ruck vom Boden abzustoßen und mich an die halbhohe Mauer hinter mir zu stemmen, als ich höre, wie eine Tür aufgebrochen und mein Name gerufen wird. Ganz dumpf und durch viel Gemäuer, aber ich bin ziemlich sicher, dass da jemand nach mir schreit.

Polternde Schritte hallen durch die Räume, bis schließlich eine Gestalt über den Boden schlittert und Staub aufwirbelnd neben mir zum Liegen kommt. Was zum ...

„Hey, Tigerlily."

Es ist kaum zu glauben. Selbst nach ein paar Sekunden verschwindet die Fata Morgana nicht. Er ist es tatsächlich. Jake schiebt seine Maske hoch und grinst mich an. Sein Gesicht ist trotz des Schutzes verdreckt und die grün-schwarze Farbe auf seinen Wangen ist durch den Schweiß völlig verschmiert. „Dachte ich's mir doch, dass du fehlst." Er wirft einen vorsichtigen Blick über die halbhohe Mauer hinter uns, dann duckt er sich wieder und spricht leise weiter. „Bist du getroffen?"

Ob ich getroffen bin?

Die Stelle unter meinem Bauchpanzer brennt, mein linker Oberschenkel pocht und von meinen Knöcheln will ich gar nicht erst sprechen. Ich fühle mich wie ein Schweizer Käse und Jake fragt, *ob ich getroffen bin?*

„Komm. Ich helf dir auf." Jake legt sein Gewehr zur Seite und macht Anstalten, mich auf die Beine zu stellen, wobei ich seinen Arm packe. „Du solltest dich selbst retten!"

„Vergiss es. Was haben wir vorhin gesagt?" Jake zieht an meiner Maske und schiebt sie hoch, damit er mir in die Augen sehen kann. „Auch die Verletzten müssen zurück ins Camp, sonst verlieren wir die halbe Punktzahl."

Vorhin. Vorhin war die Welt auch noch eine andere. Da war alles noch friedlich und entspannt. Vorhin dachten wir auch noch, es wäre lustig, uns gegenseitig Kosenamen zu geben.

Plötzlich klackt und knistert das Walkie-Talkie an Jakes Weste und ich zucke zusammen. „Maverick an Ponyboy. Maverick an Ponyboy, bitte kommen."

Das Walkie-Talkie! Ich Idiot. Das hatte ich völlig vergessen. Dabei fällt mir auf, dass ich ja ein ganzes Waffen-Arsenal mit mir rumschleppe. Wieso habe ich bei dem Angriff keine Granate geworfen? Oder eine dieser länglichen Stangen, die hier an meinem Gurt ... Was tun die gleich wieder?

Jake zieht das Gerät aus der Halterung, drückt mit den Handschuhen auf den Knopf und hält es an seinen Mund. „Ponyboy hier. Ich habe Tigerlily gefunden und bringe sie zurück ins Camp. Wie ist eure Position? Over."

Das Gerät piepst, dann meldet sich Freds blecherne Stimme erneut. „Wir sammeln uns zwischen Gebäude 42 und 47."

„42 und 47 ..." Jake fingert mit der freien Hand nach der Karte in der Brusttasche seiner beigen Schutzweste, schüttelt das kleine in Folie geschweißte Papier auf und überfliegt das Gelände. In der Ferne explodiert etwas. Der Boden vibriert. „Wir befinden uns an der Nordseite von Gebäude 39 und schlagen uns zu euch durch. Ist der Weg frei? Over."

Mit dem Daumen kratzt er sich über die Nase und schnieft. Er ist so konzentriert. So fachmännisch. Jede Wette, dass er beim Militär Klassenbester war.

„Unser Spähtrupp hat vorhin gemeldet, dass sich gegnerische Einheiten in Richtung eurer Marschroute bewegen. Wenn ihr einem Zangenangriff entgehen wollt, schlagt euch möglichst schnell zu Quadrat 7-4-7 durch. Maverick, over."

Irgendwie hab ich das Gefühl, als würde Fred das Spiel ein bisschen zu ernst nehmen.

Jake tippt mit dem Finger auf eine Stelle auf der Karte. „Copy that. Bewegen uns entlang des Flusses und stoßen zu euch. Ponyboy, over."

Entlang des *Flusses*? Wo ist denn ein Fluss? Wie groß *ist* dieses Gebiet bitte?

„Also gut." Er mustert mich eingehend, während er den Klettverschluss seines kleinen Rucksackes öffnet. „Zu deinem Glück bin ich ausgebildeter Sanitäter. Hier." Er reicht mir eine kleine Flasche Wasser, die mit einem roten Kreuz versehen ist. „Willkommen zurück im Spiel, Tigerlily."

Gierig greife ich danach und leere sie in einem Zug. Dann atme ich erleichtert durch.

Schon fühle ich mich frischer. Mit dem Rücken des Handschuhs wische ich mir übers Gesicht und merke dabei, wie ich eine Spur Dreck um meinen Mund verteile. Ich will gar nicht wissen, wie ich aussehe.

Jake kniet mittlerweile vor mir, hat den Rucksack geschultert und die Maske erneut ins Gesicht gezogen. Dann greift er nach seinem Gewehr und wirft einen vorsichtigen Blick über die Mauer hinter uns. „Gut, hör zu. Wir verschwinden durch den Wald. Behalte die Fenster und Dächer im Auge. Wenn du jemanden hörst, schießt du. Wenn du eine Granate siehst, rennst du." Er nickt mir zu. „Du scheinst nur ein Bein verloren zu haben. Gehen wir?"

Das ist mit Abstand die dämlichste und zugleich erheiterndste Frage, die mir jemals gestellt wurde. Allerdings bin ich viel zu fasziniert und abgelenkt, um passend reagieren zu können – innerhalb von zwei Sekunden hat mich Jake an meiner Weste gepackt, mich einen halben Meter Richtung Wand gezerrt und auf die Beine gezogen. Der Schmerz nimmt zu, aber ich stehe. Ich stehe! Hoch lebe das Wunderwasser!

„Alles in Ordnung?" Jake hält mich an meinen Schultern fest und wartet, bis ich meine Maske wieder justiert habe. Schon kriegt alles wieder einen staubigen Schleier. Dann nicke ich.

Wieder hören wir eine Explosion, gefolgt von Schüssen, diesmal näher. Unmittelbar ziehe ich meinen Kopf ein und halte mein Gewehr im Anschlag, genauso, wie es uns bei der Kommandobesprechung gezeigt wurde.

„Gut, dann los." Jake prüft seine Munition, wirft einen Blick nach links und rechts und deutet mir dann mit einem Wink an, ihm zu folgen. Wendig springt er über die kleine Mauer und reicht mir die Hand. Ich merke, wie das Adrenalin wieder hochkocht und ignoriere das Pochen in meinem Bein und Bauch.

Vor uns liegt ein lichtes Waldstück und wir laufen geduckt und leise, aber eilig hindurch. Nur wenige Sekunden später zucken wir zusammen, als hinter uns in der Ruine eine Bombe explodiert. Der Wald ist vom Echo erfüllt, jemand brüllt: „Los, da vorn!", Jake dreht sich um, schießt und rennt weiter, schneller und tiefer in den Wald hinein. Weitere Schüsse folgen und ich könnte schwören, dass einer geradewegs den Baum hinter mir getroffen hat.

Jakes Walkie-Talkie knistert wie wild. „Ponyboy, Ponyboy, verschwindet da, Centauri stürmen euren Standort! Wiederhole, sie stürmen euren Standort!"

Jake wirft einen Blick zurück und ich tue es ihm gleich. Gerade springen mehrere schwarz gekleidete Spieler des Centauri-Trupps über die kleine Mauer und schießen weitere Salven auf uns ab. Heilige Scheiße!

Ich ducke mich, versuche einen Zick-Zack-Kurs einzuschlagen und schlängle mich zwischen den Bäumen und tief hängenden Tannenästen hindurch.

„Weiter! In die Ruine da!“ Jake winkt und deutet mit zwei Fingern nach vorn, ich springe über Wurzeln, fühle mich auf einmal unheimlich agil und vergesse sogar das schwere Gepäck samt den hüpfenden und klackernden Granaten in meiner Brusttasche.

Unsere Schritte poltern über eine vermoderte Holzpalette, die am Eingang eines alten, überwucherten Gebäudes liegt. Ein letzter Blick zurück, dann gehen wir zügig weiter, passieren einen zusätzlichen Raum, dessen Boden voller Staub, Sand und irgendwelcher Kisten ist. Mit der Waffe im Anschlag bewegen wir uns auf eine Tür zu, die auf einen Gang führt. Jake presst sich gegen die Wand, wirft einen Blick durch die Türöffnung, und bedeutet mir, ihm zu folgen.

Es ist stockduster.

Just in dem Moment, als ich daran denke, das Licht an meinem Gewehr anzumachen, poltert die Holzpalette am Eingang. Dann erneut. Und erneut.

Augenblicklich bin ich noch angespannter. Sie sind hier. Sie sind im Gebäude. Je weiter wir vorangehen, desto mehr gewöhnen sich meine Augen an die Dunkelheit. Jakes Silhouette vor mir dreht sich geschmeidig und schnell um, prüft, ob hinter uns die Luft rein ist, dann schreiten wir zügig voran.

Unsere Schritte werden schneller, mein Griff um das Gewehr fester. Wir gelangen an eine Betontreppe und steigen sie leise hoch, bis wir auf einer Art Empore ankommen. Unter uns hören wir dumpfe Befehle.

Aufgrund der Geräusche müssen es bestimmt um die zehn Gegner sein.

Lautlos gehen wir geduckt an der Wand entlang bis zur Doppeltür am anderen Ende des Raumes.

Ich sehe, wie ein Lichtkegel im dunklen Untergeschoss aufflackert und presse mich gegen die Wand hinter mir. Und dann, ganz plötzlich, habe ich eine Idee.

Jake will gerade die Lage hinter der Tür prüfen, als ich ihn am Arm packe. Ich warte, bis das rote Licht der GoPro auf seinem Helm auf mich gerichtet ist, dann schüttle ich bestimmt den Kopf. Er nickt mir zu und ich bedeute ihm zu warten.

Lautlos gehe ich in die Hocke, schiebe das Gewehr vorsichtig auf meinen Rücken.

Die flüsternden Stimmen und Schritte unter uns werden lauter.

Jake geht ohne Widerstand neben mir auf die Knie, betätigt leise das Nachtsichtgerät an seinem Visier und schaut zwischen dem Geländer hindurch in den Raum unter uns.

Mit jeder meiner Bewegungen schlägt mein Herz kräftiger und mein warmer Atem beginnt, meine Schutzbrille zu beschlagen.

„Schnappt euch die Fässer! Drew, Flynn, prüft das obere Stockwerk auf den Feind!"

Weitere Schritte folgen. Mittlerweile müsste sich der Großteil unserer Gegner genau unter uns befinden.

Angespannt warte ich auf Jakes Anweisungen.

Dann hält er einen Finger hoch.

Dann zwei.

Drei.

Verharrt.

Winkt schlussendlich nach vorn Richtung Brüstung und legt den Finger wieder an den Abzug, das Visier auf die Treppe gerichtet.

Ohne jegliche Zweifel ziehe ich an der kleinen Öse.

Dann an der zweiten.

An der dritten.

Warte eine Sekunde, mache einen kleinen Schritt nach vorn und lasse die Kugeln über meine Handflächen rollen, direkt in den Raum unter uns.

„Was zur ... GRANATEN!"

Zwei Sekunden später knallt es furchtbar laut und ich falle regelrecht zu Boden, gleich neben Jake. Dieser gibt in derselben Sekunde zwei gezielte Schüsse auf Drew und Flynn ab, die das Ende der Treppe erreicht haben und sofort geschlagen und stöhnend die Arme heben.

„Wir sind raus!" Jemand klagt im Untergeschoss auf, ein anderer flucht lauthals. „Verdammte Scheiße, wir hätten beinahe gewonnen!"

Ich bin so voller Adrenalin, dass ich zittere. Tastend suche ich nach meinem Gewehr, lasse mich auf meinen Hintern plumpsen und schaue durch das Visier nach unten. Unglaublich. Da sind sie. Blau, grün, pink und gelb gepunktet.

Das Walkie-Talkie an Jakes Brustschutz knistert. „Cernal an Ponyboy, haben Nachricht erhalten, dass Gegner eliminiert ist. Können Sie bestätigen? Over."

Jake lässt sich lachend gegen die Wand fallen, schiebt die Maske hoch und wirft mir einen ungläubig-belustigen Blick zu, ehe er auf den Knopf drückt. „Bestätige, Cernal. Tigerlily hat sie alle in die Luft gejagt."

26

Entgegen all meiner Erwartungen, Fred wäre der untalentierteste Kameramann aller Zeiten (ich meine, war er überhaupt vor Ort? Nein. Hat er irgendwas abgesehen von der Einsatzbesprechung gefilmt? Nicht das ich wüsste), hat er dank der unzähligen Go-Pros, die im Umlauf waren, ein knapp zehnminütiges kleines Meisterwerk erschaffen. Noch vor zwei Stunden saßen wir zu dritt in Maddisons Büro, um den fertigen Schnitt anzusehen. Als ich dann Jake folgen und zur Tür hinaus wollte, hielt mich Maddison zurück, guckte mich mit ihren glasklar-blauen Augen über den durchsichtigen Rand ihrer Lesebrille hinweg an und meinte schmunzelnd: „Schön zu sehen, dass Sie den Spaß an der Sache gefunden haben."

Und, na ja. Wenn ich ehrlich zu mir bin, dann hatte ich tatsächlich Spaß. So unterm Strich. Selbst das fertige Video zu sehen, war ganz unterhaltsam – was hauptsächlich an der dramatischen Musikuntermalung liegt. Nichts amüsiert so sehr wie eine flotte Polka während einer Verfolgungsjagd durch den Wald – und wenn ich von den ziependen Schmerzen und den Flecken überall mal absehe ... nun. Würde ich es noch mal machen? Wahrscheinlich nicht.

Trotzdem. Es war schon lustig.

Und mittlerweile wurde das Video schon über 50.000 Mal geklickt. 50.000! Innerhalb von zwei Stunden!

„Ein Ale für mich und ein süßer Weißwein für dich. Hier bitte." Jake taucht auf und reicht mir mein Glas über den Tisch, bevor er sich mir gegenüber auf die Bank fallen lässt und einen kräftigen Schluck nimmt. Es ist kurz vor 21:00 Uhr und das *Whitbys* platzt beinahe aus allen Ecken. Überall stehen Menschen, schwatzen, trinken Bier, klopfen sich fröhlich auf die

Schultern. Sogar draußen bei den Eichenfässern stehen noch Leute mit einem Pint in der Hand.

„Wie geht es deinem Hals?", frage ich und nicke über den Tisch hinweg auf den kleinen dunklen Fleck. „Der muss höllisch weh tun."

„Dieser hier?" Jake lehnt sich ein Stück vor in meine Richtung, klopft sich mit ein paar Fingern gegen die Stelle und zuckt dabei mit keinem Muskel. „Nicht der Rede wert. Wie steht es um dein Bein?"

„Oh, das Erste-Hilfe-Wasser hat wahre Wunder gewirkt", antworte ich und nicke bestrebt. „Davon abgesehen ... na ja. Du weißt schon. Die üblichen Nachwirkungen."

Dabei habe ich keine Ahnung von den üblichen Nachwirkungen. Ich meine, ist es normal, dass ich die Punkte auf meinem Körper mit einem Marker verbinden könnte und ein Sternenbild erhalten würde? Womöglich nicht, oder?

Jake mustert mich für einen Moment. „Du hast dich sehr gut geschlagen. Ernsthaft."

Ich verziehe meine Lippen zu einem einseitigen Lächeln und wende meinen Blick ab. „Ach Quatsch, ich hab ja nur ein paar Granaten geworfen. Kein Ding."

Gerade will Jake zu einer Antwort ansetzen, als sich ein schwappendes Bier in unser Gesichtsfeld schiebt.

„Einen Toast!" Fred bäumt sich zu seiner vollen Größe auf und streckt den Krug in seiner Hand noch höher. „Auf das erfolgreichste Video aller Zeiten, das eingeschlagen hat wie – und ich verlange, die Wortwahl gebührend zu honorieren – eine Granate!"

Rund um uns brechen alle in Applaus und zustimmendes Gejohle aus. Der Lärmpegel ist immens.

„Und auf Tigerlily." Mein Gegenüber erhebt sein Glas ebenfalls und sein Mundwinkel zuckt. „Die uns allen den Arsch gerettet hat. Und das mit nur einem Bein!"

„Hört, hört!“

Irgendjemand pfeift und ich glaube, ich bin so rot wie die Ketchup-Flasche hier auf dem Tisch. Gott sei Dank zielt der Spot an der Decke auf die Bilderwand neben uns.

Gerade will ich einen Schluck meines Weißweines nehmen, als sich ein breiter Kerl durch die Menge in unsere Richtung schiebt. Hie und da rempelt er ein paar Leute an, grunzt irgendetwas und die Hälfte seines Bieres lässt er unterwegs zurück. „Aach, elender Beschiss war das! Nichts weiter!“ Als er endlich vor uns steht, sieht er beinahe so aus, als würde er uns anspucken wollen. Er ist zweimal so groß und zehnmal so voll wie ich und ich traue mich gar nicht zu blinzeln. Jake allerdings bleibt völlig gelassen. Ungerührt nimmt er einen Schluck von seinem Bier und schaut den Typen nicht einmal an. Dabei werde ich den Gedanken nicht los, dass er mir von irgendwoher bekannt vorkommt. Die blonden Haarstoppeln, das breite Kinn, der verbissene Ausdruck auf seinem Gesicht ... hmm.

„Sich im Dunkeln zu verstecken und auf den richtigen Moment zu warten ... armselig!“ Er dreht sich zu der lauschenden Meute um und streckt einen Arm von sich. „Haben wir das etwa nötig? Mussten wir uns etwa jemals unseren Sieg auf so eine hinterfotzige Art und Weise verdienen? Ich glaube nicht!“

Ein paar Leute johlen zustimmend über die Musik im Hintergrund hinweg und plötzlich fällt mir der Groschen, als ich das Tattoo an seinem Hals erkenne. Ich kann mich nicht mehr an seinen Namen erinnern (Caleb? Carter? Connor?), aber sein Foto hing in dem Raum, wo die Einsatzbesprechung stattfand.

Genau.

Caleb Carter Connor Sowieso war bislang der führende Schütze. Der Top-Shooter. Der Most-Valuable-Player. Der Typ im goldenen Rahmen.

Und jetzt hängt mein Bild dort (was ich schon etwas übertrieben fand, allerdings verlangten es so die Regeln. Sein Foto, das bereits Staub angesetzt hatte, mit meinem Polaroid auszutauschen, fühlte sich trotzdem komisch an).

„Tja, *das,* mein Lieber, nennt sich Köpfchen." Fred lässt sich durch die eindrucksvolle Statur des Kerls nicht beirren und tippt ihm sogar noch vergnügt gegen die Stirn. „Stell dir vor, wenn du deinen gefunden hättest, hättest du vielleicht eine Chance gehabt!"

„Oh, du elender ...!"

Mit offenem Mund schaue ich zu, wie Fred sich im richtigen Moment grölend duckt und sich durch die Menge an Leuten Richtung Ausgang schiebt, Caleb Carter Connor ist ihm direkt auf den Fersen.

„Corbin Williams." Jake gewinnt meine Aufmerksamkeit wieder zurück und lenkt sie auf den Tisch, als hätte er meine Gedanken gelesen. „Verlieren gehört nicht gerade zu seinen Stärken."

Corbin. Richtig. Langsam kehrt die Erinnerung zurück. Seine Kumpels nannten ihn Corbin-the-Machina und sie haben sich kurz vor dem Start gegenseitig die Helme eingeschlagen und gegrunzt. Und dann komme ich und erwische ihn mit einer pinken Granate. Kein Wunder fühlt er sich in seiner Männlichkeit angegriffen.

„Sue."

„Hm?"

Jake betrachtet mich mit einem warmen Lächeln auf den Lippen. „Mach dir keinen Kopf wegen ihm. Er beruhigt sich schon wieder."

„Klar!", antworte ich fröhlich. „Mach ich nicht. Alles gut." Ich ziehe die kleine Schale Erdnüsse zu mir herüber und picke ein paar davon heraus.

Vielleicht sollte ich dennoch kurz nach draußen gehen. Corbin sagen, dass es nur ein glücklicher Zufall war und nichts mit evolutionärem Geschlechterkampf zu tun hat. Ich könnte auch so eine Floskel wie „Im Krieg ist alles erlaubt!“ bringen. Könnte aber eher kontraproduktiv sein.

„Wieso machst du dir solche Sorgen?“

„Was?“ Alarmiert gucke ich auf, die Hand immer noch in der kleinen Schale. „Ich mach mir doch keine Sorgen. Ich ... bin doch hier und feiere.“ Zur Verdeutlichung schiebe ich eine Erdnuss in meinen Mund. „Siehst du?“

„Ja. Okay.“ Jake schiebt sein Bier zur Seite, spreizt seine Hände vor sich auf dem Tisch und macht eine Pause, als müsse er kurz nachdenken.

Mit der Hand auf dem Weg zu meinem Mund halte ich inne. O je. Was kommt jetzt?

„Ich kenne dich jetzt seit knapp einem Monat. In dieser kurzen Zeit hast du beinahe ein Haus in Brand gesteckt, warst zum ersten Mal in einem botanischen Garten und hast einen Krieg gewonnen.“ Erneut hält er inne und ich bin nicht sicher, ob das jetzt als Kompliment gemeint war oder nicht. Ob ich Danke sagen sollte? So zur Sicherheit?

„Und jedes Mal beobachte ich, wie du dich kurz davor innerlich wahnsinnig machst.“

„Ich mach mich nicht wahnsinnig.“

„Jedes Mal. Ausnahmslos“, entgegnet er und blickt mir geradewegs in die Augen. Er rückt noch ein Stück weiter vor, damit ich ihn trotz des Getümmels um uns herum besser verstehen kann. „Ich weiß nicht, wie lange du damals vor dem Filmstudio gewartet und dich hinterfragt hast, aber als du angefangen hast, Fred und die Kamera zu vergessen, bist du aufgeblüht. Du warst wie ein anderer Mensch. Du warst du. Du warst einfach nur du.“

Ich lächle unsicher, weiche seinem Blick aus. „Das ist doch ganz normal. Schließlich muss man sich zuerst daran gewöhnen."

„Und hast du dich daran gewöhnt? Oder anders gefragt: Willst du dich daran gewöhnen?"

Stumm schließe ich wieder den Mund. Irgendwie bin ich jetzt überfordert. Etwas benommen lege ich die Erdnuss auf den Tisch.

„Das bist du, oder? Hier, auf dem Foto?"

Ich folge Jakes Fingerzeig. Die ganze Wand neben uns ist über und über mit den verschiedensten Schnappschüssen behängt. Stammgäste, berühmte Gäste, die Wiedereröffnung des Pubs 1931, Fotos des ersten Karaokeabends und da, gleich unter Leonardo DiCaprio und dem Riss in der grünen Tapete sind wir: Sophie, Lance und ich. Sogar Creepy James' Arm ist noch mit drauf, gleich hinter Sophies Bein.

Automatisch muss ich an den Abend zurückdenken und schmunzeln. Sophie und ich haben auf ihren neuen Job angestoßen, sind irgendwie tanzend auf Lance' Tisch gelandet und ich schlussendlich auf seinem Schoss. Philip, der Barkeeper, hat just in diesem Moment das Foto geschossen: Ich, lachend in Lance' Armen, Sophie tanzend auf dem Tisch und Lance ... Ich spüre, wie das Lächeln auf meinem Gesicht erlischt und Wehmut sich in mir breitmacht. Lance mit seinen unzähligen Armbändchen, seinem Dutt. Er sieht auf dem Foto so glücklich und unbekümmert aus.

Wenn man es genau nimmt, war das der Auslöser. Wären wir damals nicht betrunken auf dem Tisch gelandet, wäre er heute immer noch derselbe wie auf dem Foto damals. Vielleicht würde er jetzt auf den Malediven leben und Schnorchelkurse geben. Oder wäre Kletterführer im Himalaya. Skilehrer in den Alpen, so etwas. Stattdessen trägt er Hemden mit Bügelkragen und besitzt mittlerweile bestimmt Tupperware.

Räuspernd wende ich meinen Blick ab. „Das ist Jahre her."

„Du wirkst glücklich. Sorgenfrei."

Ich weiß nicht, wo er mit dem Gespräch hinwill. Natürlich war ich damals glücklich. Lance war gut aussehend, voller positiver Energie, spontan und mitreißend. An seiner Seite hatte ich das Gefühl, dass alles möglich wäre. Ich bin aufgeblüht, zumindest eine Zeit lang. Mittlerweile weiß ich, dass ich lediglich egoistisch war. Wäre ich nicht gewesen, dann wäre er heute glücklich. So einfach ist das.

„Wenn du mich fragst, ist die Sue hier ..." Jake deutet auf das Foto. „... dieselbe Sue, die gestern einer Horde gestandener Männer in den Hintern getreten hat. Sie hat sich weder darum gekümmert, ob irgendjemand sie dabei beobachtet oder was Verwerfliches denken könnte." Sein Blick bleibt nachdenklich auf mir haften. „Ich frage mich also, was geschehen ist."

Ich presse die Lippen zusammen, greife nach der Erdnuss, schiebe sie mir in den Mund und beginne darauf rumzukauen. Ein junger Typ springt weiter vorn auf die Bühne und schlägt die ersten Töne eines Queen-Songs an.

„Es ist nicht so einfach", sage ich dann nach einer Weile und widme mich der kleinen Schale vor mir intensiver.

„Was? Den Kopf auszumachen?"

„Einfach ... loszulassen." Ich halte kurz inne. „Sich keine Gedanken zu machen, was andere erwarten oder denken könnten. Ich hab keine Lust, irgendjemanden zu verletzen oder zu beleidigen oder dass sich jemand durch eine Aussage oder eine Handlung angegriffen fühlt."

„Nun, die Möglichkeit besteht, das kann ich dir nicht ausreden." Er stützt sich auf seinen Unterarmen ab und wirft einen verkniffenen Blick in die Runde an

Menschen rund um uns herum. „Leute zu beurteilen ist etwas vom Einfachsten und Menschlichsten, das es gibt. Wir alle tun es, ständig, und das, ohne es groß zu bemerken.“ Es folgt eine kleine Pause. „Ich kann mir aber ehrlich gesagt nur schwer vorstellen, wie man die Person hier auf dem Foto verurteilen könnte.“

Ich schaue hoch und bereue es augenblicklich. Eine Mischung aus Verwunderung, Behutsamkeit und Gutmütigkeit schlägt mir entgegen. Eilig wende ich meinen Blick ab, kratze mich an der Nase.

„Sue, ich weiß nicht, was vorgefallen ist oder wieso du so davon überzeugt bist, dass du nicht genug sein könntest oder bist.“ Seine Stimme ist leiser geworden, trotzdem höre ich sie zwischen dem Gesang und Gejohle deutlich heraus. „Aber du schuldest niemandem, keinem Menschen eine Erklärung, weder im Leben noch auf Social Media oder sonst wo, solange das, was du tust, aus deinem Herzen kommt. Solange du Freude an der Sache hast und solange niemand dabei zu Schaden kommt. Es ist egal, was andere denken. Lass sie reden, lass *Wheener_Dude* dich zum knackigsten Hintern ganz Londons krönen, wenn er es so will.“

Unwillkürlich muss ich lächeln.

„Sei einfach du selbst. Wenn du Freude an den Videos, den Beiträgen und den ganzen Erfahrungen hast, dann ist der ganze Rest nebensächlich.“

Ich schlucke. Gucke ihn kurz an, dann wieder weg, rüber zur Bilderwand und ... plötzlich, ohne Vorwarnung, habe ich das Gefühl, als würde die Stelle an meinem Nacken brennen. Als ob der Spot über uns nur noch auf mich zeigen und Jake völlig ausblenden würde. Völlig unklar, wie oder weshalb der Lärmpegel rund um mich herum langsam zu schwinden beginnt, oder warum sich das Brennen an meinem Nacken plötzlich in ein Kribbeln verwandelt, das ...

Nein.

Nein ...

Ich bringe meinen Kopf nicht dazu, sich zu bewegen. Mich umzusehen. Mich zu vergewissern, dass es tatsächlich der Wahrheit entsprechen könnte. Dass er tatsächlich hier sein könnte.

Jake sagt etwas, aber ich höre ihn nicht. Alles ist in den Hintergrund gerückt. Die Musik, der Applaus, die Menschen rund um uns herum. Alles verblasst, verliert an Kontur, wird nebensächlich.

Der Moment zieht sich unerträglich in die Länge. Und als ich es nicht mehr aushalte, atme ich bebend aus und hebe meinen Blick.

Es dauert nicht lange. Zwei Sekunden, vielleicht drei. Aber da ist er. Am anderen Ende des Pubs, an einem Eichenfass sitzend, die Arme darauf abgestützt, in der Hand eine Bierflasche.

Wer weiß, wie lange wir uns anstarren. Wie lange dieser Moment der Wirklichkeit entspricht. Trotz der Distanz, die zwischen uns liegt, kann ich jedes Detail an ihm erkennen. Seinen dunklen Blick, die blutunterlaufenen Augen, die eingefallenen Wangen, den dichten Bart, die strengen Züge auf seiner Stirn, die Falten in den Augenwinkeln ... Selbst die gesunde Farbe seiner Haut ist einem fahlen Schatten gewichen.

Je länger wir uns anschauen, desto schwerer fällt es mir, die plötzlich aufkommende Sehnsucht zu unterdrücken. Und auf einmal verspüre ich so ein Verlangen ihn zu berühren, meine Stirn an seine zu legen, dass es mir die Kehle zuschnürt. Dass es mich nach Luft schnappen lässt, mich für einen kurzen Moment völlig aus der Bahn wirft. Ich spüre das Verlangen, die Zeit drei Monate zurückzudrehen, den Moment zu erwischen, in dem es schiefgegangen ist. Den Moment einzufangen, ihn stur in die richtige Richtung zu zwingen.

Eine Träne löst sich aus meinem Augenwinkel, ohne dass ich etwas dagegen tun kann. Rup presst die Zähne zusammen, spannt die Wangenmuskeln an.

Und plötzlich ist da noch etwas. Plötzlich ist da eine Hand. Eine Hand mit einem goldenen Armreifen, die diesen unerträglich werdenden Moment zerstört, zunichtemacht, platzen lässt wie eine Seifenblase. Eine Hand auf seinem Arm. Rup zuckt kaum merklich zusammen, senkt seinen Blick. Schluckt und wendet sich der Frau neben ihm zu, ein kaum erkennbares, schwaches Lächeln auf seinen Lippen.

Die Realität bricht viel zu schnell, viel zu laut und viel zu plötzlich über mich herein. Der Lärm, das Gepfeife, das Geräusch klirrenden Geschirrs, das Justieren des Mikrofons, die ersten, schiefen Töne von *Hey Jude*. Menschen schieben sich in mein Gesichtsfeld, grelles Licht lässt mich meine Augen schließen und die aufgestauten Tränen warm über mein Gesicht rinnen.

Atmen.

Ich muss atmen. Ich muss mich beruhigen, mich bewegen, ich muss ... weg. Ich sollte gehen. Fahrig versuche ich mich zu orientieren, streiche mit zittriger Hand möglichst unauffällig die Tränen von meiner Wange. Versuche, die andere Seite des Pubs auszublenden, überlege, ob es einen Hinterausgang gibt. Wenn ich Jake sage, dass ich ...

Aber Jake ist nicht da. Der Platz gegenüber ist leer. Sein Bier ist halb ausgetrunken, seine hellbraune Übergangsjacke noch da. Wo ... Egal. Ich kann ... ihm eine SMS schicken. Bestimmt ist auch Fred noch irgendwo und die beiden können sich Gesellschaft leisten.

Desillusioniert greife ich nach meiner grünen Jacke, vermeide es aufzusehen. Doch als ich den ersten Schritt aus unseren kleinen Bucht mache, realisiere ich, was gerade geschieht. Ich realisiere, wo Jake ist.

Das Lied hat mittlerweile Fahrt aufgenommen, überall schwanken Hände mit Biergläsern im melodischen Rhythmus hin und her. Und dort oben, inmitten der Bühne, vor dem Bildschirm, steht Jake. Und singt. So ... furchtbar schlecht. Er trifft keinen Ton. Keinen einzigen. Was ihn nicht davon abhält, die Augen zu schließen und Jude zu bitten, einen traurigen Song in einen besseren zu verwandeln. Inbrünstig, aus voller Überzeugung. Ich kann es kaum glauben.

Unsicher blicke ich von Jake zu den Pub-Besuchern und wieder zurück. In dem Moment öffnet er die Augen, fordert die Meute mit ausgestrecktem Arm auf mitzusingen und erklimmt die instabile Tonleiter des Refrains, zusammen mit gut vierzig angetrunkenen Briten.

Bevor ich es realisiere, stoße ich ein ungläubiges Lachen hervor. Der ganze Pub ist in einen Na-na-na-Chorus verfallen, die Stimmung ist ausgelassen, selbst als Jake versucht, den höchsten Ton zu treffen.

Mein ganzer Körper zittert vor Aufregung. Ein Teil von mir rebelliert, will verschwinden, so wie angedacht. Ein anderer krallt sich hoffnungsvoll an die Musik, die Ausgelassenheit, die positive Stimmung. Also verharre ich, unfähig mich zu bewegen, überfordert das alles zusammenzubringen.

Jakes Blick schweift suchend durch die Menge, bis er auf meinen trifft. Mit einem strahlenden Lachen wirft er das Mikrofon einem Zuschauer in die Hand und springt von der Bühne. Von allen Seiten fliegen ihm Hände zu, die ihm auf die Schultern und den Rücken klopfen, während er weiter seinen Weg in meine Richtung bahnt. Immer wieder treffen sich unsere Blicke durch die Menge an Köpfen und Händen und je länger ich ihn anschaue, je länger ich zusehe, wie ausgelassen er singt – immer noch so furchtbar falsch – und seinen

Kopf im Takt bewegt, desto mehr gerate ich wieder in innere Balance.

Und als er dann vor mir steht und ungefragt meine Hand nimmt und mich zu sich zieht, löst sich die letzte Träne aus meinem Augenwinkel. Jake umfasst meine Taille, hält meine Hand fest in seiner und lässt mich von einer Seite zur anderen kippen. Die Leute rund um uns herum liegen sich in den Armen, schwanken hin und her, grölen, tanzen, klatschen.

Ich kann nicht anders, als zu lachen. Ich lache von ganzem Herzen, vergesse die Gefühle von vorhin, lasse sie in der Welle an Ausgelassenheit untergehen.

Jake drückt mich an sich, singt weiter mit gerunzelter Stirn und misslungenem Ton. Aber es spielt keine Rolle. Wir beginnen uns zu drehen, stoßen gegen andere Schultern, drehen uns weiter, weiter im Kreis, bis die Leute rund herum zu verschwimmen beginnen, bis wir nur noch eine einzige singende, johlende Einheit sind.

Ich sehe die Bühne, fröhliche Gesichter, die Lichter, Biergläser. Ich sehe Menschen auf Tischen stehen, mit den Armen in der Luft. Ich sehe den Eingang des Pubs, der voll mit Leuten ist, Männer, die sich in ihrer Unbekümmertheit das Hemd aufgeknöpft haben und mit blankem Bauch auf Stühlen stehen und feiern. Ich sehe ein großes Bierfass, einen leeren Stuhl, eine halb ausgetrunkene Bierflasche.

Ich sehe ihn nicht mehr.

27

Es kommt mir vor, als wären wir in eine Art Paralleluniversum eingetaucht. Wir sind seit einer guten halben Stunde unterwegs und noch immer hält dieses elektrisierende, melodische Summen in mir an.

Als wir das *Whitbys* um kurz vor elf verlassen haben, hallte der Gesang durch jede Seitenstraße bis hin zum Covent Garden. Überall standen Leute, selbst auf der gegenüberliegenden Straßenseite in einer anderen Bar wurde laut mitgesungen. Nachdem Fred sich dann an einem freien Taxi verabschiedet hatte, sind Jake und ich weiter die Straße lang, haben uns bei einem Takeaway einen Burger geholt und den Weg zur Themse eingeschlagen.

Es ist ein angenehmer, lauer Abend, genau richtig für einen kleinen Spaziergang. Tatsächlich ist es einer dieser Abende, die London bei Nacht so sehenswert machen: Alles ist hell erleuchtet, aus jedem Pub dröhnen fröhliche Stimmen, Straßenkünstler führen ihre Tricks vor und in der Luft liegt der Geruch von Pizza, *LUSH*-Seife und Diesel (ich schätze, dass die Mischung den Charme ausmacht).

Wir plaudern über dieses und jenes, hangeln uns von einem belanglosen Thema zum nächsten. Mittlerweile weiß ich, dass Jake in seiner Freizeit hin und wieder gerne rudern geht, sich selbst als Kaffeejunkie bezeichnet und Buttermesser besitzt.

„Buttermesser?" Ich lache auf, runzle verwundert meine Stirn. „Wer hat denn heutzutage noch Buttermesser?"

„Die Eltern meiner Ex-Frau waren der Überzeugung, dass ein Haushalt ohne Buttermesser kein richtiger Haushalt ist."

Überrascht blicke ich auf, schaue zu, wie er das Papier seines Burgers zerknüllt und in einen Abfalleimer wirft. „Oh, ich hatte ja keine Ahnung."

Jake zieht die Augenbrauen hoch und kaut den letzten Bissen seines Burgers zu Ende. „Hätten wir die Arbeit nicht unsere Beziehung bestimmen lassen, wäre ich mittlerweile sicher auch im Besitz von Sahnelöffeln."

„Das tut mir leid."

„Muss es nicht. Es ist mir schleierhaft, wofür Sahnelöffel überhaupt erfunden wurden."

„Doch nicht das." Schmunzelnd verdrehe ich die Augen. „Dass es nicht ... funktioniert hat, meine ich."

„So geht das Leben." Seine Stirn kräuselt sich und er schiebt die Hände in die Taschen seiner Jeans. „Mel hatte häufig Nachtdienst im Krankenhaus und ich war tagsüber mit Schreiben und Nachforschungen beschäftigt. Innerhalb eines Jahres haben wir uns in verschiedene Richtungen entwickelt." Er macht eine nachdenkliche Pause. „Uns hat schlichtweg die Zeit füreinander gefehlt."

Ich kaue langsam auf meiner letzten Pommes und werfe ihm einen vorsichtigen Blick zu. Seine Aufmerksamkeit liegt auf der Straße vor uns und obwohl wir nur einen knappen Meter nebeneinander herlaufen, wirkt er meilenweit entfernt. „Alles in Ordnung?"

Es dauert ein paar Sekunden, bis er sich mir wieder zuwendet. „Ja. Natürlich."

Er lächelt, aber irgendwie kaufe ich es ihm nicht ganz ab. Einen Moment lang überlege ich nachzuhaken, lasse es dann aber sein. Das wäre aufdringlich. Und es geht mich auch gar nichts an.

Schweigend biegen wir in eine andere Straße ein, laufen runter Richtung Savoy Theatre.

„Und bei dir?"

„Hm?" Fragend blicke ich auf. „Was meinst du?"

Ich weiß, was er meint. Ich erkenne es an seinem Blick. Es ist derselbe Blick von zuvor in der Bar, mit dem sanften Ausdruck in seinen Augen. Trotzdem hege ich die Hoffnung, dass er von etwas anderem redet. Vielleicht will er wissen, ob ich auch komisches Besteck besitze und er damit nicht allein auf der Welt ist.

„Du warst vorhin etwas aufgelöst. Gelinde gesagt." Sein Mundwinkel formt dieses mitfühlende Lächeln. „Als hättest du einen Geist gesehen."

Ich wende mich der Straße zu. Nur nicht dran denken. Einfach nicht dran denken.

Vor uns fährt ein Bus mit dröhnendem Motor los und ich nutze die wenigen Sekunden, um mich nicht in der Melancholie zu verlieren. Stattdessen versuche ich, mich an dieses warme, positive Gefühl von vorhin zu klammern. „Da war nur jemand, den ich nicht erwartet hatte. Das ist alles." Ich werfe ihm ein möglichst überzeugendes Lächeln zu. Ein Lächeln, das sagt: „Ach, das war niemand. Mir geht's gut! Alles gut! Na-na-na-na!"

Trotzdem beginnen meine Augen wieder zu brennen. Trotzdem schiebt sich dieses Bild von vorhin wieder in mein Gedächtnis, wie er mich anstarrte. Wie er aussah. Wie einzelne Strähnen seiner Haare in seine Stirn fielen. Wie er dasaß, in diesem hellblauen Hemd, das ich vor geraumer Zeit mal vom Ende seines Kleiderschrankes nach ganz vorn gehängt habe.

Nein. Stopp.

Spielt ... Spielt keine Rolle mehr.

Um Ablenkung bemüht, werfe ich die lasche Pommes in den nächsten Abfalleimer und suche sehnsüchtig irgendetwas, auf das wir unser Gespräch lenken können. Gegenüber, in einer Seitenstraße, taucht das Savoy auf, dessen Schriftzug neongrün in der Nacht leuchtet. Gerade will ich fragen, ob Jake schon mal einen Fuß reingesetzt hat, als er weiterspricht. „Damals, als Mel und ich uns kennengelernt haben, war sie mitten in ihrer

Ausbildung zur Assistenzärztin. Wir wussten beide, wie ambitioniert sie ist und es war auch niemals ein Problem. Im Gegenteil, ich habe sie unterstützt. Wir begegneten uns am Morgen, wenn sie nach Hause kam und ich zur Arbeit fuhr. Alles eine Frage der Organisation. Dachten wir zumindest. Bis ... ihr Interesse an dem Posten des Oberarztes zu groß für uns wurde." Ein wehmütiges Lächeln stiehlt sich auf sein Gesicht.

Mir ist klar, was er macht. Er macht das gleiche wie ich.

„Und das war es dann für uns." Er holt tief Luft und lässt die Schultern fallen. „Das erste Mal, als ich sie wiedergesehen habe, war zwei Monate nach unserer Scheidung. Arm in Arm mit Greg. War ein beschissenes Gefühl, um ehrlich zu sein."

Ich lasse ein mitfühlendes „Hmhm" verlauten und wir laufen schweigend ein paar Schritte nebeneinander her. Um ehrlich zu sein hatte ich vorhin schon so eine leise Ahnung, sei es auch nur aufgrund meiner Hingabe zu *Greys Anatomy.* Nur dachte ich dann, das sei unfair. Bestimmt ist sie nett, fürsorglich und verantwortungsbewusst. Immerhin verschenken ihre Eltern Buttermesser. Sie muss ein Engel sein.

„Ich weiß also, wie du dich fühlst." Jakes Schritte verlangsamen sich, bis er vor einer kleinen Straße zum Stehen kommt. „Ich weiß nicht, was zwischen dir und ihm passiert ist. Oder wie lange es her ist, wer es beendet hat. Aber ich kenne diese Reaktion von vorhin im Pub. Dieses Gefühl zu ersticken ... Es braucht seine Zeit, bis das verschwindet."

Ich wünschte, wir würden das Thema wechseln. Ich wünschte, jemand würde schnipsen und all das wäre vergessen. Die Erinnerung an Rup, die Erinnerung an das Gefühl, ihm nah zu sein, das Gefühl fallen gelassen und ausgetauscht zu werden. Ich wünschte, Jake würde mich nicht so mitleidig und verständnisvoll mustern.

„Ich kenne jemanden, der dir dabei helfen könnte."

Ungewollt rutscht mir ein schnaubendes Lachen über die Lippen und ich wische eine verdächtige Träne aus meinem Augenwinkel. „Ich bin nicht so der Psychiater-Typ, also ..."

„Kein Psychiater." Jake streckt mir mit einem Schmunzeln seine Hand entgegen. „Besser."

Okay, ich weiß nicht, was ich erwartet habe. Ein Besuch im Porzellanladen vielleicht. Ein Tätowier-Geschäft. Ein Wachsoldat des Buckingham Palace, der einem zuhören muss, weil er schlichtweg nicht wegrennen kann. So etwas in der Art.

Aber das hier, das ist tausendmal besser.

Ich war noch nie in dieser Zwischengasse, auch habe ich noch nie etwas vom *Window around the corner* gehört, aber es wird mein neuer Lieblingsladen in Charing Cross werden. Ach, was sag ich. In ganz London.

Ich bin ob der warmen Tüte in meiner Hand so begeistert, ich realisiere nicht mal, wie viel Jake dem freundlich wirkenden Italiener, der da aus dem Fenster in die Gasse hängt, bezahlt. Viel mehr starre ich auf etwa zwölf golfballähnliche, frittierte Bällchen, die über und über mit flüssiger Schokolade übergossen sind. Erst als sich ein Tropfen auf meinen Daumen löst, schnappe ich mir mit eingeklemmter Zunge eines und schiebe es mir kurzerhand in den Mund.

Ich kaue einmal drauf rum und halte inne, starre überwältigt auf die Tüte in meiner Hand.

Eine Geschmacksexplosion!

Es ist salzig, aber süß. Es ist knusprig, aber weich. Es ist etwas gummiartig, aber kaum beiße ich erneut drauf rum, spritzt noch mehr Schokolade aus dem Kern heraus und plötzlich ist mein ganzer Mund voll davon.

Heilige Scheiße. Das sind die besten mysteriösen Hintergassenbällchen, die ich je gegessen habe.

Ich bin ganz aus dem Häuschen. Wieso wusste ich nicht, dass es sowas gibt? Was *ist* das überhaupt? Und noch viel wichtiger: Bieten die auch einen Lieferservice an?

Gerade will ich Jake fragen und bemerke erst jetzt, dass er das Handy auf mich gerichtet hat. Er wirkt belustigt und ich will lachen, nur klebt mein ganzer Mund zusammen und ich befürchte, dass Schokolade rausspritzt, wenn ich die Lippen öffne.

„Deine ersten Frittelle alla Nutella deines Lebens." Er senkt das Handy und tippt amüsiert mit beiden Daumen auf dem Display rum. „Definitiv ein Moment, den man festhalten sollte."

Ich will nachfragen, merke aber gleichzeitig, dass mir der Sabber über die Lippen zu laufen droht. Das nächste Mal sollte ich vielleicht einfach abbeißen.

„Die sind nicht schlecht, oder?" Jake schiebt das Handy zurück in seine Jackentasche, schnappt sich ein Bällchen und wir kommen langsam wieder in die Gänge.

„Ni *schle*?" Ungläubig starre ich ihn hinter vorgehaltener Hand an und muss aufgrund seines konzentrierten Gesichtsausdruckes kichern. Ich habe noch nie jemanden so energisch kauen gesehen.

„Mhm." Er nickt bestimmt, deutet auf seinen Mund. „Levisch."

„Wasch?"

„Daschischiveschen."

Ich versteh kein Wort. Aber es ist auch egal. Jake versucht, nicht zu lachen und macht es nur noch amüsanter. Wir verbringen die nächsten Meter damit, eine Kugel nach der anderen zu mampfen, führen Gespräche über das Wetter, welche Länder wir bereits bereist haben und unsere Lieblingsfilme (zumindest glaube ich, dass wir das tun. Vielleicht haben wir auch über Politik gemümmelt und jetzt denkt er, ich sei der begeistertste Politikfan des ganzen Landes). Irgendwann erreichen wir die Victoria Embankment Gardens und schlendern gemächlich auf eine Parkbank vor einem großen Springbrunnen zu. Inzwischen schreit alles in mir danach, mich einfach nur hinzulegen und mich nicht mehr bewegen zu müssen. Ernsthaft, ich fühle mich, als hätte sich der Cheeseburger mit den Pizzateigbällchen zusammengetan und eine interne Revolution ins Rollen gebracht.

Ich will mich mit Jake auf die Bank setzen, steuere aber automatisch die Wiese daneben an. Wenn ich mich nur eine Minute hinlegen könnte, nur eine klitzekleine ... und da liege ich. Auf diesem wunderbaren ... wunderbaren Gras.

„Ist es bequem da unten?"

Ein versonnenes Lächeln stiehlt sich auf meine Lippen und ich schließe die Augen. Vor meinen Lidern tauchen Blitze auf. „Ich steh hier nie mehr auf. Nie wieder."

Der Boden ist kühl, aber es macht mir nichts aus. Im Gegenteil, es wirkt entspannend. Die Grashalme piken im Nacken und fühlen sich buschig an wie Watte. Wie göttliche, weiche Watte. Ich blinzle ein paar Mal schwer, gucke auf die unzähligen hellen Sterne über mir am Himmel.

Es ist so friedlich. So idyllisch. Als wäre der gesamte Nachthimmel eine einzige riesengroße Decke und ich nur ein mikroskopisch kleiner Punkt darunter.

Und gerade, als ich mich frage, wie spät es wohl ist, schlägt Big Ben Mitternacht. Automatisch zaubert sich ein Lächeln auf mein Gesicht.

„Was?"

Geduldig lausche ich den Schlägen, zähle jeden einzelnen Gong. „Ich hab Geburtstag."

„Geburtstag?" Jake klingt überrascht. „Wirklich?"

„Mhm." Ich nehme einen tiefen Atemzug der frischen Nachtluft. „Ganze dreißig Jahre alt."

Neben mir raschelt etwas. „Na dann. Happy New Year, Tigerlily." Das letzte Pizzabällchen schiebt sich mir ins Gesichtsfeld und ich halte mir instinktiv lachend die Hände vor den Mund. „O Gott, wenn ich das esse, gibt's ein Unglück. Behalt du es."

„In Ordnung, wie du willst." Jake lehnt sich zurück und schiebt sich munter das Bällchen in den Mund. Für einen Moment verweilen wir, starren in die Dunkelheit, lauschen, wie ein Zug mit quietschenden Bremsen in die Station neben dem Park einfährt.

„Und, ist es so, wie du dir deinen Geburtstag vorgestellt hast?" Jake dreht den Kopf in meine Richtung, die Arme gelassen auf der Rückenlehne der Bank abgelegt. „Auf einer Wiese liegend, voll mit Pizza und Burger?"

„Nein", sage ich, seufze und schüttle sachte den Kopf. „Um ehrlich zu sein, habe ich mir keine Vorstellung gemacht. Vor einem Monat dachte ich noch, dass ich allein in meinem Kinderzimmer hocken und die Wand anstarren würde ... und die Aussicht hier ist doch um einiges besser." Ich verfolge einen blinkenden Punkt am Himmel. Vielleicht liegt es an der entspannten Stimmung oder an der Überdosis Schokolade, aber wenn ich ehrlich bin, dann geht es mir jetzt in diesem Moment überraschenderweise ... gut. Ich meine, abgesehen von den ziemlich üblen Geräuschen in meinem Magen und der Tatsache, dass ich wohl nie mehr hier aufstehen kann, fühle ich mich gerade ganz wohl. In Wirklichkeit fühle ich mich so wohl, dass ich hier einschlafen könnte, jetzt auf der Stelle.

„Ich kann mich gar nicht mehr richtig an meinen Dreißigsten erinnern." Jake klingt nachdenklich. „Scheint eine halbe Ewigkeit her zu sein."

„Na ja." Mit weit von mir gestreckten Armen starre ich müde in den Nachthimmel. „Kann schon passieren im fortgeschrittenen Alter."

„Im fortgeschrittenen Alter?", echot Jake und ich muss ob seines Tonfalls schmunzeln. „Ich habe einen wesentlichen Teil dazu beigetragen, die Ruderregatta gegen Cambridge zu gewinnen." Er macht eine kleine Pause. „Vor elf Jahren."

„Fortgeschrittenes Alter." Ich grinse in den Nachthimmel. „Wie ich sagte."

„Fünfunddreißig ist nicht fortgeschritten."

„Aber es erklärt die grauen Haare in deinem Bart."

Jake seufzt. „Du bist eine anstrengende Dreißigjährige. Vor fünf Minuten warst du noch ein anderer Mensch, da mochte ich dich noch."

Es mag nur so dahingesagt zu sein – gut möglich auch nur im Scherz – aber in den darauffolgenden Sekunden, in denen niemand etwas sagt, hallen Jakes Worte in meinem Kopf wider. Könnte da was dran sein? Könnte das der Zeitpunkt sein, in dem ich einen Strich unter mein altes Leben ziehe und ganz offiziell die Chance erhalte ... etwas zu ändern? Vielleicht *musste* ich diesen Job annehmen und vielleicht *mussten* wir ja genau in dieser Nacht im *Whitbys* landen und es *musste* so kommen, dass ich Rup sehen würde, ein letztes ... Ich komme nicht weiter. Breche den Gedanken ab, so als hätte ich mich daran verbrannt.

Ich blinzle ein paar Mal, wische mir vehement und schwer übers Gesicht. Dann versuche ich meine Aufmerksamkeit auf ein blinkendes Flugzeug über uns zu richten, grabe meine Finger in das weiche Gras, ziehe die frische Luft durch meine Nase, besinne mich auf das Hier und Jetzt. Die nassen Stellen an meinem Rücken. Die Verkehrsgeräusche von der Straße nicht weit entfernt. Das stete Rauschen, das in der Luft hängt und in der ganzen Stadt zu hören ist.

Es geht mir gut. Jetzt geht es mir gut. Es geht mir *gut*. Ich wiederhole es wieder und wieder, so als würde ich es für die Ewigkeit in mein Gehirn einbrennen wollen, bis sich meine Gelenke wieder entspannen und müde im Gras liegen.

„In Ordnung." Irgendwann klopft sich Jake auf die Oberschenkel und steht mit einem leisen Ächzen von der Bank auf. „Es wird langsam kalt. Komm hoch, Geburtstagskind." Er streckt mir die Hand entgegen, aber ich kann nicht anders, als ihn nur benommen anzusehen. Mein Körper fühlt sich so unglaublich schwer und träge an. „Ich glaub, das schaff ich nicht. Aufzustehen, mein ich. Ich glaub, ich muss hierbleiben."

Jake wirft einen Blick zum Ausgang des Parks und lehnt sich mir ein Stück weiter entgegen. „Da vorn stehen Taxis. Es ist nicht weit, vielleicht fünfzig Meter."

Ich gucke am Springbrunnen vorbei bis zu den schwarzen Messinggittern und erkenne weiter hinten die leuchtenden Blockbuchstaben der Embankment Station. Im Leben sind das keine fünfzig Meter. Das sind bestimmt hundert. Mein Magen heult erneut auf.

„Ernsthaft, Jake." Ich versuche, ihn so aufrichtig wie möglich anzusehen, schaffe es aber kaum, meine Augenbrauen hochzuziehen. „Der Klumpen in meinem Magen macht es unmöglich. Du musst mich zurücklassen."

„Okay." Jake richtet sich nach ein paar Sekunden resigniert auf und lässt seinen Blick schweifen, bis er etwas entdeckt und wegläuft. „Beweg dich nicht."

„Hab ich nicht vor ..." Erschöpft fallen mir die Augen zu. Ich werde einfach hier liegen bleiben und mich ausruhen. In der Früh wird mich schon jemand finden, ein Parkaufseher oder eine alte Dame, die Tauben füttert.

In meinem Magen rumort es und gerade, als ich mich frage, ob es hier in der Nähe wohl auch eine Toilette gibt, nähert sich ein ratterndes Summen. Zuerst will ich es ignorieren, doch als es immer lauter wird, hebe ich mühsam meinen Kopf – und staune nicht schlecht.

„Du weißt doch, wie es läuft.“ Jake fährt eine geschmeidige Kurve auf einem Elektroscooter und kommt vor mir auf dem Parkweg zum Stehen. Erneut streckt er die Hand auffordernd in meine Richtung und zuckt mit den Schultern. „Ponyboy lässt Tigerlily nicht zurück.“

Okay, das ist ... Ich muss lachen. Es ist auf eine seltsam verdrehte Art und Weise urkomisch. Es könnte aus einem Film sein, so wie er dasteht, mit einem Fuß auf dem giftgrün leuchtenden Scooter.

Aber dann schmerzt mein Bauch umso mehr und mein Lachen verwandelt sich in ein Jaulen.

„Na komm schon.“ Er winkt, lässt den Scooter gegen sein Bein fallen und hält mir auch noch seine zweite Hand hin. Mit einem tiefen Seufzen gebe ich mich geschlagen und lasse mich mit einem Ruck schwerfällig auf die Beine ziehen. Es knarzt und schlingert in meinem Bauch, ganz als ob meine Eingeweide an die richtigen Stellen rutschen müssten. O je. Mir ist echt ein bisschen übel. Jemand sollte andere davor warnen, mit Nutella überschüttete Pizzabällchen nach Pommes und Burger zu essen. Vielleicht wäre ein Hinweis in Form eines schicken Holzschildes beim Verkaufsfenster eine Idee.

„Alles in Ordnung?“ Jake betrachtet mich mit einem schiefen Lächeln, hebt eine Hand und zupft etwas von meiner Wange. „Dir klebt Gras im Gesicht.“

„Oh. Danke.“ Ich gucke zu ihm auf und ... weiß nicht genau, was passiert. Aber irgendetwas geschieht. Irgendetwas verändert sich in seinem Blick, etwas, das ich nicht genau einschätzen kann. Er lächelt noch immer und unsere Hände liegen auch noch immer in denen des anderen, was an sich nichts Neues ist, immerhin haben wir zuvor miteinander getanzt und – okay, es ist etwas seltsam. Mir fällt auf, dass meine Wangen ungewollt an Wärme zunehmen, weswegen ich eilig meinen Blick senke und meine Hände löse. „Also, wie ... geht es jetzt weiter?"

Jake braucht eine Sekunde, so als würde er wieder zu sich finden müssen. Er macht einen Schritt zurück und deutet einladend auf den Scooter. „Wir fahren zu einem Taxi."

Fragend blicke ich von ihm zum Scooter und wieder zurück. „Zusammen? Du meinst, wir ... Das ist doch bestimmt nicht erlaubt." Ich lache unbeholfen, kratze mich am Kopf, blicke mich um, ob uns jemand zusieht. „Was ist, wenn wir erwischt werden, das sollten ..."

„Komm schon. Du hast selbst gesagt, du kannst dich nicht bewegen und ich kann dich schlecht mitten in der Nacht in einem Park zurücklassen. Also, steig auf. Dir wird nichts passieren. Versprochen."

In meinem Magen blubbert es und ich werfe noch mal einen unsicheren Blick auf den Bahnhof in der Ferne.

„Ich schneide auch keine Kurven. Indianerehrenwort."

„Na gut." Zögerlich trete ich auf das schmale Trittbrett, greife mit beiden Händen nach dem Lenker und stelle den zweiten Fuß vor den anderen. Der Scooter schwankt ein wenig, als Jake sich hinter mir positioniert und seine Hände neben meine legt. „Bereit?"

Eine schwache Welle Adrenalin steigt in mir auf und ich will gerade „Okay" sagen, als der Scooter abrupt einen Satz nach vorn macht und mir vor lauter Überraschung ein Schrei über die Lippen kommt. In zügigem Schritttempo sausen wir entlang des Brunnens Richtung Ausgang, Jake dicht hinter mir. Ein Zug fährt in die Bahnstation ein, Funken sprühen und blitzen auf, der Fahrtwind bläst mir in die ...

„Da sind wir."

Was? Wie jetzt?

Jake bremst ab und fährt unter der Bahnhofsunterführung links ran. Gut, das, mh ... waren tatsächlich keine hundert Meter. Eher zwanzig. Oder so. Etwas beschämt steige ich von dem Trittbrett. Fast bin ich etwas enttäuscht.

„Und hier ist das Taxi. Wie versprochen." Jake öffnet die Tür des schwarzen Wagens und lässt mich einsteigen. Als ich mich gegen das Sitzleder fallen lasse, wird mir bewusst, wie nass mein Rücken ist. Es ist fürchterlich unangenehm. Drüben auf der Wiese hat es sich weitaus behaglicher angefühlt.

Wir nennen dem Fahrer unsere Adressen und kommen ruckelnd in Bewegung. Warme, trockene Luft strömt aus der Lüftung vor uns in der Mitte, ein Klassiker dudelt leise aus dem Radio. Schon nach wenigen Metern spüre ich, wie die Müdigkeit über mich rollt wie eine Walze. Das Handy in meiner Jackentasche vibriert, aber ich ignoriere es. Stattdessen schließe ich die Augen, gönne meinem Magen eine Pause und lasse die Laternen und die Fernlichter der anderen Autos an mir vorüberziehen.

Erst als ich eine Hand sanft mein Bein drücken spüre, realisiere ich vage, dass wir nicht mehr fahren. Ich blinzle, merke, dass mein ganzer Körper in einer schrägen Position verharrt, und richte mich mühselig auf.

„Wir sind da." Jake schiebt seinen Kopf vor, um aus dem Fenster zu schauen. „Sind wir hier richtig?"

Ich brauche eine Sekunde, um mich zu orientieren. Das Taxi steht vor dem kleinen Coffeeshop gegenüber von Sophies Wohnung.

„Ja. Ja, hier wohn ich. Danke." Ich versuche, an das Portemonnaie in meiner Tasche zu kommen, aber Jake winkt ab. „Nein, lass. Ich übernehme das Taxi."

Mit glasigen Augen gucke ich ihn benommen an. „Ernsthaft? Du hast schon die Pizzabällchen bezahlt, also ..."

„Betrachte es als mein Geburtstagsgeschenk."

Gespielt beeindruckt hebe ich meine Augenbrauen. „Das ist echt großzügig."

„Man wird auch nur einmal dreißig."

Ich lächle schief und wende meinen Blick ab. „Ja ... ist wohl so. Also dann ... mh. Danke dir. Für den Abend. Es war schön."

„Fand ich auch."

Wir schweigen, gucken uns an. Ich weiß nicht, was es ist, aber es geschieht schon wieder. Wie im Park. Dieselbe Stimmung. Auf meinem Rücken breitet sich ein Kribbeln aus, das Grübchen an Jakes Mundwinkel verschwindet langsam. Wir blicken einander in die Augen. Er schluckt. Ich schlucke. Weiß nicht recht, wie ich die Situation durch den Nebel in meinem Kopf einordnen soll. Erst als sich der Taxifahrer räuspert, komme ich zu mir. Der Blinker klackt ungeduldig im Hintergrund. Tastend greife ich nach dem Türgriff. „Also, dann ..."

„Also dann." Und da ist es wieder. Das Lächeln. „Bis zum nächsten Mal?"

„Ja! Ja. Bis dann." Ich klaube so viel Frohmut zusammen, wie ich kann, schiebe mich aus dem Taxi und hebe ein letztes Mal die Hand zum Gruß. „Gute Nacht."

Jake erwidert die Geste, ehe das Taxi ins Rollen kommt und losfährt.

Mit einer Hand auf meinen Bauch atme ich tief ein, versuche mich unter Kontrolle zu bringen. Mein Kopf dreht sich und mir ist schwindelig. Das Bett ruft. Und wenn ich aufwache, ist alles klarer. Mit Sicherheit.

28

Okay. Nichts ist klarer. Im Gegenteil. Ich habe versucht, es zu analysieren. Ich habe die Decke angestarrt, ganze zwei Stunden lang. Ich habe geduscht, mir die Haare gewaschen und gehofft, dass beim Föhnen alles an den richtigen Platz geblasen wird, aber ich bin immer noch gleich wirr wie gestern Nacht.

Solche Situationen sind nichts Neues. Jeder kennt sie. Die, in der sich die Frau und der Mann tief in die Augen blicken, sich Spannung aufbaut und er sie schlussendlich küsst. Und ich bin gerade in so einer Situation, oder? Ich bin diese Frau.

Frustriert reibe ich meine Augen und zockele wieder zurück ins Schlafzimmer. Das Handy auf dem Nachttisch summt erneut, aber ich ignoriere es. Mittlerweile hat es sich sogar einmal im Kreis vibriert, aber, um ehrlich zu sein, will ich gar nicht wissen, was für Nachrichten eingegangen sind. Bestimmt ein Haufen Geburtstagsglückwünsche und Facebook-Benachrichtigungen. Nur was, wenn da eine Nachricht ist, die sagt: „Es war schön mit dir gestern." Oder noch besser: „Ich würde das gerne wiederholen." Dann wüsste ich gar nicht mehr, wohin mit mir.

Wobei ... Ich reibe mir über die Nase. Wenn ich ehrlich zu mir bin, war es schön. War es wirklich. Bis auf die Bauchschmerzen und diese eine Stunde, die ich um 03:00 Uhr morgens im Bad verbracht habe aber ... mh.

Trotzdem.

Es ist *trotzdem* verwirrend und mein Kopf beginnt bei dem ganzen Gehirne schon wieder zu pochen. Meine Gedanken klackern wie eine Kugel in einem Brettlabyrinth von einer Seite zur anderen, hin und her, vor und zurück, und jedes Mal, wenn sie irgendwo anstößt, lösen meine Nervenbahnen einen dumpfen Stich aus.

Soeben habe ich mir einen Pullover über den Kopf gezogen, als es an der Tür klingelt. Mit einem leisen Anflug von Nervosität tappe ich in Unterwäsche und besagtem Pullover zur Tür und werfe einen Blick durch den Spion. Doch alles was ich sehe sind ... Sind das Luftballons?

„Ich weiß, dass du zu Hause bist, Geburtstagskind!“ Sophies Stimme hallt durch das ganze Haus und ich schließe augenrollend die Tür auf. „Happy ...!“ Ihr Strahlen gefriert, als sie meinen Aufzug sieht. „Wow. Wenn das mit einem geschieht, wenn man dreißig wird, überlege ich es mir noch mal.“

„Dir auch einen schönen guten Morgen.“ Mit ausgestrecktem Arm versuche ich sie zu umarmen, was bei den ganzen Ballons allerdings nicht so einfach ist. „Wie viele hast du denn gekauft?“

„Dreißig.“ Sie bugsiert einen nach dem anderen in die kleine Wohnung, bis ich die Tür hinter ihr schließen kann. Anmutig schweben die Ballons durch den Raum und stoßen mit einem dumpfen *Bom* an die Decke.

Sophie stemmt die Hände in die Seiten und mustert mich belustigt. „Ich habe irgendwie das Gefühl, als hättest du noch nicht dein Handy gecheckt, kann das sein?“

„Ja“, gebe ich zu und kratze mich am Kopf. „Ich hab irgendwie noch nicht ... Weiß nicht. Ich bin gerade erst aufgestanden.“

„Seh ich. Gut, kein Problem. Wir haben ...“ Sie zieht beschwingt den Ärmel ihres braunen Mantels nach hinten. „... noch genau dreißig Minuten, bis wir in Mayfair sein müssen.“

„Wieso, was ist in Mayfair?“ Verwundert schaue ich sie an und gehe rüber zu meinem Nachttisch.

Tatsächlich. In meiner Inbox sind eins, zwei, drei ... ganze sechs Nachrichten von Sophie. Deswegen hat das Handy so verrückt gespielt. Ich scrolle durch die

Mitteilungen und muss schmunzeln. Die Nachrichten gehen von „Aufstehen, Geburtstagskind!“ bis zu „Wehe, du trägst noch keine Hose!“.

Amüsiert wische ich die Nachrichten zur Seite, will gerade nachfragen, wohin genau wir gehen, als es just in diesem Moment in meiner Hand vibriert und mir eine neue Benachrichtigung auf dem Display entgegenspringt.

Sofort setzt mein Herz einen Schlag aus.

O mein Gott.

„Was?“ Sophie lässt sich vor mir auf die Kante der Matratze fallen und blickt zu mir auf. Von irgendwo hat sie sich einen Müsliriegel gekrallt. „Wer hat geschrieben?“

Nicht zu fassen. Ich starre den Bildschirm an. Dann starre ich Sophie an, und deute aufgelöst mit dem Finger auf das Handy, hole tief Luft. „Lance. Lance hat geschrieben. Er hat geschrieben!“

Mit einem Mal bin ich so aufgeregt, dass ich ein paar Schritte gehen muss. Vielleicht ist es lächerlich und völlig übertrieben, aber ich bin ... Ich kann es kaum glauben. An Weihnachten wollte er nichts mit mir zu tun haben und jetzt ... Jetzt hat er sich gemeldet. Er. Aus freien Stücken.

„Das ist toll! Was hat er geschrieben?“

Ich bleibe stehen, will noch mal Luft holen, merke aber, dass ich gar nicht mehr atme. „Happy Birthday.“ Mein Kopf beginnt wie wild zu nicken. „Er hat ‚Happy Birthday‘ geschrieben, hier.“ Zum Beweis drehe ich das Display in ihre Richtung, tippe auf die Stelle.

Sophie schiebt lächelnd ihren Kopf vor, ehe sie ihre Augen verengt. „Dieser Jake hat dir auch gerade geschrieben.“ Ein verschmitztes Grinsen breitet sich auf ihrem Gesicht aus. „Was hast du denn gestern Nacht mit ihm in einem Taxi gesucht?“

„Was?“ Als hätte ich mich am Handy verbrannt, schrecke ich zusammen. Nervös drehe ich den Bildschirm wieder in meine Richtung, scrolle ganz nach oben. An oberster Stelle steht Jake, direkt über Lance, Sophie, Mum und Tante Allison. Tatsächlich. Für einen Moment zögere ich, dann drücke ich auf den Chat.

Sue. Ich hoffe, deinem Magen geht es besser. Ich habe mir gestern Nacht im Taxi ehrlich gesagt etwas Sorgen gemacht ... Das waren ziemlich neue Geräusche für mich.
Genieß deinen Tag, Tigerlily.

Okay, er ... Was? *Was*? Neue Geräusche? Das soll wohl ... Okay, ich glaub, das war ein Witz. Da ist ein Smiley, den hab ich im Eifer völlig überlesen.

Mein Gott, ich bin jetzt schon fertig, und es ist noch nicht mal Mittag. Geschafft lasse ich mich neben Sophie auf die Bettkante fallen.

„Sue?“

„Hm?“ Meine Augenbrauen wandern langsam nach oben und ich wende ihr meinen Kopf zu. Sophie hat diesen Psychiater-Blick aufgelegt und mustert mich über den Rand ihres Müsliriegels hinweg forschend. Normalerweise kann ich solchen Blicken standhalten, aber bei Sophie hat es keinen Zweck. Außerdem kann ich meine Gesichtsfarbe nicht beeinflussen und sie liest mich sowieso wie ein offenes Buch.

„Die Geschichte hört sich wahnsinnig spannend an, aber du solltest dir wirklich langsam eine Hose anziehen.“

„Oh. Ja. Klar.“ Desorientiert lege ich das Handy aufs Bett, gehe rüber zum Schrank, suche mir eine dunkelblaue Jeans heraus und drehe mich fahrig wieder um. „Was genau machen wir noch gleich?“

„Na was wohl, wir feiern deinen Geburtstag!" Sie verdreht grinsend die Augen. „Du bist echt ein bisschen durch den Wind, oder?"

„Ja. Na ja, wir ... Wir waren im Pub, gestern. Im *Whitbys*. Und es war Karaokeabend und ..."

„Sue."

„Ja?"

„Zieh die Hose an."

„Richtig." Hüpfend klettere ich in die Jeans. „Auf alle Fälle war da ... war er da. Er war da." Wahllos greife ich nach einem Oberteil, schlucke einmal und fahre fort. „Und dann war da Jake, der Karaoke gesungen hat, so fürchterlich schief, es war ... Es war eine Katastrophe, wirklich." Unwillkürlich lache ich und mache eine wegwerfende Handbewegung. „Ich meine, er hat keinen Ton getroffen, Soph, keinen einzigen. Aber alle haben applaudiert und gejubelt und dann ist er runter von der Bühne und wir haben getanzt oder uns wohl eher einfach im Kreis gedreht, keine Ahnung."

„Mhm." Sophie hört aufmerksam zu und knabbert an dem Riegel. „Und dann?"

„Dann sind wir ... rausgegangen, an die frische Luft. Wir haben uns einen Burger geholt und diese irrsinnig leckeren Schokoladenbällchen aus Pizzateig von einem Laden irgendwo in Charing Cross." Mit dem Kleidungsstück in der Hand stehe ich wie angewurzelt da, gucke auf den Boden, gehe in Gedanken zurück und erzähle ihr vom Park und der Fahrt mit dem Scooter und dem Taxi.

Als ich schließe, begutachtet Sophie mich eine Weile schweigend. „Okay. Willst du wissen, was ich denke?" Ohne eine blasse Ahnung, was ich sagen will, öffne ich den Mund, aber Sophie ist schneller.

Sie stößt sich vom Bett ab und kommt rüber. „Erstens: Du brauchst keinen zweiten Pullover. Du trägst schon einen." Sie nimmt ihn mir aus der Hand und legt ihn zurück in den Schrank. Ratlos blicke ich ihm nach.

Tatsächlich.

„Zweitens." Ihre Hände landen auf meinen Schultern und ihr Blick wird weich. „Ich kann mich beinahe nicht mehr daran erinnern, wann du das letzte Mal so gestrahlt hast. Du wirst es - nein; hör mir zu." Folgsam schließe ich meinen Mund wieder. „Du wirst es vielleicht nicht gemerkt haben und dir still und heimlich Vorwürfe machen, aber das musst du nicht." Ich rümpfe die Nase, wende meinen Blick ab. „Sue, wirklich." Sie drückt meine Schultern, bis ich sie nach ein paar Sekunden wieder anschaue. „Niemand hat gesagt, dass es leicht ist, aber es hat auch niemand gesagt, dass du nichts mehr fühlen darfst. Es ist in Ordnung." Erneut wendet sie sich dem offenen Schrank zu und beginnt, rigoros Kleiderbügel hin- und herzuschieben. „Und wenn dieser Jake es schafft, dir wieder ein Lächeln aufs Gesicht zu zaubern, hat er meinen Segen. Hier, zieh das an. Zusammen mit dem grauen Mantel."

„Soph, es ist nichts passiert, es war nur ..." Meine Stimme erstirbt und ich starre auf den Kleiderbügel in meiner Hand. Eine gelbe Kurzarmbluse hängt daran.

„Ja?"

„Ich mein, da war nur ..." Aber wieder breche ich ab. Was soll ich auch sagen? Dass da ein Moment war? Dass da *zwei* Momente waren?

„Gab es einen Augenblick?"

Seufzend lasse ich meine Schultern fallen. „Du bist echt unheimlich, Soph."

„Mach dir bitte kein schlechtes Gewissen." Sie lächelt mich gutmütig an. „Wenn du das Gefühl hast, dass es passt und richtig ist, dann *geh* mit dem Augenblick. Es ist wichtig, dass du nach vorn schaust." Wieder drückt sie meinen Arm. „Und ich freue mich für dich, dass da jemand ist, der dich in diese Richtung mitreißt."

Ich bringe ein kleines Lächeln zustande.

„Sehr gut. Dann zieh dich jetzt an, du hast noch genau fünf Minuten, dann müssen wir los."

Man sollte wirklich meinen, dass man irgendwann den Zeitpunkt erreicht hat, an dem man jede Ecke Londons kennt. Zumindest die berühmten Ecken, die, die auf *Tripadvisor* ganz oben stehen. Sophie, Ellie, Jess und ich treffen uns im *Sketch*, diesem hippen, skurrilen Restaurant in einer Seitenstraße der Regent Street. Es ist etwas nach 11:00 Uhr als wir eintreffen, können uns aber an der Schlange vorbeischieben, da Sophie reserviert hat. Es ist der Wahnsinn. Wir sitzen in einem riesigen Raum, bestehend aus pinken Knautschsofas, weißen Tischdecken, einem wuchtigen Kronleuchter und einem Achtzigerjahre-Teppich mit Zickzackmuster.

Die Stimmung ist fröhlich, wir sind angeheitert und ich habe mich dazu entschlossen, den Tag zu genießen. Keine Gedanken an Rup oder Jake, keine Gedanken über den Job oder sonstige Fragezeichen, die sich auftun. Da sind nur wir, die Fruchtcocktails in Gläsern, die unheimlich teuer aussehen, und diese Etagere voller Croissants, Zimtkringel und Brötchen mit Glasur, die im Kerzenschein (echt wahr) glänzen. Sogar Musiker spielen Geige und Cello, obwohl es erst Vormittag ist. Es ist wirklich malerisch.

Erst als ich auf der Toilette sitze und dem Vogelgezwitscher lausche (ernsthaft, ich habe noch nie solche Toiletten gesehen. Ich sitze in einem Ei. Einem *Ei*), komme ich für ein paar Minuten zur Ruhe. Das Handy liegt in der Handtasche auf dem Boden und wartet regelrecht darauf, dass ich es herausnehme und die Flut an Benachrichtigungen abarbeite. Aber das kann warten. Bestimmt gibt es noch die eine oder andere Möglichkeit, die Mitteilungen zu beantworten. Irgendwann zwischen dem Frühstück, dem Shopping, dem Escape-Room und ... Ach was soll's. Ich hab schließlich kurz Zeit, oder?

Meine Finger öffnen flink WhatsApp. Mittlerweile ist der ganze Bildschirm voller neuer Nachrichten, aber ich springe zielorientiert zum Chat mit Lance. Ich tippe auf den schmalen, weißen Balken und starre mit schwebenden Fingern erwartungsvoll auf den blinkenden Cursor.

Ein aufgeregtes Kribbeln geht durch meinen Körper. Drei Monate Funkstille. Drei Monate nachdem er mich stehen gelassen hat. Und jetzt schreibt er, streckt seine Fühler aus. Mir ist, als wäre das ein gewichtiger Moment. Klar, es ist *nur* ein „Happy Birthday“, aber ... er hätte auch gar nicht schreiben müssen, oder? Trotzdem hat er es getan. Und jetzt liegt es an mir, diesen Hauch einer Verbindung nicht zu zerstören.

Ich muss eine ganze Weile regungslos auf den Bildschirm gestarrt haben, denn irgendwann geht das Displaylicht aus. Schnell öffne ich den Chat wieder, überschlage eine Option nach der anderen (ein Smiley? Ein Smiley und ein Danke? Ein Smiley und ein Danke und eine Frage? Ein Smiley, ein Danke eine Frage und ein Foto?), was mich ganz kirre macht. Seit wann fühlt sich texten wie Hochleistungssport an?

Aber mein Bauchgefühl sagt mir, dass ich antworten muss. Wie würde es denn aussehen, wenn ich es nicht tue? So, als ob es mir egal wäre. Und das ist es nicht. Im Gegenteil. Ich *will* diesen Kontakt. Ich will diese Freundschaft retten. Zumindest möchte ich an den Punkt kommen, an dem wir uns mit einem höflichen Lächeln in die Augen blicken können. Ich möchte fragen können: „Wie geht es dir?“, und er kann antworten: „Beschissen“, und dann essen wir gemeinsam einen Keks drüber (okay, das ist vielleicht etwas zu hoch gegriffen. Nur ... es wäre schon schön).

Eine neue Nachricht trudelt ein und reißt mich aus meiner kleinen Konzentrationsblase. Marcy! Aufgeregt drücke ich auf den erschienenen Balken, woraufhin mir ein Foto entgegenspringt. Sofort wird mir warm ums Herz. Emilia und Marcy haben ein Selfie gemacht, im Hintergrund streckt Josh seine Kaffeetasse in die Luft und Liem schiebt seinen Kopf mit neuer Mähne ins Foto.

Happy Birthday, Sue! Liem, Josh, Emilia und ich wünschen dir alles Liebe zum Geburtstag. Wir verfolgen deinen Channel aufmerksam (ich hab mir sogar ein Profil erstellt, damit ich ihn abonnieren kann!). Du machst das so toll. Wir vermissen dich.

Sofort überkommt mich das schlechte Gewissen. Ich hätte mich bei Marcy melden und mich erkundigen sollen, wie es so läuft. Schnell klicke ich auf Antworten, und fühle mich auf einmal sehr emotional.

Marcy! Wie schön, von dir zu lesen. Wie geht es dir und euch??

Nur Sekunden später antwortet sie.

Uns geht es gut, obwohl die Arbeit und Stimmung hier im Verlag nicht mehr die gleichen sind ... Es gibt aber viel zu tun, hast du gesehen, wie erfolgreich Jungle Feeling *geworden ist?*

Schmunzelnd tippe ich eifrig zurück.

Ja, das Buch kann man kaum ignorieren. Sogar Liem ist auf den Jungle-Zug aufgestiegen mit seiner neuen Frisur. Beste Werbung! :)

:) Ja, Moment

In einem anderen Ei wird gespült. Das ist mit Abstand die beste Toilette, auf der ich je war. An der abgerundeten Decke kleben sogar klitzekleine Lämpchen wie an einem Sternenhimmel. Ich könnte ewig hier sitzen bleiben.

Das Handy in meiner Hand summt und ein neues Bild ploppt im Chat auf. Mit zusammengekniffenen Augen schiebe ich meinen Kopf vor, muss ob des Fotos von Liems wilden Haaren lachen – als mir plötzlich der Hintergrund bewusst wird. Ich spüre, wie meine Mimik langsam in sich zusammenfällt. Ohne etwas dagegen tun zu können, bewegen sich mein Daumen und mein Zeigefinger auf die Stelle zu und zoomen ran.

Da ist er. Neben Emilias Tisch, eine Hand in der Tasche seiner Jeans, in der anderen Hand Dokumente. Sein Blick ist konzentriert auf ein paar Unterlagen gerichtet, so genau sehe ich nicht, was es ist. Aber selbst aus diesem nicht allzu scharfen Winkel sieht er schlimmer aus als zuvor. Ausgelaugt. Überarbeitet. Die Haare noch länger, der Bart wirrer ... die hochgekrempelten Ärmel seines Hemdes liegen nicht mehr an, sondern fallen locker um seine Unterarme.

Und bevor ich weiß, was ich tue, fliegen meine Finger bebend über die Tastatur.

Wie geht es ihm?

Mit zugeschnürter Kehle starre ich auf ihren Status, versuche, meinen Atem unter Kontrolle zu halten. Ich habe das Gefühl, als hätte ich einen kleinen Zugang erreicht. Als hätte sich ein kleiner unsichtbarer Spalt geöffnet, der es mir erlaubt, einen Blick quer durch Raum und Zeit zu erhaschen.

Zwei blaue Häkchen erscheinen, dann schreibt sie und hält wieder inne. So geht es noch etwa viermal, bis ihre Antwort eintrudelt.

Wir sehen ihn nicht oft ... Er sitzt viel in seinem Büro, meist kriegen wir ihn auch nur bei den Wochensitzungen zu sehen. Evelyn ist die Einzige, die ihn täglich sieht und seine direkten Anweisungen weitergibt.

Evelyn?

Meine Finger zittern, als ich auf ihre Antwort warte. Plötzlich ist mir ausgesprochen kalt.

Evelyn Burrows

Und dann, zwei Sekunden später:

Oh ... Hast du es noch nicht gehört ...?

Okay, das war's. Ich entschließe mich, Marcy später zu antworten und gehe zurück in die Chatübersicht. Wie festgefroren glotze ich auf die unzähligen Nachrichten, die noch gelesen werden möchten. Und während das Vogelgezwitscher über mir wieder von vorn anfängt, scrollt mein Daumen wie ferngesteuert durch die Namen. Chat für Chat, einer nach dem anderen ... Februar, Januar ... Dezember.

Und da sind sie.

Die letzten Zeilen, die ich ihm geschrieben hatte, samt rotem Herz. Mein Blick fällt auf sein Profilfoto und, als würde der Stich, den ich seit Marcys letzter WhatsApp tief drinnen verspüre, nicht genügen, klicke ich auf das Bild. Es ist eine Aufnahme, die noch nicht allzu lang her zu sein scheint. Zumindest trägt er den Bart, hat den Blick gesenkt und schmunzelt, sodass sich die kleinen

Fältchen um seine Augen bilden. Er sitzt im Pub vor einer Flasche Bier. Ich will gar nicht daran denken, wer das Foto gemacht haben könnte, also klicke ich es weg und lande wieder in unserem Chat.

24. Dezember.

Als würde ein ganzes Jahr dazwischenliegen.

Ich starre auf das letzte Kuss-Smiley, das er mir am 23. geschickt hat, was sich unwirklich anfühlt. Auf seinen Status, auf die Zeit, als er das letzte Mal online war: heute Morgen um 05:00 Uhr.

Eine kleine Stimme rät mir, den Chat zu löschen. Die ganze Historie. Die ganzen Fotos, die ganzen Unterhaltungen, die wir meist mitten in der Nacht geführt haben, wenn wir nicht beieinander waren. Es wäre das Klügste. Es würde schmerzen, aber dann wäre es weg. Archiviert. Gespeichert, irgendwo, abgelegt in einem Ordner.

Aber ich kann es nicht. Ich bringe es nicht fertig. Meine Sicht verschwimmt und die Worte lösen sich auf.

Ich *kann* es nicht.

Stattdessen bewegen sich meine Finger über die Tastatur, als hätten sie sich selbstständig gemacht, tippen Buchstabe für Buchstabe ... folgen dem inneren, ruhelosen Drang ihm irgendwie nah sein zu ...

„Sue?" Ein Poltern an der Tür lässt mich auf-schrecken, und das Handy in meiner Hand rutscht durch meine Finger.

Es geschieht wie in Zeitlupe.

Mit wachsendem Entsetzen vernehme ich das verheißungsvolle, vertraute *Blopp* und ... starre mit aufgerissenen Augen auf das helle Display auf dem Boden. Auf die drei unschuldigen Wörter. „Ich vermisse dich."

Ich habe das Gefühl, als hätte man mich in ein Loch gestoßen.

„Bist du da drin? In welchem Ei bist du?"

„Ich ... Ich bin hier. Hier!" Meine Stimme klingt schrill und eine Oktave zu hoch, meine Hände zittern wie Espenlaub. Bebend halte ich das iPhone vor mein Gesicht.

Das darf nicht wahr sein. Das ... *nein!*

„Kommst du heute noch da raus?" Sophie kichert und Ellie flippt im Hintergrund wegen der Toiletten regelrecht aus. Derweil tippe ich wie eine Wilde auf die Nachricht, die sich vor wenigen Sekunden auf den Weg durch den Äther gemacht hat. Ich tippe, wische, streiche, suche verzweifelt nach der Option, sie zu löschen. Verdammt noch mal, ver... Wo ist diese ... da! Auf einmal öffnet sich das Untermenü, meine Augen stoßen auf „Löschen", meine Hoffnung wächst, ich halte den Atem an und ... weg.

Es ist weg. Gelöscht.

Stöhnend vor Erleichterung sacke ich zusammen.

„Waren das gerade die Pizzabällchen?" Sophies Stimme hallt durch die Tür in mein Ei.

Um sicherzugehen, halte ich mir das Display erneut vor die Augen, vergewissere mich, dass die Nachricht auch wirklich gelöscht wurde. Aber sie ist weg. Und er nicht online. Keiner wird es merken. Gott sei Dank.

Schnell springe ich zurück in die Übersicht und bedanke mich bei jedem einzelnen kurz für die Glückwünsche (mit Ausnahme von Jake und Lance – ich brauche beim besten Willen etwas mehr Zeit dafür), bis ich erleichtert feststelle, dass Rups Chat mindestens zehn Positionen weiter runtergerutscht ist. Aus den Augen, aus dem Sinn. Quasi.

Als ich die ovale Tür öffne, stehen Sophie und Ellie vor dem Spiegel und während Ellie ein Foto von sich und den farbigen Discoleuchten über uns macht, guckt Sophie, als hätte ich weiß Gott was hier getrieben. „Alles in Ordnung?"

„Ja! Ja, klar. Ich hab nur ... Ich hab die Atmosphäre genossen. Dem Vogelgezwitscher gelauscht, die Sterne angeguckt ... Sowas halt."

„Da drin zwitschern *Vögel?*" Ellies Augen erreichen die Größe von Untertellern und sie verstaut das Handy in ihrer Umhängetasche. „Jetzt muss ich auch pinkeln!"

Wir schauen zu, wie sie im Ei hinter uns ver-schwindet, hören noch ein dumpfes „Woow" und müssen uns ein Kichern verkneifen.

„Kann es vielleicht sein, dass du irgendwelche Nachrichten verschickt hast?"

„Was? Nein, hab ich nicht!" Ein Lachen rutscht mir über die Lippen, so als hätte Sophie gerade den lächerlichsten Witz aller Zeiten erzählt, realisiere aber, dass mein Kopf im Spiegel ganz rosig leuchtet. Meine Wangen sehen aus, als hätte ich gerade einen Sprint hingelegt. Schnell lasse ich das mit dem Lachen sein. „Na gut, habe ich. Aber es war ein Versehen!"

„Wem hast du geschrieben?"

Statt ihr zu antworten, werfe ich ihr einen verkniffenen Blick zu.

„Okay, was hast du ihm geschrieben?" Sie lehnt sich an den Händetrockner, mit diesem verständnisvollen Lächeln im Gesicht.

„Ich ... Das kann ich nicht sagen."

„Sue." Sie rollt mit den Augen. „Du weißt, dass du mir *alles* sagen kannst."

„Ich weiß", sage ich schnell. „Nur wollte ich es gar nicht schreiben, es war nur ..." Ich besinne mich, schlucke schwer. „Ich hab Rup geschrieben, dass ich ihn vermisse." Wieder wird mir ganz anders.

„Und was hat er geantwortet?"

„Gar nichts, weil ich die Nachricht gelöscht habe. Sofort. Rigoros. Und er hat es nicht gesehen." Bestrebt greife ich in meine Ledertasche und reiche ihr mein Handy. „Schau nach. Alles weg!"

Während ich meine Hände wasche, werfe ich mir einen Blick im Spiegel zu. Meine Wangen sind noch immer rosig, was aber womöglich am Licht liegt. Oder der gelben Bluse. Oder an meinen rötlich schimmernden Haaren, die immer länger werden und mittlerweile in definierten Wellen über meine Schultern fallen.

„Nur eine Frage ...“ Sophie hat die Lippen verzogen. „Hast du die richtige Option gewählt, als du sie gelöscht hast? Die, bei der die Nachricht bei allen Empfängern gelöscht wird?“

„Ja. Ganz bestimmt.“ Mit einem kräftigen Ruck ziehe ich am Papierhandtuchspender, spüre aber aufgrund Sophies fehlender Rückmeldung leichtes Unbehagen aufkommen. Meine Hände bewegen sich immer langsamer, bis ich mich tatsächlich gar nicht mehr rühre. „Oder? Hab ... Das hab ich doch, oder?“

„Ich bin da nicht so sicher.“ Mit undurchsichtiger Miene dreht sie den Sperrbildschirm in meine Richtung.

Ein Fragezeichen. Nichts weiter. Kein Wort, nichts. Alles was er geschickt hat, ist ein Fragezeichen.

Es ist, als hätte mir jemand den Boden unter den Füßen weggezogen.

„Das ... Mein ...“ Ich krieg keinen Satz raus.

Mir ist, als sollte ich mich setzen.

„Okay, kein Problem!“ Sophie richtet sich auf, wischt den Bildschirm zur Seite und tippt eifrig los. „Falscher Chat. Sorry.“ Fragend blickt sie auf. „In Ordnung?“

„Keine Ahnung.“ Meine Stimme klingt heiser. „Kann ich es nicht ignorieren? Vielleicht habe ich es ja gar nie gekriegt und das wäre dann auch nicht unhöflich, oder?“

„Er ist online und sieht womöglich, dass ich schon was geschrieben habe.“ Sie verzieht den Mund. Aus irgendeinem Grund klopft mein Herz kurz schneller. „Am besten, wir machen kein großes Drama draus. Sei einfach froh, dass du ihm kein Nacktfoto geschickt hast."

Mir entgleist jegliche Mimik. „Wem sollte ich denn ein Nacktfoto schicken?"

Sophie zuckt mit den Schultern. „Solche Dinge geschehen ziemlich schnell."

„Ben hat mir mal ein Nacktfoto geschickt." Ellie gesellt sich fröhlich zu uns und beginnt, sich neben mir die Hände zu waschen.

„Ja, aber das ist Ben. Ben ist grundsätzlich immer nackt, also ist es bei ihm irgendwie ... Normalzustand?"

„Okay, schick den Text", sage ich, komme wieder auf die Beine und nicke Sophie bestrebt zu. „Wir schreiben, dass es der falsche Chat war. Das könnte ja wirklich sein. Oder?" Erwartungsvoll blicke ich zu meinen Freundinnen.

Ellie trocknet bedächtig ihre Hände ab. „Hast du Rup geschrieben?"

„Nicht absichtlich. Das Handy ist mir aus den Fingern gerutscht und dann ist es passiert."

„Okay ..." Sie wirft das nasse Tuch in den Abfalleimer neben Sophie und legt den Kopf schief, so wie sie es häufig tut, wenn sie sich über etwas wundert. „Dann sehe ich das Problem nicht. Befürchtest du denn, dass du ihn verletzt haben könntest, oder so?"

„Na ja, das ..." Stockend suche ich nach den richtigen Worten, aber in Wahrheit weiß ich gar nicht, was ich darauf antworten soll.

„Könnte es vielleicht etwas mit dieser Evelyn Burrows zu tun haben?" Sophie hält mit reumütiger Miene mein Handy vor sich. „Tut mir leid, aber Marcy hat gerade geschrieben und gefragt, ob sie etwas Falsches gesagt hat."

Kraftlos lasse ich meine Schultern fallen. „Ja. Womöglich", gebe ich schließlich zu. „Ich habe Rup gestern Abend im Pub gesehen, Ells, und er sah ... nicht gerade gesund aus. Und er war nicht allein. Das hab ich nicht erwähnt, weil ich nicht daran denken wollte." Ich werfe Sophie einen Blick zu. „Und als Marcy geschrieben hat, dass diese Evelyn täglich um ihn herum ist, war ich ... Keine Ahnung. Es tut nur weh, ihn so zu sehen." Irgendwie bringe ich dann doch noch ein trauriges Lächeln zustande. „Und immerhin hat *er* sich gegen uns entschieden, also ist es nicht an mir, mich zu melden."

Sophie und Ellie tauschen einen Blick.

„... was kindisch ist. Weiß ich! Wirklich." Mühevoll versuche ich, die Gedanken und Gefühle, die in mir rumschwirren wie Bienen in einem großen Stock, unter Kontrolle zu kriegen. „Ich möchte es nur ... irgendwie schaffen, nach vorn zu schauen. Und gleichzeitig wissen, dass es ihm gut geht. Schätze ich."

Einen Moment sagt niemand was. Irgendwo geht eine Klospülung.

„Hier." Sophie reicht mir das Handy und ich stecke es ohne einen Blick darauf ein. „Wenn du willst, kann ich Marc auf ihn ansetzen. Wenn einer die nötige Sensibilität besitzt, dann er."

Unwillkürlich muss ich lachen. „Ja. Keiner ist so dezent wie Marc. Das wäre nett. Danke, Soph."

„Gut." Sie löst ihre Hand und legt mir den Arm um die Schulter. „Dann können wir jetzt endlich zu dem Teil kommen, in dem wir stundenlang Kuchen essen und uns danach gegenseitig bemitleiden?"

29

April

Es ist der erste Donnerstag im April, bereits sechs Tage später, aber ich glaube, ich verdaue immer noch. Es sollte eigentlich ein lebhafter und sportlicher Abend werden, aber um ehrlich zu sein bin ich für das Gegenteil dankbar.

Jake, Fred und ich sind vor einer Stunde in Janine Taylors Aerial-Yoga-Studio angekommen, haben ein paar Aufnahmen des Raumes gemacht, uns den Hintergrund des Konzepts erklären lassen und einige Interviews mit den Teilnehmerinnen geführt.

Als Maddison uns gebeten hat, diesen Kurs zu besuchen, dachte ich ernsthaft, das wird so eine Brücken-Sonnengruß-Dreiecks-Geschichte, aber im Grunde genommen ist es ziemlich entspannend.

Ich liege ausgestreckt in einem rosa Tuch (das laut Janine für Glück und Heiterkeit steht) und schaukle friedlich hin und her. Im Hintergrund läuft leise Klangschalenmusik und Janine hat diese beruhigende, fürsorgliche, mütterliche Stimme, der man alles glaubt. Zum Beispiel meinte sie ganz am Anfang: „Rollen wir uns nun mit einem gelösten Rückwärtssalto in unser Tuch ein“, und ich dachte nur: „Okay“, obwohl ich gar keinen Rückwärtssalto beherrsche (auf dem Video wird allerdings bestimmt ersichtlich sein, dass ich ihn nicht beherrsche. Tatsächlich war es mehr an Janine, den Rückwärtssalto auszuführen, während meine Beine irgendwo verstreut waren. Aber das gehört wohl dazu).

Mittlerweile muss ich auch gar nicht mehr lachen und fühle mich wie ein Baby in einem eng anliegenden Kokon.

„Wir geben uns noch ein paar Minuten unserer Anfangsentspannung hin … und kommen langsam und uns besinnend zur Ruhe.“

Sie erinnert mich ein bisschen an Ben, nur ist das hier erholsamer. Auch ist da kein Druck, keine Erwartungshaltung, nichts. Ich liege, wiege mich sanft hin und her, werde sogar etwas dösig. Auch mein Kopf scheint runterzufahren und mit der Zeit beginnen meine Sorgen sich in Rauch aufzulösen. Eine nach der anderen, so als würde man bedächtig Kerzen auspusten.

Da ist Lance, meine Antwort an ihn (ein Smiley mit einem Danke) und seine fehlende Rückmeldung. Da ist Rup, der sich auf Sophies Text hin nicht mehr gemeldet hat. Da ist die Befürchtung, dass es zwischen Jake und mir seltsam werden könnte, aber auch diese Sorge spielt gerade keine Rolle. Da bin nur ich in diesem übergroßen Laken, hin- und herschaukelnd, wie auf einer Hängematte in der Karibik.

Erst als sich Janines Stimme wie durch Watte in meinen Dämmerzustand bahnt, komme ich wieder träge zu mir. Gerade noch spricht sie von der ersten Ananas des Tages und schon fühle ich die stille Euphorie aufkommen, mich hier als Kundin einschreiben zu wollen.

„Lass mich dir helfen, Sue.“ Sie erscheint neben meinem Kopf und mir wird automatisch noch wohliger zumute. Sie sieht aus wie Mutter Erde, mit ihren langen, zum Zopf gebundenen Haaren und dem grünen Yoga-Gewand. Das heißt … sofern Mutter Erde existiert und ein Nasenpiercing hat.

„Wir kommen nun zur hängenden Fledermaus, der ersten Asana des heutigen Tages.“ Mit geübten Fingern zieht sie das Tuch sanft in meinen Nacken und die Kniekehlen und ehe ich mich über Asanas wundern kann, ist mein Körper mit einem Ruck um neunzig Grad gekippt: Meine Füße zeigen zur Decke, mein Kopf gen Boden. Von jetzt auf gleich werden meine

Bauchmuskeln gefordert, meine Finger krallen sich in das Tuch und während ich gar nicht kapiere, was hier gerade passiert ist, stützt sie mit einer Hand bedächtig meine Beine und seufzt: „Genau so, wunderbar, Sue."

Ich bringe ein keuchendes „Okay?" zustande, traue mich aber nicht, mich zu bewegen. Oder zu atmen. Oder zu blinzeln. Gerade lag ich noch am Strand mit Aussicht auf Ananas und jetzt habe ich das Gefühl, zitternd und kopfüber an meiner Rumpfmuskulatur aufgehängt zu sein. Dabei wusste ich bis vor wenigen Sekunden gar nicht, dass diese zu so etwas überhaupt fähig ist.

„Alles in Ordnung?" Aus Jakes Stimme ist eine Spur Besorgnis rauszuhören.

Ich will nicken, aber es geht nicht. Ich will etwas sagen wie: „Klar, ich häng hier nur so rum!", aber ich krieg keinen Laut über meine Lippen. Denn sobald ich mich bewege, sobald ich auch nur laut *denke*, geht die ganze Anspannung flöten. Ich weiß das. Mein Bauch weiß das. Und ich wette, Fred weiß das, denn ich könnte schwören, dass er gerade mit der Kamera auf meinen Kopf zoomt.

„Und wir lösen die Position sorgfältig und bedacht ...". Janines Hände bewegen sich geschmeidig entlang meines Beines und ... drücken es nach vorn? Was ...? Das ist doch nicht ihr Ernst!

Das Zittern in meinem Körper intensiviert sich, so sehr versuche ich, die Balance zu halten. Ich spüre Muskeln, von denen ich gar nicht wusste, dass sie da sind. Mit jedem Zentimeter, jedem *Millimeter,* den sich mein nackter Fuß in Richtung meines Gesichtes schiebt, spüre ich, wie ich bröckle wie ein löchriger Jengaturm.

„Hervorragend", flötet Janine. „Ihr seht aus wie Göttinnen."

Ich hab keine Ahnung, wo diese Frau hinsieht, aber bestimmt nicht auf mich. Mein Kopf pulsiert und leuchtet wie eine Tomate, jede Wette. Jede ... verdammte ... Wette.

O *Goooott,* mein Bauch.

„Ist das gesund?" Jake macht einen Schritt auf uns zu. „Ich meine, für Anfänger wie Sue. Ist das ein gängiges Training?"

Ihre Hände lösen sich vorsichtig von meinem Bein und sie bewegt sich zu Jakes Stimme.

Ernsthaft? Sie verschwindet?

Ernsthaft?

„Tatsächlich werden beim Aerial-Yoga sämtliche Muskelgruppen aktiviert und gedehnt. Deswegen haben wir auch die Aufwärmübung zu Beginn gemacht, um den Körper sanft darauf vorzubereiten."

Aufwärmübung? Wir haben geschaukelt! *Geschaukelt!*

Mir läuft gerade so viel Blut in den Kopf, dass sich meine Ohren beginnen zu verschließen. Da ist nichts mit *sanft*! Alles beginnt zu kribbeln, meine Füße, meine Beine, meine Arme, meine Lippen, einfach *alles*.

„ ... ein Faszientraining ... durch die Kompression ... nötigen Nährstoffen ..."

Sollte es sich so anfühlen, ohnmächtig zu werden, passiert es jetzt gerade. Wenn sie nicht in wenigen Sekunden irgendetwas in die Richtung von „Lösen" oder „Pause" sagt, passiert hier gleich ein Unglück.

„... fliegendes Workout ... Körpergewicht an das Tuch ... darfst loslassen ..."

Das war's. Ich kann nicht mehr.

Das Tuch rutscht durch meine Finger, mein Körper wird lasch, faltet sich auf verdrehte Art und Weise in sich zusammen. In einer abstrusen Zeitlupensequenz werde ich Zeuge davon, wie mein nackter Fuß, angeführt von meinen roten Zehen, sich an meinem Gesicht entlang schiebt und mein ganzer Körper folgt wie ein schwerer Mehlsack. Jake prescht von einer Millisekunde auf die andere zu mir, aber es ist zu spät. Als seine Hände irgendwo auf meiner Schulter und meiner Seite landen, habe ich es fertiggebracht, mein Gesicht in die Matte zu drücken und mein Handgelenk unter meinem Hüftknochen zu begraben.

Niemals wieder leg ich mich in so ein Ding. Nie wieder. Das war's.

„Sue! Hey. Hey, hey, hey, geht's dir gut?" Jakes warme Hände landen auf meiner Schulter. Er ist neben mir auf die Knie gefallen und ich blinzle durch die Haare in seine Richtung.

Ich liege da wie ein Haufen. Aber ich kann nichts tun. Will auch gar nichts tun. Um ehrlich zu sein, weiß ich nicht mal, wo mein Fuß ist. Vielleicht liegt er da hinten bei Fred. Könnte sein.

„Kannst du dich bewegen?" Sein Gesicht ist vor lauter Sorge ganz verzogen. Er schaut mir prüfend in die Augen, auf meinen Kopf, sonst wohin, und wirkt ziemlich mitgenommen. Vermutlich ist ihm das mit meinem Fuß auch aufgefallen.

Träge nehme ich weitere Unruhe wahr. Sehe, wie sich mehr nackte Füße zu uns gesellen. Keine der anderen Teilnehmerinnen ist auf den Boden geknallt. Keine. Alle sind sie gelandet wie gewichtslose Babyvögel, nur ich nicht. Ich habe nicht mal Zeit, mir darüber Gedanken zu machen, denn als ich Luft hole, geht ein jäher, spürbarer Ruck durch meinen Körper.

„Vorsichtig." Jakes Hand schiebt sich behutsam unter meinen Oberarm und ich nutze den Anstoß, um eine Anwesenheitskontrolle durchzuführen.

Da ist mein rechtes Bein. Mein linkes Bein. Mein Fuß ... Mein anderer Fuß. Das ist gut. Er ist da. Das ist schön. Hätte ich ehrlich gesagt nicht erwartet.

„Janine, würden Sie etwas Eis bringen?“ Jake wendet sich mir wieder zu, stützt mich, als ich mich aufrichte und langsam auf meinen Hintern fallen lasse. Die rechte Seite meiner Hüfte pocht unangenehm, und mein Handgelenk fühlt sich an, als hätte ich es in ein Waffeleisen gesteckt. Ich hole tief Luft, ziehe meine Nase kraus und versuche mich an einem Lächeln, während ich meine Finger spreize. „Alles gut. Ist ... Ist nichts passiert.“

„Zeig mal her.“ Jake nimmt vorsichtig meine Hand in seine und fährt behutsam mit dem Daumen über die empfindliche Stelle an meinem Gelenk.

Es geschieht ohne weiteres Zutun. Neben der Rötung bilden sich kleine pulsierende Punkte, die sich von meinem Arm über meine Schultern ausbreiten, bis mich die Gänsehaut an meinem ganzen Körper überkommt. Ich hole bebend Luft, ehe ich aufschaue und direkt auf seinen Blick treffe. Ohne den Augenkontakt zu unterbrechen, zirkuliert sein Daumen weiter über meine Haut, Stück für Stück, Zentimeter um Zentimeter, unaufhörlich ... Seine Lippen öffnen sich einen Spalt, ein Schatten huscht über sein Gesicht ...

„Hier, bitte, das Eis.“ Eine Hand streckt Jake ein blaues Kühlpad entgegen und kappt die Verbindung zwischen uns. „Sue, es tut mir sehr, sehr leid.“ Janine geht geräuscharm neben Jake auf die Knie und schaut mich an wie ein kleines Kätzchen, das gerade über seine eigenen Pfoten gestolpert ist. „Ich habe mich in meiner Annahme, dass du bereit für diese Übung bist, wohl geirrt.“

„Kein Problem!“ Meine Stimme klingt heiser, weswegen ich mich schnell räuspere. „Ich dachte ja auch, dass ich das wäre, nur ... nicht gerade so. Also ...“

„Ich hoffe, es ist nicht allzu schlimm?“

„O nein, das wird schon wieder.“ Ich lächle ermutigend und hoffe inständig, dass sich all die Frauen rund um mich herum bald mal zurückziehen. Am liebsten würde ich rufen: „Alles bestens! Schnallt euch wieder an die Decke, hier gibt es nichts zu sehen!“, denn langsam wird es peinlich.

„Ich denke, wir beenden dann die Aufnahme hier.“ Jake macht keine Anstalten, mein Handgelenk loszulassen. Stattdessen sucht er nach Fred. „Fred, willst du noch bleiben, um ein paar Mitschnitte zu drehen? Allenfalls können wir das Video doch noch zusammenstellen. Das heißt, wenn das für dich in Ordnung ist, Sue?“

„Klar! Ja, sicher. Man kann es ja ... schneiden und ... ein paar Soundeffekte darunterlegen.“

„Gut. Fred, wir treffen uns morgen vor dem Meeting mit Maddison im Büro. 08:00 Uhr?“ Er nickt ihm zu, ehe er näher zu mir rutscht. „Dann versuch aufzustehen, ich bring dich nach Hause.“ Mit der anderen Hand greift Jake unter meinen Oberarm und bringt mich sachte auf die Beine. Im ersten Moment bin ich noch etwas wackelig unterwegs, gebe mir aber Mühe, fröhlich zu lächeln.

„Hier. Fest draufdrücken.“ Das Kühlpad legt er auf mein Handgelenk. „Ich hol deinen Rucksack.“

Kaum ist Jake weg, landen gefühlt zehn Paar Hände auf meinen Schultern. Ich höre „Du Arme!“ und „Geht es dir auch wirklich gut?“ und jemand fragt doch tatsächlich: „Sicher, dass wir nicht den Krankenwagen holen sollen?“, was ich doch etwas übertrieben finde. Ja, ich bin runtergefallen, aber es ist ja nicht so, als hätte deswegen die Erde gebebt, oder?

Fünf Minuten später sind wir in Jakes altem Range Rover auf dem Weg nach Hoxton. Die Fahrt dauert knapp eine Viertelstunde und als Jake den Wagen auf einem freien Parkplatz hinter dem Haus abstellt, hat sich mein Handgelenk in einen Eisklotz verwandelt. Es könnte die Abendsonne sein, die durch das Kühlpad hindurchscheint, aber ich glaube, es ist blau geworden.

Jake wirft sich meinen Rucksack mit den Klamotten über die Schulter, hält mir die Tür auf und begleitet mich nach oben. Inzwischen hat sich das Pochen an meiner Hüfte in einen gefühlten Flächenbrand ausgeweitet. Jede Wette, dass meine Seite morgen ein blauer Fleck in der Größe eines Kontinents ziert.

Erst als ich die Tür aufschließe und Jake über die Schwelle tritt, die Hände in den Taschen seines Mantels, wird mir bewusst, dass er in meiner Wohnung steht. Unwillkürlich blicke ich mich um und kann mich nicht mehr daran erinnern, aufgeräumt zu haben.

„Es ist nicht sehr groß, aber es reicht aus", erkläre ich, obwohl ich das gar nicht tun müsste. „Eigentlich gehört sie Sophie, meiner ..."

„... deiner besten Freundin, ja." Er schmunzelt, zieht an der Schnur eines Ballons, der mehr tot als lebendig durch die Luft wabert. „Ich weiß."

„Woher ...?"

„Du hast von ihr erzählt, als wir spazieren waren, in der Nacht vor deinem Geburtstag. Mit den Frittelle alla Nutella."

„Oh. Ja. Richtig." O Gott. Ich hätte schwören können, dass wir über Filme und bereiste Länder geredet haben. Außerdem bin ich nicht ganz sicher, wieso sich *Frittelle alla Nutella* aus seinem Mund anhört, als würde er etwas Unanständiges sagen.

„Ich sollte kurz ... Es ist alles nass, also ... einen Moment." Mit einem Nicken auf den Fleck auf meiner Jacke steuere ich das Badezimmer an. „Du kannst gerne fernsehen, wenn du willst. Oder etwas essen! Wenn du hungrig bist, nur zu."

„Schon gut. Ich warte. Es sei denn, du willst, dass ich gehe. Ich kann auch ..."

„Nein! Ich meine ... Nein. Ist schon gut. Ich bin gleich wieder da.“ Kaum bin ich im Bad, lehne ich mich atemlos gegen die Tür.

Atme ein. Atme aus.

Brauche ein paar Sekunden. Rede mir ein, dass es kein Ding ist. Es ist nicht ungewöhnlich. Es ist nur eine Wohnung. Selbst wenn Rup der Einzige ist, der je hier war, dann ist das ... okay! Wie Sophie sagte: Es ist in Ordnung.

Nachdem ich mich aus der Jacke geschält habe, inspiziere ich mich kurz. Mein Handgelenk leuchtet glänzend rot, ebenso wie meine Hüfte.

Eilig greife ich nach dem Pullover, der am Haken hinter der Tür hängt, ehe ich den Knoten auf meinem Kopf löse und einhändig versuche, meine Haare zu bändigen. Ich schlage sie von links nach rechts, dann von rechts nach links, starre in den Spiegel und merke, wie sich meine Wangen erneut rosig färben. O Gott. Wie auch immer. Ich streiche lose Strähnen hinter die Ohren, werfe das alte T-Shirt und das Jäckchen in die Wäschetonne und trete wieder hinaus.

Jake steht mit dem Rücken zu mir neben dem Esstisch. Er hat seinen Mantel über die Stuhllehne gelegt und begutachtet die gerahmten Fotos auf der Kommode. Als der Boden unter meinen Füßen knarzt, dreht er sich um, einen Bilderrahmen in der Hand. „Hier, das mag ich. Du siehst aus, als hättest du die beste Zeit deines Lebens.“

Ich trete näher, erkenne den Schnappschuss aber schon von Weitem. Lance hat es aufgenommen, als wir in der Schweiz in der Reihe für das Bungee-Jumping angestanden sind. Er strahlt über das ganze Gesicht, während ich mit zerzausten Haaren vor den Augen, bleichem Gesicht und verkniffener Miene danebenstehe.

„Ist er das? Dein Ex?“

„Ja! Ja, das ... Es ist nicht der, den ich im *Whitbys* gesehen habe, aber ja." Um ein sorgenfreies Lächeln bemüht, kratze ich mich an der Stirn. „Ich konnte es nur noch nicht weglegen, ich häng an den Bildern, irgendwie."

„Das musst du auch nicht." Er stellt das Bild wieder zurück. „Es gehört zu dir. Bei mir zu Hause sieht es beinahe ähnlich aus."

Mit einem matten Lächeln beobachte ich, wie er den Blick über die anderen Fotos schweifen lässt und komme nicht drum herum zu merken, dass seine Schlüsselbeine unter dem dunkelblauen Sweater hervorstehen. Von der Seite wirkt er nicht sonderlich athletisch, aber dennoch trainiert. Auch die definierte Form seines Halses unter seinem gestutzten Bart ist mir noch nie zuvor aufgefallen und ... ich habe keine Ahnung, warum mir das gerade durch den Kopf geht.

„Wie geht es deinem Handgelenk?"

„Hm?" Ich schrecke auf. Mittlerweile hat er sich meiner Hand zugewendet. „Oh, schon besser. Ja. Ich ... Es wird wohl noch etwas anschwellen, aber du weißt schon ... Wenn es nicht gebrochen ist, dann gibt es noch Luft nach oben!"

O je. Kein Mensch sagt so etwas. Absolut niemand. Macht das überhaupt Sinn? Ich glaube nicht.

Jake hält meine Hand, streicht noch mal mit dem Daumen darüber. Er riecht nach Sandelholz, Kaschmir und Kaffee. Es ist ... Ich weiß nicht.

„Hast du Erfahrung als Rettungssanitäter?", frage ich, um die Situation aufzulockern.

„Aus der Armee, ja." Er schmunzelt, dreht meine Handfläche nach oben. „Aber es hat mir irgendwie nicht zugesagt."

„Wieso nicht?" Meine Stimme wird immer brüchiger. Jake schiebt den Ärmel meines Pullovers mit so einer Behutsamkeit nach oben, dass es mich schaudert.

„Weil es nicht das war, das mich erfüllte. Ich wollte meinen ... Horizont erweitern.“ Seine Finger streichen über die empfindsame Stelle meines Gelenkes und hinterlassen ein Kribbeln, das sich in meinem ganzen Körper ausbreitet. „Unterschiedliche Themen, Menschen, die ihre eigenen echten Geschichten erzählen ... Ich empfand den Gedanken daran, diese mit der Welt zu teilen als sehr ... befriedigend.“

Bebend atme ich aus. Wir schweigen, halten beide die Aufmerksamkeit auf unsere Hände gerichtet.

Ich weiß nicht, was hier geschieht. Wieso mein Herz in einen unregelmäßigen Rhythmus fällt, oder auf welchen Pfad wir uns hier begeben. Ich weiß nur, dass seine Finger kleine Stromstöße durch meinen Körper schicken. Dass meine Lippen spröde werden. Dass Jake einen kleinen Schritt weiter auf mich zukommt, bis ich die Wärme seines Körpers spüre und ich mich gegen die Wand hinter mir fallen lasse.

Und als er meine Hand behutsam gemeinsam mit seiner senkt, sein Atem mein Gesicht streift und seine andere Hand meinen Hals berührt, verliere ich jeglichen Bezug zur Realität. Sein Daumen fährt über meine Wange ... seine andere Hand legt sich um mein Gesicht ... seine Bartstoppeln kratzen sachte über meine Lippen ... ich rieche seinen Duft, atme die Luft, die er atmet, ... spüre, wie er meinen Kopf unwesentlich in den Nacken legt, sich die Spitzen unserer Nasen berühren und ... spüre, wie ich falle. Mein Körper lässt los, jegliche Anspannung fällt in sich zusammen, kaum berühren Jakes Lippen die meinen.

Zuerst noch sanft und vorsichtig tastet er sich voran, bis er scharf die Luft durch die Nase einzieht und seinen Körper gegen meinen drückt. Meine Hände legen sich wie von selbst auf die Stelle oberhalb seiner Hüfte, krallen sich in den Stoff seines Pullovers. Ich zittere, zittere am ganzen Körper, lasse mich auf ihn ein, versuche die Empfindungen, die durch meinen Körper strömen, irgendwie zu erfassen. Seine Zunge fährt achtsam über meine Lippen, lässt mich nach Luft schnappen, mich vergessen, wo wir sind, wann wir sind. Die Haut an meiner Schulter kribbelt, als seine Hand den Kragen des Pullovers über mein Schlüsselbein schiebt und ich unterbreche den Kuss, ziehe mich kurz zurück. Atme schwer. Schaue zu ihm auf, blicke in seine dunklen Augen, dessen Blick sich forschend und intensiv in meinen bohrt. Seine Hand wandert langsam an meiner Seite entlang bis zum Saum meines Pullovers, und ohne meinen Blick von ihm zu nehmen, richte ich mich auf, stelle mich auf die Zehenspitzen, komme seiner Hand entgegen, deren Fingerspitzen sich unter mein Oberteil schieben, sich auf meine nackte Haut legen, meinen Mund öffnen, meinen Puls beschleunigen.

Ich lasse los ... die Gedanken, Ängste, Sorgen ... ich lasse sie für diesen einen Moment zurück.

30

Meine Gedanken trudeln im Leerlauf.

Ich kann nicht glauben, was gestern passiert ist. Bereits jetzt kommt es mir vor wie eine blasse Erinnerung: die ganze letzte Nacht. Der Moment heute Morgen, in dem Jake aufgestanden und gegangen ist. Wie ich geduscht, mich in irgendwelche Kleider gesteckt, mir eine Mütze auf den Kopf gezogen habe und plötz-lich vor Sophies Tür stand. Wie sie öffnete, die erfreute Überraschung einem simplen „Oh“ weichend.

Und wie ich jetzt hier sitze. Auf dem Boden, zwischen dem Sofa und dem Beistelltisch. Keine Ahnung wie lange. Zwischen gestern und jetzt liegt eine gefühlte Ewigkeit und doch ... irgendwie auch nicht.

„Willst du ... darüber reden?“ Sophie hockt auf den Knien vor mir, zwei Bleistifte im Haar. Sie arbeitet im Homeoffice und sieht selbst ungeschminkt aus, als hätte sie einen zehnjährigen Schönheitsschlaf hinter sich.

Ich öffne den Mund, brauche aber einen Moment, bis ich meine Stimme finde. „Jake war gestern bei mir.“

„Okay ...“

„Und wir haben ... Wir haben ...“ Meine Augenbrauen wandern zum Ansatz meiner Mütze und ich versuche, *versuche* es auszusprechen, das Kind beim Namen zu nennen, nur ... wenn ich es tue, dann ist es wirklich passiert. Dann ist es da draußen.

„Hat er dein Pflänzchen gewässert?“

Auf einmal steht da Marc oben ohne in der Schiebetür, mit einer Packung Brezeln in der Hand. Seine Haare stehen in alle Richtungen ab und ich bin so überfahren, dass mir die Röte ins Gesicht schießt. „Wa...? Nein, wir ... Nein!“ Ich stottere, kann nicht fassen, dass er eine solche Frage stellt. Kann nicht fassen, dass ich ernsthaft darauf *antworte*. „Wir haben ... Wir haben verhütet, das ... Wir haben nicht ..." Die Worte versanden kläglich in Marcs brüllendem Lachen. „Das war metaphorisch gemeint." Er wühlt in der Packung. „Von Zeit zu Zeit gelingt sogar mir so ein philosophischer Scheiß."

Ich öffne meinen Mund, schließe ihn wieder. Bin überfordert.

„Also hattet ihr Sex", fasst Sophie sachlich zusammen, worauf ich ein stummes „Ja", bestehend aus Nicken und Schulterzucken, fertigbringe.

Das war es. Jetzt ist es passiert. Jetzt ist es da draußen.

„Okay." Sie nickt mit einer nachdenklichen Miene, stützt ihre Hände auf ihren Oberschenkeln ab und lehnt sich ein Stück vor. „Aber ist das nicht gut für dein Pflänzchen?"

„Was?" Perplex glotze ich sie an. „Wie soll das ... Wie soll das gut sein?"

„Na, weil dein Leben weitergeht, Sue!" Sophie wirft die Hände in die Luft. „Du bist jung, du bist hübsch, du hast Augen wie ein junges Reh und ein gutes Herz. Ein *gutes* Herz, hörst du?" Sie stupst meine Knie an. „Und wenn Rup nicht bereit für eine Beziehung ist und erst mal mit sich selbst ins Reine kommen muss, dann *ist* es eben so! Du kannst ihn nicht zwingen. Und schon gar nicht kannst du ihm helfen, wenn er die Hilfe gar nicht will."

Mit einem leeren Schlucken blicke ich über ihren Kopf hinweg zu Marc. „Hast du mit ihm gesprochen? Oder ihn gesehen?"

„Hab's versucht." Kauend schüttelt er die Tüte Brezel in der Hand, ehe er sie dann auf den Tisch hinter sich wirft. „Wollte mit ihm was trinken, aber er war schon verabredet." Marc greift nach der oberen Kante der Tür und dehnt seinen Oberkörper. Vor einem Jahr noch wären Sophie und ich ausgerastet. „Hab ihm gesagt, er sollte sich anstelle der Verabredung lieber mal hinlegen. Hat sich beschissen angehört, ist mir beinahe weggepennt am Telefon."

Die letzte kleine Hoffnung verpufft innerlich. Auf einmal fühle ich mich erschöpft.

„Hör zu." Sophies Hände landen wieder auf meinen Knien. „Es bringt nichts, wenn du dich monatelang wahnsinnig machst und deine Zeit damit vergeudest, darauf zu warten, dass Rup plötzlich vor deiner Tür steht und dir sein ganzes Herz ausschüttet. Der Einzige, der ihm helfen kann, ist er *selbst*! Und wenn dir dieser Jake in der Zwischenzeit guttut, dann triff ihn!" Sie schiebt meine Knie von einer Seite zur anderen, was meiner Hüfte einen Stich versetzt. „Küss ihn, hab Sex mit ihm! Es bedeutet nicht, dass du ihn gleich heiratest!"

„Aber es ist nicht richtig. Es ist nicht richtig, Soph. Es ist genau das gleiche wie bei Lance." Ich rutsche ein Stück zurück. „Ich hab Lance was vorgemacht, hab ihn angelogen, hab ihn dadurch gebrochen. Ich meine ... Ich meine, hast du ihn dir mal angesehen? Er sieht aus, als wäre er in der Ausbildung zum Versicherungskaufmann!"

„Dann *rede* mit Jake! Erklär es ihm." Sie verlagert ihr Gewicht auf meine Knie, lässt sich dann aber wieder nach hinten fallen. „Kommt er nicht selbst auch aus einer komplizierten Beziehung?"

„Seine Frau hat ihn für einen anderen verlassen." Und als mir bewusst wird, was das bedeutet, landen meine Hände in einem Anflug von Fassungslosigkeit an meiner Stirn. „O Gott, ich tue genau dasselbe, oder? Ich schlafe mit Jake, fühle mich wohl an seiner Seite, während ich genau weiß, dass da wer anderes ist und wohl immer sein wird. Ich bin ... Was bin ich für ein Mensch? Ich benehme mich, als hätte ich aus der Sache mit Lance gar nichts gelernt, als wäre es mir völlig egal, ob ich ihm damit Hoffnungen mache oder ihn verletze." Ich spreize meine Finger, balle sie zu Fäusten, kann nicht fassen, was ich angerichtet habe. Mit einem frustrierten Ruck ziehe ich mir die Mütze übers Gesicht, fühle mich noch elender.

„Es gibt Kerle, denen das nichts ausmacht."

„Ja, gibt es."

Ich hebe meinen Kopf, blicke durch die rote Wolle zu Marc, dann zu Sophie, die sofort eine Hand hochhält. „Ich kenne diesen Jake nicht, schon klar! Aber vielleicht ist er ja gar nicht auf der Suche nach einer festen Beziehung. Vielleicht sucht er einfach nur das gleiche wie du."

Einen Augenblick verharre ich. Beschäftige meine Finger, indem ich an dem dünnen Verband zupfe, den ich heute Morgen um mein Handgelenk gewickelt habe. „Das gleiche wie ich?"

„Nähe, Geborgenheit ... jemanden der *da* ist!" Mit einem Ruck zieht sie mir die Mütze vom Kopf.
Elektrisierte Haare schweben um mein Gesicht. „Und das ist weder was Verwerfliches noch Verkehrtes, es ist einfach nur menschlich."

Ich lasse die Worte zirkulieren, beiße auf meinen Daumen, hebe dann die Schultern an und lasse sie wieder fallen. „Ich ... Keine Ahnung. Ich weiß nicht. Wir haben ... Ich glaube, wir haben nur kurz über seine Beziehung gesprochen am letzten Freitag. Mehr nicht." Oder vielleicht doch? Vielleicht hat er mir sein Herz ausgeschüttet mit all den Frittellis im Mund, und ich hab einfach mal wieder gar nichts begriffen.

„Wann siehst du ihn wieder?"

„In ..." Ich werfe einen Blick auf die monströse schwarze Eisenuhr neben dem Kamin. „... einer Stunde. Wir haben einen Termin bei Maddison im Büro. Jake ist schon früher gegangen, weil er den Bericht von gestern absegnen muss."

„Sehr gut! Dann fahr dahin und sprich die Sache aus der Welt!“ Sophie springt beschwingt auf die Füße und reicht mir die Hand, um mich ebenfalls hochzuziehen. Allerdings gestaltet sich das mit nur einer Hand als etwas einseitig und ich falle ungelenk gegen das Sofa.

„Was ist denn mit deiner Hüfte? Und dem Ver...“ Sie formt ihren Mund zu einem stummen ungläubigen „Neeeein“ und senkt die Stimme. „War es etwa *so* gut?“

Es dauert einen Moment, bis der Groschen fällt. „Oh! Nein! Nein, ich meine ... Es war ...“ Mein Blick fällt auf Marc, der vielsagend mit den Augenbrauen wackelt. Ihm hängt eine Banane aus dem Mund. O je. Konzentration. „Das ist von dem gestrigen Besuch im Yoga-Studio. Ich bin aus dem Tuch gefallen und hab mir das Handgelenk mit meiner Hüfte geprellt. Oder umgekehrt.“ Unschlüssig ziehe ich am Verband rum, zucke dann mit den Schultern. „Wie auch immer.“

„Du kommst ganz schön unter die Räder in diesen Berichten, was?“ Sie verzieht das Gesicht.

„Ach, das ist schon in Ordnung. Um ehrlich zu sein macht es sogar ... Spaß. Mittlerweile. Es ist ziemlich lustig, von Zeit zu Zeit. Bye, Marc!“

„Halt dein Pflänzchen feucht, Sue!“

O Gott. Das krieg ich nie und nimmer mehr aus meinem Kopf.

Zwanzig Minuten später öffne ich die Tür zu Maddisons Büroräumlichkeiten, hochbestrebt, Jake noch vor dem Termin zu erwischen. Ich muss nicht mal lange suchen, denn kaum steuere ich um die Ecke, sehe ich ihn mit Fred und seinem Laptop zusammen vor Maddisons Büro stehen. Das Schaudern ignorierend, das sich durch meine Körpermitte zieht, komme ich in Bewegung. Stehe drüber. Lasse am besten gar keine Situation entstehen, in der wir uns anschauen und nicht wissen, was wir sagen sollen.

Mit knetenden Fingern gehe ich den Flur entlang, sehe, wie Maddison in ihrem Büro die Beine überschlagen hat und am Telefon hängt. Ihr Lachen ist im ganzen Flur zu hören.

„Alles klar. Sieht gut aus, danke, Kumpel." Jake klopft Fred auf den Rücken, ehe er mich bemerkt. Sofort wird sein Blick weich und seine Mundwinkel wandern nach oben. „Hi."

„Hi!" Ich bleibe stehen. Blicke zu ihm auf. Muss automatisch an das denken, was unter diesem Sweatshirt ist und beginne, mich selbst zu verfluchen, während ich mich nicht weiter rühren kann.

„Guten Morgen." Fred schiebt seinen Kopf zwischen uns und seine blauen Augen springen argwöhnisch zwischen Jake und mir hin und her. „Alles in Ordnung?"

Betont unbekümmert schnaube ich auf, runzle die Stirn. „Natürlich. Was soll nicht in Ordnung sein? Es ist alles so wie immer."

Jake zuckt unbeschwert mit den Schultern. „Alles so wie immer."

„Na dann." Fred wälzt den Kaugummi in seinem Mund betont langsam von einer Ecke in die andere, ehe er gemächlich mit dem Laptop in seiner Hand in die Gänge kommt. „Dann lade ich mal dieses Video hoch."

Ich kratze mich an der Schläfe und warte ein paar Sekunden, bis er außer Hör- und Sichtweite ist.

„Keine Sorge." Jake lehnt sich ein Stück vor und sofort steigt mir sein Parfüm in die Nase. Das Parfüm, das die ganze Nacht überall war. „Fred hat es so geschnitten, dass dein Sturz kaum zum Thema wird."

„Ja. Gut", antworte ich in dem Versuch, meine Gedanken beieinander zu halten. „Hör zu, Jake, ich muss mit dir reden, wenn du also einen kurzen Moment Zeit hast, dann können wir ...?"

Doch weiter komme ich nicht. Aus Maddisons Büro dröhnt ein siegreiches „Ha!“ und nur drei Sekunden später steht sie in ihrem knallroten Jumpsuit und den Korksandalen im Türrahmen. Ihr Gesicht strahlt unter der blonden Föhnwelle, bis ihre Augen wachsam werden, sie die Brille von der Nase zieht und der Bügel zwischen ihre Lippen wandert. „Ihr zwei seht aus, als hättet ihr einander nackt gesehen.“

Bitte?

„Was?“ Irgendwann schaffe ich es, prustend den Kopf zu schütteln, so als wäre ihre Anschuldigung völlig abstrus. Ich blicke zu Jake, erhoffe mir Unterstützung, aber er steht nur da und zuckt wieder so unbeschwert mit den Schultern und sagt: „Es ist alles in Ordnung.“

„Na gut. Wie auch immer.“ Ihre Brille wandert nach ein paar schweigsamen Momenten wieder auf die Nase, ehe Maddison mit dem Finger auf uns zeigt und zu ihrem Schreibtisch läuft. „Ich habe soeben einen Termin für euch ausgemacht, und zwar an dieser ... Adresse.“ Ein paar Sekunden später kommt sie mit einem Post-it wieder zurück. „Es geht um dieses gehypte Meditationsbuch mit dem trommelnden Nackten auf dem Cover. Quasi ein Heimspiel für Sie. Hier.“ Sie streckt mir den gelben Zettel entgegen, aber mir ist, als hätte mich der Blitz getroffen.

Nein. Bitte. Bitte nicht.

Maddison wartet, dass ich ihr die Notiz abnehme, verliert dann aber die Geduld und klebt sie mir kurzerhand an den Kragen meines Mantels. „Der Verlag hat einige Blogger und Newsportale angeschrieben, es geht um eine Art Zeremonie ...“ Ich schaue zu, wie sich ihre roten Lippen bewegen, aber die Worte verlieren sich irgendwann in dem monotonen Pfeifen, das mir in die Ohren steigt. Das darf nicht wahr sein. Das muss ein schlechter Scherz sein.

Sie redet weiter und weiter, Wörter wie „Besinnungsritual" und „Trance" bohren sich in meinen Verstand und als sie endlich zum Ende gelangt und uns auffordernd ansieht, komme ich zu mir.

„Nein. Tut mir leid. Aber das kann ich nicht." Ohne die Adresse anzuschauen, löse ich das Post-it von meinem Mantel. „Dafür bin ich nicht die Richtige." Ich halte ihr den Zettel hin, schüttle den Kopf. Jake neben mir bewegt sich kaum merklich.

Maddisons Augenbrauen wandern überrascht nach oben. „Nicht die *Richtige*? Wer wäre besser für diesen Job geeignet? Womöglich kennen Sie das Buch bereits in- und auswendig, Sie könnten noch ein paar Hintergrundinfos teilen."

„Vielleicht ist es für Sue etwas seltsam, diesen Bericht zu machen", hebt Jake vorsichtig an. „Ich könnte auch allein mit Fred ..."

„Ihr beide erledigt das gemeinsam", unterbricht Maddison Jake und schiebt ihre Brille ein Stück höher auf die Nase. „Die Zahlen sprechen für sich, die Leute wollen euch zusammen sehen."

„Tut ... mir leid. Aber ich kann das nicht tun." Ich klebe das Post-it an den Türrahmen, raffe den Träger meiner Umhängetasche, merke, wie ich etwas taumle und automatisch den Rückweg ansteuere. „Tut mir leid."

Maddison ruft mir etwas nach, aber meine Füße folgen zielstrebig dem Flur durch die Tür ins Treppenhaus. Mit jeder Stufe, die ich nehme, pocht der Unglauben in meinem Kopf stärker.

Sollte das etwa ein schlechter Scherz vom Karma sein? Sollte das auf eine ... abstruse Art und Weise für kosmisches, bizarres Gleichgewicht sorgen?

Ich biege um die Ecke, sehe, wie ich dem Tageslicht der Glasfront im Erdgeschoss schon näher komme, als Stockwerke über mir eine Tür ins Schloss fällt. Schritte poltern die Stufen hinunter, holen immer weiter zu mir auf. „Sue! Warte!“

Auf einer Zwischenempore halte ich inne, gehe unschlüssig ein paar Schritte zurück, streiche mir mit beiden Händen aufgelöst die Haare aus dem Gesicht. Als Jake auf der obersten Stufe erscheint, lasse ich erschöpft meine Arme fallen. „Das geht nicht, Jake. Ich kann das nicht. Ich kann nicht ... da reinlaufen und so tun, als würde mich nichts davon persönlich betreffen.“

„Ich versteh das.“ Vorsichtig kommt er näher, als wäre ich ein ungestümes Pferd, das sich jede Sekunde aufbäumen könnte. „Du hast dort gearbeitet, du kennst diese Menschen, es ist ganz normal, dass das seltsam ist.“

„Es ist nicht nur ... das.“ Meine Schultern sacken hinunter. Für eine Sekunde schließe ich die Augen. „Rup, der Verlagschef ... Er war letzte Woche im Pub. Er ist ... derjenige.“

Jake tritt auf dieselbe Ebene, nickt langsam, während er die Worte verdaut. „Und du kannst jetzt nicht im selben Raum wie er sitzen, nachdem, was zwischen uns passiert ist.“

„Deswegen wollte ich mit dir sprechen.“ Ich trete einen Schritt näher an ihn heran, suche seinen Blick. „Das gestern Nacht war ... Es war schön. War es wirklich. Aber ich fühle mich furchtbar, weil du dir womöglich mehr vorstellst oder erhofft hast, oder ...“

„Sue.“ Er hält eine Hand hoch, bringt mich zum Schweigen. Geduldig warte ich, schaue zu, wie er sich die Worte zurecht legt. „Das soll jetzt nicht überholt klingen, aber nach der Sache mit Mel ... Ich habe nicht das Bedürfnis, mich Hals über Kopf in eine neue Beziehung zu stürzen. Die ganze Geschichte, sie ...“ Er presst die Lippen zusammen, schüttelt mit gerunzelter Stirn langsam den Kopf. „Das hat mir mehr zu schaffen gemacht, als ich es mir lange eingestanden habe."

„Das glaube ich. Wirklich. Und genau deswegen kann ich nicht begreifen, wieso ich das getan habe. Ich hatte nie vor, dich zu benutzen oder zu verletzen, oder ..."

„Sue. Hör auf." Jake überbrückt die letzte Distanz zwischen uns und greift nach meiner Hand. „Wir haben beide jemanden verloren. Sei es an eine andere Person oder an den Beruf oder was auch immer." Nach einer kleinen Pause fährt er fort. „Wir sind erwachsen und können damit umgehen. Und weil es so ist, kann ich dir auch sagen, dass ich es ebenfalls eine sehr schöne Nacht fand." Seine Finger drücken gegen meine und mit einem Mal nehme ich die Berührung in einem anderen Licht wahr.

In einer aufkommenden Woge der Erleichterung erwidere ich die Geste. „Wirklich?"

„Wirklich. Wir haben uns beide gegenseitig das gegeben, was wir vermisst haben. Auf eine ... sehr akrobatische Art und Weise."

„Akrobatisch?" Unwillkürlich muss ich lächeln, spüre, wie mir die Hitze in den Kopf steigt. „Sag ... nicht akrobatisch."

„Ich meinte das Yoga."

„Was?" Jetzt muss ich erst recht lachen, lege ungläubig meine Stirn in Falten. „Nein! Das war nicht ... Das war doch nicht akrobatisch!"

„Ganz ehrlich. Du bist nicht die Einzige, die den Spaß an der Sache selbst und am Job wiedergefunden hat." Er schmunzelt leicht und ich spüre, wie langsam alles zwischen uns an die richtige Stelle rückt wie beim Tetris. Und als er mich mit einem Schmunzeln und einem „Komm her" zu sich bittet, folge ich der Aufforderung ohne auch nur einen falschen oder hinderlichen Gedanken.

Ich höre, wie Autos vor dem Gebäude vorbeifahren und Leute schwatzend an der Tür zum Treppenhaus vorbeigehen.

„Dann soll ich den Auftrag allein mit Fred machen?" Seine Stimme hört sich durch die Umarmung dumpf an.

Ich lasse mir seinen Vorschlag durch den Kopf gehen. Wiege Vor- und Nachteile ab, tendiere dazu, das Angebot anzunehmen. Die Sache ist nur ... wenn ich mich dem jetzt nicht stelle, wenn ich mich jetzt nicht dazu aufraffe, ihm entgegenzutreten, was dann? Wird es noch weitere überraschende Situationen wie letzten Freitag im *Whitbys* geben? Werde ich mir mein Leben lang Sorgen machen, ohne den Mumm gehabt zu haben, abzuschließen? Vielleicht wird es tatsächlich Zeit, dass das Leben weitergeht.

„Nein", höre ich mich schließlich sagen. „Ich komme mit."

„Sicher?"

„Ja." Wir lösen die Umarmung und ich ringe mir ein Lächeln ab. „Es ist immerhin auch unser Job, oder?"

„Ja. Richtig." Jake wirkt für einen Moment nachdenklich, fängt sich aber innerhalb von Sekunden und zieht sein Handy aus der Hosentasche. „Dann gebe ich mal Maddi Bescheid."

Während Jake telefoniert, lehne ich mich ans Treppengeländer, zupfe gedankenverloren an meinem Verband rum und schaue dem Treiben auf der Straße zu. Vielleicht ist das Ganze auch gut so. Vielleicht musste es so kommen. Ohne große Vorbereitung, keine Zeit für Sorgen, einfach rein ins kalte Wasser.

„In Essex?" Jakes Stimme reißt mich aus meinen Gedanken. „Okay ... und um wie viel Uhr?" Er klemmt sich das Handy zwischen die Schulter und schiebt den Ärmel seines Sweatshirts zurück. „Gut. Das kriegen wir hin ... Ja. Ich gebe Fred Bescheid."

Essex? Was zum Henker ist denn in Essex?

31

Hatfield. Das ist in Essex. Tatsächlich ist Hatfield House nur noch wenige Fahrminuten entfernt, aber wir brausen weiter den South Way runter Richtung Bayford. Die Natur zieht links und rechts an uns vorbei und beim Anblick der grünen Felder, die aufgrund der letzten Sonnenstrahlen zwischen den Bäumen hervorblitzen, wird mir melancholisch zumute. Wie wir damals Hatfield House zu viert besucht haben, Lance, Mum, Rup und ich ... Wie berauschend es war, durch die Hallen und Flure zu wandern ... Und wie Lance und ich beinahe dort geheiratet hätten, hätten Rup und ich uns in der Nacht zuvor nicht geküsst.

Sieben Monate sind seither vergangen. Sieben Monate, seit unserem ersten Besuch in Hatfield und der geplatzten Hochzeit. Und doch habe ich es noch nicht fertiggebracht, ein normales Gespräch mit Lance zu führen. Wir sind noch immer an genau dem gleichen Punkt wie damals.

Es ist wie Ben sagte: Es braucht mehr Zeit. Und so wie es aussieht, brauchen wir die wohl alle.

Mittlerweile hat die Dämmerung eingesetzt und das Navi zeigt noch zwei Minuten bis zum Zielort an. Ich richte mich im Beifahrersitz auf, spüre, wie mein Nacken ganz steif von meiner Sitzposition ist.

„Was zum Teufel tun wir hier genau noch mal?“ Freds Kopf erscheint über der Mittelkonsole, das Gesicht im grellen Licht des Navis zu einer irritierten Grimasse verzogen.

Jake biegt an der nächsten Kreuzung links ab, bremst auf Höhe des Pubs und tastet nach dem kleinen Post-it mit der Adresse drauf. „Fanshaws Lane ... Müsste stimmen.“ Langsam lässt er den Wagen wieder anrollen, weiter Richtung Nirgendwo, vorbei an

Backsteinhäusern mit Vorgärten und Laternen, die die Straße kaum erleuchten. Die Häuser werden weniger, die Bäume um die Straße dichter und als wir die letzte Laterne hinter uns gelassen haben, scheint uns die Dunkelheit regelrecht zu verschlucken.

Ich merke, wie meine Finger den Haltegriff an der Tür fester umschließen.

„Will mir immer noch niemand erklären, was wir hier tun?"

„Film einfach weiter, Fred."

Fred lässt sich mit einem missgelaunten Schnaufen auf den Rücksitz fallen. „Einfach weiterfilmen. Wisst ihr, wer das auch gesagt hat? Das eine Gör bei *Blair Witch Project*, kurz bevor die Hexe sie geholt hat."

„Es gibt keine Hexen in Essex", murmelt Jake konzentriert und lenkt den Wagen auf einen gekiesten Feldweg, tiefer in den angrenzenden Wald hinein. „Außerdem ..." Er schiebt seinen Kopf vor, wirft einen Blick hoch Richtung Himmel. „... ist die einzige Person, die es bis zum Ende geschafft hat, die mit der Kamera gewesen."

„Sehr beruhigend, Jackson, mein Freund. Sehr beruhigend."

Ich muss bei dem zynischen Ton in seiner Stimme schmunzeln und spähe weiter in die Dunkelheit, versuche etwas zu erkennen.

Das Handy in meiner Jackentasche vibriert und ich ziehe es heraus. Das Display ist so hell, dass ich ein paar Mal blinzeln muss, ehe ich Sophies Nachricht lesen kann.

Konntest du mit Jake sprechen? Geht's dir gut? Marc sagt, ich soll dein Pflänzchen grüßen (das ist so schräg).

Ich muss lachen, schüttle den Kopf und will direkt antworten, wo wir sind und dass ich in wenigen

Minuten zum ersten Mal offiziell auf Rup treffe, halte dann aber zögerlich inne. Es ist nicht wegen des Pflänzchens oder wegen Jake oder dass ich nicht will, dass Soph weiß, was genau wir gerade tun. Es ist nur ... nun. Es ist zwischen Rup und mir. Nur zwischen uns. Da ist niemand, der in diesem einen Moment mit dabei ist, obwohl da wahrscheinlich zehn Nackte um uns herumtanzen werden (ich hoffe wirklich, dass es nicht so ist. Das wäre merkwürdig. Andererseits würde es erheblich zur Lockerung der Atmosphäre beitragen). Ich seufze, merke, wie die Nervosität an meiner so sorgsam aufgebauten Mauer kratzt und fahre mir übers kribbelige Gesicht.

„Alles gut?" Ich spüre Jakes Blick auf mir und realisiere im gleichen Moment, wie er die Handbremse anzieht und der Wagen einen kleinen Ruck macht. Überrascht blicke ich auf. Wir stehen auf einem kleinen Parkplatz mitten im Wald neben gut zehn anderen Autos. Fred ist inzwischen ausgestiegen und hat die Tür zugeworfen.

„Ja! Ich bin nur etwas nervös. Das ist alles."

„Wenn es dir hilft, versuch dich auf den Job zu konzentrieren. Es ist der gleiche Ablauf, genau die gleiche Vorgehensweise wie bei jedem anderen Auftrag." Im Schein des Navigationsgerätes blickt er mich zuversichtlich an. „Du bist mittlerweile Profi, vergiss das nicht."

Zweifelnd verziehe ich das Gesicht. „Quatsch."

„Kein Quatsch." Jake lässt seinen Blick über die Bäume vor uns schweifen. „Immerhin hangelt sich niemand so authentisch und kreativ durch die Missge schicke des Alltags wie Sue."

„Sagt wer?"

„*Westmister83*." Mein fragender Blick wird lediglich mit einem Schulterzucken quittiert. „Scheint ein Freund von *Wheener_Dude* zu sein."

„Wa...?“ Unwillkürlich lache ich auf, kann aber nichts mehr entgegnen, da Jake die Fahrertür zuschlägt. Für einen Moment bleibe ich allein im Wagen sitzen, schüttle amüsiert den Kopf, bis ich ebenfalls nach draußen trete. Die kühle Nachtluft weht mir entgegen und ich nehme dankbar einen tiefen Atemzug davon.

Wir setzen uns in Bewegung und folgen dem schmalen Pfad, der vom Parkplatz wegführt. Fred pfeift irgendeine fröhliche Melodie und was vorhin noch gruselig war, wirkt jetzt schon fast idyllisch: Der Himmel ist bis auf vereinzelte Schleierwolken klar. Ein paar Sterne leuchten durch die Kronen der Tannen und irgendwo in der Ferne ist der Ruf einer Eule zu hören. Ich kann förmlich spüren, wie ich ruhiger werde. Vielleicht sollte ich öfter mal durch den Wald laufen. Die frische Luft einatmen, die Ruhe genießen, die Gedanken sortieren, den Tieren beim ... Oh. Wow.

Wir haben den Rand einer Lichtung erreicht. Im Gegensatz zum restlichen unangetasteten Wald herrscht jetzt munteres Treiben. Obwohl ... nein. Munter ist das falsche Wort. Es ist eher gemächliches Treiben. Ein sehr gemächliches Treiben. Tatsächlich habe ich das Gefühl, als wäre ich in einer Art Kommune gelandet, in der die Zeit einen Tick langsamer geht.

Etwa dreißig Leute müssen sich hier verteilt haben. Einige haben sich um ein loderndes Feuer versammelt, andere hocken auf Baumstämmen, singen und zupfen Gitarre. Direkt neben der Feuerstelle ist ein riesiger Baldachin aufgespannt, mit mehreren Matratzen darunter, auf denen bereits einige Besucher sitzen. Und ganz hinten befinden sich Hütten, die aussehen wie kleine grün gestrichene Farmhäuser, samt winzigen Veranden.

Jake tritt vor und Fred und ich folgen ihm. Lose Hölzer knacken unter unseren Füßen und mit jedem Schritt wird die Luft wärmer und die Atmosphäre friedlicher. Die Leute, die uns bemerken, nicken uns freundlich zu, eine junge Frau mit wilden hochgebundenen Locken und großer Hornbrille grüßt uns sogar mit zusammengefalteten Händen und einer angedeuteten Verbeugung.

„Hi! Sie sind das Kamerateam?"

Ich reiße meinen Kopf herum, wäre beinahe über eine Wurzel gestolpert.

Da steht sie.

Groß, schlank, die kurzen braunen Haare zu einem modischen Bob geschnitten. Ich habe Evelyn Burrows nie gegoogelt, aber ich weiß, dass sie es ist. Sie ist einen guten Kopf größer als ich, hat einen ebenmäßigen Teint, ein schmales Gesicht, gepflegte Lippen und schön geschwungene Augenbrauen. Sie ist bildhübsch. Tatsächlich erinnert sie mich an ein Reh. An ein Reh ohne Poren. Sofern ... das biologisch gesehen überhaupt einen Sinn ergibt.

„Richtig. Hi."

„Hi." Sie lächelt freundlich und greift nach Jakes Hand. Ich glaube zu sehen, wie ihr rechtes Auge zuckt, das könnte aber auch an einem Schatten liegen.

„Sue, richtig? Es freut mich, euch hier begrüßen zu dürfen."

„Ja. Hi." Ich gebe mich locker und höflich, aber es ist seltsam, ihre Hand zu schütteln. Insbesondere, da ich ihr beinahe den Arm auskugle, weil ich etwas zu forsch schüttle. So forsch, dass ein goldener Armreif unter dem Ärmel ihrer beigen Canvasjacke hervorblitzt. Vielleicht hätte es mich überraschen sollen, aber wenn ich ehrlich bin, erstaunt es mich kaum. Natürlich war sie mit Rup im Pub. Vielleicht hat sie mich auch gesehen. Vielleicht geht es ihr in diesem Moment durch den Kopf. Gut möglich, dass sie sich denkt: „Ah, die Ex", aber ich glaube es nicht. Zumindest sieht sie nicht danach aus. Ihr Lächeln ist herzlich und ihre Bäckchen leuchten und erst als eine ausgestreckte Hand an mir vorbeischnellt, wendet sie sich von mir ab.

„Frederick Walsh! Aber nennen Sie mich Fred."

„Fred. Freut mich sehr." Sie ist gut. Wirklich, wirklich gut. Ich glaube, aus den Augenwinkeln eine Sabberspur an Freds Kinn zu erkennen, aber sie lässt sich nichts anmerken. „Willkommen bei uns. Das Ritual beginnt in gut zwei Stunden und ihr dürft in der Zwischenzeit gern ein paar Aufnahmen machen. Das da drüben auf dem Baumstamm ist Riley, sie steht euch für ein Interview zur Verfügung." Sie deutet auf die Frau mit der Hornbrille. „Auch Jason neben der Feuerstelle kann euch ein paar Auskünfte geben." Ein Mann mittleren Alters mit gestutztem weißgrauen Bart hebt die Hand zum Gruß und ich erwidere die Geste höflich.

„Bevor ihr allerdings loslegt, möchte ich euch noch bitten, dieses Formular auszufüllen." Sie öffnet die schwarze Mappe in ihrer Hand und zieht mit schlanken Fingern drei Papiere hervor. „Ganz ohne Bürokratie geht es leider nicht. Tragt einfach eure Namen ein, setzt die Häkchen an die für euch zutreffenden Gründe ..."

Sie redet weiter, aber ich höre nicht mehr zu. Meine Aufmerksamkeit ist vielmehr auf einen Punkt hinter ihr gerichtet. „Fred kannst du ... Kannst du bitte mein Formular übernehmen? Ich bin gleich zurück. Entschuldigt bitte." Flüchtig streiche ich über Freds Arm, ignoriere die Blicke der anderen, setze mich automatisch in Bewegung und tappe über Äste und Blätter in Richtung der Holzhütten.

Keine Ahnung, was ich sagen will. Keine Ahnung, ob es der richtige Moment ist. Ein Teil von mir würde am liebsten rennen, nur um sicherzugehen, dass es keine Einbildung ist, und er tatsächlich hier ist und mir entgegen kommt. Und dann sind wir in Rufweite und mein Herz beginnt so laut zu klopfen, dass ich es fast nicht mehr aushalte. „Hi!“

Lance zuckt zusammen, blickt auf, bleibt stehen. Eine Reihe an Emotionen huscht über sein Gesicht. „Sue.“

„Hi.“ Unbeholfen hebe ich eine Hand.

„Was machst du hier?“ Er lässt das kleine Notizheft in seiner Hand sinken.

„Ich bin hier für den Job.“ Ich deute über meine Schulter Richtung Jake und Fred. „Für *YoursTruly*, dieses Onlinemagazin, für das ich diese ...“

„... für das du diese Videos machst. Ja.“ Er vergräbt langsam eine Hand in seiner Hosentasche. „Hab ich gesehen. Zumindest eines davon.“

„Oh! Schön!“ Beinahe will ich fragen, welches er denn gesehen hat, versuche aber, die aufkeimende Euphorie im Zaum zu halten. Jetzt ist nicht der richtige Zeitpunkt. Abwägend knete ich meine Finger. „Also ... mh. Ich hab nicht erwartet, dich hier anzutreffen.“

„Ich bin schon seit zwei Tagen hier“, antwortet er nach ein paar Sekunden ruhig. „Es ist ein guter Platz, um nachzudenken. Sich über einige Dinge klar zu werden.“

„Verstehe ...“ Ich mustere ihn. Womöglich liegt es an den tanzenden rötlichen Schatten, die das Feuer auf ihn wirft, aber er sieht besser aus. Wieder mehr wie er selbst. Sogar der Bun ist zurück, die blaue Windjacke, Jeans und Turnschuhe. Als wären wir ein Jahr in der Zeit zurückgesprungen. Dennoch ist da etwas. Etwas anderes, Bedrückendes. Als hätte man ihm einen Grauschleier verpasst.

„Ist das der Grund, warum du an dem Ritual teilnimmst?“, frage ich zögerlich. „Um dir ... über Dinge klar zu werden?“

Lance nimmt einen tiefen Atemzug, verzieht das Gesicht und macht eine Pause. Ich befürchte schon, mit meiner Frage zu weit gegangen zu sein, als er plötzlich weiterspricht. „In der letzten Zeit ..." Er bricht ab, fährt sich über die Stirn, nimmt sich einen Moment, um sich zu sammeln. „Ich habe meine Richtung verloren, Sue. Was ich wollte, wohin ich will ... Was mich erfüllt und glücklich macht, wie der ganze Extremsport, die Natur ... Reisen, das Leben, der Job." Seine Stirn ist in Falten gelegt und sein Kiefer zuckt. Ich traue mich gar nicht zu atmen. „Meine Eltern meinten immer, ich sollte gewissenhaft leben und meinem eigenem Kompass folgen. Nur dachte ich, dass diese ... Verbundenheit, die ich gespürt habe, echt war." Er macht eine kleine Pause. „Aber das war sie wohl nicht."

„Lance ..." Zaghaft mache ich einen Schritt auf ihn zu, finde aber keine Worte. Ich spüre, wie mir die Tränen aufsteigen, will mich bei ihm entschuldigen, so wie ich es die Monate über vorhatte, aber ich kann mich nicht dazu durchringen. Keine Entschuldigung dieser Welt würde ausreichen. Keine Entschuldigung würde das Ganze wieder ausgleichen.

Mittlerweile stehen wir uns gegenüber und ich erkenne, wie sehr er in den letzten Monaten gealtert ist. Die ganze ungezähmte Freude, die normalerweise von ihm ausging, ist erloschen wie eine ausgepustete Kerze. Es versetzt mir einen Stich.

„Ich war die ganze Zeit über unehrlich zu dir, Lance", sage ich mit verschwommenem Blick. „Aber das Schlimmste, das absolut Schlimmste daran ist, dass ich der Grund dafür bin, weswegen du dich so fühlst. Ich hab dir das angetan." Ich schniefe, schaue ihm in die Augen. „Und wenn ich wüsste, was ich dagegen tun kann, dann würde ich es tun. Du hast das nicht verdient. Ich habe deine Zeit vergeudet und dich getäuscht. Also gib mir die Schuld. Gib sie mir und nicht dir."

Er schüttelt den Kopf, blickt nachdenklich auf den Boden. „Ich dachte, ich würde dich kennen, Sue. Zwei Jahre Beziehung, ich dachte ..."

„Ich weiß", sage ich mit belegter Stimme. Mittlerweile bebt mein ganzer Körper, sei es von Lance' Anblick und seinen Worten oder von dem Windhauch, der um uns herumzieht.

„Ich dachte, ich würde *mich* kennen. Ich habe immer gedacht, eine gute Menschenkenntnis zu besitzen, aber das ist alles ..." Er schüttelt freudlos lachend den Kopf und lässt seinen Arm plump gegen seinen Körper fallen „Ich glaube, ich weiß nicht mehr wirklich, wer ich bin."

„Sag so etwas nicht."

„Wenn ich nicht einmal erkenne, dass die Frau, von der ich geglaubt habe, dass sie mich liebt, die ganze Zeit über an jemand anderen denkt und nur ein Spiel spielt, wer ..." Erneut bricht er ab, streicht sich schwer seufzend über das Gesicht, blickt in Richtung des Feuers und scheint für ein paar Sekunden meilenweit entfernt zu sein. „Ich brauche Zeit, mich selbst wiederzufinden, Sue. Ich weiß, dass es dir leidtut. Dass du es nicht mit Absicht getan hast." Er schluckt, bis er mich wieder ansieht. „Und es tut mir sogar leid, dass es bei dir und Rup nicht geklappt hat."

Ich schnappe nach Luft, blinzle den Tränenschleier von meinen Augen weg. „Du bist der Letzte auf dieser Welt, der das sagen oder empfinden sollte, Lance."

„Vielleicht." Er verzieht das Gesicht. „Aber vielleicht ist es auch der erste Schritt in die richtige Richtung."

Hinter uns beginnt jemand, sanft gegen eine Trommel zu schlagen. Bis zu diesem Moment existierten nur Lance und ich. Da waren kein Wald, keine Tierge-räusche, kein Knacken von Feuerholz und keine anderen Leute. Da waren nur wir, unser Gespräch, unsere Blase.

„Dein Kameramann ruft dich." Lance räuspert sich, nickt in die Richtung, aus der die Trommelgeräusche kommen, und setzt sich in Bewegung. Bevor ich realisiere, was ich tue, strecke ich meine Hand aus. Womöglich ist es zu viel, zu nah, zu früh, aber ich kann nicht anders. Seine Finger sind warm und zucken bei der Berührung zurück. „Ich will nur …“, setze ich an, bringe aber keinen weiteren Ton heraus. Weiß nicht, welche Worte ich noch wählen soll. Alles, was ich noch sagen will, alles, was ich fühle, all die Hoffnung und Reue, ich versuche sie in meinen Blick zu legen, hoffe, dass er versteht. Es verstreichen Sekunden und irgendwann zuckt sein Mundwinkel kaum merklich und seine Finger drücken schwach gegen meine. „Ja. Irgendwann.“

Lance löst seine Hand und läuft mit großen Schritten in Richtung der anderen.

Und irgendwo in mir spüre ich einen zaghaften, winzigen Hoffnungsschimmer aufkeimen.

32

Zehn Minuten später stehe ich vor der Kamera und versuche, mir nichts anmerken zu lassen. Keine Tränen (die dank des schwachen Lichts wohl kaum zu erkennen sind), keine Trübsal, nichts. Sobald das rote Licht an Freds Kamera leuchtet und mir Jake zunickt, habe ich mehr zu tun, als mir Sorgen zu machen oder zu grübeln.

Ich interviewe Riley, die bereits zum zweiten Mal an einem Ayahuasca-Ritual teilnimmt, extra aus Schottland angereist ist und in einer, wie sie sagt, „Übergangsphase“ steckt. Jason, ein zweiundfünfzigjähriger Investment-Bänker aus London, erzählt, wie er die Reißleine vor einem drohenden Burn-out gezogen hat. Ich trinke Kamillentee, schaue Fred zu, wie er Aufnahmen von der Feuerstelle und der Umgebung macht und plaudere mit anderen Teilnehmern. Und mit jedem Gespräch, mit jeder Minute, die wir in dem Kreis verbringen, schwappt eine sonderbare Ruhe auf mich über. Ich lausche den Geschichten, atme die frische Luft, fühle die Wärme des angrenzenden Feuers. Ich sehe Jake, dessen Blick sich nach einer Weile mit meinem kreuzt und empfinde Dankbarkeit. Ich sehe Lance, der neben der Frau mit der Gitarre sitzt und verspüre Gewissheit, dass alles gut wird. Vielleicht nicht heute Abend oder nächste Woche, aber irgendwann. Und als Ben sich eine Weile später zu uns gesellt und uns begrüßt, ist mir seltsamerweise danach, ihn zu umarmen.

„Es ist schön, dass du hier bist, Sue.“

„Danke“, sage ich leise und lege mein Kinn auf seine Schulter. „Ich habe mit Lance gesprochen und ich glaube, du hast einen beträchtlichen Teil dazu beigetragen.“

„Lance hat seine Reise selbst begonnen." Ben löst die Umarmung und legt beide Hände auf meine Schultern. Seine Haare sind mittlerweile wieder länger und in seinem Bart baumeln drei verschiedenfarbige Perlenreihen. „Es bedarf nur manchmal eines Wegweisers, der die Richtung aufzeigt. Das ist genau, weswegen wir uns alle heute hier eingefunden haben." Ben erhebt seine Stimme, schiebt einen Arm um meine Schulter und stellt sich neben mich. Das Gitarrenspiel ver-stummt, alle rücken zusammen. Ben riecht nach Holz, Rauch und Wald. Es liegt eine summende, beinahe greifbare Atmosphäre in der Luft. Über uns rauschen die Blätter im Wind.

„Jede und jeder von euch hat seinen eigenen persönlichen Grund, hier zu sein. Seien es Zweifel, Furcht oder Sucht. Seien es Ängste in Bezug auf das Ungewisse oder sich selbst. In dieser Gruppe ... in dieser Gemeinschaft ... sind wir eins." Ben wirft ein wohlwollendes Lächeln in die Runde. „Die Erfahrungen, die wir seit heute früh miteinander teilen, verbinden. Sie verbinden uns als Gruppe oder verbinden euch mit euch selbst. Wir erhalten die Möglichkeit, unsere Emotionen zu verarbeiten, herauszulassen, zu teilen. Bevor wir uns miteinander besinnen, möchte ich euch Benicio vorstellen." Ben streckt seinen Arm aus und deutet auf einen älteren Herrn, der mir bislang noch nicht aufgefallen ist. „Benicio gehört dem Stamm der Kalameya in Peru an, bei welchem ich die Ehre hatte, ein Jahr zu leben. Benicio?" Ben neigt seinen Kopf und Benicio macht einen Schritt nach vorn, näher ans Feuer. Das Licht betont seine dunkle, sonnengebräunte Haut, beleuchtet die tiefen Furchen in seinem Gesicht. Es bedarf keines Lebenslaufs, um zu erahnen, dass dieser Mann schon einiges gesehen und erlebt haben muss. Seine Stimme ist tief und kratzig, als er sich auf Spanisch vorstellt, und ich lasse meinen Blick über die Gruppe schweifen, während Fred neben mir kaum merklich die Szenerie mit der Kamera einfängt.

Ich begegne Lance' Blick und sende ihm ein zögerliches Lächeln über das Feuer hinweg, als eine Bewegung links außen meine Aufmerksamkeit erregt. Evelyn läuft mit einer schwarzen Mappe und einer kleinen Trinkflasche hinter den Teilnehmern durch, tunlichst darauf bedacht, ihre Schritte so geräuscharm wie möglich zu gestalten. Ich kann nicht anders, als wieder an das Reh zu denken. Ganz ehrlich. Die beigen engen Hosen, die taillierte Jacke, die hohen Schnürstiefel, der glänzende braune Bob, die beinahe graziösen Schritte. Sie sieht aus wie Bambi. Oder Lara Croft.

Ich will mich bereits wieder auf Benicio konzentrieren, versuchen, ein paar Wörter Spanisch aufzuschnappen, aber etwas hält mich zurück. Eine Regung hinten bei den Bäumen, vor den Hütten. Ich weiß, dass er es ist, bevor ich ihn sehe. Bevor seine Schritte ihn ins Licht führen. Bevor all die Gefühle drohen, mich zu übermannen, als ich zusehe, wie Evelyn in einer vertrauten Bewegung seinen Arm berührt, ihm die Flasche Wasser reicht und sich in seine Richtung neigt. Bevor sich unsere Blicke treffen. Ich die Falten zwischen seinen Augenbrauen bemerke, und das Zucken der Muskeln an seinen Wangen. Die müden Augen. Seinen überschatteten Blick.

„... diesem Zusammenhang Susan und ihr Team vorstellen." Plötzlich wird mir klar, dass Benicio gar nicht mehr spricht und Ben wieder das Wort ergriffen hat. Ich habe nicht mal gemerkt, dass ich in der Zwischenzeit einen losen Faden vom Verband langgezogen habe. „Sie werden die Vorbereitungen und unsere Meditation in einem respektvollen Rahmen begleiten. Möchtest du ein paar Worte dazu sagen?"

„Ähm ... ja. Hi!" Meine Stimme zittert und ich räuspere mich, versuche, einen fröhlichen Ton anzuschlagen.

Ich muss ihn ausblenden. Ihn und Bambi. Und mich auf das Video konzentrieren. Auf den Job. Das ist wichtig. *Komm schon ... Sag irgendwas Intelligentes.*

„Mit den meisten von euch haben wir ja schon gesprochen, von daher wisst ihr, dass wir ... das Ganze in einem ... respektvollen Rahmen begleiten werden." Meine Stimme erstirbt. Ich habe Bens Worte wiederholt. Das war lahm.

„Und wir werden die Zeremonie selbst nicht filmen. Das möchte ich erwähnen." Jake neben mir fährt fort und ich schenke ihm ein flüchtiges dankbares Lächeln. „Sollte sich trotzdem jemand in der Gegenwart der Kamera oder meines Freundes Fred hier ..." Ein leises Kichern macht die Runde. „... unwohl fühlen, so bitte ich Sie, dies ungeniert zu melden."

„Wunderbar." Bens Hand liegt noch immer auf meiner Schulter, was ich gar nicht realisiert habe. Wie lange wir hier überhaupt schon rumstehen? Ist in der Zwischenzeit der Mond aufgegangen? Sind schon Fledermäuse unterwegs?

„Ich möchte die Gunst der Minute nutzen, um euch ebenfalls zwei andere unentbehrliche Menschen vorzustellen, die unserem Kreis beiwohnen. Evelyn, Rupert? Würdet ihr euch zu uns gesellen?"

Mein Magen zieht sich zusammen. Nein. Bitte. Ich merke, wie ich ins Taumeln gerate wie ein Zirkel, der anfängt zu schlingern. Die Hitze steigt mir ins Gesicht, obwohl ich vor zwei Minuten noch gefroren habe. Flüchtig schaue ich zu den beiden. Es ist so surreal. Mein ganzer Kopf muss leuchten.

„Rupert. Bitte."

O Gott. Er wird doch nicht ... Doch. Er tut es.

Ben streckt einladend seinen anderen Arm aus, bittet Rup zu sich. Aus den Augenwinkeln sehe ich, wie er zögert und dann mit angespannter Miene zu uns kommt. Ich sinke innerlich in mich zusammen. Es dauert keine fünf Sekunden und Rup steht links, Jake rechts und Ben hinter mir. Ich hole tief Luft und bereue es im selben Moment. Rups Duft steigt in meine Nase und ich versuche mein Bestes, ihn zu ignorieren. Versuche, seine Wärme auszublenden. Versuche, jede seiner Zuckungen und Bewegungen ungeachtet zu lassen. Pfriemle mit bebenden Fingern an dem Faden herum.

„Rupert ist der Grund, aus dem wir heute hier stehen dürfen. Ohne ihn ... und auch ohne Susan hier ..." Ben drückt sachte meinen Oberarm, weswegen meine Schulter Rups Arm streift. „... wäre dies alles nicht möglich. Könnte der Begehr, der offensichtlich in unserem Leben, unserem Alltag stets präsent ist, nicht gestillt werden."

Das Furchtbare ist, dass Ben so langsam redet. Je mehr Zeit er braucht, je intensiver er die Worte betont, desto eher befürchte ich, dass mein Herzschlag auf der gesamten Lichtung zu hören ist. Ich weiß wirklich nicht, wie die Situation noch schlimmer sein könnte.

„... wissen, dass eine bestehende sexuelle Verbindung die Wirksamkeit von Ayahuasca vermindert."

Moment. Was? *Was* sagt er da?

„Weswegen es für Susan und Jackson hier nur möglich ist, dem Ritual als Begleiter beizuwohnen."

Das hat er nicht gerade ... Mir wird anders. Ich glaube, ich kippe um.

Irgendwo am Rand meiner Wahrnehmung höre ich, wie Fred „*Wusst* ich es doch!" flüstert, so als hätte er eine Wette gewonnen. Das gutmütige Lächeln in Bens Stimme schwingt nach wie ein höhnisches Echo, das den Moment unerträglich in die Länge zieht. Zeitgleich spüre ich eine Bewegung neben mir. Ich höre, wie Rup ausatmet und sehe sein Gesicht regelrecht vor mir, ohne meinen Kopf zu bewegen. Ich öffne meinen Mund, habe das Gefühl, etwas sagen zu müssen, aber ich kann nicht. Ich bringe es nicht fertig. Nicht mal zu ihm umdrehen kann ich mich.

Und dann scheint das Echo zu verschwinden, Bens Hand löst sich von meiner Schulter und die schemenhaften Gestalten rund um das Feuer setzen sich in Bewegung. Plötzlich kommt alles in Gang. Das Feuer lodert und knistert, Grillen zirpen, Bäume rascheln, neben mir geht ein Ruck durch Rups Körper. Evelyn ruft: „Rup, warte!", Jake seufzt, streicht sich fassungslos übers Gesicht und wendet sich an Fred.

Fred. *Fred.*

„Was hast du auf das Formular geschrieben?" Völlig entgeistert wende ich mich an Fred. „ Wieso wusstest du überhaupt ...?" Aber ich breche ab. Das Wieso hat keine Bedeutung. Ich drehe mich auf dem Absatz um und blicke in die Richtung, in die Rup verschwunden ist. Und ehe ich mich versehe oder auf Jakes Rufen reagieren kann, laufe ich los. Meter für Meter entferne ich mich vom Licht des Feuers und blinzle, um mich an die immer schwärzere Dunkelheit zu gewöhnen. „Rup!"

Doch er denkt nicht daran anzuhalten. Seine Schritte führen ihn weiter in die Nacht, zu den kleinen Holzhäusern.

Gerade noch erkenne ich, wie er die schmale Veranda überquert und die Tür des Hauses hinter sich zuschlägt. Ohne auch nur einem weiteren Gedanken oder Zweifel nachzugeben, überwinde ich die Stufen, stoße die Tür auf und platze hinein.

Mit einer ruckartigen Bewegung wirft er seine blaue Jacke auf das Bett und tritt an das Waschbecken am anderen Ende des Raumes. Die Tür schwingt hinter mir zu und das Zirpen der Grillen verstummt, als würde jemand die Lautstärke runterdrehen.

Vom Tropfen des Wasserhahns abgesehen, herrscht erdrückende Stille, während mir mein Herzschlag in den Ohren klopft. Ich starre auf seine Schulterblätter, seinen Nacken, der nach vorn geneigt ist und seine Hände, die sich um den Rand des Waschbeckens schließen. Versuche mehr zu sehen als seinen Unterkiefer, der im Spiegel mahlt, und all die Gefühle, die Worte, die er hinter seiner herrisch hochgezogenen Fassade zu unterdrücken versucht.

„Wieso bist du weggelaufen?"

Einen Moment lang antwortet er nicht. Und als er dann spricht, hört sich seine Stimme rau an. Kalt. Unnachgiebig. „Spielt das eine Rolle?"

„Für mich tut es das, ja."

„Und wieso?" Er hebt den Kopf, wendet sich vom Spiegel ab und scheint einen Moment mit sich zu hadern. „Du scheinst ja in bester Gesellschaft zu sein, mit deinen ... Fans, deinem neuen Job ..." Er stößt sich vom Waschbecken ab, atmet kurz durch und strafft seine Schultern, ehe er mir direkt in die Augen sieht. „... Jake."

Er funkelt mir entgegen. Mein Herz zieht sich bei seinem Anblick zusammen. Nichts, das ich nicht erwartet hätte und doch trifft es mich. Selbst nach den über drei Monaten, die seit Weihnachten vergangen sind. Es könnten weitere Monate vergehen. Weitere Tage, an denen ich versuchen würde, nicht an ihn zu denken, mich abzulenken, mir einzureden, dass diese Scharade, diese Maske der Unantastbarkeit, die er so bemüht aufrecht zu halten versucht, der Wahrheit entspricht. Aber das tut sie nicht. Es blitzt mehr durch. Derselbe Ausdruck, den ich schon im Pub gesehen habe. Einsamkeit. Und Schmerz. „Es verletzt dich", höre ich mich leise sagen.

Rup wendet seinen Blick ab, verzieht das Gesicht, als wäre meine Erkenntnis lediglich ein lapidares, ärgerliches Detail. „Das tut nichts zur Sache."

„Natürlich tut ..." Ich breche ab, atme aus, lasse meine Schultern sinken. Stattdessen blicke ich ihn an, versuche, hinter die Fassade zu sehen. „Was ist mit dir passiert, Rup? Du hast dich in den letzten Monaten mehr verändert als in zehn Jahren, du wirkst, als wärst du ... als wärst du dich selbst leid geworden."

„Was willst du von mir hören, Sue?" Seine Stimme klingt beherrscht. „Dass der Job seinen Tribut fordert? Dass ich mir das Ganze einfacher vorgestellt hatte?" Er hebt müde die Achseln. „Dass es mir leidtut, was in diesem Magazin abgedruckt wurde? Dass ich es bereue?"

„Tust du es denn? Es bereuen?"

Wir blicken einander über das Bett hinweg an. Ich versuche, in seinem Gesicht zu lesen, aber ... es gelingt mir nicht. Er hat zu gemacht.

Er legt seine Stirn in Falten und wendet sich ab. „Nein." Vehement zieht er an dem kleinen Handtuch an der Wand und trocknet seine Hände ab. Noch bevor ich versuchen kann, den sich bildenden Kloß in meinem Hals runterzuschlucken, werden meine Augen wässrig. „Das war immerhin ehrlich."

„Ich war immer ehrlich zu dir."

„Ach ja?" Ich blinzle und eine Träne löst sich aus meinem Augenwinkel. „Warst du ehrlich, als du mir gesagt hast, es ginge dir gut? Als du gesagt hast, du wärst glücklich? Mit mir, mit uns, mit deinem Leben?" Ich halte seinem Blick stand, obwohl er vor meinen Augen verschwimmt. „Oder warst du ehrlich, als du gesagt hast, dass es keine Frau in deinem Leben gibt und der Verlag an erster Stelle steht?"

„Ich hatte keine Wahl, in Ordnung?" Die Kälte in seiner Stimme schlägt in Zorn um. „Alles, was ich getan habe, war für den Verlag. Alles, was mir geraten wurde: der ganze Businessplan, die Interviews, die ganze PR. Dabei ging es nie um mich oder dich oder uns, Sue." Er macht eine kleine Pause, atmet schwer. „Das spielte nie eine Rolle. Es ging um die Verpflichtung. Und die Verpflichtung steht an erster Stelle, so ist das nun mal!"

Ich öffne ungläubig den Mund, lasse die Tränen stumm über meine Wangen laufen. „Gott, du ... Du hörst dich an wie dein Vater. Du gibst dein ... ganzes Dasein dem Job hin und merkst dabei gar nicht, wie du selbst daran zugrunde gehst."

Seine Hände ballen sich zu Fäusten. „Ich gehe ... nicht daran zugrunde."

„Nein?" Ich mache ein paar Schritte auf ihn zu, bis ich kurz vor ihm stehe. Bis ich in sein Gesicht sehe, jede Regung, jeden Muskel erkennen kann. „Dann sag mir, wann du das letzte Mal etwas für dich getan hast. Wann du zuletzt deinen eigenen Wünschen und Plänen nachgegangen bist, und nicht denen deines Vaters."

Etwas zuckt in Rups Gesicht und ich sehe, dass ich einen Nerv getroffen habe.

„Er mischt sich immer noch ein, richtig?" Ich blicke ihm direkt in die Augen. „Er hat das Gefühl, dir sagen zu dürfen was du tun musst und du kannst dich ihm nicht widersetzen."

Rup schnaubt einen Zug Luft aus, hebt die Augenbrauen, schüttelt den Kopf. „Du hast keine Ahnung, Sue."

„Weil du nicht mit mir redest, Rup!", antworte ich und spüre, wie die Frustration hochkocht. Am liebsten würde ich ihn packen, ihn schubsen, *irgendetwas tun.*

„Und welchen Unterschied hätte das gemacht?" Wieder spannen sich seine Züge an und Entschlossenheit schlägt mir entgegen. „Selbst *wenn* ich dir von all dem erzählt hätte, selbst wenn ich dir die Gründe genannt hätte, es hätte nichts an der Situation geändert." Seine Augenbrauen ziehen sich vehement zu-sammen. „Rein gar nichts."

„Womöglich nicht", gebe ich nach einer kleinen Pause zu. „Aber ich weiß, was ich sehe. Und es ist nicht gesund."

Er begutachtet mich mit ausdruckslosem Gesicht. Sekunden verstreichen, in denen nur das Tropfen des Wasserhahnes zu hören ist. Schließlich regt er sich, hebt resigniert seine Schultern an und sucht für einen kurzen Moment mit offenem Mund nach einer Antwort. „Und jetzt was? Hm? Willst du ein Video darüber drehen? Mich belehren, mir sagen, dass das Leben zu kurz dafür ist?“

„Ich bin *hier*“, antworte ich, übergehe seine Spitze und greife nach dem Saum seines offenen Hemdes. Sofort schließt er die Augen, bemüht sich um Fassung. „Wenn du mich nicht ausschließen würdest, wenn du mir erzählen würdest, was mit dir los ist, dann ...“

„Wieso kümmert es dich, Sue?“ Er öffnet die Augen und das, was ich sehe, lässt mich verstummen. Vorüber sind der Zorn, die Anspannung, die Abgeklärtheit. Stattdessen ist da all das, was er versucht, unter Verschluss zu halten, was er kontrolliert wegsperrt. Der ganze Schmerz. Die Sehnsucht. Die Wut auf sich selbst. Die Enttäuschung. Meine Finger streifen über den dicken Stoff seines Hemdes. Mit jeder Sekunde, die er mich ansieht, färben sich seine Unterlider in ein dunkleres Rot. „Du hast dein Leben. Du hast ...*ihn* da draußen, ausgerechnet.“ Er deutet mit dem Finger durch die Wand in Richtung Lagerfeuer. Seine Augen werden glasig und er taumelt leicht. Es versetzt mir einen Stich, lässt meinen Atem stocken. „Du hast recht, ich habe dich ausgeschlossen.“ Er schluckt schwer. „Ich habe nicht mit dir darüber gesprochen, weil ich das nicht tue. Weil ich es gewohnt bin, einen Berg an Erwartungen vorgesetzt zu bekommen, ohne Sicherheitsgurt, ohne Hilfe. So funktioniert es, das ist der Job.“

„Es geht hier aber nicht um den Job“, entgegne ich leise und kann die zwei Tränen nicht aufhalten, die sich bei seinem Anblick aus meinen Augen lösen. „Ich rede von dem hier.“ Meine Hand drückt gegen seine warme Brust und ich trete noch näher an ihn heran. „*Das* ist das Wichtigste. Nicht der Verlag, nicht der Job oder dein Vater. Die einzige Verpflichtung, die du an die erste Stelle setzen musst, ist die gegenüber dir selbst." Ich mache eine kleine Pause, sehe in seinem Gesicht, dass der Panzer, die Mauer um ihn herum, weiter bröckelt und in sich zusammenfällt. „Du musst damit aufhören, dich selbst hintenan zu stellen."

Rup schließt die Augen. Eine Träne rinnt über seine Wange. Für ein paar Sekunden stehen wir still beieinander, meine Hand auf seiner Brust. Ich fühle seinen steten Herzschlag, fühle, wie er mit sich kämpft. Dann holt er Luft, ringt mit offenem Mund um Worte. „Und dann? Was stellst du dir vor?" Er öffnet die Augen, wirkt unfassbar abgekämpft. „Dass wir zurück in die Vergangenheit gehen, alles wieder auf Anfang setzen? So tun, als wäre nichts von dem passiert?"

„Nein. Man ignoriert es nicht." Am liebsten möchte ich ihm über den Bart an seiner Wange streichen. Möchte ihn umarmen, ihm den Halt geben, den er braucht. Aber es ist nicht der Zeitpunkt. Es ist nicht an mir. „Man lernt daraus." Meine Hand fährt kurz und sanft über seine Brust. So gern ich hierbleiben möchte, so gern ich ihm all den Schmerz und die Wut, die tief in seinem Innern brodelt, nehmen würde, ich kann es nicht. „Du bist nicht allein, Rup. Aber das, was du allein tun musst, ist die Entscheidung zu treffen, etwas ändern zu wollen. Du hast die Wahl."

Ich lasse meine Hand sinken. Und obwohl mein Herz mich instinktiv weiter zu ihm drängt, setze ich mich in Bewegung, gehe auf die Tür zu. Meine Finger bereits am Griff, schaue ich noch mal zurück. „Wenn du willst, bin ich für dich da. Das weißt du."

Dann öffne ich die Tür, lasse ihn zurück, in dem Wissen, dass er die Entscheidung treffen muss, niemand anderes. Die Tür fällt leise hinter mir ins Schloss und der Wald mitsamt seiner Dunkelheit hat mich wieder.

33

Die Arme um mich gelegt, folge ich dem schmalen Pfad weg von der Veranda, zurück in Richtung der Feuerstelle. Fred und Jake stehen etwas abseits vom Baldachin, unter welchem sich mittlerweile alle im schummrigen Licht versammelt haben. Äste knacken unter meinen Schritten, der Wind rauscht in den Bäumen und eine Eule ruft in gleichmäßigem Abstand in die Nacht hinein. Je mehr ich die Ruhe in mich aufsauge, desto mehr realisiere ich, wie erschöpft ich bin. Mein Kopf surrt und in meinem Inneren hat sich eine bleierne Schwere ausgebreitet, die langsam in meine Beine vordringt, bis ich schließlich stehen bleibe. Für ein paar Sekunden bin ich versucht, zu ihm umzukehren, entscheide mich dann aber dagegen. Ich kann nichts weiter tun. Entschlossen setze ich mich wieder in Bewegung, lenke meine Gedanken auf den Job.

„Hat er sich beruhigt?"

Mir bleibt fast das Herz stehen. Ich fahre herum, starre auf eine schemenhafte schlanke Gestalt bei den Bäumen. „Gott, Evelyn!"

„Sorry. Ich wollte dich nicht erschrecken." Mit vor der Brust verschränkten Armen stakst sie aus der Dunkelheit, bis ich sie im Schein des Feuers besser erkennen kann. „Ich bemühe mich seit Wochen, zu ihm durch-zudringen, allerdings mit geringem Erfolg." Ich sehe, wie sie einen Blick zur Hütte wirft.

„Wie lange ist er schon so?"

Aus der Ferne summt der Schlag einer Klangschale in unsere Richtung.

„Du meinst, wie lange er schon unausstehlich ist und seinen Burn-out nicht wahrhaben will?" Sie stößt entnervt Luft aus. „Schwer zu sagen. Drei Monate bestimmt, womöglich schon länger." Sie nimmt sich ein paar Sekunden, schüttelt den Kopf. „Letzte Woche habe ich ihn mit einer Packung Tabletten erwischt. Dieser Vollidiot."

Tabletten? Ich gerate ins Taumeln, bin ganz benommen. War ich ... War ich ernsthaft so blind? Hätte ich mehr nachfragen müssen? Hätte ich ihn vielleicht zu einem Gespräch zwingen müssen? Ich spüre, wie meine durch die frische Luft angespannten Glieder in sich zusammenfallen, wie ein Kartenhaus bei einem Windstoß. Sollte ich doch wieder zurück? Mein Blick fliegt unentschlossen zu der Hütte.

„Er hat sie nicht genommen. Aber du hattest keine Ahnung?" Ich zucke zusammen, merke, dass Evelyn mich mustert. „Er hat dir nie gesagt, wie ernst es ist?"

„Wir hatten nach der Trennung keinen Kontakt mehr", antworte ich nach einer Weile leise.

„Dann weißt du also gar nichts?" Evelyn zieht ihre Stirn kraus. „Auch nichts von dem Deal mit *NewCrest*?"

„Ähm ... nein", sage ich, während Evelyns Augenbrauen erstaunt nach oben wandern. Aus irgendeinem Grund verspüre ich den Drang, mich zu verteidigen. „Ich meine, wir haben über die Arbeit gesprochen und die ... ganze Planung, das Programm und seine Ideen und die –"

„Aber nicht über die finanziellen Schwierigkeiten, in denen der Verlag steckt", unterbricht sie mich sachlich.

„Finanzielle Schwierigkeiten?" Irritiert schüttle ich den Kopf. „Das ... kann ich mir nicht vorstellen, die Verkäufe liefen gut, es gab massenhaft Zusendungen Ende letzten Jahres. Ich meine, da *war* eine Phase, aber die hat der Verlag überwunden." Ich versuche mich an eine Aussage in diese Richtung zu erinnern, aber mir will nichts einfallen. Im Gegenteil. Rup meinte, die Zahlen seien im grünen Bereich. Ganz sicher.

Doch Evelyn schnauft frustriert auf und legt den Kopf in den Nacken. „Dieser Kerl ist großartig darin, alles in sich hineinzufressen.“ Ich übergehe das nagende Gefühl der offensichtlichen Vertrautheit zwischen den beiden und warte schweigend, bis sie schließlich weiterspricht. „Es gibt eine ganze Reihe an Kostenstellen, die gedeckt werden müssen. All die Marketing-Maßnahmen, der Umbau, die Aufmachungen für die *Wisdom*-Bücher, neue Mitarbeiter, von dem hier ...“ Sie macht eine umfassende Handbewegung. „... mal ganz zu schweigen.“ Offen sieht sie mich an. „Rup brauchte Geld. Also hat er einen Großteil seines Aktienpaketes an die Firma *NewCrest* verkauft. Und die machen von ihrem vierzigprozentigen Mitspracherecht Gebrauch.“

„Vierzig Prozent? Aber ...“ Das ergibt keinen Sinn. Mehrmals habe ich ihn gefragt, ob mit dem Verlag alles gut sei, ob wir uns diese ganzen Maßnahmen leisten können. Mehrmals habe ich meine Hilfe angeboten, aber die Antwort war immer ein müdes Lächeln, gepaart mit einem „Alles gut“ und einem Kuss auf meine Stirn. „Ich dachte, sein Vater wäre immer –“

„Albert?“ Evelyn lässt mich mit einem trockenen Lachen verstummen. „Zugegeben, Albert hält sich trotz seines nicht vorhandenen Mitspracherechts mit Anmerkungen nicht gerade zurück, aber nein.“

Ich versuche es zu ignorieren, aber in meinem Inneren zuckt es. Jahrelang habe ich für Cliffson gearbeitet, kenne ihn praktisch seit meiner Kindheit und zu keiner Zeit war er Albert. Nie. Zum ersten Weihnachtsfest im Verlag habe ich ihm sogar eine Tüte Kekse gebracht, in der Hoffnung, dass es ihn erweichen würde, aber seine Antwort war lediglich: „Und wo ist der Johnson-Vertrag, Susette?“

„Die wahre Kirsche obendrauf ist Anne.“

Evelyn reißt mich aus meinen Gedanken. Zu meiner Überraschung stelle ich fest, dass sie sich mittlerweile auf einen umgefallenen Baumstamm gesetzt hat. Überfordert blicke ich zu ihr hinunter. „Anne?“

„Seine Mutter."

„Moment mal." Blinzelnd versuche ich, das alles in eine ordentliche Reihenfolge zu bringen. „Seine Mutter heißt Susanne, sie ..." Aber dann stocke ich. Plötzlich habe ich eine vage Vermutung. Ich starre Evelyn an. „Sie hat wieder geheiratet, oder?"

„Richtig. Nach dem gesellschaftlichen Debakel mit Cliffson hat sie ihren Namen auf Anne gekürzt und Guy Burrows geheiratet."

Natürlich. Plötzlich sehe ich es vor mir, glasklar. *Anne Burrows will Sie. Anne Burrows für Sie am Telefon. Anne Burrows, schon wieder.* Ich höre Clarice ganz deutlich. Sehe Rup vor mir, wie angespannt, zornig und verkrampft er bei jedem Telefonat war.

„Sie versucht heute noch Rup vorzuschreiben, wie er den Verlag zu führen hat." Evelyn reibt wärmend ihre Handflächen aneinander. „Sie ist gelinde gesagt ziemlich verbissen, was das angeht. Die meiste Zeit geht es darum, das Familienerbe zu schützen und die Marke aufzubauen, dabei ist es völlig egal, ob Rup sich quasi nur noch von gestrecktem Kaffee ernährt oder kaum noch fünf Stunden am Stück schläft."

Im Versuch, den inneren Schwindel zu kontrollieren, schließe ich für eine Sekunde die Augen.

„Selbst mein Vater kann nicht mal zu ihr durchdringen, das hat Rup wohl mit seiner Mutter gemein ..."

„Moment, dein ... Vater?", hebe ich an, doch Evelyn braucht nicht zu antworten. Plötzlich ist es klar. Plötzlich lichtet sich der wirre Fliegenschwarm in meinem Kopf, der Namen und Fakten hin und her schleudert. „Das bedeutet, du bist ..."

„Rups Stiefschwester. Jep."

Ich ... Das ... Okay. Jetzt muss ich mich setzen.

Mit wackeligen Beinen lasse ich mich neben Evelyn auf den Baumstamm sinken. Meine Gedanken schlagen in Zeitlupe Purzelbäume. Derweil kann ich nicht anders, als Evelyn anzuglotzen, als wäre ihr gerade ein Geweih gewachsen. Evelyn. Evelyn Burrows. EB.

„Er hat dich nie erwähnt." Meine Stimme klingt ganz benommen.

„Wir hatten uns vor dem Job auch noch nie gesehen. Anne hat vor einem halben Jahr meinen Vater geheiratet und mir nach Neujahr nahegelegt, die Stelle im Verlag zu besetzen. Da mein Betriebswirtschaftsstudium beendet und ich sowieso auf der Suche war, empfand ich es als keine schlechte Idee." Sie zuckt achtlos mit den Schultern. „Also zog ich von Leeds nach London, lernte meinen hinreißenden Stiefbruder kennen und übernahm den Job."

Ihre Worte plätschern in meinen Verstand vor wie ein tropfender Wasserhahn. Ich kann es nicht fassen. Ich glaube, im Hintergrund Benicio singen zu hören, aber kann mich nicht darauf konzentrieren.

„Du kannst dir vorstellen, wie genervt Rup war, als er herausgefunden hat, dass Anne das Ganze initiiert hat." Sie wirft mir einen vielsagenden Seitenblick zu. „Die fehlenden Gelder, der Deal mit *NewCrest*, Anne und Albert, die an ihm herumzerren und ihm einbläuen, das Familienunternehmen nicht in den Sand zu setzen, die unbekannte große Stiefschwester, die er einstellen muss, diese Masche mit der Junggesellen-Marke, dann noch eure Trennung." Sie schüttelt den Kopf. „Ich kann verstehen, wenn er auf dem Zahnfleisch läuft, aber Tabletten sind bei einem Burn-out keine Lösung."

Ich starre Evelyn an. Die ganze Zeit über hatte ich sie völlig falsch eingeschätzt. Diese vertrauten Berührungen, ihre Anwesenheit neben ihm im Pub, die enge Zusammenarbeit ... „Ich dachte, du würdest dich an ihn ranschmeißen", rutscht es mir lahm über die Lippen. Dabei komme ich mir völlig bescheuert vor.

Evelyn lacht kurz auf. „Nein, keine Sorge. Ich habe lediglich versucht, ihn zu entlasten und seinen Kopf frei zu kriegen, aber das ist alles andere als leicht." Schmunzelnd wirft sie mir über den glänzenden Schimmer des Feuers hinweg einen Blick zu. „Glaub mir, du bist in dieser Firma präsenter als die IT-Jungs in ihrer kleinen Kammer."

Ich bringe ein schwaches Lächeln zustande. Eine flüchtige Wärme breitet sich in meinem Körper aus, aber mein Kopf ist immer noch damit beschäftigt, die einzelnen Informationen zu sortieren. Als ob ich versuchte, die Farben eines Rubik-Würfels an die richtigen Stellen zu rücken. Mittlerweile haben sich Benicio und Ben in einem Na-na-na-Gesang verloren und ich schaue zu, wie sich Jake und Fred mit der Kamera in eine Hütte zurückziehen.

Erst als irgendwo ein Kauz in den Bäumen über uns loslegt, drängt sich mir ein Wort in den Vordergrund. „Du hast etwas gesagt über eine Masche ...", hebe ich zögerlich an, doch Evelyn kommt mir zuvor. „Die Junggesellen-Masche?" Ich nicke und sie rollt mit den Augen, als würde sie den Gedanken daran völlig lächerlich finden. „Anne war der wahnwitzigen Überzeugung, dass ein junger Verlag das prägende Bild eines Junggesellens verdient. Deswegen auch dieses bescheuerte Interview. Sie hat das Ziel, Rup zur Marke aufzubauen, um Individualität und Nähe zu signalisieren. Was Sinn macht", fügt sie nach einer kleinen Pause trocken hinzu. „Wenn wir eine Dating-Plattform wären."

Normalerweise würde ich ob ihres angeschlagenen Tonfalls lachen, aber mein Kopf beginnt zu schwirren. Meine Gedanken trudeln zurück, zurück zu Weihnachten, zurück auf die Straße, zurück in den Schnee. Ich erinnere mich genau daran, was er gesagt hat: *Es mag auf den ersten Blick ... Das ist alles Marketing, Sue ... Aus karrieretechnischer Sicht ...*

Und ich habe ihn nie ausreden lassen. Nie.

Weil die ganze Welt Ansprüche an dich stellt, deren verdammte Erfüllung gar nicht erst angezweifelt wird ...

Ich hätte nur nachfragen müssen. In diesem einen Moment hätte ich nur nachfragen müssen. Es ist aus ihm herausgeplatzt und ich habe es ignoriert. Habe einen Schlussstrich gezogen. Bin weggelaufen. Mein Kopf beginnt zu pochen und ich reibe mir mit zusammengekniffenen Augen über die Stirn.

„Ich hatte wirklich gedacht, dass du darüber Bescheid weißt." Ich blinzle und merke, wie mich Evelyn mustert. „Insbesondere, da du mit ihm hier bist."

„Mit ihm?", wiederhole ich, komme aber allmählich nicht mehr mit. Langsam wird alles ein bisschen viel.

Evelyn öffnet den Mund, doch ein Knacken im Unterholz unterbricht sie. Ich folge dem Geräusch mit dem Blick und erkenne Ben ein paar Meter vor uns. Im Gegenlicht des Feuers und mit den verschränkten Händen vor dem Bauch sieht er aus wie Jesus. „Entschuldigt, wenn ich euren Kreis unterbreche. Evelyn, wenn du eine Minute Zeit für mich hättest, wäre ich dir sehr verbunden."

„Die Arbeit ruft." Sie wirft mir einen entschuldigenden Blick zu, kommt auf die Füße und klopft sich kurz über ihre Hosenbeine. „Vielleicht fragst du deine Begleitung mal nach Andrew West."

Andrew West? Ich lasse den Namen kurz in meinem Kopf zirkulieren, jedoch erfolglos. Andrew West ...

„Oh, und bevor du gehst, Sue ..." Evelyn hält inne und ich blicke etwas mitgenommen auf. „... musst du mir erklären, was es mit den vier Schachteln Pralinen in der untersten Schublade auf sich hat. Ich wollte eine davon nehmen, aber Marcy hat sie verteidigt wie eine Löwin."

O Gott. Die Pralinen, die mir Ernie früher immer mit der Post gebracht hat. Die hatte ich völlig vergessen. Unwillkürlich muss ich lächeln.

Sie zwinkert mir zu und folgt Ben Richtung Baldachin. Eine Weile sehe ich ihnen nach, ehe ein Windstoß mich zusammenfahren lässt. Tatsächlich werde ich mir der immensen Kälte an meinem Hintern erst jetzt bewusst und ich stehe ebenfalls auf, komme schleppend in die Gänge.

Andrew West ... Der Name sagt mir etwas. Ich *weiß*, dass der Name mir etwas sagt. Ich lasse ihn in meiner Erinnerung kursieren, gehe gedanklich zurück in den Verlag. Überfliege Autoren, Anfragen, E-Mails, versuche, eine Verbindung auszumachen. Wo zum Teufel habe ich diesen Namen schon gelesen?

Meine Schritte werden langsamer, als ich mich dem Feuer nähere und ich verharre einen Moment, um in die Glut zu starren. In meinem Kopf herrscht ein emotionales Durcheinander. Von Lance zu Rup, von Rup zu Evelyn. Wie konnte ich nichts von dieser ganzen Familiensache mitkriegen? Hätte ich häufiger nachfragen müssen? Hätte ich mich bei meiner Google-Suche nach Anne Burrows mehr anstrengen müssen? Habe ich überhaupt einen Blick in die Bildersuche geworfen?

Frustriert reibe ich mir übers Gesicht. Lasse die Fragen für den Moment unbeantwortet zurück. Dann muss ich erneut an die Tabletten denken und wieder packt mich eine Mischung aus Entsetzen, Trauer und dem Drang, sofort in diese Hütte zurückzukehren. Der rationale Teil von mir weiß jedoch, dass ich nichts weiter tun kann. Ich kann die Hand ausstrecken, aber danach greifen muss er.

Als meine Wangen vor Wärme zu kribbeln beginnen, wende ich mich von der Feuerstelle ab und gehe in Richtung der Hütten. Im Hintergrund wird gesungen und gerasselt. Ich glaube sogar, jemanden stöhnen und würgen zu hören, behalte aber meinen Blick respectvoll auf die Hütte vor mir gerichtet.

Vielleicht handelt es sich bei Andrew West um einen Lektor. Oder einen Grafiker. Heißt einer der Tripple-X mit richtigem Namen Andrew und ich habe das nie gemerkt? Gott, nein. Blödsinn. Das ergibt nicht mal Sinn.

„Sue, hey." Ich schließe gerade die Tür hinter mir, als Jake sich bei meinem Anblick vom Bett erhebt. Offenbar haben er und Fred zusammen am Laptop die ersten Aufnahmen sortiert. „Geht es dir gut?"

„Hm?" Fragend sehe ich auf, schiebe meine Gedanken beiseite und treffe auf sein nun besorgtes Gesicht. „Ja. Ja, ich hab ... nur eben mit Rup geredet."

Für einen Moment herrscht Stille, bis Fred auf seinem Stuhl umher rutscht, sich räuspert und seinen Kopf demonstrativ Richtung Bildschirm dreht. Aus den Augenwinkeln beobachte ich, wie sich Jakes Haltung versteift. „Und?" Ein angespanntes Lächeln huscht über sein Gesicht. „Alles in Ordnung?"

Aufmerksam blicke ich zwischen Freds Rücken und Jake hin und her. „Nein ... nicht wirklich."

Jake holt Luft und hält inne, so als müsste er sich seine nächsten Worte zurechtlegen. Er macht einen Schritt auf mich zu und streckt beschwichtigend eine Hand nach mir aus. „Hör zu, Sue, wenn ... Wenn es etwas mit dem Interview zu tun hat, es ..."

Ein ungläubiges Lachen rutscht mir über die Lippen. „Woher weißt du ..." Aber ich breche ab, schaue in sein Gesicht und spüre, wie das Lächeln auf meinem langsam erstirbt. Es dauert ein paar Sekunden, aber dann ist es so, als würde sich ein verloren geglaubtes Puzzleteil in ein bisher unvollkommenes Bild einfügen. Mir wird etwas schummrig. „O mein Gott."

Jake schließt stumm seinen Mund und lässt den Arm wieder sinken.

Anstelle eines wirren Durcheinanders in meinem Kopf ist es plötzlich ganz klar. Das ganze Bild. Ich sehe den Titel förmlich vor mir, in glänzenden Großbuchstaben: *Rupert Clarks. Ein frischer Wind weht durch die Verlagsbüros. Interview by Andrew West.* Die Erkenntnis setzt sich, als ich Jakes Miene sehe. „Du warst das."

„Hör zu, bitte, Sue, gib mir nur eine Minute ..." Jake macht einen weiteren Schritt auf mich zu, aber ich kann nicht anders, als abwehrend eine Hand hochzuhalten und einen taumelnden Schritt zurück zu machen. Ein fahriges Lächeln huscht mir übers Gesicht und ich schüttle ungläubig den Kopf. „Du bist Andrew West. Du ... hast dieses Interview mit Rup gemacht." Ich gebe Jake ein paar Sekunden, um mir zu widersprechen. Fast schon hege ich die Hoffnung, das wäre nur ein lächerlicher Verdacht meinerseits, nur eine irrsinnige Idee, aber ... nein.

„Es tut mir leid, glaub mir, ich habe –"

„Hat es so überhaupt stattgefunden?" Zweifelnd bleibe ich stehen, spüre, wie mir vor lauter Enttäuschung Tränen in die Augen steigen. „Diese Antworten, waren die von ihm?"

Jake öffnet den Mund, schließt ihn jedoch und wendet sich ab.

„O Gott ...", flüstere ich überwältigt. „Du wusstest, dass die Antworten zusammengedichtet waren und hast nie etwas gesagt."

„Sue..."

„Nicht mal, nachdem ich dir erzählt hatte, dass Rup und ich zusammen waren."

„Ich *wollte* es dir sagen. Glaub mir. Ich –"

„Seit wann? Seit wann weißt du es?" Ich kann nicht verhindern, dass meine Stimme verletzt klingt.

„Seit ... der Premiere. Dem Artikel von Cardener. Aber Sue, hör zu, bitte." Er macht einen weiteren Schritt auf mich zu, aber ich taumle weiter Richtung Tür, schüttle noch immer den Kopf. „Wenn du es mich erklären lässt, dann –"

„Erklären?“ Ich lächle zerbrechlich, lasse die eine Träne achtlos über meine Wange rinnen. „Ich habe heute Abend genug Erklärungen gehört, Jake. Oder Andrew, oder ... keine Ahnung.“ Meine Hand greift nach der Türklinke und ich sehe ein letztes Mal in das Gesicht, das ich geglaubt hatte zu kennen. „Ich dachte wirklich, du hättest mehr Rückgrat.“

„Sue ... Sue. Bitte. Warte, ich –“

Aber ich kann nicht. Ich lasse die Tür hinter mir zufallen und seine Worte im Quietschen der Scharniere untergehen.

34

Jep. Er geht um 18 Uhr nach Hause und hat bislang noch niemanden gefeuert. Ich geb dir Bescheid, sollte er sich eines Tages bei Ernie mit einem Schulterklopfen für die Post bedanken (ich glaube, das sollten wir dann feiern).

Ich muss schmunzeln, simse Evelyn ein kurzes Dankeschön und stecke das Handy weg. Eine Woche ist seit dem Gespräch auf der Lichtung vergangen und noch immer bin ich nachdenklich. Nicht wegen meiner Gefühle. Oder wegen des Interviews, oder Jakes Lüge. Die einzige Frage, die mich nicht loslässt, ist vielmehr die, was sich geändert hätte, wenn Jake mir die Wahrheit gesagt hätte, von Anfang an. Hätte ich gewusst, dass die Antworten nicht von Rup stammen, wären die Trennung und der Burn-out vermutlich nie passiert. Allerdings bin ich alles andere als unschuldig, das ist mir klar. Hätte ich ihm an Weihnachten nur zugehört, dann wäre vermutlich alles anders gekommen. Gleichzeitig weiß ich, dass es wohl nur eine Frage der Zeit gewesen wäre. *NewCrest*, Anne, Albert, der finanzielle Druck ... Wahrheit hin oder her, das alles hätte sich nicht einfach so in Luft aufgelöst. Im Gegenteil. Die Bombe wäre wohl so oder so hochgegangen.

Ich nehme einen Schluck meiner heißen Schokolade und laufe von der Liverpool Station Richtung South Place Hotel. Es ist, als würde man gegen einen Strom an Menschen schwimmen. Als ein Pulk an Touristen aus einem *Costa* vor mir strömt, überlege ich sogar, für die zwei Haltestellen den Bus zu nehmen. Stattdessen weiche ich auf die andere Straßenseite aus und gehe zügig weiter.

Es ist Karfreitag und die Innenstadt scheint vor lauter Menschen und guter Laune zu bersten. In jeder Straße stehen mindestens zwei überdimensional große Eier in den buntesten Farben, mit denen für Selfies posiert wird. Es wäre der optimale Zeitpunkt, mich einfach mitreißen zu lassen. Mich von der Freude und Lebhaftigkeit anzustecken zu lassen, aber als ich die moderne Front des Hotels vor mir erkenne, ergreift eine seltsame Nüchternheit Besitz von mir.

Ich weiß, dass ich in der Hütte nicht einfach so hätte verschwinden sollen. Dass das unprofessionell und vielleicht auch schwach war. Dass ich, abgesehen von meiner Zusage für den heutigen Dreh, Jake auf seine Nachrichten hätte antworten sollen. Aber ich konnte nicht. Tatsächlich habe ich selbst jetzt noch das Gefühl, als wäre mein Konto an Emotionen für ein ganzes Jahr aufgebraucht.

Eine Entschuldigung nach der anderen murmelnd, bahne ich mir einen Weg durch die Traube an Menschen, die sich für die Ostereiersuche im Hotel anstellen. Der Portier lässt mich nach einer kurzen Erklärung hinein und kaum schließt sich die schwere Tür hinter mir, ebbt das geschäftige Treiben der Straße ab.

Ich trete durch den gläsernen Eingangsbereich und finde mich in einer modern eingerichteten Lobby wieder. Hie und da stehen gelbe einladende Sessel mit Schachbrett-Tischen, Sofas mit zahlreichen Kissen und ganz hinten erstreckt sich eine Steinwand mit eingelassenem Kamin, in dem einige Kerzen brennen. Obwohl hier drin auch einiges los ist und Pagen und Hotelmitarbeiter mit Körben voller Ostereiern herumwuseln, erkenne ich Jake und Fred auf einem Sofa neben dem Kamin.

Es dauert ein paar Sekunden, bis Jake seinen Kopf hebt und mich bemerkt. Wir blicken uns quer durch die Lobby an. Er klopft Fred entschuldigend auf den Rücken, entzieht sich dem Gespräch und kommt auf mich zu.

„Hey.“

„Hi.“ Ich drehe den warmen Becher in meinen Händen.

„Schön, dass du hier bist.“ Er schenkt mir ein schwaches Lächeln und deutet dann vage auf das Sofa neben uns. „Können wir kurz reden?“

Ich nicke und lasse mich auf der Kante des hellbraunen Sofas nieder. Der Lärmpegel rund um uns herum schwillt kurz an, als die Tür nach draußen aufgeht und das Motorenbrummen eines Busses zu hören ist.

Jake reibt sich bedächtig die Hände und scheint mit gerunzelter Stirn nach den richtigen Worten zu suchen. „Ich weiß, ... dass eine Entschuldigung zu spät kommt, Sue. Auch, dass sie keinerlei Gewicht hat, angesichts dessen, was dieses Interview ausgelöst hat.“ Er blickt auf, die Ellbogen auf seine Knie gestützt. „Trotzdem muss ich mich bei dir entschuldigen. Ich hätte es dir sagen müssen.“

„Du hättest in erster Linie dieses Interview nicht verfälschen dürfen“, sage ich betont langsam und blicke ihm offen in die Augen. „Wieso hast du das getan?“

Jake seufzt schwer auf und kratzt sich kurz an der Stirn. „Ich ... Keine Ahnung. Jemand, der sich als ehemaliger Geschäftsführer ausgegeben hat, hat mich angerufen und verlangt, die Antworten dementsprechend anzupassen. Er versicherte mir, dass Rup informiert sei und drohte damit, meine Jobaussichten bei anderen Verlagen und Konzernen zunichte zu machen.“ Er hält kurz inne. „Es ist schwierig, wenn nicht beinahe unmöglich, in Magazinen wie dem *Business Today* zu landen und nach der Geschichte mit Mel war es ... waren der Job und meine Karriere das Einzige, das mir noch geblieben war.“

Ich betrachte ihn. Sehe, wie er sich grämt, wie seine Knöchel unter den verschränkten Händen weiß hervorstehen. „Wieso Andrew West?“, frage ich schließlich und er blickt wieder auf. „Wieso nicht Jake Mitchell?“

Er verzieht das Gesicht. „Aus demselben Grund, aus dem JK Rowling unter einem anderen Namen einen Thriller geschrieben hat. Anderer Name, andere Erwartungen. Andrew West schreibt über politische Themen, Jake Mitchell ist der Unterhaltung zugetan und für *YoursTruly* unterwegs. Felicia Cooke wiederum, bewegt sich im gesellschaftlichen –“

„Felicia Cooke?“ Meine Augenbrauen schießen ungläubig nach oben. „Du ... Du bist Felicia Cooke?“

Jake presst die Lippen zusammen und hebt wie überführt die Hände. Ich kann es kaum fassen. Noch immer habe ich Sophies Tirade über diesen einen Artikel im Ohr. Unwillkürlich lache ich auf. „Du ... vertrittst also die Meinung, dass Frauen Männer wie ...“ Ich versuche mich an den Text zu erinnern. „... wie Mutter Natur ...“

„... in die Wiege der Geborgenheit aufnehmen sollten.“ Er fährt sich mit der Hand über das zermürbte Gesicht. „Du hast es gelesen. Nicht meine beste Arbeit und offensichtlich auf die Leserschaft des Magazins abgezielt.“

„O mein Gott.“ Ich bringe das ungläubige Grinsen kaum mehr vom Gesicht. „Sophie hasst dich. Wenn sie später dazukommt und das erfährt, wird sie dich in den Schwitzkasten nehmen.“

„Glaub mir, Sue, bei vielen Artikeln oder Beiträgen ging es lediglich um den Job und die Karriere.“ Er blickt mich an. „Einige davon haben nichts mit meiner Meinung zu tun, andere davon waren unmoralisch, das Interview mit Rup an erster Stelle. Das ist mir klar.“

Für eine kurze Weile blicke ich auf den Becher in meiner Hand und lasse seine Worte sich setzen. „Und was ist mit den echten Geschichten?“, frage ich und treffe auf seinen Blick. „Die, die du angeblich erzählen willst?"

„Scheint, als hätte ich eine Erinnerung daran gebraucht." Sein rechter Mundwinkel zuckt wehmütig. „Ich möchte nicht nur um des Erfolges oder der Karriere willen schreiben. Das war nie mein Ziel, ich ... wollte zwar die Anerkennung, aber ich möchte auch nicht wie Cardener enden."

Bei der Erinnerung an den Artikel von der Premiere zucke ich innerlich zusammen. Ich will bereits einen weiteren Schluck der mittlerweile kalten Schokolade nehmen, aber ich halte auf halber Strecke inne. Fast erstaunlich, dass es mir erst jetzt auffällt, aber Cardener hat nie wieder etwas über mich geschrieben. Kein Wort. Zumindest keines, das ich oder sonst jemand aus meinem Freundschaftskreis gesichtet hätte. Und wenn, dann wäre Marc bestimmt der Erste gewesen, der es mir in Windeseile mit einem Haufen Clown- und Lachemojis rübergesimst hätte. Wen auch immer Rup damals kontaktiert hat ... Moment mal. Könnte es etwa sein, dass er ... Ich blicke über den Rand des Bechers hinweg zu Jake.

„Die Redaktionschefin vom *Closer* ist eine alte Bekannte." Er schmunzelt schwach und bestätigt dadurch meine leise Vermutung. „Rup hat mich an dem Morgen angerufen und gefragt, ob ich etwas gegen den Artikel unternehmen könnte. Natürlich habe ich es gemacht, auch wenn es nur ein Versuch war, mein schlechtes Gewissen zu beruhigen. Mir war klar, dass ich mit dieser Aktion meine Karriere riskiert hatte." Er nimmt einen tiefen Atemzug. „Erst ... als ich einen Tag später eine Nachricht von ihm auf meinem Anrufbeantworter hatte, war mir klar, dass er bis dahin nichts von den Antworten gewusst hatte. Er muss es an Weihnachten erfahren haben, eine Woche vor der Veröffentlichung."

„Weihnachten …“, sage ich mehr zu mir selbst und tippe gedankenverloren gegen den Becher in meiner Hand. Und dann wird es mir klar. Natürlich. Weihnachten. Der Anruf, das hitzige Telefonat auf dem Flur. Das muss seine Mutter gewesen sein. Jetzt ergeben auch seine scharfen Worte einen Sinn.

Ich lasse mich gegen die Rückenlehne des Sofas fallen. Deswegen auch seine Reaktion in der Hütte … In seiner Wut muss er gedacht haben, dass mir die Wahrheit in Bezug auf das Interview völlig egal sei. Dabei wusste ich von gar nichts.

„Auf alle Fälle landete Cardener auf der Straße“, fährt Jake fort und holt mich ins Hier und Jetzt zurück. „Bei dem Kerl nützen keine Abmahnungen, er ist wie ein …“

„… Köter, der sich an einem Knochen festgebissen hat. Ja.“

Es verstreichen ein paar Sekunden. Irgendwo rattert und mahlt eine Kaffeemaschine.

„Ich hoffe, du kannst meine Entschuldigung annehmen. Irgendwann.“

Jake sieht dermaßen gebeutelt und ehrlich betroffen aus, dass ich spüre, wie sich die Anspannung in meinem Körper ein Stück weit löst. „Du hättest es mir sagen müssen, Jake.“

„Ich weiß. Glaub mir, ich weiß. Ich …“ Er streckt seine Hand aus und greift nach meiner, entscheidet sich dann aber wieder um und lässt zögerlich los. „Ich wollte dich zu keinem Zeitpunkt verletzen, Sue, du … bist mir ans Herz gewachsen. Auf eine sehr –“

„Sag jetzt nicht ‚akrobatische Art und Weise‘.“

„Auf eine sehr ehrliche und offene Art und Weise.“ Wir schmunzeln uns über die kleine Distanz hinweg an. „Die Arbeit mit dir ist die aufrichtigste, die ich mache. Seit Monaten.“

Ich verziehe das Gesicht. „Na ja … Ob man die vom Ritual mit dazuzählen kann, sei dahingestellt.“

„Der Beitrag wurde ziemlich gut. Nicht so lang und ausführlich wie unsere anderen, aber Maddi war zufrieden." Er blickt sich um und bleibt an einer Stelle hängen, wobei er langsam auf die Beine kommt. „Wo wir gerade vom Job sprechen ..."

„Mr Mitchell? Miss Watson?" Ein kleiner fülliger Mann mit Brille und Glatze gesellt sich zu uns. Seine Wangen leuchten ganz rosa und der Knopf seines Gilets spannt ein wenig. Schnell stehe ich auf und reiche ihm die Hand. Sein Griff ist feucht und warm. „Mein Name ist Leroy Green, ich bin der Hotelmanager. Sie wohnen heute unserer Ostereiersuche bei? Wunderbar, wunderbar!" Ich will etwas entgegnen, aber Leroys Begeisterung lässt es gar nicht zu. „Wir führen als erstes und einziges Hotel in ganz London eine Ostereiersuche für Erwachsene durch. Oder wie ich es auch gerne nenne: für das Kind in jederfrau und jedermann! Immerhin hat die Vorliebe für Schokolade und Spaß nichts mit dem Alter zu tun, nicht wahr? Kommen Sie, ich führe Sie kurz herum. Kommen Sie, nur zu!" Leroy winkt uns zu sich und stiefelt davon in Richtung Rezeption.

In der darauffolgenden Viertelstunde lernen wir sowohl jeden Raum als auch jeden Mitarbeiter mit Namen kennen. Wir sehen, wie noch letzte Eier versteckt, gigantische Blumenbouquets drapiert und kleine Osternester auf den Tischen verteilt werden.

„Ms Bishop hat uns versichert, dass der Beitrag live erfolgt, weswegen wir uns einen *rauschenden* Ansturm erhoffen. Es gilt ganze fünfhundert Eier zu finden, wovon fünfzig einen wunderbaren Sofortpreis beinhalten. Und die Schokolade erst, oh, die Schokolade!" Er küsst die Spitze seiner Finger und führt uns durch das Treppenhaus watschelnd zurück zur Lobby. „Hausgemacht, allesamt. Eine wahre Köstlichkeit für Geist, Seele und Hüften! Hier, kosten Sie! Nur zu, nur zu!"

Leroy streckt uns eine Schüssel mit kleinen bunten Eiern entgegen, wobei er uns zuzwinkert. „Und vergessen Sie nicht zu erwähnen, wie köstlich die sind, ja?"

Okay, ich kann nicht anders. Vergessen ist die Nüchternheit. Egal ob es nun an der Schokolade, an Leroys Freude oder an der mittlerweile gelösten Atmosphäre zwischen Jake und mir liegt – aber mir ist schon fast wieder unbeschwert zumute.

„Sie können gleich hier loslegen, genau hier beim Eingang." Leroy wackelt in die besagte Richtung. „Von da aus können Sie sich durch das Restaurant hoch zur Dachterrasse bewegen und – oh, Mr Wheatherbee! *Mr Wheaterbee*! Die Gestecke bitte *neben* den Kamin, nicht vor den Kamin. Wenn Sie mich entschuldigen, hier, bitte, meine Liebe." Leroy drückt mir kurzerhand die Schüssel Ostereier in die Hände, macht sich auf den Weg und winkt mir noch fröhlich zu. „Nehmen Sie nur, nehmen Sie nur! Die Schokolade ist *köstlich*!"

„Tja ... na dann ..." Ich blicke auf die bunten Eier in meinen Händen. „... sollten wir definitiv nicht vergessen zu erwähnen, wie köstlich sie sind."

„Definitiv nicht, nein. Komm, gib mir die Schüssel. Fred?"

Ich nutze den Moment, um mich von meiner Jacke zu befreien, zupfe mein blaues Kleid zurecht und drapiere die Klammer an meinem Hinterkopf. Obwohl ich heute Morgen versucht habe, die losen Strähnen in eine Art Korkenzieher einzudrehen, fallen sie mittlerweile in unkoordinierten rötlichen Wellen über meine Schultern.

„Fred und ich haben vorhin schon eine Route festgelegt." Jake begibt sich neben mich und ich greife nach einem Schokoladen-Ei. Jetzt, so kurz vor der zweiten offiziellen Liveschaltung meines Lebens, spüre ich, wie die Aufregung langsam überhandnimmt. Nicht, dass ich nervös wäre, ich bin nur ... nun. Dezent angespannt.

„Wir starten hier, machen ein paar Schwenker von der Lobby zur angrenzenden Bar und gehen dann direkt hoch zu den Meetingräumen. Wenn du aus dem Treppenhaus kommst, halte dich links und gehe zum Secret Garden."

„Dem offenen Raum mit den herunterhängenden Blumen." Wachsam nicke ich und schiebe das Ei in meinen Mund. „Okay. Rezeption, Treppe hoch, Secret Garden. Alles klar." Ein Schwall Nougat läuft aus dem Kern. „Die sind echt gut. Die Eier." Während ich motiviert kaue, nehme ich mir noch eins, wickle es aus und schiebe es mir auch in den Mund, ehe ich mich erneut umschaue. Dieses Hotel ist wirklich schick. Der vertäfelte Boden, die Marmortheke, die riesige Hängeleuchte mit kleinen silbrigen Flugzeugen dran. Alles hier drin hat einen modernen urbanen Touch, ohne aber überladen oder aufdringlich zu wirken. Sogar Stimmungsbeleuchtung gibt es hier, die von Zeit zu Zeit die Farbe wechselt. Mein Blick schweift über die gemütliche Einrichtung, den Eingangsbereich, bis hin zu Fred. Ich brauche geschlagene zwei Sekunden, bis ich realisiere, dass das Lämpchen der Kamera auf seiner Schulter bereits rot leuchtet.

Schockiert starre ich in die Linse.

Ich will lachen, aber meine Wangen sind rammelvoll mit Schokoeiern. Keine Ahnung, wie lange er schon filmt. Hat irgendwer was gesagt? Hat irgendwer *Action* gerufen?

Die Kamera beginnt minimal zu zittern, als Fred versucht, ein Lachen zu unterdrücken. Selbst Jake legt die Hand vor den Mund und versucht, ein Schnauben mit einem Räuspern zu vertuschen, das sehe ich aus den Augenwinkeln. Und gerade als ich denke, den klebrigen Kloß endlich runterschlucken zu können, streckt Jake nonchalant die Schüssel Schokolade ins Bild. „Noch eins?"

Ich schenke ihm ein gepresstes Lächeln, schlucke die Hälfte hinunter, verstaue die andere in der Backe und nehme die ganze Schüssel an mich, ehe ich mich Fred zuwende. „Ganz offensichtlich hat das South Place Hotel im London City District die köstlichsten Schokoladeneier der ganzen Stadt." So diszipliniert wie möglich starre ich in die Kameralinse, kann aber gleichzeitig das Lachen nicht unterdrücken. „Weshalb in wenigen Minuten die beliebte Ostereiersuche losgeht. Fred, wenn du mal einen Schwenker nach draußen machen willst?" Wie auf Kommando dreht sich Fred, um den wartenden Pulk vor dem Eingang zu filmen, und ich mache ein paar Schritte zurück zur Rezeption. Als die Linse wieder auf mich gerichtet ist, fahre ich fort und versuche, mich so professionell und informativ wie möglich zu geben. Ich erzähle von den Sofortgewinnen und der Anzahl an versteckten Eiern. Tatsächlich bin ich nach einer Weile so in meinem Element, dass ich mir sogar Leroys Spruch „Das Kind, das ich in mir habe, freut sich außerordentlich, hier sein zu dürfen!" ausgeborgt habe, was dann doch etwas komisch rüberkam. Und obwohl meine Wangen vor Scham nur noch gebrannt haben, hat Jake, mit Blick auf das Tablet in seiner Hand, einen Daumen nach oben gezeigt.

„... in 3, 2, 1, los!" Mit einem überschwänglichen Applaus werden die Türen geöffnet und Fred reißt die Kamera herum. Innerhalb weniger Sekunden hat sich die Lobby mit Menschen gefüllt. Weiße Bastkörbchen werden herumgereicht und die Menge verteilt sich dankbar in alle Richtungen. Es herrscht eine aufgeregte, hibbelige Stimmung und während Fred die Eindrücke und Jubelschreie der ersten Eiersichtungen aufnimmt, glaube ich sogar, Sophies rote Strähne und Marcs Cap im Getümmel zu erkennen.

„Sue." Jake erscheint neben mir und deutet Richtung Treppenhaus. „Gehen wir hoch, raus aus der Menge."

Mit Jake und Fred im Schlepptau und immer noch die Schüssel an mich drückend, schlängle ich mich durch die Leute hindurch.

„Wir machen eine Aufnahme vom Secret Garden. Am besten du begibst dich auch auf die Suche nach ein paar Eiern. Danach verziehen wir uns dann auf die Dachterrasse." Jake neigt seinen Kopf in meine Richtung, damit es auf der Kamera nicht zu hören ist. „Bei dem Wetter nehmen wir ein paar Sonnenstrahlen mit."

Ich nicke geflissentlich und steige Stufe um Stufe empor, bis ich oben angelangt bin. „Interessanterweise ist das South Place Hotel das einzige Hotel in London, das eine Ostereiersuche nur für Erwachsene organisiert." Rückwärts gehe ich durch den schmalen Gang und blicke weiterhin in die Kamera. „Und das ganze Event dauert genau *so* lange, bis alle fünfhundert Eier gefunden wurden. Weswegen wir es uns nicht nehmen lassen, uns auch auf die Suche zu begeben." Beschwingt drehe ich mich um und betrete den Secret Garden. Bereits als wir das erste Mal vor zwanzig Minuten hier waren, habe ich mich in den Raum verliebt. Er ist himmlisch, mit offener Decke, wärmendem Sonnenlicht und tief hängenden bunten Kunstblumen, die über die gesamte Fläche gespannt sind. Eine gemütliche Lounge mit unzähligen Kissen ziert die Mitte des Raumes. Palmen in großen silbernen Töpfen und eine goldene beleuchtete Bar runden das Gesamtbild ab. Es muss herrlich sein, hier am Abend etwas zu trinken und gleichzeitig den Sternenhimmel betrachten zu können.

„Die begehrten Eierhighlights sind insbesondere hier gut ver..." Ich will einen Blick in die Kamera werfen, breche aber jäh ab, als ich realisiere, dass ich allein bin. Gerade sind mir Jake und Fred noch auf Schritt und Tritt gefolgt und jetzt ist die Tür hinter mir zu.

„Was ...?“ Verwundert gehe ich zurück und beginne, an der Türklinke zu rütteln. Verschlossen. Ich drücke und ziehe, aber das Glas vibriert nicht einmal. Sie ist tatsächlich zu. Irgendjemand hat mich hier eingesperrt. Alarmiert mache ich einen Schritt von der Tür weg, blicke instinktiv nach oben, suche nach Kameras, kleinen Alarmsirenen, irgendwas. Aber da ist nichts. Gar nichts. Mein Puls beginnt zu stolpern. Ist das ... etwa so eine Notfallsituation? In der alles verriegelt wird? Fliegen Helikopter am Himmel rum?

Erneut trete ich an die Tür, blicke durch das Glas in den Gang. „Hallo?“ Mit der Handfläche klopfe ich gegen den Rahmen. „Jake? Kann mich jemand hören?“

„Ziemlich sicher, *dass* sie dich hören.“

Ich fahre herum und lasse beinahe die Schüssel fallen. Vor lauter Schreck traue ich mich gar nicht, meinen Augen zu glauben. Wie zum ...

„Nur ziehen sie es vor, dich zu ignorieren.“

Mein Mund klappt auf, aber ich brauche einen Moment, um meine Stimme zu finden. „Was ... Was tust du denn hier?“

Rup zuckt mit den Schultern und senkt den Blick auf das Handy in seiner Hand, ehe er es in meine Richtung dreht. „Ich habe per Zufall mitgekriegt, dass du hier bist.“

Das Display zeigt das Bild der Liveübertragung von der Dachterrasse. „Oh ...“ Langsam dämmert es mir und ich blicke kurz zurück durch die Tür, obwohl da niemand mehr ist. „Jake.“

„Er hatte wohl das Gefühl, dir gegenüber etwas wiedergutmachen zu müssen.“ Rup kommt langsam auf mich zu und ich drücke die Ostereier an mich. „Damit ist er wohl nicht der Einzige.“ Ich nicke ihm zu. „Scheint, als wolltest du auch wieder etwas gut machen.“

„Das?“ Rup fährt sich mit der Hand über die rasierte Wange. „Na ja. Es wurde Zeit für eine Veränderung.“

Das flüchtige Schmunzeln kann ich mir nicht verkneifen. „Dacht ich's mir doch, dass du noch darunter steckst, irgendwo.“

Rup bleibt neben dem Loungesessel vor mir stehen. Er öffnet den Mund und schließt ihn mit einem schwachen Lächeln, ehe die Falte zwischen seinen Augenbrauen tiefer wird und er den Blick Richtung Boden neigt. „Hör zu, Sue ... Mir ist klar, dass es in der Zwischenzeit keine Rolle mehr spielt, aber ich hätte es dir sagen müssen. Das alles. Du hattest das nicht verdient.“

„Du wolltest es mir sagen“, entgegne ich sanft und drücke die Schüssel enger an mich. „An Weihnachten, wenn ich dich hätte ausreden lassen.“

„Es hätte nichts daran geändert“, sagt er ruhig. „In dem Moment, als du gegangen bist, war mir klar, dass es das Beste ist.“

Einen Moment lang betrachte ich ihn ruhig. „Weil du denkst, dass du nicht gut genug wärst?“

„Weil du Besseres verdient hattest.“ Er lächelt trübsinnig und klopft auf der Suche nach den passenden Worten mit seiner Faust bedächtig auf das Polster der Rückenlehne neben sich. „Ich weiß, dass du dir ein Leben mit Kindern vorstellst, Sue. Hochzeit, Jahrestage ... Grillabende bei Freunden. Ich bin ... nicht gerade das, was man den besten Kandidaten dafür nennt.“

Ein paar Sekunden bleibe ich still. Ich beobachte sein Gesicht, die feinen Fältchen um seine Augen, das Zucken um seine Wangenknochen. „Und was ist es, was *du* willst?“

Sein Mundwinkel hebt sich kaum merklich. „Ist schon eine Weile her, dass mich das zuletzt jemand gefragt hat.“

Geduldig warte ich, bis er die Worte gefunden hat.

„Die letzten Monate, der ganze Druck, all die ... Erwartungen." Er schüttelt mit offenem Mund den Kopf und lässt sich schwerfällig auf den Rand des Sessels neben sich sinken. „Es hat mich in die Knie gezwungen. Ich weiß nicht, ob mich das zu einem schwachen Vorgesetzten macht, aber es macht mich zu einem schwachen Menschen."

„Rup ..."

„Nein, Sue, ich weiß, dass ich Fehler gemacht habe." Er hält eine Hand hoch, um mich zu unterbrechen. „Angefangen bei der Tatsache, dass ich dich und andere im Dunkeln gelassen habe, bis hin zu den Warnsignalen dieses ... Burn-outs, es ist ..." Schwer lässt er den Arm wieder sinken. „Ich dachte, wenn ich einfach weitermache, das tue, was meine Eltern, meine *Mutter* mir ständig einzureden versuchten ... wenn ich mir nur selbst genügend einrede, dass ich das Richtige tue, dann würde es funktionieren. Dann würde ... ich funktionieren." Müde hebt er die Augenbrauen und macht eine kleine Pause. „Aber das hat es nicht. Ich lag falsch. Nicht nur mit der Art, wie ich Dinge angehe oder versuche, mir nichts anmerken zu lassen, sondern auch ... mit uns." Er hebt seinen Blick und sieht mir quer durch den Raum direkt in die Augen. „Ich lag falsch, was uns betrifft."

Ich spüre, wie mir innerlich warm wird. Höre, wie Gelächter und dumpfe Stimmen von der Dachterrasse zu uns herunter hallen, aber ich ignoriere sie.

„Ich hätte dieses Interview nie akzeptieren dürfen. Du hattest es verdient, davon zu erfahren, gleich nachdem ich davon in Kenntnis gesetzt wurde. Stattdessen habe ich dich gehen lassen, an Weihnachten, im Verlag, im Pub vor zwei Wochen. Ich ..." Seine Stimme erstirbt und er sammelt sich kurz. „Sue, ich weiß nicht, ob ich jemals dieser Mann sein kann. Ob ich jemals deinen Vorstellungen und Erwartungen entsprechen werde, aber ich ... Ich bin hier.“ Er nickt und blinzelt, ehe er mich aufrichtig ansieht und aufsteht. „Ich bin hier. Mit all meinen ... Makeln und Problemen und dieser verschissen komplizierten Familie.“ Er schluckt. „Ich bin hier.“

Meine Augen beginnen zu brennen. Ein Teil von mir beginnt sich zu wundern, ob er wirklich das sagt, was ich glaube zu hören. Ob dieser zerbrechliche Moment in diesem unwirklichen Raum tatsächlich existiert. Trotzdem fühle ich mich seltsam ruhig. Beinahe so, als könnte uns nichts etwas anhaben, als könnte nichts diesen Moment zwischen uns unterbrechen, als wären wir in unserer eigenen Realität. „Du hast recht“, sage ich schließlich ruhig. „Du hast Makel. Und du hast Probleme.“ Langsam gehe ich auf ihn zu. „Du bist herrisch. Und starrsinnig. Und du frisst viel zu viel in dich hinein, anstatt mit jemandem darüber zu reden.“ Einen halben Meter vor ihm bleibe ich stehen. „Und deine Familie ist wirklich ... kompliziert.“

„Ja. Ich weiß.“ Mit gerunzelter Stirn senkt er den Kopf.

Einen schweigsamen Moment später stelle ich die Schüssel in meinen Händen auf einen kleinen Beistelltisch neben ihm und suche seinen Blick. „Aber du bist auch ehrgeizig. Und gutmütig. Und verständnisvoll.“ Er hebt seinen Kopf und ich schmunzle leicht, während ich ihn aus der Nähe betrachte. Da sind sie ... die graublauen Augen, die kleinen Fältchen, die wenigen Sommersprossen auf seiner Nase, die ich so liebe. „Und ja, ich will das alles. All das, was du vorhin gesagt hast. Und es gibt niemanden, mit dem ich es mehr erleben möchte als mit dir.“ Ich warte, bis er mich ansieht. „Das war schon immer so.“

Ein müdes, schiefes Lächeln zuckt an seinen Mundwinkeln. „Und das trotz all dem Mist in meinem Leben?“

„Es verlangt niemand, dass du das allein durchstehst, Rup", entgegne ich sanft. „Das Einzige, das du allein aufbringen musst, ist der Wille, etwas daran ändern zu wollen. Erinnerst du dich?"

„Ja. Ich weiß." Erneut will er den Blick abwenden, doch ich strecke meine Hand aus und lege sie an seine Wange. Augenblicklich schließt er die Augen. „Es ist keine Schwäche, Gefühle zu zeigen oder sich seinen Ängsten zu stellen." Mein Daumen fährt behutsam über den Rand seiner feinen Bartstoppeln, ehe ich den Arm senke und warte, bis er mich erneut ansieht. „Schon gar nicht gegenüber mir."

„Bist du sicher?", fragt er nach einer kurzen Pause.

„Ja", antworte ich ehrlich. „Außerdem ... bist du nicht der Einzige mit einer merkwürdigen Familie." Tunlichst darauf bedacht, mich nicht an die Einzelheiten zu erinnern, schiebe ich das in mein Hirn eingebrannte Bild meines Vaters am Nakedeistrand zur Seite. Guter Gott.

„Gut, denn ..." Rup räuspert sich und blickt kurz über meinen Kopf hinweg. „Du verdienst noch eine Antwort."

Ich kann regelrecht beobachten, wie sich seine Muskeln anspannen. Wie sich seine Wangenknochen abzeichnen. Argwöhnisch kneife ich meine Augen zusammen. „Auf was?"

Er blickt auf mich hinunter, holt Luft und zögert einen Moment, bevor seine Fingerspitzen meine berühren. Kleine, elektrisierende Impulse schießen durch meine Haut, direkt in mein Innerstes. Mir wird ganz warm. Wie sehr habe ich diese Berührungen vermisst. Diese sanften, unscheinbaren Berührungen, die mein Gleichgewicht auf die Probe stellen und jeglichen Fokus nur auf diesen einen Augenblick richten. Nur auf ihn. Nur auf uns.

Unsere Finger verflechten sich, vorsichtig, behutsam, bis er mich sanft zu sich zieht. Ohne unsere Blicke voneinander zu lösen, hebt er eine Hand und legt sie an meine Wange. Ich blinzle schwer, schnappe nach Luft. Und ehe ich mich versehe, schiebt er seinen Kopf vor, neigt sein Gesicht zu mir ... Ich spüre, wie sein Kinn mein Ohr berührt, ehe sein warmer Atem die empfindliche Haut an meinem Schlüsselbein qualvoll streift. Sekunden verstreichen. Rup atmet ein, während sein Daumen kaum spürbar über meine Wange fährt. Und gerade als ich denke, dass ich es nicht länger aushalte, höre ich seine Worte, flüsternd und heiser. „Ich dich auch."

Ein Beben geht durch meinen Körper. Ein Rausch, ein Zittern, das selbst die hinterste, kleinste Zelle erreicht. „Du ... hast mich gehört." Ich blicke zwischen seinen Augen hin und her. „Im Verlag, bevor du ans Telefon musstest, du hattest mich gehört."

„Ja, ich hab dich gehört." Schmunzelnd lässt er seinen Daumen auf meiner Wange in kleinen sanften Kreisen zirkulieren, was meinen Herzschlag völlig aus dem Takt bringt. „Und ich habe gehört, was du in der Hütte gesagt hast. Und du hattest recht. Wenn ich nicht etwas ändere, ergeht es mir nicht besser als meinem Vater. Und das will ich nicht."

„Du bist nicht er, Rup," entgegne ich leise. „Du bist besser. Und du hast den ersten Schritt bereits getan."

„Du meinst, den Weg hierher?" Seine Hand wandert weiter und streicht mir eine lose Strähne aus dem Gesicht.

„Nein. Du bist den Wildwuchs in deinem Gesicht losgeworden."

„Ah. Ja." Endlich kommen die beiden Grübchen auf seinen Wangen wieder zum Vorschein. „Du kannst dich bei Vel bedanken. Die Sturheit muss wohl in den Genen liegen."

„Ich schick ihr ein paar Ostereier“, schlage ich vor und sehe mich kurz im Raum um. „Ich bin ziemlich sicher, dass hier noch ein paar mehr rumliegen.“

„Ganz ehrlich?“ Er blickt sich um, bevor er beide Hände um mein Gesicht legt. „Diese Ostereier sind mir gerade völlig egal.“

Und ehe ich mich rühren oder auch nur Luft holen kann, drückt er seinen Mund auf meinen und ich habe das Gefühl zu fallen. Es ist nicht unser erster Kuss, nicht das erste Mal, dass ich seine Lippen spüre, und dennoch reagiert jede Zelle, jede Faser meines Körpers mit unendlicher Sehnsucht. Alle Ängste und Zweifel, die Zerrissenheit und Anspannung, alles scheint von ihm abzufallen.

Und gerade, als ich befürchte, in die Knie zu gehen, legt er einen Arm um meine Taille und drückt mich mit einem leisen Stöhnen an sich. Seine Wärme, sein Körper, sein Duft ... Ich bin zu Hause. Ich bin da, wo ich hingehöre: an der Seite dieses Mannes, den ich liebe. Den ich mit all seinen hässlichen Seiten, seiner Rauheit, seinen Schwächen so liebe, dass mir schwindelig wird.

Der Job, die Leute auf der Dachterrasse, all das ist vergessen. Nichts anderes ist von Bedeutung. Nichts könnte diesen Moment, unseren Moment, zerstören. Weder das Flugzeug, das über unseren Köpfen dröhnt, noch der Lärm von der Straße, oder ...

„*Haha*! Ey, Soph, schau hier runter! Es ist Ostern und Rup hat endlich seine Eier gefunden!“ Marcs brüllendes Lachen hallt im ganzen Innenhof wider. „Alter, was für ein Timing!“

Rup unterbricht den Kuss und ich kann nicht anders, als unwillkürlich aufzulachen. Mit vor Scham zusammengepressten Augen lasse ich meine Stirn gegen Rups Schulter fallen, während er den Kopf in den Nacken legt. „Hast du nicht selbst noch was vor, Wyer?“

„Stimmt!“, lärmt es durch den Blumenhimmel zurück. „Du bist der Beste!“

„Na, das höre ich gern“, murmelt Rup und wendet sich mit einem unwiderstehlichen Lächeln wieder mir zu. „Ich glaube, wir wurden gerade an einer sehr wichtigen Stelle unterbrochen.“

„Was meintest du damit, dass er noch was vorhat?“, frage ich grinsend und weiche mit meinem Kopf ein Stück weit zurück, als er sich neckisch vorlehnt. „Aah, das siehst du bestimmt online.“

„Was?“ Ich lache auf und realisiere im selben Moment, wie meine Ungeniertheit in sich zusammenfällt, als seine feuchtwarmen Lippen meine Wange und mein Ohrläppchen streifen. Seine ganze Präsenz, sein Atem, das tiefe, kratzige Raunen in seiner Stimme ... Er macht mich noch wahnsinnig. „Rup, was ...?“

„Ziemlich sicher, dass es einer mit dem Handy filmt, wenn es nicht sogar live übertragen wird.“

Mir klappt der Mund auf. Tatsächlich drängt sich mir eine Ahnung auf, aber ... nein. Das wird er doch nicht ... Ich hebe meinen Blick, blinzle durch das Sonnenlicht hoch Richtung Dachterrasse.

„Sag jetzt bloß nicht, ich muss uns in den Livestream einwählen, damit du zusehen kannst.“ Er blickt mich so trocken, so emotionslos an, dass ich nicht anders kann, als leise zu lächeln. „Nein.“ Ich greife nach dem Saum seines Hemdes, überwinde die kleine Distanz, die mittlerweile wieder zwischen uns geraten ist, bis ich seinen warmen Körper eng an meinem spüre. „Das Einzige, das ich sehen möchte, bist du. Nur du.“

Epilog

8 Monate später

Donnerstag, 24. Dezember

„Sue, würdest du bitte kurz …“ Mit einer Salzstange in der Hand bricht Rup ab, kaum ist er um die Ecke gekommen. Unverhohlen starrt er auf seine Kochinsel. Auf die Muffinform. Den Holzlöffel in Sophies Haaren. Auf mich daneben. Seine ganze Miene ist derart eingefroren, dass ich mich richtiggehend zusammenreißen muss. „Ist hier ein Krieg ausgebrochen?“

„Was meinst du?“, frage ich und blicke unschuldig von meinem Barhocker auf die Insel. „Wir backen.“

„Nein, wir haben eine Wette zu gewinnen“, korrigiert mich Sophie und drückt das Nudelholz noch tiefer in den Teig. Ihr Kopf leuchtet mittlerweile schon ganz rot. „Mehr Mehl, Sue.“

„Mehr Mehl, kommt sofort!“ Ich greife in die Tüte und werfe gekonnt eine großzügige Handvoll auf die Arbeitsfläche. Stolz blicke ich durch die aufstiebende Mehlwolke zu Rup. „Kann ich dir helfen?“

Es dauert einen Moment, bis er wieder zu sich findet. Tatsächlich sieht er mit dem mörderischen Gesichtsausdruck etwas Furcht einflößend aus, aber ich weiß genau, wie ich ihn einordnen muss. Ich könnte ihn stundenlang ansehen. Insbesondere in diesem dunkelblauen Jumpsuit mit den weißen Rentieren drauf. Am liebsten würde ich ihn ein- und auspacken wie ein Geschenk. Reißverschluss hoch und runter, die ganze Zeit.

Gerade als er den Mund öffnet, um etwas zu sagen, segelt eine weitere Gestalt in die Küche. „Mein herzallerliebster kleiner Bruder, das Bier ist alle.“

Rup schließt die Augen, so als würde er still und heimlich mit der Welt abschließen wollen. „Was haben wir über den Namen gesagt, Vel?"

„Wir sind hier nicht im Verlag, Brüderchen." Evelyn schnappt sich ungeniert seine Salzstange. „Außerdem sind wir beruflich gesehen auf Augenhöhe, ich darf dich also nennen, wie ich will." Ohne weiter auf ihn einzugehen, deutet sie knabbernd auf die Kochinsel. „Ist hier eine Mehltüte explodiert?"

„Nein, hier ist gar nichts explodiert", entgegne ich und recke selbstsicher mein Kinn in die Höhe, das etwas spannt, weil irgendwie Eiweiß dahingekommen ist. „Tatsächlich befinden wir uns auf den letzten Metern, die besten Mince Pies ganz Londons zu backen."

„Die besten Mince Pies aller Zeiten!", ergänzt Sophie mit roten Wangen und beginnt strahlend, kleine Kreise aus dem Teig zu stechen. Als Rup beobachtet, wie sie dafür eines seiner Whiskeygläser mit dem filigranen Kristallmuster benutzt, sieht er so aus, als hätte er jegliche Kontrolle über seine Gesichtsmuskulatur verloren. „Soph, du nimmst nicht wirklich –!"

In dem Moment schrillt die Türglocke und Rup bricht ab. Kapitulierend fasst er sich an die Stelle oberhalb seines Nasenrückens. „Wisst ihr was? Macht, was ihr wollt."

Eilig tauche ich einen Löffel in die Füllung und rutsche vom Barhocker, während Evelyn Jess und Lex an der Tür begrüßt. „Hier. Koste das." Ich schiebe ihm die Portion in den Mund und schaue zu, wie er kaut. „Mh." Sein Kopf wackelt hin und her. „Nicht schlecht."

„Was soll das heißen, nicht schlecht?" Baff glotze ich ihn an. „Die kann man gar nicht besser machen, Marc wird wegen der Törtchen ausflippen!"

Er macht eine vage Kopfbewegung und ich kneife die Augen zusammen. Keck ziehe ich seinen Reißverschluss ein Stück weit hinunter und schiebe mein Kinn vor. „Weißt du was, du bist ein Mince-Pie-Banause."

Aufmerksam und mit gerunzelter Stirn blickt er an sich hinunter, dann wandert sein Blick zu meinem Reißverschluss. Seine Mundwinkel zucken, als er mir im Anschluss direkt in die Augen schaut. Und plötzlich habe ich den dringenden Verdacht, dass die Füllung mehr Zimt benötigt. Oder Zucker. Oder ... Kardamom, oder was auch immer. Einfach irgendwas, das man nur in der Vorratskammer hinter der Küche findet.

Rup räuspert sich, fährt sich mit der Zunge über seine Oberlippe und legt eine Hand an meinen Rücken, um mich betont langsam zu sich zu ziehen. „Glaub mir, ich würde gerade viel lieber von etwas anderem kosten." Seine Hand vergräbt sich in den Haaren in meinem Nacken, während seine Lippen mein Ohr streifen. Ich denke, ich werde gleich ohnmächtig. Keine Ahnung, wie er das jedes Mal so schnell hinkriegt, aber von einer Sekunde auf die andere schafft er es, mich um meinen Verstand zu bringen. „Aber es ist Weihnachten und wir haben Gäste." Wie zufällig knabbert er an meinem Ohrläppchen. O Gott. Gleich vergesse ich zu atmen. „Sparen wir uns die Bescherung für später auf." Und dann, als hätte das hier nie stattgefunden, gibt er mir einen Klaps auf den Hintern und dreht sich mit breitem Lächeln um. „Jess, Lex. Willkommen zur Pyjamaparty!"

Das ... Okay. Okay.

„Sue?"

„Hm?" Ich wirble herum, blicke eilig an mir hinunter, ob der Reißverschluss noch dort ist, wo er sein soll und streiche fiebrig eine Strähne aus meinem Gesicht. Sophie blickt mich amüsiert an. „Ich wollte den Sex gerade nicht unterbrechen, aber würdest du mir bitte bei den Sternen helfen?"

Mein Kopf muss die Farbe einer reifen Tomate angenommen haben. Im Versuch, etwas Saloppes zu erwidern, öffne ich den Mund, aber wem will ich was vormachen? Man müsste blind sein, um das gerade nicht mitgekriegt zu haben. „Ja! Natürlich!“ Bestrebt greife ich nach einem Messer und versuche, meine Konzentration auf den Teig vor mir zu lenken. Sterne, klar. Ein Stern. Wie viele Spitzen hat ein Stern noch mal?

Aus dem hinteren Teil der Wohnung dröhnt Gelächter und ich höre dumpf, wie Marc Lex spielerisch in die Mangel zu nehmen scheint, worauf Letzterer aufschreit. Könnte aber auch Jess gewesen sein.

„Es ist echt schön, euch so miteinander zu sehen.“ Sophie drapiert ihren Teigfladen auf der Füllung in der Muffinform. „Er wirkt viel entspannter.“

Mein Kopf pulsiert noch immer, aber ich muss ehrlich schmunzeln. „Ja, ist er. Zumindest ist es ein Prozess. Seit sich er und Evelyn die Verantwortung im Verlag aufgeteilt haben, hat er viel mehr Zeit für sich selbst. Sogar seine Eltern scheinen damit ihren Frieden geschlossen zu haben.“ Ich blicke auf meinen Stern. Könnte auch ein Kristall sein. „Er ist nicht mehr so angespannt und wütend. Außerdem erzählt er mehr von sich aus. Noch nicht alles und noch nicht ständig, aber ... du weißt schon. Es wird.“ Jetzt sieht der Kristall aus wie eine überfahrene Schneeflocke. Egal. Es ist Winter.

„Du kannst dich wirklich glücklich schätzen.“

„Was?“ Perplex knuffe ich ihr mit dem Ellbogen in die Seite. „Du heiratest in ein paar Monaten, Soph! Als Allererste von uns, du bist sowas wie ... ein Einhorn!“

Sie schmunzelt. „Ich weiß. Marc ist so ein Idiot, es gibt keinen Besseren für mich. Was ich aber damit meinte, ist, dass Rup und du so viel zusammen erlebt und durchlebt habt. Eure Liebe beruht auf ... so viel mehr als nur Sehnsucht und Leidenschaft und diesen lüsternen Blicken.“ Wir kichern, sind aber beide kurz davor, vor lauter Rührung in Tränen auszubrechen. „Ihr kennt einander, in- und auswendig. Egal was noch kommt, ihr meistert es, solange ihr zusammen seid.“ Sie drückt meine Hand. „Und das ist genau das, was ich mir für meine beste Freundin immer gewünscht habe.“

Jetzt bin ich so gerührt, dass ich sie umarmen muss. Beinahe sticht mir der Kochlöffel in ihrer Frisur ein Auge aus, aber es ist egal. „Du bist die Beste, Soph. Und du wirst die schönste Braut aller Zeiten sein.“

„Ach was.“

„Doch. Ich bin sicher, dass Jacque bereits einige Hochzeitskleider zur Seite gelegt hat.“ Ich drücke sie an mich. „Und Jake, Fred und ich werden alles filmen und für die Ewigkeit festhalten.“

„O Gott.“ Sie lacht auf und wir lösen uns voneinander. Bedacht darauf, sich keinen Teig ins Auge zu schmieren, wischt sie sich mit dem Handrücken die Tränen weg. „Dann werde ich ja fast so berühmt wie du.“

„Ich kann dir alles beibringen, was du wissen musst“, versichere ich ihr mit großen Augen. „Angefangen bei Cardener, bis hin zum korrekten Umgang mit Paparazzi!“

„Dich verfolgen Paparazzi?“

„Nein, aber dich werden sie verfolgen, Mrs Wright.“ Ich blicke sie strahlend an „Und ich freue mich jetzt schon darauf, sie alle zusammen mit dir an der Nase herumzuführen!“

„Na gut. Abgemacht.“ Mit einem zufriedenen Zwinkern macht sie sich an den letzten Stern. Im selben Moment geht die Klingel und ich wische mir die teigigen Hände an einem feuchten Lappen ab, ehe ich um die Kochinsel herumschieße und die Tür öffne. Sofort fühle ich freudige Erregung aufschäumen. „Hi!“

Lance schmunzelt. „Hi.“

Wir begutachten einander über die Türschwelle hinweg. Ich versuche mein Bestes, meine Freude über seine Anwesenheit nicht hinauszuschreien, kann mir den Kommentar dann aber nicht länger verkneifen. „Du trägst den Bun."

„Und du bist voller Mehl." Er deutet auf meinen grauen Jumpsuit.

„Jaa, Soph und ich sind gerade dabei, die Küche zu verwüsten", erkläre ich so beiläufig wie möglich und überlege dann eine Sekunde. „Du hättest nicht zufälligerweise Lust, als Versuchskaninchen für unsere Mince Pies zu agieren?"

Lance zuckt mit den Schultern. „Bei Mince Pies bin ich immer dabei."

„Dann nur hereinspaziert!" Mit einer großzügig einladenden Geste trete ich beiseite, ehe ich verwundert die Tür hinter ihm schließe. „Wollte Miranda nicht mitkommen?"

„Sie ist bei ihren Eltern. Aber sie lässt ihren Dank für die Einladung ausrichten. Hier." Er reicht mir die Flasche Wein, die er bei sich trägt.

„Danke!" Weißwein. Könnte aber auch ein Rotwein sein. Die Küche und der Weihnachtsbaum im Wohnzimmer geben nicht genügend Licht ab, um es genau zu erkennen.

„Und die ist für dich." Von irgendwoher zaubert Lance noch eine Flasche hervor und hält sie mir zögerlich hin, ehe er sich räuspert. „Damit du auch was vom Wein hast. Frohe Weihnachten."

Ich starre auf das Etikett. Auf einmal bin ich so gerührt und gleichzeitig belustigt, meine Stimme überschlägt sich beinahe. „Das ist die schönste Flasche Sprite, die ich je gesehen habe."

„Klar." Amüsiert streift er sich die Jacke von den Schultern. „Wo kann ich ...?"

„Hier, nur her damit", ertönt Rups Stimme hinter mir und seine Hand erscheint auffordernd neben meinem Kopf, ehe er die Limonade in meiner Hand bemerkt. „Ah." Er nickt fachkundig. „Guter Jahrgang. Milder

Abgang.“ Dann schlägt er Lance beinahe brüderlich auf die Schulter. „Lance. Willkommen.“

„Vielen Dank.“ Lance schmunzelt und ich wünschte, jemand könnte ein Foto machen, oder ein Gemälde malen, irgendwas. Obwohl die Flaschen in meinen Händen eiskalt sind, war mir selten so warm ums Herz wie jetzt gerade. Am liebsten würde ich beide umarmen, auf der Stelle.

Erneut klingelt es und ich bringe es kaum über mich, meinen Blick von Lance und Rup und diesem freundschaftlichen Miteinander loszureißen. Aber irgendwie schaffe ich es, mit den Flaschen in den Händen die Tür zu öffnen. Als ich allerdings Jake in grünen Pyjamahosen mit kleinen Lebkuchenmännern darauf sehe, wird mir so heiter zumute, dass sie mir beinahe aus den Händen rutschen.

Jakes Schultern sacken automatisch runter. „Könntest du bitte aufhören zu lachen?“

„Vergiss es.“ Rup nimmt mir den Wein und die Sprite ab, ohne mich auch nur anzusehen. „Nachdem sie mich in diesen Strampler gesteckt hat, konnte sie sich für fünf Minuten nicht mehr einkriegen.“

„Immerhin sind sie bequem“, meint Lance mit einem Schulterzucken.

„*Immerhin* sind deine klassisch.“ Jake deutet auf Lance’ Karohosen. „Mir wurde gesagt, je bescheuerter, desto besser.“

„Ach, dann ist das der Grund, wieso ich einen Einteiler tragen muss?“ Rups Augenbrauen schießen vorwurfsvoll nach oben. „Weil es so bescheuert aussieht?“

„Du siehst nicht bescheuert aus!“ Trotzig blicke ich in die Runde, fühle mich, als wäre das Ganze nicht real und nur eine Wunschvorstellung. Lance, Jake, Rup, ich ... Hier stehen wir, an Weihnachten, allesamt zusammen. Ohne Geheimnisse. Ohne unausgesprochene Worte. Reden über so etwas Belangloses wie

Pyjamahosen und trotzdem habe ich das Gefühl, nicht glücklicher sein zu können. Wieder beginnen meine Augen zu brennen. „Keiner von euch sieht bescheuert aus. Ihr seht alle toll aus. Wirklich." Eine Träne löst sich und rollt über meine Wange. „Ich könnte mir kein schöneres Weihnachten vorstellen."

„Aah, na komm." Rup legt den Arm um meine Schulter und drückt mir einen innigen Kuss auf meine Schläfe. „Alles gut." Er sagt es so sanft, so behutsam, dass ich mich am liebsten kneifen würde. „Wir haben uns noch nie männlicher gefühlt, richtig Männer?"

Ich lache auf, lasse meinen Kopf gegen seine Schulter fallen. Seine Hand ruht auf meinem Oberarm, während er Jake reinbittet und ihn begrüßt.

Wenige Zeit später liegt ein herrlicher Duft von Zimt, Kardamom und Orange in der Luft. Ellie und Ben stoßen in abgestimmten Pyjamas hinzu, Gläser klirren aneinander, Gelächter wird laut, Sophie nimmt mit einem Jubelschrei die Pastetchen aus dem Ofen. Das Essen wird vom Restaurant unter uns geliefert (keine Experimente dieses Jahr), intensive Gespräche werden geführt („*Harry Potter* hast du aber nicht geschrieben, oder?") und zur Bescherung sitzen wir allesamt um den Weihnachtsbaum im Wohnzimmer, trinken Eierpunsch, Bier und gespritzten Weißwein.

Rup lacht, diskutiert, führt mit Evelyn einen geschwisterlichen Schlagabtausch nach dem anderen und fährt nebenbei mit seinen Fingerspitzen über meinen Arm, so als hätte er jahrelang nichts anderes getan.

Ich lasse meinen Kopf in den Nacken fallen, mustere sein Gesicht, die Fältchen an seinen Augenwinkeln, die Grübchen an seinen Wangen. Erst nach ein paar Sekunden wendet er seinen Blick von den anderen ab. „Was?" Er schmunzelt, hebt seine Hand und lässt seinen Daumen über meine Wange streifen.

Ich blinzle, fühle mich unwirklich und gleichzeitig wie in Watte gepackt. So vieles könnte ich ihm sagen. Und doch reichen nur drei Worte. „Ich liebe dich."

Er blickt mir tief in die Augen. „Nein." Sein warmer Mund landet auf meinem. „Ich liebe dich, Sue."

Ende